Murder
a la Richelieu

리슐리외 호텔 살인

리슐리외 호텔 살인

Murder
a la Richelieu

Anita Blackmon

애니타 블랙몬 지음 | 최운정 옮김

1

그 모든 일은 그날 아침 독신녀인 나, 애들레이드 애덤스가 리슐리외 호텔 로비에서 뜨개질을 하고 있던 그때 시작되었다. 나는 물론 뭔가 시작되고 있는 걸 전혀 알아채지 못했다. 나는 겁이 많지는 않다. 버릇없는 일부 젊은 친구들이 간혹 나를 '싸움닭'이라고 부른다는 것도 안다. 그렇기는 하지만, 피비린내 나는 참극이 시작될 기미를 조금이라도 알았더라면 관절염으로 툭 불거진 무릎이 어찌 되든 간에 나는 그때 그곳에서 비명을 지르며 달아났을 것이다.

그렇지만, 그 화창한 4월의 아침에 내가 묵고 있는 작은 레지던스 호텔의 로비보다 더 평온해 보이는 곳을 찾기는 어려울 것이다. 리슐리외 호텔은 이름만 거창한 호텔이다. 그곳에 장기 거주하는 투숙객들은 대부분 조용하고 점잖은 사람들로서 나도 그렇고 다른 많은 이들도 몇 년째 같은 객실에서 묵고 있다.

직원들도 한 사람을 제외하고는 투숙객과 마찬가지로 호텔의 오랜 식구들이다.

엘리베이터 담당 직원인 클래런스는 엘리베이터와 함께 이런 호텔의 성격을 대변한다. 그는 야간 엘리베이터 담당이면서 수위이기도 하다. 위의 두 개 층을 맡아 청소하는 로라 할멈은 내가 오기 전부터 리슐리외 호텔에 있었고 프런트 야간 직원인 핑크니 닷지도 그랬다.

호텔 주인인 소피 스콧은 낼모레 환갑을 바라보고 있다. 그녀는 열다섯 살 연하의 남자와 결혼을 한 뒤부터 순진한 소녀처럼 보이려고 애쓰고 있지만 전혀 먹히지는 않았다.

노는 걸 즐기는 사람들은 분위기가 고리타분하다는 이유로 이곳을 '노친네의 집'이라고 장난삼아 부르곤 했었다. 올해 4월까지는 말이다. 말할 것도 없이, 그것은 우리 호텔의 제일 좋은 스위트룸 중 한 곳에서 한 남자가 양쪽 귀밑까지 목이 베인 채 자기 멜빵으로 샹들리에에 매인 시신으로 발견되기 전까지의 일이다.

그렇지만 내가 앞에서 잠깐 언급한 것처럼, 이 특별한 날 아침까지도 이제 곧 우리에게 몰아닥칠 공포의 시간을 암시하는 것은 아무것도 없었다. 어떤 사건이 일어나면 그 전에 사건의 그림자가 드리워지게 마련이다. 그런데도 나는 이 살인 사건에서 그토록 운명적인 역할을 담당하게 되었던 초록색 안경집에 대해 아무런 예감도 들지 않았다. 또한 폴리 로슨의 분홍색 목장식 주름과 앤서니 여인의 인조 속눈썹에 그토록 비극적인 의미가 있다는 것을 내가 깨달았을 때는 이미 한없이 늦은 뒤였다.

지금 와서 보면 어쩔 수 없었던 것 같지만 그때, 교회 부속 고아원에 선물할 생각으로 내가 세 줄 안뜨기와 두 줄 겉뜨기로 담요를 뜨고 앉아 있던 그때는, 그 담요가 내 발치에서 끔찍한 죽음을 맞이할 운명이었던 여인의 수의가 될 것이라고 경고하는 그 어떤 조짐도 보이지 않았다. 또한 그때는 누가 뭐라 했어도 내가 어느 섬뜩한 늦은 밤에 드레스도 입지 않고 가발도 쓰지 않은 채 연쇄 살인마를 추적하려고 리슐리외 호텔 창문 처마에 거꾸로 매달리게 되리라고는 꿈에도 생각지 못했을 것이다.

리슐리외 호텔에는 사교실이 하나 있는데 음산한 검정 월넛 가구에, 우중충한 녹색 카펫이 깔린 음울한 공간이다. 투숙객들은 한결같이 로비에 앉아 있는 것을 더 좋아한다. 로비는 남부 소도시인 우리 시에 단 하나뿐인 대로를 향해 나 있는데다 정면과 또 다른 한 면 전체가 판유리로 되어 있어 항상 밝고 생기가 돌았다.

엘리베이터에서 내리면 로비의 왼쪽에는 약국이 있고 오른쪽에는 커피숍이 있다. 로비에는 커다란 소파가 두 개 놓여 있고 그 옆으로는 안락의자들과 라디오가 서로 마주 보고 있는데 그 맞은편에 데스크가 있다.

엘리베이터 오른쪽에는 계단이 있고 반대쪽에는 전화박스가 있다.

로비 뒤쪽에는 긴 복도로 가는 문이 열려 있는데 그 복도를 사이에 두고 건물 안쪽에 주방이 있고 바깥쪽에 미용실이 있다. 복도 끝에는 직원 출입구가 골목을 향해 나 있다. 호텔의 정문인 회전문은 로비 정면의 판유리 한가운데 있다. 로비는 가히 리슐리외의 심장이라 해도 손색이 없을 것이다. 적어도, 몇 년 동안 아침저녁으로 라디오 옆 제일 좋아하는 의자에 앉아 시간을 보내는 나 같은 사람이 그곳에서 일어나는 모든 일을 다 꿰뚫어 볼 수가 있으니까 말이다.

어떤 이들은 주변인의 행동에 관심을 보이는 것이 병은 아니지만 쓸데없는 호기심이라고 생각한다. 나는 인간이 벌이는 희극을 세밀하게 살펴보는 사람인데, 사람들은 나를 그런 이유로 '그 시끄러운 노처녀'라고 불렀다. 그렇다고 해도 리슐리외 호텔에서는 무슨 일이 벌어지는 경우가 거의 없다는 사실에는 변함이 없다. 조만간 일어나게 될 그 일을 나는 알 수가 없었다. 나는 기억력이, 특히 세세한 일에 대한 기억력이 탁월하다. 내 눈과 귀에 포착되지 않는 것은 별로 없고 내 기억을 피해갈 수 있는 것은 아무것도 없다. 비록 잠시 기억의 혼란이 있을 수는 있지만 말이다.

사실 그 모든 일은 내가 초록색 안경집을 잘못 둔 것에서 비롯되었다. 나는 여행을 가지 않는 이상 안경집을 침실 밖으로 가져가는 일이 거의 없다. 안경을 벗는 것이 내가 밤에 마지막으로 하는 일이고 끼는 것이 아침에 제일 먼저 하는 일이기 때문이다. 나는 전날 밤 불을 끄기 직전에 여느 때처럼 침대 옆 탁상 서랍에 안경을 넣은 것을 또렷하게 기억하고 있었다. 그날 아침 세수를 하자마자 그 안경집에서 안경을 꺼냈던 것도 기억하고 있었다. 그 후 안경집을 늘 넣어두는 서랍에 다시 둔 것을 기억하고 있다고 나는 생각했다. 그런데, 그 안경집이 로비 앞쪽 소파의 쿠션들 틈에 끼어 있었다.

눈에 잘 띄지 않는 회색 양복을 입은 추레하고 작은 남자가 나를 보며 안경집을 가리켰다. "미스 애덤스, 이거 댁의 것 아닌가요?" 그가 물었다.

말을 하면서 그는 아래로 손을 뻗어서 쿠션들 사이에서 안경집을 꺼내 내밀었다.

"맞아요, 리드 씨," 나는 놀란 목소리로 말했다. "제 거예요."

내게는 자랑할 만한 게 별로 남아 있지 않았지만 그 몇 안 되는 것들 중 하나가 기억력이다. 그런 까닭에 나는 혼란스러움을 넘어 기분이 언짢아졌다. 그 안경집을 아래층으로 가지고 온 기억이 없었기 때문이었다. 그 호텔에 잠시 머무는 손님이고, 그것도 최근에 온 남자가 어떻게 내 이름을 알 뿐더러 어떻게 내 물건을, 그것도 공공장소에는 거의 가져오지 않았던 물건을 알아볼 수 있었는지 나중에까지 내가 의아해하지 않았던 것은 바로 그런 이유에서였다.

그 사람이 나에 대해 안다고 생각되는 것보다 내가 그에 대해 아는 것이 더 많은 것은 이상한 일이 아니었다. 호텔에 장기 거주하는 사람들이 하룻밤, 아니면 일주일 정도 호텔에 머물다 떠나는 사람들에게 거의 관심을 갖지 않는 데 반해 나는 매일 아침 커피숍이 문을 열 때를 기다리면서 투숙객 명부를 쭉 훑어보곤 한다. 희미한 푸른 눈과 특색 없는 갈색 머리의 그 작고 볼품없는 남자가 6일 전에 이곳에 왔고 가늘고 흔들리는 손으로 뉴올리언스의 제임스 리드라고 서명한 것을 내가 알게 된 것은 그런 이유에서다.

"이 안경집이 어떻게 해서 여기 와 있는지 알 수가 없네요." 나는 짜증스러운 목소리로 말을 시작했다. "정말이지 나는⋯."

그 순간 어데어 양이 소리를 지르는 바람에 내 말은 끊기고 말았다. "어머니! 핸드백을 또 떨어뜨리셨어요. 벌써 다섯 번째예요, 그렇죠? 안에 있던 것들이 사방에 흩어졌네요."

내가 기억하는 한, 그때 로비에는 데스크에서 낮 근무를 하던 레티 존스를 제외하면 우리 네 사람밖에 없었다. 봄기운이 넘쳐나는 아침이었기 때문에 나머지 사람들은 모두 바깥바람을 쐬러 나가고 없었다. 나는 그런 아침에 젊고 예쁜 여성이 중년의 여인 두 사람, 한 명은 관절이 뻣뻣하고 나머지 한 명은 어느 모로 보나 장애인에 가까운 두 사람과 호텔 안에 갇혀 있는 것이 안됐다고 속으로 생각했던 기억이 난다.

그때까지만 해도 나는 어데어 모녀와는 아무런 관계도 없었다.

그들은 당시 호텔에 한 달 조금 넘게 묵고 있었는데 자칭 터줏대감인 우리들은 짧은 시간에 경계를 허물어뜨리지 않는 사람들이다.

설령 새로 온 사람들을 우리만의 닫힌 세계에 받아들인다고 해도 그 전에 먼저 혹독한 심사가 이루어진다. 우리는 리슐리외 호텔에서 수년간 살면서 터득한 쓰디쓴 경험을 통해 겨우 몇 주, 혹은 몇 달 동안 그곳에 투숙하는 어중이떠중이에게 잘해줘 봤자 소용이 없다는 것을 배웠다. 나는 사람들이 우리에게 접근했다가 무시당하여 무척이나 분개하는 것을 보기도 했다. 내 기억에, 한 젊은 여자는 리슐리외 호텔의 선택 받은 사람들 사이에 끼는 것이 천국에 들어가는 것보다 더 어렵다고 말했었다.

공정하게 말하면, 어데어 모녀는 다른 사람과 억지로 친해지려는 성향을 전혀 보이지 않았다고 해야 할 것이다. 오히려, 그들은 다른 사람들을 멀리했다. 그렇지만 나는 그들을 처음 본 순간부터 의지할 데 없이 처량한 사람들이라는 인상을 받았다. 딸에게서는 요즘 젊은이들에게 흔히 보이는 반항적인 태도가 엿보였지만 나는 그녀가 겉으로 보이려 하는 결핍 없는 상태와는 거리가 멀다고 확신했다. 그녀는 누가 봐도 아름다운 외모였다. 밝은 갈색 머리, 진한 밤색의 맑은 눈, 그리고 정말 아름다운 피부의 그녀가 특히 남달리 느껴진 것은 지나친 화장을 하지 않는 모습 때문이기도 했다.

또한 그녀는 탄탄한 턱선을 지녔고 목소리까지도 듣기 좋았다. 숙녀는 모름지기 단아해야 한다고 믿으면서 자라난 나 같은 사람에게 그녀의 모습은 요즘 세태와는 달라서 반가운 느낌

이 들었다. 요즘은 어른에 대한 공경심이 전혀 없는 것은 물론
이고 말아 내린 스타킹에 담배는 기본이고 경박하고 높은 톤으
로 소리를 질러대며 잔뜩 치장을 하고 속어를 질펀하게 떠들어
대는 젊은 여자들을 어디서나 보게 되는데 말이다.

약속이 있어 나가는 길인지 로비를 뛰어 지나가는 젊은 폴리
로슨을 보면서 그날 아침에서야 나는 캐슬린 어데어를 그녀와
비교하게 되었다. 폴리는 모계와 부계 모두 좋은 집안 출신인
젊은 여성이지만 그 행동이 내 눈에는 선을 훌쩍 넘어선 것으
로 보였다. 내가 그 애를 좀 정신 차리게 할 수도 있었는데 걱
정이었다. 이제 겨우 10시인데 폴리는 이미 하이볼을 한 잔 걸
친 상태였다. 숙모인 메리 로슨이 그녀가 함께 살러 온 이후 나
이가 엿보일 만큼 늙어 보이는 것이 놀랍지 않았다. 나는 기회
가 생기는 대로 메리에게 조카에 관해 내가 생각하는 한두 가
지를 말해 줘야겠다고 마음먹었다. 경험상 그런 경우 할 일을
다해봐야 좋은 말을 못 듣는다는 것은 알지만 말이다.

어쨌거나 폴리 때문에 나는 어데어 양에게 더 호감을 갖게
되었다. 그녀가 담배를 피우거나 술을 마신다면, 그건 자기 방
에서 혼자 있을 때일 것이다.

마찬가지로, 그녀는 공공장소에서 다리를 꼬거나, 남자들에
게 추파를 던지거나 하지도 않았다. 남자들이 그녀와 안면을
트려고 애쓸 때도 전혀 응하지 않는 모습을 내가 직접 목격하
기도 했다. 또한 어머니에게도 헌신적이어서 모르는 사람이 없

을 정도였다. 그에 비해 청승맞은 목소리와 부서질 듯 힘없는 손, 그리고 모든 것에 대해 불분명한 태도를 보이는 그녀의 어머니는 내게 속없는 여인으로 보였다.

어떤 성인이라도 그 정도로 무기력하면 변명의 여지가 없을 것인데 딸은 자기 어머니가 마치 홀로 남은 병아리라도 되는 양 보살피는 것이었다. 딸은 인내심을 잃었을 때라도 그런 모습을 확연히 드러내지는 않았다. 그날 아침 물건이 가득 든 어데어 부인의 핸드백이 무릎 밑으로 미끄러져 타일 바닥에 대여섯 번이나 떨어진 상황에서도 딸은 어머니를 타박하지 않았다. 그녀는 웃으면서 바닥에 흩어진 물건들을 주우려 몸을 굽혔다.

"엄마," 그녀가 말했다. "체인을 하나 구해서 엄마 손목에 딱 매어 둬야 할까 봐요."

어데어 부인은 야위고 하얀 손을 살짝 떨고 있었다. "거울이 깨지지 않았으면 좋겠는데. 아, 어쩌면 좋아, 우리가 7년이나 더 고생을 해야 한다면 나는 견디지 못할 것 같아."

"거울은 말짱해요." 어데어 양은 자리에서 일어서며 재빨리 말했다.

그녀는 반짝이는 무언가를 갈색 모직 치마 주머니에 얼른 밀어 넣고는 나를 흘깃 쳐다보았다. 거의 절망적으로 뭔가를 호소하는 이상한 눈빛이었다. 나는 아무 말도 하지 않았지만 자기 발 옆에 산산조각 난 반짝이는 유리 조각도 보지 못하는 그 어머니가 어처구니없을 정도로 한심한 사람이라는 생각을 다시 한번 하고 있었다. 그러나 그녀는 그 유리 조각을 보지 못한 것이 분명했다. 작고 창백한 그 얼굴에 안도의 빛이 감돌았기 때문이다.

"미신을 믿는 건 바보 같지." 그녀가 희미하게 미소 지으며 말했다. "그렇지만 나는 유리가 깨졌을 때 골치 아픈 일이, 그것도 아주 지독하게 골치 아픈 일이 생기지 않는 걸 본 적이 없단다."

어데어 양이 몸을 떠는 바람에 나는 좀 놀랐다. 내 방이 있는 층을 청소하는 로라 할멈이라면 검은 고양이가 자기 앞을 가로질러 가는 것을 본다면 얼굴이 하얗게 질릴 것이다. 야간 엘리베이터 직원인 클래런스는 박쥐가 집 안으로 들어오면 누군가가 열두 시간 안에 죽는다고 굳게 믿고 있다. 내 경우를 말하자면, 나는 침대 위에 모자를 놓는 것을 꺼림칙하게 생각하는 선입견이 있다. 그리고 작고 비실비실한, 캐슬린 어데어의 어머니는 온갖 금기와 시대에 뒤떨어진 미신의 집약체처럼 보인다. 하지만 그 딸은 그런 일들은 비웃어 넘기는 세대가 아니던가.

내가 그녀를 뚫어지게 쳐다보았던 것인지 그녀는 레이스가 달린 니트 블라우스 속까지 빨갛게 달아올라서 갈색 눈을 가늘게 뜨고 나에게 적의에 찬 시선을 보냈다. "깨진 거울 같은 건 아무 의미도 없어요." 그녀가 날카롭게 말했다. 하지만 목소리는 떨고 있었다.

나는 어깨를 으쓱했다. 다시 한번 나는 그녀가 남들에게 보이고 싶어 하는 것보다 훨씬 연약하다는 생각이 들었다. 분명 그녀는 그 가족 중에서 제일 똑똑한 사람일 것이다. 그녀의 어머니는 젊었을 때 예뻤을 것 같기는 했지만 생활에 필요한 상식이 한때라도 제대로 있었으리라 생각되지는 않았다. 나는 남자에게 의존하는 여성이나 가련한 금발 미인을 별로 좋아하지 않는다. 나의 이런 감정이 어느 정도 얼굴에 드러난 탓인지 어데어 양이 또다시 나에게 적대적인 시선을 보냈다.

"사람이 다 의지가 강할 수는 없어요." 그녀는 열이 오른 듯 말했다. "그리고 아무것도 두려워하지 않을 수도 없고요. 어떤 사람들은 원래부터 약해요. 그렇다고 해서 사랑받지 못할 존재는 아니라는 말이에요."

그녀는 거의 나를 노려보고 있었는데 그 모습에 순간적으로 누군가가 떠올랐다. 어떤 점이 닮았는지 도무지 알 수는 없었지만, 나는 폐부를 찌르는 듯한 통증을 느꼈다. 다음 순간 그녀는 씁쓸하게 미소를 지었다. 그러자 그 얄궂게 닮은 느낌은 사라졌고 그와 함께 내 가슴 속의 알 수 없는 경련도 사라졌다.

"죄송해요." 그녀가 말했다. "소리를 지를 생각은 아니었어요."

"그런데 당신 안경집을 찾아낸 그 남자는 도대체 어떻게 된 거죠, 미스 애덤스?" 어데어 부인이 잘 들리지 않는 부드러운 목소리로 물었다. "그게 안경집이었죠, 그렇죠? 그리고 그 사람이 당신을 미스 애덤스라고 불렀죠?" 그때까지 나는 회색 옷을 입은 그 작고 볼품없는 남자가 이곳에 들어올 때와 마찬가지로 소리 소문도 없이 사라지고 없다는 것을 알지 못했다. 나는 그가 정확히 언제 우리 앞에 나타났는지 기억할 수가 없었다. 그가 나간 시간도 알지 못했다.

"네." 나는 무덤덤하게 말했다. "제가 미스 애덤스예요. 그리고 이건 안경집이고요. 이 안경집에는 제가 짐작 못 할 무슨 힘이 있는 것 같기는 하지만 말이에요. 제 말은, 이 안경집이 혼자서 계단을 오르내릴 수 있다는 걸 전혀 몰랐다는 뜻이에요."

어데어 양은 내게 미소를 보냈다. 조금 전의 적대감은 흔적도 없이 사라지고 없었다.

"아주머니는 우리 어머니 같으신가 봐요. 어머니는 의자에 앉은 채로 안경도 잃어버리시거든요."

"나는 건망증은 없답니다." 내가 딱딱하게 말했다. "정반대로, 어쩌다 보니 아무것도 잊는 법이 없는 게 자랑인 사람이에요. 최소한 오래도록 뭘 잊고 있지는 않는단 말이죠."

"정말이세요?" 캐슬린 어데어가 입속말을 하듯 작게 말했다.

나는 그녀에게 날카로운 시선을 던졌다. 그녀의 목소리에 냉소적인 느낌이 묻어난다는 생각이 들었지만 얼굴은 보이지 않았다. 그녀는 어머니의 숄과 코 자극제, 잡지, 그리고 항상 옆에 달고 다니는 듯한 번잡스러운 다른 물건들을 챙기느라 정신이 없었던 것이다.

"엄마, 점심 드시기 전에 좀 누우시려면 위로 올라가야 해요, 그게 좋겠죠?" 그녀가 속삭이듯 다정하게 말했다.

"그래, 얘야, 물론이지."

어데어 부인은 자리에서 일어나서 딸의 팔에 매달린 채 엘리베이터를 향해 움직였다. 다시 한번 나는 젊은 친구가 병든 늙은이에게 손발이 묶여 있는 것은 인생을 낭비하는 죄악이라는 생각을 했다. 이 경우 그 딸이 보살핌의 대상인 어머니를 진심으로 사랑하는 것으로 보이든, 아니면 그 어머니가 딸을 아끼는 것이 분명하든, 달라지는 건 아무것도 없었다.

나는 자기 삶을 희생하며 헌신하는 젊은이들을 너무 많이 봐 왔기 때문에 그들에게 안타까운 마음이 들지 않을 수가 없었다.

특히 그 어데어 양은 그런 운명을 맞기에는 너무 아까운 사람이라는 믿음이 생겼다. 나는 호불호가 너무나 분명한 사람이다. 그런데, 뭐라고 설명할 수는 없지만 캐슬린 어데어가 나의 심금을 울리기 시작했다는 것을 부인할 수가 없다. 나는 자기 연민에 빠지지 않는 것을 원칙으로 삼고 있지만 캐슬린 같은 딸이 있으면 참 좋겠다는 생각을 했던 기억이 난다.

유감스럽게도, 캐슬린 어데어의 벨 소리에 화답하여 엘리베이터가 위층에서 삐걱거리며 천천히 아래로 내려온 그때 칙칙한 갈색 머리의 작은 남자가 데스크 뒤 전화박스에서 나타나서 어데어 모녀와 함께 엘리베이터 안으로 들어갔다. 문이 닫히면서 나의 시야도 닫혔고 엘리베이터는 끼익거리는 케이블

소리와 함께 위로 올라갔다. 나는 등골을 휘감는 한기를 느끼며 한동안 엘리베이터를 지켜보고 있었다.

내 눈을 의심할 뻔했지만, 그리고 이해가 되지 않았지만 나는 내가 본 장면이 어떤 것인지 알았다. 그때나 지금이나, 그 장면은 내 마음속에서 지워질 수 없는 것이었다.

그 참한 아이, 캐슬린 어데어가 한 발짝을 옮겨 어머니와 제임스 리드 씨 사이로 끼어들었던 것이다. 마치 그가 사냥감을 덮쳐 갈기갈기 찢어 놓을 포악한 맹수라도 되는 듯했다. 그리고 그가 절대로 드러나지 않게 그녀를 관찰하는 동안 그녀는 할 수만 있다면 마치 눈빛으로 그를 죽일 것처럼 활활 타는 눈을 그의 등에 내리꽂고 있었다.

2

리슐리외 호텔의 커피숍은 정오에 문을 열어 점심 손님을 맞는다. 대개는 내가 첫 손님이다. 나는 찜 요리가 퍼지는 것을 좋아하지 않는 데다 끼니에 늦을 만큼 할 일이 많지도 않다. 이번에 나는 조금 짜증이 나 있었는데, 그건 로비 문 맞은편 내가 제일 좋아하는 자리를 담당하는 웨이트리스가 새로 바뀐 것을 알았기 때문이었다.

제대로 된 호텔이라면 직원들이 자주 바뀌지 않는 법인데 지난 한 해 동안 이 식당은 그런 말을 들을 자격이 없을 것 같았다. 내가 소피 스콧의 새 남편에게 유감스러운 일 중 한 가지가 그 점이었다. 이 커피숍에서 수년간 일해온 신망 있는 남자 웨이터들을 해고한 것은 그의 책임이었다. 시릴은 매력적인 젊은 여자들을 식당에 두는 것이 요즘 추세라고 했다. 나는 그때 그게 바보 같은 발상이라고 생각했고, 소피에게도 그렇게 말했다. 하지만 여자들이 다 그렇듯이 시릴에게 열중했던 그녀는 분별력을 완전히 상실했고 그 결과 시릴 팬처는 자기가 하고 싶은 대로 밀고 나갔다.

내가 이런 생각을 하며 인상을 찌푸리고 있었던 탓인지 주문을 받으러 온 웨이트리스는 불안한 표정이었다.

　그녀는 부드러운 입매와 소심한 눈빛의, 다소 어린 친구였는데 뭐라고 딱 규정하지는 못하겠지만 예쁜 얼굴이었고 한눈에 봐도 초보였다. 그게 바로 시릴 팬처의 계획이 가진 허점이었다. 그의 매력적인 웨이트리스들은 오래 가는 법이 없었다. 일을 충분히 익혔다 싶으면 그만두는 것이었다. 보통은 결혼을 하거나 할리우드를 기웃거리러 갔다 — 아니, 그럴 거라고 나는 생각했다.

　하지만, 소피 스콧이 멍청한 것이 그 웨이트리스의 잘못은 아니지 않은가. 그래서 나는 그녀에게 아무 일 아니라는 듯 미소를 지었다. "이름이 뭔가요?" 내가 물었다.

　그녀는 빠르게 숨을 들이마셨다. 그때까지 그녀는 내가 자기를 산 채로 잡아먹을까 봐 겁을 먹고 있었다는 생각이 들었다.

　"애니예요." 그녀가 말했다. "감사합니다, 부인."

　"그웬돌린, 프란쉘, 이모진, 이런 이름들이 가고 나서 듣기 좋은 이름이 왔네." 나는 건조하게 말했다.

　그녀는 얼굴이 빨개졌다. "이건 저희 어머니 이름이에요." 그녀는 좀 주저하더니 계속 말을 이어갔다. 턱이 떨리고 있었다. "어머니는 작년에 돌아가셨어요."

　나는 몸을 기울여 그녀의 손을 토닥토닥 두드려주었다. 다소 어색한 느낌이 들었다. 나는 "그래, 그래."하고 말해주었다.

　연민은 내가 그녀에게 해줄 수 있었던 것 중 최악이었다. 그

녀는 완전히 무너진 것 같았다. 한줄기 눈물이 뺨을 타고 흘러
내리더니, 또 한줄기가 연이었다.

"얼마 전에는 아버지도 여의었어요." 그녀가 작은 소리로
말했다.

나는 세상에 홀로 남겨진다는 것이 어떤 건지를 안다. 그래
서 이 가엾은 어린 생명이 너무 안쓰러웠다. 하지만 한결 유해
진 나의 마음을 말로 표현하는 것이 나로서는 쉽지 않았다. 좋
은 말은 큰소리로 할 수 있지만 다정다감한 말을 하고 싶을 때
면 목이 닫힌다. 시릴 팬처가 거들먹거리며 우리 앞으로 온 것
은 내가 그녀의 어깨를 다독이며 후두염에 걸린 늙은 암탉처럼
불분명한 소리로 무슨 말인가를 하고 있을 때였다고 생각한다.
여우처럼 얄팍한 그 얼굴에는 화가 가득했다.

"여기서 뭘 하는 거지?" 그가 따져 물었다. "너는 식사 시중
을 들라고 고용된 사람이지 손님들의 어깨에 얼굴을 묻고 울
라고 여기 있는 게 아니야."

그녀는 겁에 질린 눈빛으로 그를 보더니 주방 쪽으로 허둥
지둥 사라져갔다. "저 아이를 그렇게 무섭게 겁줄 건 없잖아."
나는 쏘아붙이듯 한마디 했다.

그는 마치 나에 대해 자신이 정확히 무슨 생각을 하는지 말
해버리고 싶다는 듯 나를 빤히 쳐다보았다. 나는 어깨를 으쓱
했다. 나와 소피의 새 남편은 서로를 아주 싫어했지만 그는 도
를 넘는 짓을 할 만큼 어리석지는 않았다. 나는 그 호텔에서

제일 비싼 객실 중 한 곳에 묵으면서 매월 1일에 정확하게 돈을 내는 사람이다. 나는 한때는 명망 높았던 집안 출신으로 리슐리외 호텔이 어느 정도 사회적 인정을 받는 데 기여를 하는 존재이고 호텔로서는 그러한 지위를 잃는다면 후회막심할 것이었다.

"미스 애덤스, 저는 당신이 귀찮지 않도록 배려한 것일 뿐입니다." 그가 뻣뻣하게 말했다. "잘 교육받은 웨이트리스가 배워야 할 첫 번째 일은 손님들을 '진실한 고백'의 대상으로 삼지 않는 것이지요. 이런 일은 다시는 일어나지 않을 겁니다. 제가 보장하겠습니다."

그는 급히 주방 쪽으로 걸음을 옮겼다. 장대처럼 꼿꼿한 그의 말쑥한 등을 바라보며 나는 그가 보이지 않는 곳에서 그 불쌍한 아이에게 잔소리를 할 것이라는 확실한 느낌이 들었다. 그는 소피보다 열다섯 살 연하이기는 하지만 젊은 나이는 아니었다. 40대 중반은 되었을 나이에 그런대로 괜찮게 생긴 얼굴이었지만, 마른 몸에 꿍꿍이를 알 수 없는 어두운 분위기가 풍겼다. 그가 처음 왔을 때 나는 그의 이런 외모에 반감이 들었었다.

그는 자신이 살았던 곳과 했던 일, 그리고 그 외의 이런저런 것에 대해 많은 말을 했다. 하지만 희한하게도 그가 자리를 뜨고 나면 그의 시답잖은 말들을 통해 알 수 있는 실질적인 내용은 정말 얼마 되지 않는다는 것을 알아차리게 되는 것이었다.

그는 정확히 밝힐 수 있는 일에 대해서는 거의 말을 하지 않았다. 동부 어디쯤에선가 태어나서 자랐다고 했고 주식과 증권 거래 관련 직장을 다녔다는 식이었다.

결혼은 했었지만 아내는 몇 년 전에 세상을 떠났다. 남부로 온 것은 건강 문제 때문이었다고 한다. 천식과 축농증 얘기를 하기는 했지만 그가 어떤 병을 앓고 있는지는 정확하지 않았다. 그는 처음부터 소피의 호감을 사서 그녀와 결혼할 생각이었던지 알쏭달쏭하게 굴지 않고 적극적으로 구애에 나섰다. 그는 마치 전투적으로 판매에 나선 유능한 영업사원처럼 연애를 시작했다.

내가 볼 때, 이름을 포함한 그 남자의 어떤 것도 사실일 성싶지 않았다. 나는 소피에게 그가 처세에 능한 믿을 수 없는 사람인 게 분명하다고 경고했다. 그녀가 그 말을 그에게 전한 것은 말하지 않아도 뻔한 일이었다. 나는 그가 여생을 발 뻗고 누울 안락한 정박처를 찾아 그녀와 결혼하려 하는 거라고 누누이 말했다. 심지어 소피에게 그녀가 훌륭한 여성 사업가이긴 하지만 뚱뚱하고 머리가 허옇게 센 60을 바라보는 나이라고 대놓고 얘기하기까지 했다. 그녀의 수입이 아니라면 어떤 남자도 그녀를 쳐다보지 않을 것이라는 말까지 했던 것 같다.

그러니 당연히도 시릴 팬처가 나를 좋게 볼 리 없었고 소피조차도 결혼한 이후에는 냉랭하게 나를 대했다. 그녀는 나를 볼 때마다 내가 자신을 위해 해주었던 말들이 가슴에 맺히는 것 같았다. 기회 있을 때마다 내게 시릴 덕분에 얼마나 행복한지 모른다고 말해주려 안달복달했다. 그녀는 그가 자신의 인생에 들어오기 전까지 자신은 행복이 어떤 건지 몰랐다고 했다.

나는 그저 '흥' 하고 대꾸했을 뿐이었고, 당연히도 상황은 나아지지 않았다.

리슐리외 호텔을 지은 소피의 첫 남편인 톰 스콧은 내가 아는 사람이었다. 나는 시릴 팬처의 머리카락을 다 준다고 해도 톰 스콧의 가발 한 올과도 바꾸지 않을 것이다. 소피가 시릴의 낭만적인 검은 눈을 들여다보며 '내 사랑'이라고 소곤거릴 때마다 톰이 무덤에서 돌아누울 것만 같았다.

애니가 주방에서 내 점심 식사를 쟁반에 들고 다시 왔다. 그녀는 손이 서툴렀고 여전히 눈물을 흘릴 것만 같았지만 한마디도 하지 않았고 나도 마찬가지였다. 말을 했다가는 시릴 팬처의 분노만 살 뿐일 것이기에 나는 그녀를 더 곤경에 빠뜨리고 싶지 않았다. 웨이트리스로 생계를 유지하는 예쁘고 젊은 여자들이라면 자기들 문제만 해도 이미 차고 넘칠 것이었다. 그들이 이곳 저곳 끊임없이 옮겨 다닌다 해도 전혀 놀랍지 않았다. 물론 내가 판단할 때 그렇게 하는 것은 대개 프라이팬에서 나와서 불 속으로 들어가는 것이긴 하지만 말이다.

내가 식당에 앉아 있을 때 사람들이 앞다투어 그곳으로 들어왔다. 호텔의 점심은 저녁보다는 항상 덜 붐비기 마련이다. 메리 로슨이 근심 걱정 가득한 얼굴로 내 옆을 지나쳐갔지만,

여느 때와는 달리 잠깐 멈춰 서서 나와 말을 나누지도 않았다. 나는 입술을 오므렸다. 메리는 오랜 시간 내가 제일 좋아해 온 30대 후반의 미망인으로 여전히 아름다웠고 형편도 넉넉했다 — 그렇게 믿을 만한 충분한 이유가 있었다.

곤란해질 것이 눈에 뻔히 보이는데도 메리가 나를 피하는 이유를 나는 안다고 생각했다. 그녀는 젊은 조카 얘기를 나나 다른 누구와도 나누고 싶지 않았던 것이다. 그녀가 점심을 주문하고 나자 폴리가 요란스럽게 들어왔다. 폴리는 살짝 헉헉 대면서 한 손으로 의자를 끌어당겼다. 손이 떨리는 것이 한눈에 보였다. 그러더니 아주 빠르게 말을 하는 것이었다. 혀가 살짝 부풀어 있고 눈도 약간 충혈되어 있다는 사실을 감추기 위해서였다.

"정말 죄송해요." 그녀는 소리를 질렀다. "시간 맞춰 올 생각이었는데요. 시간이 왜 이렇게 빨리 지나갔는지 모르겠어요."

메리는 한숨을 내쉬었다 나는 그녀가 재빨리 호워드 워런을 한번 보고는 다시 재빨리 눈길을 돌리는 것을 보았다. 호워드는 자기 앞만 보고 있었다.

그는 폴리가 들어온 것을 알았을지 모르지만 아무런 내색도 하지 않았다. 폴리 역시 그의 존재를 아는 척하지 않았다. 폴리가 리슐리외에서 지내기 위해 처음 온 이래 한동안은 그녀와 호워드가 같이 다니지 않은 적이 거의 없었는데도 말이다.

실제로 그들은 은행 업무 시간과 자는 시간을 제외하고는 떨어져 있지 않았었다. 호워드는 어머니로부터 상당한 양의 퍼스트 내셔널 은행 주식을 상속받았다. 그는 하버드를 졸업하자마자 — 그것도 우수한 성적으로 — 퍼스트 내셔널 은행에서 일하기 시작했다. 그는 금발 머리에 용모가 단정했고 매우 믿음직하게 잘 자란 젊은 친구였다. 그리고 스물다섯 살의 나이에 지역 사회의 중심이 될 만한 탄탄대로에 들어서 있었다.

나는 호워드가 3개월 전에 폴리 로슨과 결별한 것을 비난하지 않은 사람이었고, 당연히 크게 실망하긴 했지만 메리도 틀림없이 그랬을 것이다. 호워드가 비록 도덕군자처럼 굴지는 않았지만, 그렇다고 하룻밤 사이에 갑자기 그처럼 술을 많이 마시고 담배를 피워 대기 시작하고, 아니면 개차반으로 행동하는, 그런 여자와 진지한 관계를 맺을 사람은 결코 아니었으니까 말이다.

"골프 치기 환상적인 아침이었어요." 폴리는 메리에게 속사포처럼 떠들어댔다. "게다가 스티브는 진짜 멋져요."

그 순간 식당 안의 모든 사람이 그녀의 다음 말을 기다리기라도 하는 듯 어색한 침묵이 흘렀다.

"스티브?" 메리가 딱딱한 목소리로 되물었다.

"스티븐 랜싱이요." 폴리가 큰소리로 말했다. 아마도 호워드들으라고 하는 말일 것이었다.

"하지만, 폴리…." 메리는 얼굴이 하얗게 질려서 강한 어조로 말했다.

폴리는 낄낄거렸다. "그렇게 놀란 표정으로 쳐다보지 말아요, 숙모."

메리는 충격을 받은 얼굴이었다. 나도 마찬가지였다. 호워드가 손으로 테이블 끝을 꽉 쥐는 것이 보였다.

"난 네가 그… 랜싱 씨를 만나고 있는 건 몰랐어." 메리가 느리게, 거의 고통스러운 목소리로 말했다.

폴리는 다시 웃었다. 왠지 귀를 따갑게 울리는 소름 끼치는 비웃음이었다. "정식으로 소개를 받은 건 아니고요." 그녀는 까불거리며 말했다. "음, 그 랜싱 씨가 로비에서 저를 꼬신 거죠. 그 방면으로 난사람이에요."

"그렇다고 하더구나." 조금 창백한 안색으로 메리가 말했다.

우리 모두가 그런 말을 들었고 직접 목격하기도 했다. 폴리가 비록 최근에 목불인견으로 행동하기는 했지만 그래도 나는 그녀가 그 정도는 아니라고 생각했었다. 어찌 되었든, 그녀는 좋은 집안 출신이니까 말이다. 하지만 내가 용서할 수 없다고 여기는 그런 일을 그녀는 부끄러워하기는커녕 자랑스럽게 떠벌리고 있었다. 호워드의 굳은 얼굴을 보면 그런 반응이 나 혼자만의 것은 아님을 알 수 있었다.

스티븐 랜싱 씨는 당시에 3주 넘게 뭔가를 하면서 어쩌다 한 번씩 우리와 어울리곤 했다. 그는 리슐리외에 온 첫날부터 연이어 소동을 일으키고 있었다. 시카고의 유명한 화장품 회사 영업 사원이라는 그는 크롬 기기들이 반짝거리는 화려한 주홍빛 차를 타고 움직였다. 그의 차는 우렁찬 트럼펫 소리를 울리면서 혜성처럼 눈앞으로 돌진하곤 했다.

배기통이 열두 개나 되는 그 차는 최신형 자동차의 유선형 외관을 뽐내고 있었다. 스티븐 랜싱 씨 자신도 유선형으로 날씬했다. 키가 매우 크고 어깨도 아주 넓었으며 허리와 엉덩이는 거의 환상적으로 좁았다. 그의 머리카락은 푸른 빛이 도는 검은색이었고 치아는 아주 하얬다. 그가 건방지게 웃을 때마다 그 하얀 치아가 드러났다. 나태하고 무례해 보이는 그의 회색 눈에는, 우리 때는 도발적이라고 했고 지금은 성적 매력이라고들 하는 그런 분위기가 담겨 있었다.

어쨌거나 스티븐 랜싱 씨는 흔히들 말하는 바람둥이임이 틀림없었다. 그가 로비를 지나가기만 하면 여자들의 눈길이 모두 그의 뒤를 따랐다. 그것은 남자들도 다 아는 사실이었다. 그는 자신이 여자들의 마음을 흔들어 놓는다는 것을 매우 잘 알고 있었다. 그것이 그의 최고의 영업 수단인 것 같았다. 그는 화장품 시연을 위해 인근 작은 동네들로 서둘러 나가지 않을 때면 리슐리외에 둥지를 틀고 자신에게 틈을 주는 모든 여자를 상대로 농담을 즐기곤 했다.

누가 봐도 그는 이런저런 구실로 여자를 꼬시고 하루 이틀 정도 미친 듯이 매달리다가 그 후에는 보란 듯이 그 여자를 차 버리고 다음 대상에게 돌진하는 식이었고, 그런 방면으로 탁월해 보였다. 우리 터줏대감들은 그가 여기저기 정신없이 추파를 던지는 모습을 지켜보다가 그를 더없이 경멸하게 되었다. 우리 중 누구도 그에게 말을 걸지 않았음은 말할 필요도 없다.

그때만 해도 전혀 예상하지 못했었다. 누가 그때 나에게 결국은 내가 리슐리외 호텔의 캄캄한 지하실에서 스티븐 랜싱 씨의 목에 양팔로 매달린 채 발견될 것이라고 말했다 하더라도…. 그러나, 그런 일이 생기고 만다.

그가 그런 행동을 외부에서만 했다면 우리가 그 문제로 분개하는 일은 없었을 것이다. 호텔에는 언제나 기준에 미달하는 여자들이 있게 마련이다. 그런 여자들을 만나게 되면 우리는 그냥 못 본 척 지나친다. 우리끼리 있을 때 그들을 두고 설왕설래할 수는 있을지라도 문제의 당사자와는 인사를 나누는 일도 거의 없었다.

평판이 불확실한 여성이라면 리슐리외 호텔에서 몇 년간 산다고 해도 나 같은 장기 거주자들의 공허한 눈길만 받게 될 수도 있다. 그러나 그런 사람들은 그 몇 년도 되기 전에 기가 죽게 되는 법이다. 우리만의 세계가 그들에게는 너무도 단단히 뭉친 전선으로 보이는 것이다. 나는 침묵하는 우리의 대접에 풀이 죽어 도망치듯 가버리는 사람들을 적지 않게 보아왔다.

스티븐 랜싱이 로티 모스비를 비행기 태우는 것에 우리는 누구도 크게 개의치 않았다. 그녀는 보잘것없는 멍청한 존재였다. 그녀가 분별없게 행동한 것은 이번이 처음이 아니었고 그녀의 남편은 한동안 계속 술을 퍼마셨는데 그의 술버릇은 모두가 알 정도로 고약했다. 마찬가지로, 스티븐 랜싱이 모드 크레인과 잠깐 재미를 볼 때도 아무도 토를 달지 않았다. 그녀는 날씬한 몸매에 강렬한 흑갈색 머리를 찰랑거리며 자기가 이 호텔의 아름다운 요부라는 생각에 빠져 있었다. 우리는 모두 그녀가 이번에 겪은 일이 인과응보라고 생각하여 기분이 좋았다.

그러나 폴리 로슨이라면 얘기가 달랐다. 폴리는 우리만의 세계에 속해 있었다. 폴리는 메리를 통한 우리의 일원이었다. 폴리 로슨이 당시 리슐리외 호텔의 호색한이었던 번지르르한 젊은 남자의 꼬임에 넘어간 것은 고위층의 반역이었기 때문에 우리는 누구도 그 일을 그냥 보아 넘길 수가 없었다.

메리의 안색이 창백한 것은 놀랄 일도 아니었다. 나 자신도 어질어질한 느낌이었다. 나는 부스스한 빨강 머리와 사랑스럽지만 고집 센 입매, 초록색이 섞인 경쾌한 푸른 눈을 가진 폴리에 대해 조금 마음이 약해지곤 했다.

나는 그녀가 살짝 깍쟁이라는 것을 알고 있었지만 겉으로 드러난 젊고 발랄한 그녀의 모습은 전혀 나쁠 게 없다고 믿었다. 이제 나는 그런 내 생각을 수정하지 않을 수가 없었고, 그래서 마음이 쓰라렸다. 마음이 쓰라리기는 호워드 워런 역시 마찬가지였던지 그는 디저트에 손도 대지 않고 자리에서 일어섰다.

그는 폴리와 뜨거운 사랑에 빠졌었다. 나는 그가 여전히 그럴 것이라 짐작했지만, 그는 오른손 때문에 모욕을 당한다면 그 오른손을 잘라 버릴, 그런 유형의 사람이었다. 그는 문을 향해 성큼성큼 걸어 나가면서 폴리 쪽으로는 눈길 한 번 주지 않았다. 그러나 카랑카랑한 그녀의 비웃음 소리는 그를 겨냥한 것이었다. 그의 표정이 일그러지는 것이 보였기 때문이다.

나는 폴리에게 주먹질이라도 하고 싶은 마음이었다. 그녀를 쳐다보는 내 표정이 딱 그래 보였던지 폴리는 입꼬리를 올리더니 다시 한번 웃음을 터뜨렸다. 하지만 나와 눈이 마주쳤을 때 그 눈에서 비웃음은 사라지고 없었고 대신 눈물이 그렁그렁했다.

그때 옆 자리에서 터져 나오려는 탄식을 억누르는 소리가 나서 나는 그쪽을 보았다. 나는 옆을 돌아보고는 눈썹을 치켜올렸다. 로티 모스비는 남편이 시내 큰 스포츠용품점에서 점원으로 일하고 있었기에 언제나 혼자서 점심을 먹었다. 나는 모스비 부부 중 어느 쪽도 마음에 들지 않았다. 그들은 그저 그런 사람들이었다. 그 말 말고는 달리 그들을 표현할 말이 없을 것이다.

둘 중에서 고르자면 나는 아내 쪽이었다. 비록 성애 소설과 화려한 옷차림, 천박한 향수를 즐기는 수다스럽고 저급한 젊은 여자이긴 하지만, 적어도 그녀는 술로 뇌를 썩어가게 하지는 않았다. 방금 나는 그녀가 조금 안됐다는 생각마저 들었다. 과하게 볼 화장을 한 그녀의 작은 얼굴이 금방이라도 울음을 터뜨릴 듯 일그러져 있었던 것이다. 그녀의 시선을 따라가 보니 스티븐 랜싱 씨가 힐다 앤서니를 커피숍으로 데리고 들어오고 있었다.

나는 평판이 의문스러운 여자들이 리슐리외에 오래 머무는 경우는 드물다고 말했었다. 앤서니라는 인간은 그러한 법칙의 예외였다. 나는 언젠가 그녀가 '뜨개질 군단' 앞을 지나 이 호텔 로비를 걸어가는 것은 집중 포격을 당하는 것과 같다고 했던 말이 무슨 뜻인지 안다. 그 군단은 당연히도 나와 나의 가장 가까운 친구들을 뜻했다. 그럼에도 불구하고, 그녀는 호텔에 계속 묵고 있었다. 우산이 물을 튕겨 내듯 그녀는 사회적인 멸시를 튕겨 내고 있는 것 같았다.

그녀는 원래 이 도시에 이혼을 하기 위해서 온 것이었다. 우리 주의 새 법령에 따르면 3개월만 거주하면 법적으로 갈라설 수가 있었기 때문이었다. 그녀는 뉴욕 출신으로 그곳에서 결혼을 통해 한몫 잡는 데 성공한 여자였다. 그녀는 세 번 이혼하고 남편들로부터 거액의 위자료를 받았다는 것을 전혀 숨기지 않았다. 온갖 결점을 갖고 있었음에도 그녀는 놀라울 정도로 솔직했다. 나이가 서른 살이고 머리는 금발로 염색을 한 것이라고 했고 미모가 자신의 자산이라는 점을 부인하지 않았다.

그녀는 우리 모두가 처음부터 알아차렸듯이 철두철미한 승부사였고 그런 점을 전혀 숨기려 하지 않았다. 한번은 로비에서 그녀가 자기는 돈을 벌기 위해 집을 나왔고 돈을 버는 방법 같은 건 전혀 상관이 없었다는 말을 대놓고 하는 것을 내가 직접 들은 적도 있었다. 힐다 앤서니에 관해 유일하게 풀리지 않는 의문은 원하던 이혼을 하고 나서도 이 도시에 계속 남아 있는 이유는 무엇인가, 하는 것이었다.

보수적인 우리 소도시에는 그녀가 고를 수 있는 돈 많은 플레이보이들이 전혀 없었다. 근사한 남자들을 버리고 난 뒤 그녀가 리슐리외 호텔에서 만난 남자들은 별 볼 일 없는 사람들이었다. 더구나 그녀는 그들을 농락하려고도 하지 않았다. 나로서는 그 점이 더더욱 놀라웠다. 그녀는 타당한 아무 이유도 없이 바다 한 가운데서 항해를 멈추고 표류하는 해적 같았다. 다소 관대한 한두 사람은 아마도 그녀가 자신이 살아온 길이 잘못되었다는 것을 알고 사람이 바뀐 것일지도 모른다고 추측했다. 그러나 힐다 앤서니가 회개를 한 낌새 같은 것은 전혀 없었거니와 나 역시도 이 특이한 표범이 자신의 점박이 무늬를 바꿀 것이라고는 생각지 않았다.

스티븐 랜싱이 그날 그녀를 위해 의자를 빼내 주었을 때 그녀는 정말 놀라울 만치 표범 같아 보였다. 아니면 노르스름한 털로 덮인 표독한 노란 눈을 가진 아름답고 유연한 암호랑이 같았다. "자기는 너무 다정해." 검고 기다란 인조 속눈썹 사이로 그를 지그시 바라보며, 그녀가 느릿느릿 말했다.

"당신을 다정하게 대하면 제 기분이 좋은걸요" 그가 애무하듯 속삭였다.

둘이 잘 어울리는 한 쌍이라는 생각이 들었다. 나는 그가 자신을 먹잇감으로 바치는 맹수 같다는 생각을 했던 기억이 난다. 경망스럽고 자그마한 폴리 로슨이 그에게 꼭 안겨 있는 것을 생각하자 나는 온몸에 전율이 흘렀다. 그러다가 그가 캐슬린 어데어의 환심을 사려고 세 번이나 시도했지만 그녀의 시선은 마치 허공을 보듯 무심하기만 했던 기억이 나자 흡족한 마음에 마음이 훈훈해지는 것이었다.

나는 내 자리 옆에 있는 거울을 보았다. 어데어 모녀는 항상 내 뒤에 앉아 있었지만 나는 거울을 통해 그들의 모습을 볼수 있었다.

그 어머니는 레몬 푸딩을 깨작거리고 있었다. 그녀는 음식을 맛있게 먹는 법이 없었다. 딸은 호워드 워런처럼 디저트를 손도 대지 않고 남겨 놓았다. 그녀는 속눈썹을 내리깔고서 스티븐 랜싱을 보고 있었다. 자신의 의지와 상관없이 그 남자에게 끌리기라도 하는 듯, 그에게서 눈을 뗄 수가 없는 듯 그녀의 눈에는 아쉬움이 가득 담겨 있었다.

그가 몸을 가까이 기울여 힐다 앤서니의 노르스름한 눈을 들여다보며 미소를 짓자 캐슬린은 호흡을 가다듬었다. 로티 모스비가 그랬던 것처럼 그녀의 얼굴이 순간적으로 일그러졌다.

내 기억으로는 그때보다 더 기분이 상했던 때는 없었던 것같다. 나는 식당을 가로질러 그 남자를 응시했다. 내 얼굴은 살기등등했을 것이었다. 저질 바람둥이에게 마음을 빼앗기기에는 어데어 양이 너무 아깝다고 생각하니 기분이 언짢았다. 경악스럽게도, 그 젊은 남자는 내 눈을 쳐다보더니 잔을 들었다.

그리고 내게 무례한 미소를 던지고는 잔을 비우는 것이었다.

"저 건방진 어린 애송이가 도대체 왜, 왜!" 나는 맥없이 외쳤다.

스티븐 랜싱은 식당 저쪽에서 나를 보며 윙크했다.

3

이 호텔에서 내게는 친한 친구가 세 사람 있다. 모두 오래도록 인연을 맺고 있는 미망인들이다. 우리는 거의 매일 오후에 4인조 브리지 게임을 한다. 브리지는 나이 먹고 의지할 데 없는 여자들 넷이 시간을 죽일 수 있는 몇 안 되는 재미있는 놀이다. 나는 도박을 용인하지 않는 사람이지만 우리는 구석에 25센트를 놓고 게임을 한다. 교회 친구들에게 나는 그렇게 해서 그냥 게임에 점수를 매기는 것일 뿐이라고 설명하곤 했다.

내가 기억하는 한 이날 우리는 그레이스 저니건의 방에서 게임을 할 차례였다. 실은, 내가 커피숍에서 점심을 먹고 나왔을 때 그녀는 자기의 카드 테이블을 사교실에서 빙고 파티에 쓴다고 빌려 가서 돌려주지 않은 것에 대해 야간 직원인 핑크니 닷지에게 항의하고 있었다.

"내가 그걸 호텔에 기증한 게 아니잖아." 그레이스가 톡 쏘아붙였다.

"그렇죠, 저니건 부인." 핑크니는 한숨을 쉬었다.

"바로 처리해 줄 거지?"

"네, 저니건 부인." 핑크니가 다시 말했다.

그는 나와 눈이 마주치자 살짝 얼굴을 찡그렸다. 근무 중일 때나 아닐 때나 까탈스러운 투숙객들의 요구에 시달린 시간이 20년이라면 누구라도 지칠 수밖에 없을 것 같았다. 그는 밤에 데스크에 앉아서 투숙객의 호출 전화를 받거나 방의 열쇠를 건네주는 일을 하는 사람일 뿐이었다. 나는 그가 손님들 일에 끼어들어 자신의 성격을 내보이는 것을 본 적이 없다. 물론, 이건 그에게 성격이라는 것이 있다는 걸 전제하는 것인데, 그런 것이 있을 것 같지도 않았다. 그의 별명인 핑키는 핑크니라는 이름에서 자연스럽게 나온 것이지만 그의 희미한 눈빛과 핑크빛이 도는 머리카락과도 잘 어울렸다. 핑크니는 여러 가지 면에서 하얀 토끼를 닮았다. 기다란 윗입술을 보일 듯 말 듯 비트는 것까지도 토끼 같았다.

"어머니는 어떠셔, 핑키?" 내가 여느 때처럼 물었다.

"여전하시죠, 고맙습니다, 미스 애들레이드." 항상 하던 것처럼 그가 말했다.

나는 어깨를 으쓱했다. 언젠가 나는 영원히 사는 방법은 불치병을 얻어서 그 병을 잘 돌보는 것이라는 말을 들은 적이 있다.

내가 알기로 핑크니 닷지의 어머니는 한 해를 넘기지 못할 것이라는 말을 해마다 들으면서 변두리 요양원에 계신 지가 20년이다. 그는 자기 개인사는 전혀 얘기하지 않기 때문에 그가 말해준 것은 아니지만 나는 어디선가 핑크니가 로스쿨을 막 졸업했을 때 그의 아버지가 돌아가셨다는 말을 들었다.

그랬다면 그는 수습 기간을 전혀 갖지 못했을 터였다. 죽어 가는 어머니를 모시느라 서둘러 월급 자리를 찾아야 했을 것으로 짐작된다. 아마도 그는 그런 생활이 아주 잠깐이면 될 것이라고 믿었을 가능성이 크다. 그러나 그는 여전히 리슐리외 호텔에 있다. 식사를 제공받고 호텔 뒤쪽 작디작은 다락방에 몸을 의탁하고서 요양원 비용을 낼 만큼은 되지만 그 이상은 아닌 월급을 받으면서 말이다.

내가 우편함에 편지 온 것이 있는지 보려고 데스크에 잠깐 서 있을 때 폴리 로슨이 엘리베이터에서 서둘러 나왔다. 그 바람에 넘어질 뻔한 연로한 비처 판사가 그녀를 째려보았다.

"죄송해요." 폴리는 문으로 달려가며 말했다.

"폴리, 어디 가는 거니?" 의자 등받이를 손가락으로 두드리며 로비 건너편에 서 있던 메리 로슨이 다그치듯 물었다.

"밖에요." 폴리가 짧게 대답했다.

나는 메리 로슨이 호텔 입구의 '주차 금지' 표지판 앞에 떡하니 서 있던 하얀빛과 주홍빛이 현란한 스티븐 랜싱의 로드스터 차량을 바라보는 것을 보았다. 그런 다음 그녀는 재빨리 나를 쳐다봤다. 나는 어깨를 으쓱했다. 두 뺨이 붉으락푸르락해진 메리가 평소와는 다른 날카로운 목소리로 폴리를 불렀다.

"앞 주름 장식을 안 했네." 메리가 말했다.

폴리는 킥킥 웃었다. "목에 다는 그 분홍 천 조각 말이에요?"

"그게 없으면 그 원피스는 입다 만 것 같잖아." 메리가 신랄하게 말했다. "제대로 옷을 입지 않으면 밖에 못 나가, 폴리."

"전 가야 해요." 폴리는 조롱 섞인 웃음을 띠며 못 박듯이 말했다. "그 분홍색 장식은 그냥 사라져 버렸어요, 메리 숙모. 제가 다 찾아봤다고요."

"말도 안 돼!" 메리가 말했다. "점심 먹기 직전에 네 옷장에 있는 걸 내가 봤어."

"지금은 없다고요, 귀여운 숙모님." 폴리는 소리쳐 말하고는 춤을 추듯 회전문 속으로 빨려 들어갔다.

"요즘 젊은 애들은 아무 생각이 없다니까요." 엘리베이터로 걸어가면서 메리가 내게 중얼거렸다. 나는 입을 꾹 다물었다. 그러자 그녀는 얼굴이 빨개졌다.

"아마 제가 잘못 알았나 봐요." 그녀가 변호하듯 말했다. "그 주름 장식은 세탁실로 갔거나 뭐 그런 걸 거예요."

나는 여전히 아무 말도 하지 않았다. 그러자 메리는 다소 힘없이 웃음지었다. 아니 나는 그렇게 생각했다.

"어찌 되었든," 그녀가 말했다. "목장식에는 날개가 없잖아요."

메리는 나처럼 4층에 방 두 개짜리 스위트룸을 쓰고 있다. 다른 점은 그녀의 방은 앞쪽에 있고 내 방은 뒤쪽 복도 끝의 모퉁이 방이라는 것이다. 우리가 함께 걸어갈 때 로라 할멈이 카펫 청소기와 대걸레, 양동이들을 잔뜩 들고서 메리의 침실에서 막 나오고 있었다. 우리 두 사람은 그 나이 든 청소부가 몸을 추슬러서 청소용품들을 들고 옆으로 비켜설 때까지 걸음을 멈추었다. 그때 우리는 둘이 동시에 프릴 달린 분홍색의 무언가가 메리의 침실 침대 중 하나의 발치에 떨어져 있는 것을 보았다.

"그렇지," 내가 메마르게 읊조렸다. "목장식에는 날개가 없지."

메리의 입술이 떨렸다. 나는 손을 내밀어 그녀의 손을 잡았다.

"그 애를 당분간 어디로 보내는 게 어떻겠어?" 내가 물었다. "걔가 새로운 환경에 다시 적응할 기회를 줘 봐. 여름캠프나 크루즈 여행 같은 데로 말이야."

메리의 손은 차가웠다. 그녀가 나를 쳐다보는 눈이 너무나 절망적이어서 나는 놀라 핸드백을 떨어뜨렸다.

"무슨 돈으로요?" 그녀가 다그치듯 물었다.

나는 그녀를 바라보았다. "경제적으로 힘들 리는 없잖아, 메리!" 나는 못 믿겠다는 듯 소리쳤다.

그녀는 불에 데기라도 한 듯 내 손을 놓았다. "그렇죠. 그럼요, 당연히 안 힘들어요!" 그녀는 더듬거리며 말을 했다. 그러나 내 눈을 쳐다보지는 않으려 했다.

"내가 도울 수 있다면…." 내가 말을 시작했지만 메리는 숨이 막히기라도 한 듯 이상한 소리를 내며 방으로 들어가서 문을 닫아 버렸다.

나는 어안이 벙벙했고 불안한 기분이었다. 복도를 반쯤 내려오다 마주친 로라 할멈도 그런 것 같았다. 그녀는 혼잣말을 중얼거리면서 반백의 곱슬머리를 절레절레 흔들고 있었다.

"내는 도둑이 아이야. 한 번도 뭘 훔친 적은 없다고." 그녀는 웅얼웅얼 말했다. "내 같은 늙은이가 뭐 땀시 혼자 된 여자의 속눈썹 같은 걸 갖고 싶어 하겠노?"

"로라, 도대체 뭘 그렇게 투덜거리고 있는 거예요?" 내가 물었다.

그녀는 핏기 없는 두툼한 입술을 삐죽 내밀었다. "409호실 그 호사시러븐 부인이 내가 자기 물건을 훔쳤다고 하잖아요."

개인적으로 나는 힐다 앤서니에 대해 같은 생각을 하고 있었다. 하지만 사람은 품위를 유지해야 하는 법이다. "앤서니 부인을 말하는 건가요?" 나는 정색을 하고 물었다.

"난 속눈썹 같은 건 본 적도 없어요. 빨간색 작은 철제 통도 못 봤고요. 내하고는 아무 상관도 없는 일이라고요." 로라는 눈알을 굴리며 불평을 했다. 주름이 자글자글한 얼굴에 눈 흰자위만 보일 정도였다. "내는 도둑이 아이란 말이요!"

"그건 내가 보장해요." 나는 달래듯이 말했다. "그 여자분이 자기 물건을 가져갔다고 당신을 비난한다면 그건 그 사람이 실수한 거죠. 어디다 잘못 두었을 거예요."

"그래요?" 쉿소리 나는 목소리가 따지듯 물었다.

그때까지만 해도 나는 우리가 409호실 앞에 서 있으며 그 방의 문이 살짝 열려 있다는 것을 깨닫지 못하고 있었다. 문이 활짝 열리더니 앤서니라는 그 여인이 우리 앞에 마주 섰다. 그녀의 노르스름한 눈은 이글이글 타오르고 있었다. 몸에 착 달라붙은 금색 잠옷을 입고 있으니 그녀는 어느 때보다 더 황갈색 암호랑이 같아 보였다. 육감적이라는 말의 의미를 내가 완전히 알게 된 것은 그때였다.

"당신은 이 호텔에 있는 모든 사람의 일에 참견할 권리가 있다고 생각하나 보네요." 힐다 앤서니는 내게 통고하듯 말했다. "경고하겠는데, 내 일에서는 빠져요."

"이것 봐요…." 고백건대, 나는 제법 열이 올라서 말을 시작했다.

"나한테 이것 봐라, 저것 봐라, 하지 말아요." 그녀가 쏘아붙였다. "그냥 내 일에 끼어들지 말아요. 무슨 일이든 간에 말이에요."

"내 생각에는 당신은 조사를 받는다면 견디기가 힘들 것 같고 당신 일은 빠져나가지 못할 것 같은데요." 내가 응수했다.

"그래요?" 그녀는 아까와 똑같이 말하고는 고양이가 꼬리를 휙 감듯이 잠옷 끄트머리를 휙 잡아당겼다. "좋아, 내 당신한테 말해 주지. 당신은…."

볼썽사나운 전형적인 장면이 벌어지려던 그 순간을 막은 것은 내 뒤에서 들려온 울먹이는 약한 소리였다. "싸우면 안 돼요! 오, 여러분, 제발 그러지 말아요."

나는 급히 몸을 돌렸다. 캐슬린 어데어의 어머니가 옆방인 그녀의 방 입구에 서 있었다.

"어머니는 사람들이 서로 못되게 구는 걸 못 견디세요." 캐슬린 어데어가 숨 가쁜 목소리로 해명했다.

그녀는 필요하다면 나와 앤서니 여인의 중간에 막아서기라도 할 것처럼 복도로 나왔다.

"내는 빨간색 작은 철통을 안 훔쳤다고요." 로라가 대걸레를 휘두르며 우리를 쳐다보면서 통명스럽게 말했다.

어데어 양이 날렵하게 몸을 숙이더니 무언가를 찾아냈다.

"혹시 이게 찾고 계시던 건가요?" 그녀는 이렇게 물으며 반짝거리는 작은 빨간색 통을 내밀었다. 통에는 뉴욕 파크 애비뉴의 유명한 미용사 이름이 적힌 금빛 라벨이 붙어 있었다.

앤서니 여인은 그 통을 열고 안을 들여다보았다. "없어진 건 없네." 그녀가 특이한 목소리로 말했다.

"소지품을 습관적으로 여기저기 아무렇게나 두는 사람이라면 다른 사람을 도둑으로 모는 건 조심해야죠." 내가 말했다.

그녀는 심술궂은 표정으로 나를 쳐다보았다. "그래요? 흠, 난 부주의한 사람이 아니에요, 알아요? 값비싼 물건에 대해선 절대 안 그래요. 인조 속눈썹도 귀한 물건이죠. 그것도 아주 많이. 브로드웨이에서 이렇게 멀리 떨어져 있는 곳에선 말이죠. 나는 이 통을 내 화장대 맨 위 서랍에만 넣어둔다고요. 자, 거기 대해선 어떻게 생각하죠?"

나는 그녀 같은 부류와 싸우고 싶은 생각이 들지 않아서 보란 듯이 코를 높이 세운 채 걸어갔다. 하지만 내 방으로 들어가면서 뒤를 보았을 때 힐다 앤서니는 가늘게 다듬은 눈썹을 당혹스럽게 찌푸리고서 여전히 그 철제 통을 쳐다보고 있었다.

우리의 게임은 정확하게 2시에 시작해서 누가 잃든지 상관없이 5시 종이 울리면 끝이 난다. 내 경험으로는 단돈 25센트라도 돈이 걸린 게임을 할 때는 철통같은 규칙이 있어야 한다. 돈에 관계된 것만큼 성격을 예민해지게 만드는 것은 아무것도 없다는 것이 내가 관찰하고 내린 결론이다. 나는 꿈에도 생각지 못했을 인간의 본성을 브리지 게임 테이블에서 배웠다.

엘라 트로터는 나의 제일 친한 친구다. 그런데, 나만 해도 승부욕이 없는 사람은 아니지만 엘라가 게임에서 졌을 때 그녀의 기분을 회복시킬 수 있는 사람은 아무도 없었다. 그녀는 브리지 게임을 할 때마다 할 수만 있다면 누구에게든 이기고 만다. 게임이 끝나고 나서 상대에게 25센트를 줄 수는 있을지언정, 게임을 하는 동안에는 상대에게 속임수를 써서 기분 좋도록 만든 다음 바로 꼼짝 못 하는 수를 써버리는 것이다. 엘라와 나는 브리지 게임 때문에 관계가 파탄 날 정도로 껄끄러웠던 때도 있었다. 하지만 그녀는 속마음은 착한 친구다.

그날 엘라가 내게 전화했을 때 나는 그냥 거실로 움직이던 중이었다. "오늘 오후 늦게 우리 올케가 올 거야. 걔한테 스타킹 수선기가 있거든. 올 나간 스타킹이 있으면 갖고 와, 애들레이드. 걔한테 고치라고 할 테니까."

"고마워, 엘라." 내가 말했다.

"그런 말 하지 마."

그녀의 전화를 끊고 나서 나는 세탁 바구니를 뒤져서 수선해야 할 스타킹 몇 켤레를 챙겼다. 그러고 보니 요즘에는 옛날같이 품질 좋은 의류가 없다는 생각이 들었다. 그러자 뜨개질로 짠 가방이 생각났다. 내가 20대 때부터 갖고 있던 가방이었다. 아버지가 심하게 천식을 앓으시는 바람에 몇 달 동안 아버지와 함께 꼼짝없이 집 안에 있었던 겨울에 그 가방을 만들었던 것을 나는 생생하게 기억하고 있다. 손으로 할 수 있는 뭔가가 있어서 그 길고 지루했던 나날들을 견뎌낼 수 있었다.

그 가방은 이제 구닥다리가 되어 있다. 요즘의 맵시 있는 작고 예쁜 가방을 옆에 두고 보면 밝은 청색 바탕에 짙은 초록 장미, 그리고 무거운 녹색 유리 손잡이가 있는 그 가방은 커다랗고 둔탁해 보이는 물건이다. 이제는 거의 그 가방을 들고 다니지 않지만, 그럼에도 불구하고 나는 그 오래된 유물에 대해 감상적인 애착을 느끼고 있다. 그런데 그 가방의 넓은 면 중 한 곳에 실밥이 터져 있었다.

"엘라의 올케한테 이걸 좀 어떻게 해줄 수 있는지 물어봐야지." 침대 옆 탁자 위에 가방을 올려놓으며 내가 말했다.

그때 누군가 문을 두드리며 나를 불렀다. "미스 애덤스! 잠깐 좀 뵐 수 있을까요?" 나는 얼굴을 찡그렸다. 로티 모스비였던 것이다. 내 표정이 무서워 보였던지 내가 들어오라고 하자 그녀는 몹시 과장해서 미안해하는 눈으로 나를 보았다.

"귀찮게 해드리기는 정말 싫은데요." 그녀가 큰소리로 말했다. 급하게 말을 하는 바람에 단어들이 뒤죽박죽 튀어나왔다. "저를 좋아하지 않으시는 건 알아요. 하지만…." 그녀는 긴 숨을 내쉬었다. "조언을 구할 사람이 있다면 얼마나 좋을까요! 하지만 아무도 없는걸요."

"남편이 있잖아요." 나는 그녀에게 말해 주었다.

이미 말했듯이 나는 모스비 부부와는 아무런 공통점이 없었다. 비록 둘 중에서 정신이 산만하기는 해도 아내 쪽이 더 낫다고 생각하기는 했지만 말이다.

"그래요." 그녀가 말했다. 예쁘지만 흔한 그녀의 작은 얼굴이 어두워졌다. "저는 남편이 있죠. 바로 그렇기 때문에…." 그녀는 갑자기 말을 멎었다.

"네?" 내가 물었다.

또다시 그녀가 숨을 길게 내뱉었다. "제가 아무리 곤경에 처해 있어도 단에게는 절대로 달려갈 수가 없어요."

나는 눈썹을 치켜올렸다. "그런 경우에는 곤경을 피하는 게 상책이에요."

"하지만, 그런 상황에 처해 있으면 피할 수가 없잖아요. 점점 더 깊이 빠질 뿐이죠." 그녀는 소리를 지르며 미친 듯이 덧붙여 말했다. "이건 악순환이라고요!"

"쓰레기 같은 소설을 너무 많이 읽었군요." 나는 신랄하게 말했다.

그녀가 한숨을 내쉬었다. "당신이 도와줄 거라고는 생각하지 않았어요. 알아요, 당신 같은 숙녀분이 볼 때 저는 구제 불능이겠죠."

그녀는 문을 향해 돌아섰다. 그녀의 좁은 어깨는 축 처져 있었다. 싸구려 립스틱을 바르고 다리를 훤히 드러낸 스커트를 입고 있었지만 나는 갑자기 그녀가 겁에 질리고 절망감에 휩싸인 어린아이처럼 느껴졌다.

"내가 뭘 해주길 바랐던 거죠?" 나는 딱딱하게 물었다.

그녀는 고개를 내저었다. "해주지 않으실걸요."

"자, 자," 나는 무뚝뚝하게 말했다. "그냥 말해요."

그녀는 어깨 너머로 나를 돌아보았다. 나는 그녀가 작년에 호텔에 들어온 이후 몰골이 형편없이 초췌해진 것에 깜짝 놀랐다. 그녀는 스물다섯 살이 못 되었을 터이고 그때는 지금보다 어려 보였었다. 지금 그녀는 눈 밑에 다크서클이 가득하고 입 주변은 파리했다.

"10달러만 빌려주시겠어요?" 그녀가 작은 소리로 말했다.

나는 안경 너머로 그녀를 쳐다보았다. "도박꾼들하고 돈내기를 해서 다 날려 버리려고 그러는군요. 남은 돈도 다 날려 버린 것처럼 말이죠."

"당신은 모르는 게 없으시군요, 그렇죠?" 그녀가 뾰로통하게 물었다.

"이 호텔의 여자 손님이 짐꾼을 계속해서 바쁘게 거리로 내보내 마권 업자에게 가게 하면 모두들 알게 되는 건 시간문제일 뿐이에요."

"그렇군요." 그녀는 쓸쓸하게 읊조렸다.

"이것 봐요." 내가 말했다. "이런 곳은 젊은 부부에게는 최악이에요."

"정말 맞는 말씀이에요." 입술을 떨면서 그녀가 말했다.

"할 일이 별로 없잖아요. 당신이 나쁜 일에 빠지는 것도 무리가 아니죠. 내 의견을 묻는다면, 뭐라도 할 일이 있으면 당신 남편은 그렇게 술을 퍼마시지는 않을 것 같다는 거예요. 둘이서 작은 집이라도 임대해서 새롭게 출발하는 게 좋지 않겠어요?"

그녀의 메마른 푸른 눈에 갑자기 밝은 빛이 감돌았다. "그럴 수만 있다면 얼마나 좋을까요!"

"놀고먹는 생활은 잊어야죠." 나는 직설적으로 말했다. "화초를 키우고 닭들을 길러요. 그리고 아기를 낳아서 변화를 도모하고요. 이런 말하기는 뭐하지만, 두 사람은 서로 사랑했었잖아요."

"네! 그래요!"

"좋아요, 그럼 조금만 기회가 있으면 다시 시작하게 될 거예요."

"기회죠! 하지만 그게 제 부탁이에요, 그 기회라는 것 말이에요!"

나는 어깨를 으쓱했다. 그러자 그녀는 내 팔을 붙잡고 애원하듯 매달렸다.

"그래서 10달러가 있어야 한다고요! 그게… 그게 제 기회예요."

"누군가 당신한테 절대 지지 않는 병든 경주마가 있다고 귀띔을 해준 모양이군요."

"닐슨은 병든 경주마가 아니에요. 그 말이 이길 게 분명해요. 게다가 배당률이 20대 1이라고요. 제발, 제발 부탁이에요, 미스 애덤스, 당신이 아시기만 한다면 얼마나 좋을까요! 깨닫기만 한다면요! 200달러는 저한테는 천국과 지옥을 오가는 돈이에요."

"늙은 바보보다 더 어리석은 자는 없지." 나는 중얼거리면서 킁킁거리며 지갑에서 5달러 지폐 두 장을 꺼냈다.

"라토니아 7번 경주예요." 그녀가 소리쳤다. "그리고 복 받으실 거예요!" 그녀는 내가 준 10달러를 쥐고 지옥을 향해 춤을 추며 사라졌다.

"이제 다시는 저 여자를 만날 일이 없을 거야." 나는 단호하게 혼잣말을 했다. 사람들을 떼어내는 가장 빠른 방법은 돈을 빌려주는 것임을 나는 경험으로 알고 있었다.

나는 기분이 좋지 않았다. 불편한 일이 계속 일어나는 날이었다. 여러 가지 일이 신경을 곤두서게 했다. 2층에 있는 그레이스의 방으로 가기 전에 나는 블라인드를 내렸다. 오후 반나절 동안 내 방의 남쪽 창들은 고스란히 햇빛을 받는다. 그 창들은 호텔 뒤쪽의 직원 출입구를 향해 나 있었다. 그 중간에는 녹이 슨 비상 탈출구가 있었다. 일 년에 한 번씩 보험 심사관이 오는 때를 제외하면 아무도 사용하지 않는 곳이었다.

비상 탈출구의 입구는 복도에서 들어가게 되어 있지만 내 침실의 뒤창을 통하면 비상 탈출구의 철제 난간에 손이 닿는다. 블라인드를 내리면서 나는 그날 아침에 속옷 하나를 말리려고 그 난간에 널어 둔 것이 기억났다.

호텔 측은 객실에서 세탁을 하지 말라고 권장하지만, 집에서 자기 손수건과 속옷을 빨지 않는 여자가 있을 것 같지는 않다. 그래서 나는 마음 내킬 때마다 그렇게 해왔고 또 하고 있다.

나는 속옷을 거둬들이려고 몸을 밖으로 기울였다. 바람에 제멋대로 팔랑대는 속옷을 보면서 정원 건너편 건물에 있던 여드름투성이 젊은 아이들 둘이 음란한 생각이라도 하는 듯 킬킬거리고 있었다. 그때 호텔 뒷문으로 웨이트리스 애니가 나오는 것이 보였다. 그녀는 아스팔트 골목길을 빠르게 걸어서 옆길 쪽으로 내려갔다. 나는 그녀의 뒷모습을 바라보면서 심장이 죄어드는 느낌이었다. 어린 그녀가 그렇게 쓸쓸해 보일 수가 없었다. 웨이트리스들은 왜 가족이나 보호자가 없는 건지, 알 수 없는 일이었다.

내가 다른 많은 직업에 대해 잘 알아서 하는 말은 아니지만, 커피숍에서 내가 만난 어린 여자들만 보자면 그들은 모두 측은할 정도로 혼자 힘으로 살아가고 있었다. 내가 아는 한 그랬다.

"쟤들이 풍뎅이처럼 여기저기 옮겨 다니는 건 이상한 일도 아니지." 나는 중얼거렸다.

어떤 남자가 별안간 나타나서 눈에 띄지 않게 그녀의 뒤를 따라가는 것이 내 눈에 들어온 것은 바로 그때였다. 잘못 본 것이 아닐까 하여 나는 두 번이나 쳐다봐야 했다. 그것은 바로 뉴올리언스에서 온, 우중충한 회색 양복을 입은 볼품없이 작은 남자, 제임스 리드 씨였다.

"이래서 그 어데어 양이 죽이고 싶다는 듯이 그를 쳐다본 게로군." 나는 속으로 생각했다. "호색한이라니. 누가 그렇게 생각했겠어?"

수년간 호텔에서 살다 보니 나는 바람둥이 남자는 한눈에 알아볼 수 있다고 잘난 척했다. 제임스 리드 씨는 음흉한 마음을 품고 어린 여자들을 희롱할 사람이 절대 아니라고 생각했다는 사실을 깨닫자 나는 자부심에 일격을 당한 느낌이었다.

"애니가 그를 엿 먹일 정도의 지각은 있었으면 좋겠는데." 나는 화가 나서 중얼거렸다.

하지만 나는 그녀가 양의 탈을 쓴 늑대에 대해 잘 알지 못할 것이라는 서글픈 확신이 들었다. 좀 더 잘 보려고 창문 밖으로 몸을 더 내밀었을 때 다음 모퉁이에서 젊은 남자가 그녀와 만

나는 모습이 보여 나는 안도의 한숨을 쉬었다. 그 젊은 남자는 살짝 다리를 절었고 멀리서 봐도 알아볼 수 있을 만큼 헤진 청색 작업복을 입고 낡고 늘어진 모자를 쓰고 있었다. 그들은 함께 시야에서 사라졌다.

그녀가 그의 팔에 매달려 갔다.

"그래도 저 애는 만나는 사람이 있구나. 남자가 형편이 좀 안돼 보이기는 하지만 말이야, 불쌍해라." 나는 그렇게 생각했던 기억이 난다.

마음이 싱숭생숭했던 탓인지 나는 비상 탈출구 난간에 널려 있던 목표물을 잘못해서 놓치고 말았다. 손이 닿긴 했지만 여전히 방정맞게 바람에 펄렁거리고 있던 그 물건은 아래쪽으로 조금 미끄러지더니 살짝 부풀어 올랐고, 그런 다음 장난치듯 아래층 창문으로 휙 몸을 던지는 것이었다. 경악스럽게도 남자의 팔이 흰색 셔츠 소매를 보이며 쑥 나오더니 그것을 잡았다.

"이건 댁의 분홍색 속바지일까요, 미스 애덤스?" 놀리는 듯한 목소리가 소곤거리며 말했다.

나는 아무 말도 못 하고 고개를 내려 스티븐 랜싱 씨의 그 오만불손한 회색 눈을 바라보았다.

그는 나에게 활짝 웃어 보였다. "이걸 기념품으로 제가 보관하는 게 물론 더 예의 바른 것 같긴 한데요." 그가 말했다. "단지, 이게 제 방에 있는 이유를 도대체 어떻게 설명하죠?"

"난… 어…." 나는 헉하고 숨을 들이켰다. "세상에, 별소리를 다 듣겠네!"

그는 웃음을 터트리더니 속바지를 돌돌 말았다. 그리고 "받
아요!"라고 했다. 나는 큼직한 가슴을 창문턱에 대고 몸을 있
는 대로 내밀어서 그가 던져준 뭉치를 받는 우스꽝스럽기 짝
이 없는 장면을 연출하고 말았다. 나는 얼굴이 빨개져서 확확
달아오르는 것을 느꼈다.

"이봐요, 젊은 친구." 내가 말했다. "자네 정말 저속하군."

"아, 무슨 말씀을 그렇게." 스티븐 랜싱 씨는 염려가 된다는
듯 과장된 몸짓으로 가슴에 한쪽 손을 얹고는 한껏 높이 손을
휘두르며 내게 가소롭게 허리를 굽혔다. 나는 있는 힘껏 블라
인드를 내렸지만, 블라인드 줄만 떨어져 나가고 말았다.

4

그날 오후 카드 게임에서 나는 지독히도 운이 없었다.

나한테 10보다 높은 카드가 한 장이라도 있을라치면 같은 편 친구한테는 아무것도 없었다. 엘라 트로터가 제일 높은 카드로 이겼다. 엘라는 질 때도 그렇지만 이길 때도 사람의 기분을 상하게 했다. 나는 엘라가 나에게 더블스코어로 한 판을 다 이긴 것에 대해 한 번만 더 마구 떠들어대면 그녀를 산산조각내 버려야겠다고 느낀 것이 한두 번이 아니었다.

하지만, 항상 그렇듯이 게임이 끝나면 엘라에게 악감정을 갖기는 어려웠다. 우리가 3층에 있는 엘라의 방으로 올라갔을 때 그녀의 올케, 엘라가 죽으면 그 돈을 물려받을 희망에 부푼 땅딸막하고 작은 그 올케가 기다리고 있었다. 엘라는 그 가엾은 영혼에게 자기의 양말들과 내 것을 몽땅 안겨주었다.

"폐를 끼치고 싶지는 않은데." 내가 말했다.

"말도 안 되는 소리!" 엘라가 내 말을 탁 막았다. "루는 나를 위해 일하는 걸 좋아한다고."

루는 희미하게 고개를 끄덕였다. 그녀는 몇 년째 엘라의 비위를 맞추고 있었다. 그게 괘씸해서라도 엘라는 그녀의 가난

한 친척들 모두보다 더 오래 살 거라고 나는 혼자 생각했었다.

"나한테 뜨개 가방이 하나 있는데," 나는 설명했다. "한 군데 터진 부분이 있어. 자네 기계로 그걸 수선할 수 있을 것 같지는 않지만."

루는 어정쩡한 표정이었다. 하지만 엘라는 그녀가 거절할 기회를 주지 않았다. "당연히 할 수 있지. 가서 갖고 와, 애들레이드."

나는 어깨를 으쓱했다. 나는 여전히 그 가방이 수선될 것 같지 않다고 생각했지만 엘라가 시원하게 말한 것처럼 시도해 본다고 나쁠 건 없었다. 나는 엘리베이터를 타고 위층으로 올라갔다. 돌아와서 복도를 내려가다가 나는 캐슬린 어데어와 그녀의 어머니가 엘리베이터를 기다리고 있는 것을 발견했다.

"벨 눌렀나요?" 내가 물었다.

"네." 그녀가 건조하게 대답했다. 나를 쳐다보는 그녀의 눈에는 일전에 내가 느꼈던 적의가 담겨 있었다.

"가방 정말 예쁘네요!" 그녀의 어머니가 소리쳤다. "색깔이 정말 멋져요."

그녀는 뜨개 가방의 밝은 청색 바탕 위에 아직도 선명하게 도드라져 있는 초록 장미들 중 하나를 손으로 어루만졌다.

캐슬린 어데어는 미소를 지었다. "어머니는 전생에 집시였나 봐요."

나는 아무 말도 하지 않았다. 캐슬린은 얼굴이 살짝 붉어져서 내가 엘리베이터에 먼저 탈 수 있도록 옆으로 물러섰다. 나는 그녀가 나와 어머니 사이에 자리를 잡는 모습을 지켜보았다. 콤플렉스가 있는 아이구나, 나는 생각했다. 그녀는 작고 무기력한 그 생명체를 모든 사람으로부터 보호해야 한다고 느끼는 것 같았다. 캐슬린 어데어는 분명 오랜 세월 동안 그 여인과 현실 사이에 서 있었을 것이었다.

나는 3층에서 내렸다. 엘라의 스위트룸은 나의 방처럼 뒤쪽 복도의 끝에 있다. 그래서 나는 걸음을 서둘렀다. 루 트로터는 시내의 변두리 끝자락에 살고 있는데 집에 가서 병약한 남편과 자신이 먹을 저녁을 지어야 했던 것이다. 엘라의 방문 바로 앞에서 뉴올리언스에서 온 제임스 리드 씨를 맞닥뜨리는 바람에 나는 깜짝 놀랐다.

그는 이상한 표정으로 나를 휙 쳐다보았다. 수상쩍어하는 내 눈빛을 느꼈는지 그의 얼굴에 살짝 홍조가 감돌았다. 나는 그가 왜 그 층에 있는지 타당한 이유를 생각할 수가 없었다. 내가 알아낸 바로는, 그는 이 호텔에 지인도 없었고 그의 방은 5층에 있었다. 나는 그날 정오에도 숙박부를 들여다보는 나의 일과를 수행했던 것이다.

"저는… 어, 그러니까… 당신을 찾고 있었습니다." 그가 단조로운 목소리로 먼저 말을 붙였다.

"나를요?" 나는 딱딱하게 물었다.

"이게 댁의 것 같아서요."

그는 주머니를 뒤적거렸다. 그러더니 재빨리, 내가 생각할 때 은근슬쩍 자기 어깨 너머를 돌아보면서 나의 초록색 안경집을 꺼냈다.

"하, 이런" 내가 말했다. "또 시작이네!"

그가 고개를 끄덕였다. "제가… 어… 주웠습니다."

나는 이맛살을 찌푸리며 기억을 더듬었다. "4층 엘리베이터 근처에서요?" 내가 물었다.

그는 다시 고개를 끄덕였다. "떨어뜨리신 모양이에요." 그가 더듬거리며 말했다.

"그랬군요." 나는 그 사실을 받아들였다. "거기 아니면 로슨 부인 방 바로 앞에서 가방을 떨어뜨리긴 했어요."

"네, 거기서 주웠어요." 그가 재빨리 말했다.

나는 초록색 안경집을 받아서 가방에 집어넣었다.

사실대로 말하자면, 나는 그 안경집이 나타났다가 없어졌다가 하는 것에 조금 짜증이 났다. 아마도 내 눈빛이 아주 냉랭해 보였던지 제임스 리드 씨는 방향을 틀어 복도 반대쪽으로 걸음을 옮겼다.

"고마워요." 나는 그의 뒤에다 대고 말했다.

그는 고개를 까닥하고는 미끄러지듯 모퉁이를 돌았다. 앞쪽 복도로 걸어가는 그의 발소리에 귀를 기울였지만 정말 아무 소리도 들리지 않았다. 뱀장어 같군, 나는 생각했다. 바로 그때 나는 복도 중간쯤 방의 살짝 열린 문틈으로 로티 모스비가 밖을 훔쳐보고 있는 것을 발견했다. 나와 눈이 마주치자 그녀는 황급히 문을 닫아버렸다. 당연한 일이었다. 모스비 부부는 나와 마찬가지로 4층 객실에 묵고 있었다. 그녀가 모습을 보인 방은 분명 그녀와 아무 상관도 없는 방이었다. 나는 머리가 약간 지끈거렸다. 사람들이 짐작했던 게 사실이었던 거야, 나는 속으로 생각했다. 젊은 모스비 부인은 분별없는 정도가 아니었다.

"이게 그 가방이야." 나는 루 트로터에게 말했다. "자네가 이걸 어떻게 해줄 수 있을 것 같지는 않지만 말이야."

그녀는 희미하게 웃었다. 그리고 갖고 온 커다란 쇼핑백 속에 뜨개 가방을 집어넣고는 작고 볼품없는 검정 모자를 서둘러 쓰기 시작했다. 엘라가 그녀의 팔을 토닥토닥 두드려주었다.

"짐한테 내가 오늘 딸기 한 상자 보낼 거라고 말해 줘." 그녀가 말했다.

엘라 트로터는 바로 그런 사람이었다. 그녀는 상대방의 눈물을 쏙 빼놓을 정도로 화를 낼 수 있지만 끝에는 언제나 상대에게 관용을 베푸는 것이다. 엘라의 방에서 나올 때쯤에 나는 그날 오후의 그녀는 거의 잊은 상태였다. 스페이드 세 장만 가지고서 두 장의 스페이드를 거는 심리 작전으로 으뜸 패도 없이 나를 세 번이나 속여 이기고서 깔깔거리던 그 모습 말이다.

저녁 식사 때면 나는 으레 정식으로 옷을 차려입는다. 그래봤자 겨울에 입는 검정 벨벳 드레스 하나와 다른 계절에 입는 검정 레이스 드레스, 이렇게 두 벌밖에 없지만 말이다. 알록달록한 온갖 색깔의 옷을 입을 만큼 내가 좀 자유분방한 사람이었으면 좋겠다고 생각했던 때가 기억난다. 하지만 아버지가 몇 년간 병상에 누워 계시다가 돌아가셨을 때 나는 이미 화려한 장식이 달린 옷을 입을 나이는 지나 있었다.

내가 초록색 안경집을 다시 떠올린 건 목욕을 하던 중이었다고 기억한다. 사람은 보통 어떻게 손을 쓸 수 없는 순간에 어떤 것들을 생각하게 된다. 나는 그 안경집을 루 트로터가 가지고 간 뜨개 가방 속에 아무 생각 없이 집어넣은 기억이 희미하게 떠올랐다.

"빌어먹을!" 나는 투덜거렸다. "이게 다 그 짜증 나는 리드라는 남자 탓이야. 남의 물건을 가지고 전혀 예상치도 못한 장소에 불쑥 나타나서 사람을 당황하게 만드는 그 버릇 때문이라고."

제임스 리드 씨가 온종일 나를 괴롭힌 것 같은 느낌이었다. 그렇지만 이번에는 그가 억울할 것 같았다. 내가 한 번 더 확인해보려고 검정 가죽 가방 속을 들여다보았더니 안경집이 거기 있었던 것이다.

"내 기억력이 점점 맛이 가고 있는 게 분명해." 나는 실의에 차서 혼잣말을 했다.

나는 안경집을 집어 들어 원래 두던 침대 옆 탁상 서랍에 넣었다. "자, 이제 제발 꼼짝 말고 여기 있어!" 나는 뿌루퉁하게 고함을 질렀다.

내가 아래층으로 내려가자 메리 로슨이 로비 앞에 서서 밖을 내다보고 있었다. 거울에 비친 내 모습을 그녀가 분명 보았을 거로 생각한다. 그러나 그녀는 뒤돌아보지 않았다. 점심 식사 후에 그랬던 것처럼 그녀는 의자 등받이를 두드리고 있었다. 그런데 갑자기 나는 그녀의 가녀린 하얀 손이 좀 이상하다는 것을 깨달았다. 에메랄드 반지가 보이지 않았다! 다른 사람이었다면 별로 이상한 것이 아니었을 것이다. 여자들은 대부분 옷에 맞춰 보석을 바꾸니까 말이다. 하지만 나는 가장자리에 다이아몬드가 촘촘히 박히고 가운데 큼직한 푸른 원석이 얹힌 엄청나게 큰 그 구식 금반지를 메리가 끼지 않은 모습을 본 적이 없었다. 그 반지는 그녀의 약혼반지였고, 비록 3년 전에 세상을 떠난 사람이지만 메리는 여전히 죽은 남편을 지극히 사랑하고 있었다.

나 역시 존 로슨을 좋아했었다. 그는 잘생기고 믿음직한, 모든 면에서 훌륭한 친구였다. 우리 지역은 진눈깨비가 잘 내리지 않는 곳인데 진눈깨비 폭풍우가 휘몰아치던 1월의 어느 날밤, 안타깝게도 그는 자동차 사고로 제대로 인생을 꽃피워 보지도 못하고 죽고 말았다. 한동안 나는 메리가 그때의 충격에서 벗어나지 못할까 봐 걱정했었다. 하지만 폴리가 그녀와 함께 살러 왔을 때 그녀는 멋지게 강해진 모습이었다. 나는 당시에 폴리가 메리에게 꼭 필요한 활력소가 될 거라고 생각했던 기억이 난다. 지금 그녀는 그 어느 때보다 힘들어 보인다는 생각이 들었다.

"메리, 에메랄드 반지는 수리하러 보낸 거야?" 나는 무심코 물었다.

그녀는 돌아보지 않았다. 그러나 나는 그녀가 호흡을 가다듬는 소리를 들었다. "네." 그녀는 재빨리 말했다. "그래요. 수리하고 있어요."

나는 메리 로슨이 누군가를 속이는 것은 생각해 본 적도 없었다. 그런데도 나는 그녀가 거짓말을 하고 있다는 것을 알았다. 나는 거울에 비친 그녀의 얼굴을 유심히 살폈다. 핼쑥하고 창백해 보였다. 이해가 되지 않았다. 존 로슨은 홀로 남은 아내에게 충분한 재산을 남겼다. 우연히 알게 된 바로 메리는 수입을 처리하기 위해 해마다 큰돈을 자선 재단에 기부하고 있었다. 그녀가 돈 문제로 골머리를 앓는다는 것은 있을 수 없는 일 같았다. 다른 문제라면 충분히 수긍이 가긴 했다. 그때 폴리가 스티븐 랜싱과 함께 호텔 앞으로 차를 타고 왔기 때문이었다.

메리와 내가 지켜보고 있는 동안 그는 세심히 배려하는 태도로 필요 이상으로 그녀의 팔을 천천히 내리면서 그녀가 화려한 로드스터 차에서 내리는 것을 도왔다. 다시 한번 메리가 숨을 가다듬는 소리가 들렸다. 폴리는 누가 봐도 완전히 매혹당한 표정으로 잘생긴 야수 같은 스티븐 랜싱의 얼굴을 올려다보고 있었다. 그리고 어둡고 강렬한 표정의 호워드 워런이 그들을 향해 내려가고 있었다. 폴리, 그 작은 깍쟁이는 그를 본 게 분명했다! 그녀가 교태를 부리듯 일부러 눈을 크게 뜨고 스티븐 랜싱을 본 것은 바로 그 때문이었을 거라는 게 내 직감이었다.

"자기야," 그녀가 작은 소리로 말했다. "드라이브시켜 준 거랑 다른 모든 거 다 고마워요."

물론 요즘 젊은 애들은 아무나 보고 다 '자기'라고 한다.

나는 그 말이 아무것도 아니라는 걸 알지만 호워드에게는 큰 의미로 다가간 것 같았다. 그는 폴리의 목이라도 꺾어 버릴 듯이 폴리를 쳐다봤다. 그런 다음 그 어두운 시선을 스티븐 랜싱에게로 옮겼다. 랜싱은 그냥 웃고 있었다.

메리가 문을 향해 걸어갔다. "기다리고 있었다, 폴리." 그녀는 날카롭게 소리쳤다. "10분 뒤면 커피숍 저녁 시간이야."

"알겠어요!" 폴리가 소리쳤다. "바로 내려올게요. 그만큼도 안 걸려요."

그녀의 얼굴은 불그스름했다. 술을 마신 것 같았다. 나는 고개를 설레설레 내저었다. 호워드는 엘리베이터를 기다리고 있었으나 폴리가 다가가자 순식간에 몸을 돌려 계단으로 올라갔다.

"내가 전염병이라도 걸렸다고 생각하나 봐. 나한테서 멀어진다면 몇 마일이라도 걸어갈 기세네." 폴리는 웃는 건지 우는 건지 모를 듯한 소리로 말했다.

엘리베이터가 천천히 끽끽거리며 내려왔고 모스비 부부가

나왔다. 남편은 뿌루퉁한 표정으로 비틀비틀 걸었다. 아내는 울고 있었던 것 같았다. 그들은 서로 말을 하지 않는 듯한 태도가 역력했다. 아내가 라디오 볼륨을 끝까지 높이자 남편은 얼굴을 찡그렸다. 라디오에서는 언제나처럼 스윙 재즈 밴드의 끔찍한 음악 소리가 흘러나오고 있었다.

"즐거운 댄스 음악이네." 로티 모스비가 동전 쨍그랑거리는 소리 같은 웃음소리를 내며 중얼거렸다. "춤추고 싶으신 분 없나요?" 그녀는 교태를 부리며 우편물을 챙기러 데스크 앞에 서 있던 스티븐 랜싱에게 눈길을 주었으나 랜싱 씨는 그녀를 무시해 버렸다. 불과 하루 전날 그녀와 희희낙락하던 사람은 마치 자기가 아니라는 듯한 태도였다. 그녀는 입술을 깨물고 시선을 돌렸다. 그녀의 남편이 담배 진열장 뒤 거울에 비친 그녀의 모습을 지켜보고 있는 게 보였다. 그의 눈을 보자 뭔지 모르지만 섬뜩한 느낌이 들었다.

시릴 팬처가 커피숍 문을 활짝 열었고 소피가 밖으로 나왔다. 양손으로 꽃병을 들고 로비의 데스크로 가려는 모양이었다. 그녀는 샛노란 레이스 드레스를 입고 있었다. 그녀보다 서른 살은 어리고 체중이 30kg은 덜 나가는 여자에게 어울릴 성싶은 옷이었다. 내가 눈썹을 치켜올렸던지 소피는 도전적인 눈빛으로 나를 째려보았다.

"내가 노란색 옷을 입으면 시릴이 아주 좋아해." 그녀가 야무지게 말했다.

나는 코웃음을 쳤다. "소피 스콧, 당신이 나이에 맞는 정갈한 옷을 입을 거라고는 조금도 기대하지 않아."

그녀는 고개를 치켜들었다. 소피나 그녀의 새 남편이 나를 용서하지 못하는 이유 중 하나는 내가 절대로 그녀를 팬처 부인이라고 부르지 않는다는 사실이었다.

"여자 나이는 자기가 느끼기 나름인 거야, 애들레이드." 그녀가 쏘아붙이듯 말했다. "그리고 시릴의 헌신적인 사랑 덕분에 나는 눈부시게 젊어진 기분이야. 그야말로 다시 태어난 셈이지."

"허!"라는 한마디가 나의 유일한 소감이었다.

사람들이 저녁을 먹기 위해 꾸역꾸역 식당 안으로 들어갔다. 그때 우리는 몰랐었다. 그것이 향후 며칠간 우리가 평화롭게 먹게 될 마지막 저녁 식사라는 것을 말이다. 나는 핑크니 닷지에게 물어볼 게 있어서 데스크 앞에 멈췄다. 그의 업무는 7시에 시작되지만 그는 갈 곳이라곤 없는 가엾은 친구였기에 보통은 더 이른 시간에 나와 있었다.

"오늘 라토니아 7번 경주에서 닐슨 말이 이겼나?" 내가 물었다.

그는 놀란 눈으로 나를 쳐다보고는 말했다. "그 말은 나오지도 않았는데요."

로티 모스비가 울고 있었던 게 당연한 일이었군, 나는 생각했다. 그녀는 도박이라는 불구덩이 속으로 날아드는 어리석고 작은 불나방 같은 존재였다.

"당신이 경마 팬인 줄은 몰랐는데요, 미스 애덤스." 스티븐 랜싱이 웃으며 말을 걸었다.

나는 그를 아래위로 훑어본 뒤 핑크니를 향해 말했다.

"최근에 이 호텔엔 상스러운 사람들이 바글바글한 것 같군." 내가 말했다.

스티븐 랜싱은 키득거렸다. "어이쿠!" 그가 소리쳤다. "그런데 제가 여쭤본 것에 대답하지 않으셨잖아요, 네?"

나는 아무런 대답도 하지 않고 돌아서서 식당 안으로 당당하게 걸어 들어갔다.

그 작은 웨이트리스 애니가 서둘러 주문을 받으러 왔다. 무슨 이유에선지 그녀는 내가 자신을 도와줄 사람이라고 믿는 것 같았다. 그러나, 나는 시릴 팬처가 여자같이 기다란 속눈썹 아래로 그녀를 지켜보는 것을 보았다. 그래서 그녀와 대화를 나누지 않았다.

내가 말한 것처럼, 이것이 향후 며칠간 이 지붕 아래 허용된 평화로운 시간의 마지막이었다. 그러나 겉보기에는 아무 일도 일어나지 않았다.

모스비 부부는 한마디 말도 나누지 않고 저녁을 먹었다. 폴리 로슨은 늦게 나타나서는 메리와 시끄럽게 수다를 떨었다. 메리는 거의 아픈 사람 같아 보였으며 앉아 있는 동안 계속 포크를 만지작거리고 있었다.

호워드는 저녁을 먹으러 내려오지 않았다. 폴리와 마주치지 않으려는 것일 터인데, 그가 다른 사람과 데이트하러 나가면 폴리 꼴이 좋을 것이라고 생각했던 기억이 난다. 나는 전면이 유리인 커피숍 옆을 통해 엘리베이터를 계속해서 지켜보고 있었다. 내 생각에는 폴리도 역시 지켜보고 있는 것 같았다. 하지만 호워드의 모습은 보이지 않았다.

힐다 앤서니가 모습을 나타냈다. 그녀는 허리까지 등이 파인 윤기 흐르는 구릿빛 공단 가운을 입고 있었다. 그녀는 여느 때처럼 예의 그 기괴한 인조 속눈썹을 붙이고 있었는데 그 속눈썹이 그녀에게 잘 어울렸다는 것은 인정해야 한다. 그녀는 내가 여태껏 보아온 다른 어떤 여자보다 선정적인 걸 잘 소화해 내는 사람이었다. 스티븐 랜싱 씨가 그녀를 뒤따라 들어와서 그녀 자리에 멈춰 섰다. 그녀는 그가 옆에 앉으려고 하자 고개를 저었다. 그리고 로비 안으로 눈길을 주었다. 제임스 리드 씨가 로비의 계단 제일 아래 칸에서 그녀에게 시선을 고정하고 있었다.

"미안해요." 앤서니 여인이 작은 소리로 말했다. 확실치는 않지만 나는 그녀가 "나중에"라는 말을 덧붙였다고 생각했다.

랜싱 씨는 태평한 얼굴로 공손히 미소 지으며 자리를 옮겨 갔다. 나는 그가 어데어 모녀의 자리 옆에서 몸을 굽혀 뭔가를 줍는 것을 보았으나 캐슬린 어데어는 급히 주변을 돌아보면서 그를 보고 얼굴을 찌푸렸다. 그는 얼굴이 붉어져서 아무 말도 하지 않고 그 옆을 지나갔다. 그 작은 회색 옷의 남자는 나타날 때와 마찬가지로 다시 한번 소리 소문도 없이 사라지고 없었다. 핑크니 닷지가 업무 시간을 기다리며 데스크 옆에 털썩 앉았을 뿐, 로비는 텅 비어 있었다.

"빌어먹을 리드!" 나는 그날 두 번째로 투덜거렸다.

"금방 여기 있다가 어느새 연기처럼 사라져버렸네."

7시에서 8시 사이는 리슐리외 호텔에서 손님을 찾기가 제일 좋은 시간이다. 밤에 약속이 있는 사람들이 밖으로 나가기에는 아직 많이 이른 시간이기 때문이다. 그 시간대에 로비는 어슬렁거리는 사람들로 북적인다. 날씨가 조금이라도 좋으면 바깥 보도에 놓인 벤치들도 마찬가지다. 그리고 이날은 정말 멋진 저녁이었다. 나는 관절염이 있어서 습기 찬 봄바람을 일부러 피하는 편이지만 그날 밤에는 밤공기를 조금 쐬려고 정문 왼쪽에 서 있는 정도로 타협하고 있었다. 젖은 인동초의 옅은 내음이 실려 왔던 것으로 기억한다. 나는 감상적인 여인은 아니었지만, 연인들을 위한 밤이구나, 하는 생각이 들었었다.

캐슬린 어데어가 어머니를 소파 한 군데로 모시고 왔다. "어머니는 산책하시는 게 무리겠죠." 그녀는 이렇게 말하고는 아쉬운 듯 덧붙였다. "정말 아름다운 밤인데 말이에요."

"기관지염 때문에 안 되지 않니, 얘야." 병약한 그 여인이 부드럽지만 힐난하는 목소리로 딸을 일깨워주듯이 말했다.

"그럼요, 당연히 안 되죠, 어머니." 그녀가 말했다.

그녀의 모습은 언젠가 한 번 내가 손목에 올려 보았던 한 마리 파닥이는 작은 새 같다는 생각이 들었다. 그 새를 날려 보내면서 나는 자유야말로 이 세상에서 제일 소중하다는 느낌을 받았었다. 내가 날려 보낸 새처럼 저 새장의 문을 열어주고 싶은 마음이 너무나 간절했다.

스티븐 랜싱이 "어데어 양, 이거 당신 손수건 아닌가요?"라고 말을 하는 바람에 나는 그가 그녀 앞에 와 있는 것을 알아차렸다.

그는 레이스 달린 조각 천을 내밀었다. 그의 얼굴은 많이 상기되어 있었다. 그가 자신 없어 보이는 모습은 처음이었다.

"떨어뜨리셨어요." 그가 얌전하게 알려주었다.

어디라는 말은 하지 않았지만 나는 그가 식당의 어데어 모녀가 앉아 있던 자리 옆에서 그것을 주웠다는 것을 알고 있었다.

"고맙습니다." 캐슬린은 무뚝뚝하게 말했다.

그는 머뭇머뭇했다. "실내에서 시간을 버리기에는 너무 멋진 밤이네요." 그가 주저하며 읊조리듯 말했다. 그로서는 너무 소심한 모습이었다.

그녀는 그에게 차가운 시선을 던졌다.

"당신이 그렇게 시간을 버릴 거라는 생각은 들지 않는군요." 그녀가 말했다.

그의 얼굴이 달아올랐다. "어머니를 모시고 드라이브라도 하시지 않을래요?" 그가 물었다.

"당신 차로요?" 그녀가 경멸하는 투로 물었다.

"왜 안 되죠?" 그가 미소를 띠고 되물었다.

그가 습관적으로 하듯이 수작을 걸어보려 했던 건방진 시도는 뜻대로 되지 않았다. 한순간에 그는 늘 보던 것 같은 젊고 무례한 호색한과는 거리가 멀어 보였다.

"당신은 이 호텔에 있는 여자들 대부분을 우습게 만들었어요. 하지만 난 아니에요." 캐슬린 어데어가 불같이 화를 내며 말했다.

그는 움찔하고 놀랐다. "죄송하네요." 그는 더듬더듬 말하고는 급히 몸을 돌려서 가버렸다.

나는 내가 그 장면의 관계자가 아니라는 것을 잊고 말았다. "잘했어요." 내가 단호하게 말했다. "저런 남자는 콧대를 꺾어 줘야 해."

놀랍게도 캐슬린 어데어는 내 쪽으로 몸을 돌리더니 화를 내는 것이었다. "사람들이 그에게 정신없이 빠져드는 게 그 사람 잘못은 아니잖아요!" 그녀는 소리를 질렀다.

"바로 그래서 상황이 이 모양이지." 나는 고개를 내저으며 말했다.

그녀는 고통스러운 얼굴이었다. "무슨 말씀이신지 모르겠군요." 그녀는 내 말을 걸고 넘어졌다.

나는 아무 말 없이 고개를 돌렸다. 그녀의 입장이었다면 어떤 여자라도 애써 부인했을 터이지만, 나는 그녀가 퇴짜를 놓앉음에도 불구하고 그 근사한 랜싱 씨를 사랑한다는 것을, 아니 그에게 반하고 말았다는 것을 알았다.

10분 뒤에 그는 폴리 로슨과 함께 호텔을 나섰다.

그들이 나갈 때 나는 여전히 정문 옆에 머무르고 있었다.

"미스 애덤스, 몸매를 유지하시려고 식사 후에 한 시간을 서 계시는 건가요?" 그가 평소의 무례한 랜싱으로 돌아와서 물었다.

"이봐요, 젊은 친구," 내가 신랄하게 말했다. "유지할 만한 몸매라는 게 없어진 지 20년이라네."

그가 웃음을 터트리자 나는 그가 나를 자극해서 로비에 가득한 사람들 앞에서 자기에게 말을 붙이도록 했다는 것을 깨달았다. "품위라곤 없는 후레자식 같으니라고!" 나는 그와 폴리가 나가는 뒤에 대고 구시렁거렸다.

로티 모스비는 랜싱 때문에 주변을 어슬렁거리고 있었던 게 분명했다. 그가 나가자마자 엘리베이터로 가서 연신 벨을 눌러댔던 것이다. 그녀는 벨이 벽에서 떨어져 버리기를 바라는 사람처럼 행동했다. 그녀의 남편은 뒤쪽 전화박스 옆에 앉아서 석간신문을 읽는 척하고 있었지만, 나는 그가 뒤에서 그녀를 지켜보고 있는 것을 보았다.

표시등을 보니 엘리베이터는 내 방이 있는 층에 서 있었다. 기계가 드디어 덜커덕거리며 쉬지 않고 내려왔다. 호워드 워런이 내렸다. 그의 방은 3층이었다. 나는 그가 4층에서 무엇을 하고 있었는지 의아했다. 내 쪽으로 급히 다가왔을 때 나는 그가 숨을 헐떡이는 것 같다고 생각했다.

"미스 애들레이드, 영화 보러 가실래요?" 그가 물었다.

나는 놀라서 그를 쳐다보았다. 호워드는 영화 애호가가 아니었고 나도 그랬다. 이 호텔에서 지내는 동안 호워드가 나에게 함께 어디를 가자고 한 적은 한 번도 없었다. 물론 나도 그런 것을 기대하지는 않았다. 나는 어쨌거나 그를 좋아했다. 그도 마찬가지였을 것이다. 하지만 호워드와 나는 어떤 의미에서도 어울려 다니는 사이는 아니었다. 미심쩍어하는 나의 눈길이 그를 불편하게 한 것 같았다.

"오늘 오후에 라토니아 7번 경마에서 돈을 좀 땄거든요." 그가 해명했다. "그래서 좀 자축하고 싶은 거예요."

경마를 하거나 다른 어떤 멍청한 짓을 하는 것은 전혀 호워드답지 않은 데다 나는 그의 어머니를 좋아했었다. 내 얼굴에 못마땅한 표정이 드러났던지 그는 그 상황을 웃어넘기려 했다.

"안정된 직장에서 승승장구한다고 해서 모든 게 다 잘 되는 건 아니잖아요." 그가 씁쓸하게 말했다.

그런 것이었군, 나는 생각했다. 폴리의 불미스러운 행동이 호워드에게 부메랑이 된 것이었다. 그는 너무 젊고 너무 불행했고 인생에 환멸을 느끼고 있었다.

그런 마음가짐으로 있으면 살면서 내내 후회하게 될 무모한 행동을 하는 잘못을 범하게 된다. 나는 해야 할 일을 회피하는 사람이 아니다. 그리고 나 자신도 예전에 그와 비슷한 마음에서 평생 후회하며 살게 된 어떤 일을 한 적이 있었다.

"좋아, 호워드." 내가 말했다. "금방 뭘 좀 두르고 올 테니 영화관에 가자."

그가 내 팔을 잡아끌었다. "밖은 별로 안 추워요. 그리고 제 차를 타시면 돼요."

데스크에서 핑크니 닷지가 손을 뻗어 내 방 열쇠를 꺼냈다. 호워드는 그에게 성난 눈길을 보냈다.

"여기는 엿듣는 사람 천지라니까요." 그가 말했다.

핑크니는 주눅이 든 표정이었다. "언짢게 해드리려던 건 아니에요." 그가 더듬거리며 말했다.

"저는 그냥 미스 애들레이드가 겉옷을 가지러 가신다니까 열쇠가 필요할 거라고 생각한 거랍니다."

"맞아." 나는 짧게 대답하고 그에게서 열쇠를 받았다. "고마워, 핑키. 호워드가 오늘 기분이 영 안 좋은가 봐."

호워드는 어깨를 으쓱하고는 엘리베이터 벨을 눌렀다. 로티 모스비와 마찬가지로 그도 역시 벨이 떨어져 나가라고 눌러대고 있었다.

나는 전화박스 쪽을 쳐다보았다. 모스비는 가버리고 없었다.

그때가 정확히 8시 5분이었다. 로비에는 이제 우리밖에 없었다.

"아무리 생각해도 외투는 필요 없을 것 같은데요." 호워드가 고집을 부렸다.

나는 가능하다면 가련한 그의 영혼을 구제해 주기 위해 피곤한 밤을 보낼 마음을 먹고 있었다. 하지만 관절염이 도지는 위험을 감수하고 싶지는 않았다.

"그건 내가 판단할 일이야." 나는 딱 잘라 말했다.

소피 스콧이 나와 함께 엘리베이터를 타고 올라갔다. "팬처 씨 못 봤나, 클래런스?" 그녀가 물었다.

클래런스는 눈치가 아주 빠른 사람이었다. "봤습니다." 그는 썩 좋은 표정이 아니었다. "조금 전에 4층에서 봤는데 급히 몸을 피하더군요."

소피의 얼굴은 한순간에 그녀의 드레스 색깔처럼 노래졌다. "4층!" 그녀가 큰 소리로 말했다. 호텔 소유주의 스위트룸은 5층에 있었다. "4층에서 그가 뭘 하고 있었지? 그리고 몸을 피했다는 건 무슨 말이야?"

클래런스는 몹시 당황스러워했다. "그냥 사람들 눈에 띄고 싶지 않은 것 같았어요." 그가 말했다.

"말도 안 돼!" 소피는 그의 말을 인정하지 않았지만 그녀의 콧구멍은 씰룩거리고 있었다.

나는 그녀가 나와 같은 생각을 했을 것이라 확신한다. 409호실의 앤서니 여인 말이다! 그러나, 늙고 불쌍한 소피, 그녀는 내 앞에서 그걸 인정하느니 차라리 죽는 편을 택할 것이다. 나는 그녀를 엘리베이터에 남겨두고 4층에서 내렸다. 내가 보이지 않게 되자마자 그녀가 클래런스에게 꼬치꼬치 따져 물을 것이 보지 않아도 훤했다.

짜증스럽게도 뒤쪽 복도의 불이 꺼져 있었다. 엘리베이터 맞은편 둥근 전등을 지나 모퉁이를 도는 순간 복도가 무척 어두웠다. 나는 대체로 신경이 예민한 편은 아니다. 그런데도, 그날 밤에는 뭔가 불편했다. 나는 몸이 덜덜 떨려오면서 오싹한 기분이 들어 왜 이렇게 소름이 돋는 건지 모르겠다고 속으로 생각했던 기억이 난다.

나는 방에 들어가는 대로 데스크에 전화해서 핑크니 닷지에게 뒤쪽 복도 실내등을 켜놓지 않은 관리 부실에 대해 잔소리를 좀 해야겠다고 마음먹었다. 그때를 떠올려 보면, 방문의 열쇠 구멍을 겨우겨우 찾으면서 다시 한번 으스스한 기분이 들었던 것이 생각난다. 차갑고 눅눅한 바람이 목덜미를 스쳐 가는 것만 같았다. 침실로 들어가서 문 옆에 있는 스위치를 누르자 딸깍 소리만 날 뿐이어서 나는 더욱 기분이 나빠졌다.

"퓨즈가 나갔네." 나는 신경질적으로 투덜거렸다. "모든 게 왜 이 모양이람!" 그나마 거실 바닥 콘센트가 스위치에 연결된 전기 회로와는 다른 회로인 것에 나는 다시 한번 감사했다. 나는 이 스위트룸에서 몇 년간 지내 온 까닭에 블라인드가 내려져 있는 캄캄한 암흑 속에서도 방향을 찾아 들어갈 수 있었다.

나는 소파 옆 테이블 위의 전기스탠드 쪽으로 가기 위해 손으로 여기저기 더듬어가며 다른 방으로 들어가는 문을 통과

했다. 날카로운 모서리에 부딪히지 않으려고 조심스럽게 움직여갔던 것으로 기억한다. 테이블이 원래 있어야 할 곳보다 더 멀리 있는 것 같은 느낌이 들었다. 그때 내 손에 뭔가가 닿았다. 나는 죽은 듯이 제자리에 멈춰 섰다. 내 몸은 얼음이 되어 있었다.

내 손에 닿은 것은 남자의 팔이었다. 외투 소매의 거친 질감을 느낄 수 있었다. 나는 일순간 온몸이 마비되어 그곳에 서 있었다. 공포에 사로잡혀 목소리도 나오지 않았다. 어떤 물체가 간드랑거리며 내 얼굴을 스쳤다. 그것은 남자의 어깨였다! 그와 동시에 나는 어떤 소리를 들었다. 물방울이 천천히 떨어지는 것 같은 소리였다. 하지만 그것은 물이 아니었다. 손이 끈적거렸던 것이다. 그 끈적임에 나는 몸서리쳤다.

지금까지도 나는 전기스탠드의 줄을 어떻게 찾았는지, 무슨 힘으로 그 줄을 잡아당겼는지 모르겠다. 불이 들어오고 피로 얼룩진 내 손 위로 고개를 들어 뉴올리언스에서 온 그 제임스 리드 씨의 창백하게 웃고 있는 얼굴을 보기까지 내 심장은 억겁의 시간 동안 공포에 질려 방망이질 치고 있었다. 내 위쪽에 제임스 리드가 양쪽 귀밑까지 목이 베인 채 샹들리에 십자 가지에 매여 있었다.

5

나는 언제나 위급한 상황에도 내가 침착함을 유지할 수 있다는 것을 자랑스러워해 왔다. 그럼에도 불구하고 거실에서 그 무시무시한 장면을 접한 후 몇 분 동안 나의 감각은 완전히 작동을 멈춰 버렸다. 그 끔찍한 웃는 얼굴을 눈앞에서 보지 않으려고 내가 전기스탠드를 꺼버렸던 게 분명하지만 나는 그렇게 했던 기억이 전혀 없었다. 어떻게 문을 열고 복도로 다시 나오려고 움직였는지 전혀 모르겠다. 공포에 질려 미친 듯이 비명을 지르고 있던 사람이 나라는 것을 깨달은 것도 얼마간 시간이 지나서였다.

"진정하세요! 정신을 차려요!" 무뚝뚝한 목소리가 나에게 명령했다.

나는 스티븐 랜싱 씨가 나를 거칠게 흔들고 있다는 것을 알 수 있을 만큼 정신이 돌아왔다. 하지만 나는 복도로 나가는 열린 문틈으로 들어온 빛에 희미하게 비친 그의 얼굴을 그냥 넋이 나간 채 바라보고만 있었을 뿐이었다.

"하나님 맙소사, 미스 애덤스," 그가 좀 더 부드럽게 물었다. "무슨 일입니까?"

4층 여기저기서 다른 방의 문들이 활짝 열리더니 사람들이 흥분해서 고함을 질러댔다. 호텔을 공포로 몰아넣은, 등골이 오싹해지는 비명이 나의 입에서 흘러나오고 있는 것을 나는 그제야 인지하게 되었다. 나는 바로 입을 닫았지만 그러기 위해서는 이를 악물어야만 했다.

"그래요, 잘했어요." 스티븐 랜싱은 내가 지적 장애인이라도 되는 듯이 달래는 소리로 나직이 말했다.

그런 상황에서 전혀 상관없는 일이 내 마음속에 떠오르다니, 정말 기이했다. "난 당신이 폴리 로슨과 나간 줄 알았는데." 나는 비난조로 말했다.

그의 얼굴색이 얼핏 바뀐 것 같았다. "다시 돌아왔습니다." 그가 짤막하게 말했다.

"이런 상황에서도 모든 것을 아셔야겠다면 말씀드리죠. 제가 뭘 좀 잊은 게 있었습니다."

그의 시선은 나를 넘어 방 입구에서 그를 바라보고 있는 캐슬린 어데어 쪽을 향했다. 또다시 얼굴이 상기된 그가 짓궂게 말을 이어갔다. "도대체 이게 무슨 소동인지 말씀해 주시겠습니까, 미스 애덤스? 쥐를 봤다고 생각하시나요?"

그는 이죽거리며 웃었다. 나는 깊은숨을 내쉬었다. 나의 정신이 마비 상태에서 깨어나고 있었다. 나는 제법 키가 큰 내 몸을 완전히 일으켜 세웠다.

"나는 아무것도 아닌 일에 히스테리를 부리는 여자가 아니네." 나의 말은 그를 향한 것일 뿐만 아니라 주변에 급히 모여든 사람들을 향한 것이기도 했다. "내 방에 남자가 있어."

"대단하시네요!" 스티븐 랜싱이 소리쳤다. "그럼 그 사람을 꽉 붙들어 두셔야죠"

"당신의 경박함은 번지수를 잘못 찾았어." 나는 차갑게 말했다. "그 사람은 죽었어."

"죽었대!" 내 뒤에서 누군가 헉하며 말했다.

나는 고개를 끄덕였다. 내 목소리는 조금 높아졌다. "그 사람은 양쪽 귀밑까지 목이 베인 채 내 방 샹들리에에 매여 있어요. 살해당한 거예요!"

"살해당했다니!" 자그마한 어데어 부인이 울부짖었다. "어머나 저런!"

"누굽니까?" 스티븐 랜싱이 재빨리 물었다.

"숙박부에는 뉴올리언스에서 온 제임스 리드 씨라고 되어 있어요." 나는 입술을 지그시 누르면서 말했다.

"어머나 저런!" 어데어 부인이 또다시 울부짖었다.

그녀가 바닥으로 풀썩 쓰러지자 딸이 그녀를 붙잡았다.

"어머니가 기절했어요!" 어데어 양이 소리를 질렀다. "어머니!"

"제가 하겠습니다." 스티븐 랜싱이 말했다. "당신이 들기엔 너무 무거워요."

그녀는 그를 쏘아보았다. "나 혼자 할 수 있어요."

그는 개의치 않았다. 그녀가 계속해서 그를 반항적인 시선으로 보았음에도 그는 축 늘어진 그 노쇠한 여인을 그들의 방으로 옮겨가서 침대에 눕혔다.

시릴 팬처가 복도를 달려 내려왔다. "이게 대체 무슨 일이죠?" 그는 무슨 일이든 나에게 책임이 있다고 확신이라도 하는 것처럼 나를 쳐다보며 따지듯 물었다.

"당신 호텔의 투숙객 한 사람이 내 방 거실에서 살해당했어요." 내가 매섭게 말했다.

순간적으로 나는 그도 역시 기절할지 모르겠다고 생각했다. 그의 뒤에서 엘리베이터 담당 클래런스가 덫에 걸린 쥐처럼 꽥 소리를 질렀다. 복도가 꺾어지는 곳에서 로티 모스비의 새된 목소리가 들렸다.

"단, 단, 어디 있는 거야?" 그녀는 정신 나간 사람처럼 소리치고 있었다.

"소피를 데려와." 시릴 팬처가 클래런스에게 맥없이 말했다. "얼른."

나는 어깨를 으쓱했다. 소피의 새 남편은 낭만적인 연인일지는 모르겠지만 어려울 때 기댈 수 있는 바위는 아니었다. 나는 한순간에 그렇게 기운이 빠져버리는 사람은 본 적이 없었다.

"소피는 뭘 해야 할지 알 거예요." 그는 눈썹을 문지르며 암담한 표정으로 나를 바라보며 말했다.

"그러길 바랍시다." 나는 메마르게 말했다.

자기 방 문턱에 서 있던 앤서니 여인이 표독스러운 표정으로 나를 훑어보았다.

"남자 친구를 살해하는 것보다 더 쉽게 떼어내는 방법들이 있는데 말이죠." 그녀가 나를 관찰하며 말했다. "당신은 자제력을 좀 더 키워야겠어요, 미스 애덤스."

엘라 트로터가 막 복도를 내려오고 있었다. 그녀는 숨을 약간 헐떡였다. "누가 살해됐건 간에 애들레이드가 그 살인이랑 조금이라도 연관이 있다는 식의 말을 한다면 당신 입에 재갈을 채워버릴 거야!" 그녀가 고함을 질렀다.

힐다 앤서니는 웃으며 비아냥거렸다. "아, 그래요?"

나는 사람에게 매달리는 여자가 아니다. 하지만 엘라가 손을 내밀어 준 것이 정말 고마웠다. 별안간 복도 불이 들어왔다. 우리는 모두 순간적으로 눈을 감았다 떴다. 내 뒤의 방문은 살짝 열려 있는 상태였다. 그래서 우리는 창문으로 들어온 한 줄기 바람에 약하게 흔들리는 섬뜩한 사람의 형상을 볼 수 있었다.

"오, 주여!" 시릴 팬처가 문턱을 건너 한발 내디뎠다가 그대로 덜컥 멈추며 소리를 질렀다. 그의 손이 눈을 가렸다.

"경찰이 올 때까지 아무도 여기 들어가서는 안 됩니다." 어데어의 방에서 돌아오던 스티븐 랜싱이 말했다. 캐슬린 어데어는 그의 뒤로 문을 쾅 닫았다. "경찰은 항상 아무것도 손대지 말라고 말하지 않습니까?"

시릴 팬처가 복도로 다시 나왔다. 그의 윗입술에는 땀이 송글송글 맺혀 있었다. "그래요, 맞아요." 그가 기운 없이 말했다. 도망쳐 나올 핑계가 생겨 좋겠군, 나는 생각했다.

땅딸막하고 못생긴 튼튼한 탑 같은 모습의 소피가 헉헉 숨을 몰아쉬며 복도 모퉁이를 돌아 뛰어왔다. "경찰이 5분 안에 올 거예요." 그녀는 마치 살인이 일상적인 업무의 일부라도 되는 양 활기차게 말을 하는 것이었다. "모두 사교실로 내려가서 경찰이 올 때까지 기다려요."

"여보, 난 당신이 뭘 해야 할지 알 줄 알았어." 시릴 팬처가 고마운 표정으로 주절주절 말했다.

"사교실에서 경찰을 기다리라니 그게 무슨 뜻이죠?" 단 모스비가 반항적으로 따져 물었다.

나는 그가 언제 우리에게로 왔는지 기억이 나지 않았다. 그는 분명 한 잔 더 걸친 모양이었다. 눈이 벌겋게 충혈되어 있었다.

시릴의 손을 무심히 쓰다듬고 있던 소피가 고개를 끄덕였다. "경찰이 여러분 모두 사교실에서 기다리라고 합니다." 그녀는 반복해서 말했다. "적어도, 다음 지시가 있을 때까지는요."

"경찰이 대체 왜 우리한테 지시를 하는 거요?" 단 모스비가 항의했다. "아내와 난 영화를 보러 갈 거요."

"그건 안 된다고 생각해요." 소피가 말했다.

아래 도로에서 가늘고 섬뜩한 외마디 비명을 연상시키는 경찰의 사이렌 소리가 점점 가까이 들려오고 있었다. 로티 모스비는 남편의 팔을 잡고 머리부터 발끝까지 덜덜 떨기 시작했다. 그 모습에 나는 또다시 불에 탄 날개를 달고 비에 흠뻑 젖은 한 마리 작고 불쌍한 불나방이 떠올랐다.

"나나 내 아내가 그 사람을 안다거나, 한번 말이라도 해 봤으면 또 모를까." 단 모스비가 화를 내며 고함을 질렀다.

"그래요?" 힐다 앤서니가 또다시 느릿느릿 말했다.

그녀는 노르스름한 눈으로 그를, 그리고 또 그의 앞에 매달려 떨고 있는 작은 여인을 조롱했다. 그 여인은 큰 소리로 흐느끼다가 이제는 주먹을 쥔 손으로 입술을 막아 누르고 있었다.

"그렇게 말하면, 우리 중에 그를 아는 사람은 아무도 없어요." 호워드 워런이 불평하듯 말했다.

나는 그가 그 복도의 그늘진 끝부분에 얼마나 오래 서 있었던 건지 의아했다. 그는 나와 눈이 마주치더니 재빨리 시선을 외면했다. 얼굴은 어둡게 상기되어 있었다.

"누군가는 그의 목을 벨 정도로 그를 잘 알았던 거죠." 스티븐 랜싱이 잔인한 말로 우리를 일깨워 주었다.

"자살일 수는 없는 건가요?" 메리 로슨은 말을 더듬었다.

메리는 같은 층에 있었기 때문에 여기 제일 먼저 나타났어야 하는 사람 중 하나인데 그녀가 입을 열 때까지 나는 그녀를 보지 못했다는 생각이 뇌리를 스쳐 갔다.

스티븐 랜싱은 어깨를 으쓱하더니 말했다. "만약 그가 자살했다면 흉기를 집어삼킨 게 분명하군요."

"복도의 불은 왜 나간 거지?" 나는 소피 스콧을 추궁했다.

"이렇게 관리가 부실해서야 호텔에 범죄가 들끓을 수밖에."

"20년만에 살인 사건이 한 번 일어난 걸 가지고 범죄가 들끓는다고 말할 수는 없겠지" 그녀가 쏘아붙이듯 대답했다.

"그건 두고 봐야지." 내 대답은 내가 알던 것보다 더 진실에 가까웠다.

"퓨즈가 나간 것 같아." 소피가 말했다.

나는 고개를 내저었다. "복도에 있는 이 전등과 내 방의 전등들만 빼고 이 층의 다른 모든 불은 다 들어와 있어." 나는 몸을 떨었다.

"내 방 샹들리에가 왜 켜지지 않는 건지는 이해가 되지만 복도 불은 무슨 영문인지 알 수가 없군. 지금은 다 켜져 있잖아."

"전구가 느슨하게 풀려 있었어요." 핑크니 닷지가 나서서 말했다. "제가 의자를 놓고 올라가서 조였습니다."

스티븐 랜싱이 인상을 찌푸렸다. "그렇게 해선 안 되는데요. 지문이 묻어 있을지도 모르는데 말이에요."

핑크니의 얼굴이 하얗게 질렸다. "살인범이 일부러 나사를 느슨하게 했다는 말씀이신가요? 전… 저는 제가 증거를 훼손할… 할 거라곤 생각지도 못했어요. 그냥 도와드리려고 한 것뿐이에요."

소피는 그에게 따가운 시선을 던졌다. "내가 보기엔 자넨 자기 일에나 더 신경 써야 할 것 같은데. 자네랑 상관도 없는 일에 여기 와서 입을 떡 벌리고 있으면 전화 교환대는 누가 보지?" 핑크니는 얼굴이 빨개져서 수치스럽다는 듯 자리를 떴다. "그리고 클래런스한테도 정신 나간 것처럼 굴지 말고 엘리베이터를 지키고 있으라고 말해!" 소피는 그의 등에 대고 고함쳤다.

그녀는 남편을 향해 몸을 돌렸다. 그는 아직도 하얗게 질려 있었다. "나머지 여러분은 사교실로 내려가세요. 시릴, 당신은 이 방을 지키고 있어. 경찰이 올 때까지 아무도 들이면 안 돼."

"내가?" 시릴 팬처가 헉하고 물었다. "하지만, 여보, 나는…."

그때 경찰이 도착했기 때문에 그는 말 그대로 견딜 수 없는 임무라고 생각했던 일을 벗어날 수 있었다. 그들은 건장한 두 사람으로, 황동 단추가 달린 파란 제복을 입고 허리춤에 권총을 차고 왔다. 딱딱하고 적대적인 얼굴이었다. 그들 사이에서 한쪽 팔을 각각 그들에게 잡힌 폴리 로슨이 뺨이 불타듯 빨개진 채 들어왔다.

"폴리!" 메리가 힘없이 외쳤다. "도대체 이게 무슨 일이니?"

폴리는 약간 울상이 되어 있었지만 입술은 덜덜 떨리고 있었다. "저 체포됐어요, 숙모. 수갑만 안 차고 있을 뿐이에요. 재미있지 않아요?" 그녀는 웃으려고 했지만 웃음은 나오지 않았다. 내 뒤에서 호워드가 낮게 탄식을 하더니 재빨리 앞으로 나왔다.

"당신들 지금 무슨 코미디를 연출하고 있는 거죠?" 그가 따지듯 물었다. "미스 로슨이 이 무시무시한 사건과 관련이 있다고 생각하는 건 있을 수 없는 일이에요."

경관 중 한 명이 어깨를 으쓱했다. "선생님, 우리는 순경일 뿐입니다. 생각을 하는 건 우리 소관이 아니에요. 살인 사건 수사과 반장님이 몇 분 내로 오실 겁니다. 그분이 머리를 쓰는 분이죠. 우리가 해야 할 일은 용의자들을 모아두는 게 다입니다. 여러분을 한 사람씩 조사해서 여러분이 어떤 행동을 왜 했는지를 찾아내는 건 경위님이 하실 일입니다."

"용의자들이라니!" 엘라가 코웃음 쳤다. "무슨 허튼수작이람!"

"잘 알겠습니다, 부인." 다른 경찰관이 단조로운 어투로 낮게 말했다.

"스위니, 자네가 시체를 지키게." 그의 동료가 조용히 말했다. "아무도 그 방의 물건에 손대지 못하게 해. 나는 나머지 사람들을 사교실로 데리고 가겠네. 경위님이 부를 때까지 내가 이 사람들을 데리고 거기 있을 거라고 경위님께 말해 주게."

"그럴 수는 없어." 단 모스비가 저항했다. "내 아내와 나는 그 죽은 남자의 이름이 뭔지도 모른다고."

"출발하게, 친구." 그 경관이 말했다. "당신도 가시죠, 숙녀분." 그가 엘라에게 말했다. 그녀는 또다시 코웃음을 쳤다.

그는 폴리의 팔을 잡은 손을 풀지 않았다. 호워드가 억지로 그 사이로 끼어들었다. 그의 얼굴에는 분노가 짙게 깔려 있었다.

"이 젊은 여성을 놓아주라고 제가 말하고 있습니다." 그가 화를 내며 말했다. "당신들의 멍청한 머리로 생각한다 해도, 이 친구는 이 사건과 연관될 수가 없단 말입니다."

"아, 정말인가요?" 순경이 읊조리듯 말했다. "선생님, 제가 멍청이일 수는 있지만 그렇게까지 멍청하지는 않답니다." 그는 가소롭다는 듯 웃음을 지었다. "당신의 여자친구는 이 살인 사건과 아무런 관계가 없을지도 모르지만, 제가 말씀드린 그 경위님은 이분께 많은 걸 물어보고 싶으실 겁니다."

"물어본다고?" 호워드가 인상을 쓰며 되물었다.

경관은 다시 웃음을 지었다. "우리가 차를 몰고 오면서 피 묻은 칼을 들고 골목길을 빠져나가려고 하던 그녀를 어떻게 붙잡게 된 건지 말입니다."

무서운 침묵이 깔렸다. 우리는 아무도 움직일 수도, 말을 할 수도 없었다.

경관이 그의 주머니에서 얼룩진 손수건에 싸인 무언가를 끄집어냈다. "이걸 전에 본 적이 있으신가요?" 그가 물었다.

호워드의 얼굴은 돌처럼 굳어졌다. 나는 탄식이 나오려는 걸 참았다. 내 뒤에서는 메리 로슨이 숨이 막히기라도 한 듯 헉 하는 소리를 냈다. 폴리는 순간적으로 그녀에게 떨리는 미소를 지어 보였다.

"당연히 이 사람들이 다 본 물건이에요." 그녀는 그렇게 말하며 다시 한번 웃어보려 했지만 불쌍하게도 잘되지 않았다. "이건 메리 숙모의 책상에 있던 상아색 손잡이의 종이 자르는 칼이에요. 숙모, 이 사람들한테 오늘 오후 언제쯤인지 모르지만 우리 방 거실에서 누군가 이 칼을 훔쳐 간 거라고 얘기 좀 해주세요."

메리 로슨은 내가 몸서리가 쳐질 정도로 섬뜩한 얼굴로 말을 해보려 했으나 창백한 그녀의 입술에서는 아무런 소리도 나오지 않았다. 그 어떤 소리도.

"아, 정말인가요?" 경관이 다시 한번 읊조리듯 말했다.

6

나는 리슐리외 호텔의 사교실이 음산한 곳이라고 이미 말한 바 있다. 경찰이 어리둥절해하는 가축 떼를 몰 듯, 무거운 짙은 밤색 소파와 짙은 녹색 카펫 색깔에 맞춰 거무튀튀한 녹색 벨루어 천으로 커버를 씌운 의자들 사이로 우리를 몰아넣었던 그 4월의 밤이 아니더라도 그곳은 훨씬 전부터 음산했다.

우리를 아래층으로 데리고 간 경관의 뒤를 따라 스위니라고 불리던 경관도 곧 그곳으로 왔다. 경위가 도착해서 내 방과 내 방을 차지하고 있는 그 섬뜩한 물체를 인계한 모양이었다.

스위니와 그의 동료, 핸킨스는 우리가 사적인 대화를 나눌 기회도 없이 그대로 대기하고 있는 것을 보면서 흡족해했다.

우리는 어쩌다 보니 그룹으로 나뉘게 되었고, 낮은 소리로 조심스럽게 말을 시도해 볼 수는 있었으나 모두가 별로 말을 할 기분이 아니었다.

"여러분, 그냥 편하게 계십시오. 소곤거리지는 마시고요." 경관 둘 중 누군가가 한 번씩 경고의 말을 했다. "경위님이 여러분을 만나기 위해, 필요하시다면 말이죠, 오실 겁니다."

"그 사람은 얼마나 오랫동안 우리를 우리 안에 갇힌 거위들처럼 꼼짝도 못 하고 여기 들어앉아 있게 할 생각인 거요?" 단모스비가 화가 나서 따져 물었다.

경관은 어깨를 으쓱했다. "경위님은 바쁘십니다. 지문을 채취하고 사진도 찍으셔야 하고 말이죠."

"경찰은 이렇게 하는 게 영리하다고 생각하는 거겠지." 호워드가 열을 내며 말했다. "우리끼리 괴로워하도록 내버려 둔 뒤에 완벽한 속임수를 준비하는, 일종의 호된 심문 방식이란 말이죠."

스티븐 랜싱이 미소를 지었다. "이왕 여기 있게 된 이상 이 기회를 최대한 이용해 보는 게 낫죠." 그는 이렇게 말하고는 어머니가 앉아 있는 의자 근처를 걱정스럽게 맴돌고 있는 캐슬린 어데어 쪽으로 걸어갔다.

캐슬린은 그에게서 등을 돌렸다. "저희 어머니는 몸이 편찮으세요." 그녀가 첫 번째 경관에게 말했다. "어머니는 침대에 누우셔야 해요."

"난 괜찮다, 얘야." 어데어 부인은 조그맣게 말했으나 안색은 엉망이었다.

메리 로슨이 조카의 어깨에 손을 얹었다. "누군가 그 칼을 훔쳐 간 게 틀림없어." 그녀는 더듬거리며 말했다.

"물론이에요." 폴리가 밝지만 불안정해 보이는 미소를 띠고 말했다.

호워드는 불안한 듯 목청을 가다듬었다. "당연히 누가 훔쳐

간 거죠." 그가 말했다.

힐다 앤서니는 기분 나쁜 미소를 띠고 있었다. "지당한 말씀! 요즘은 애송이 살인자라고 해도 살인 흉기를 피 묻은 손에 들고 잡힐 만큼 멍청하지는 않지."

폴리는 자신의 통통한 손을 내려다보면서 온몸을 부들부들 떨었다. 호워드가 움찔 놀라 그녀 가까이 다가서며 앤서니 여인을 쳐다보았다. 엘라 트로터는 내 소매를 붙잡았다.

"저기… 저기 폴리의 손바닥에 얼룩이 있어." 그녀는 희미한 목소리로 귓속말을 했다.

나는 침을 꿀꺽 삼키며 고개를 끄덕였다. 우리는 누구도 감히 호텔 창문 옆에 서 있던 메리를 쳐다보지 못했다. 그녀는 호텔 바로 옆 어두운 사무용 빌딩을 멍한 눈으로 바라보며 마치 자기 손에 그 얼룩이 묻어 있기라도 한 듯이 한 손으로 다른 손 손가락을 하나씩 비틀어 꼬고 있었다.

"소피, 우리는 현장에 있어야 할 것 같은데요. 일 처리도 하고." 시릴 팬처가 아랫입술을 잡아당기며 머뭇머뭇 말했다.

"호텔에 무슨 일이 있는지 아무도 모르잖아요."

소피는 한숨을 내쉬었다. "경찰이 다 생각이 있을 거야, 여보." 그녀가 달래듯이 말했다. "핑키와 클래런스가 평소처럼 하던 일을 계속하게 해줬으니 그들에게 감사해야지."

스티븐 랜싱이 몸을 굽혀 바닥에서 뭔가를 집어 올렸다. "어데어 부인, 팔찌를 떨어뜨리셨네요." 그가 나직이 말했다.

"그건 내 거예요!" 엘라 트로터가 놀란 목소리로 크게 말했다.

스티븐 랜싱은 반짝거리는 싸구려 보석을 손가락에 끼워 달랑거리면서 방을 가로질러 왔다. "바닥에 떨어졌을 때 딸깍하는 소리를 제가 들었으니 망정이죠." 그가 말했다. "누군가 밟았을 수도 있었어요."

"그런데 난 그 팔찌를 몇 주 동안 낀 적도 없는걸." 엘라가 항변하듯 말했다.

"그건 내 보석 상자에 있다고… 아니 그 안에 있었다고. 맹세할 수도 있어."

"그건 말이 안 되잖아!" 내가 짜증스럽게 말했다. "엘라, 네 기억은 절대 믿을 수가 없어. 브리지 할 때만 빼면 말이야."

"그건 네 생각이지." 엘라가 잘라 말했다. 엘라는 비꼬는 말이라도 재치 있게 하는 것에는 젬병이어서 항상 분해하곤 했다.

"머리가 아파요." 로티 모스비가 갑자기 흐느꼈다. "병이라도 날 것 같아요. 아, 단!" 그녀는 그의 손을 잡았고 그는 팔로 그녀를 감쌌다.

그의 눈은 여전히 충혈되어 있었지만 정신은 말짱해 보였다. 지난 몇 년간 내가 본 모습 중에서 제일 말짱했다. "침착해, 여보." 그는 지극히 부드럽게 말했다. "지독하게 운이 없네. 하지만 당신은 내가 돌봐 줄 거야. 걱정하지 마."

"아, 단!" 그녀가 또다시 흐느꼈다. 그녀는 마치 잃어버린 낙원의 끝자락이라도 본 듯이 그를 올려다봤다.

스티븐 랜싱이 앤서니 여인에게 담배 한 개비를 권하자 그녀는 쓴웃음을 지으며 받아 들었다. "정말 유감이야." 그녀가 중얼거렸다. "우리의 밤 데이트가 엉망이 되다니 말이야."

나는 폴리와 캐슬린 어데어, 두 사람이 다 멈칫하는 것을 보았다. 그러나 랜싱이 쳐다본 것은 캐슬린 쪽이었다. 그녀의 표정에 그의 얼굴이 구겨졌다.

"그러니까요." 그는 느릿느릿 말하면서 힐다 앤서니를 향해 미소를 지었다. "하지만 항상 다음 기회라는 게 있으니까요."

그녀는 몸을 부르르 떨고는 어깨 너머를 돌아보았다. "과연 그럴까." 그녀는 생각에 잠긴 듯 말했다.

그 경위는 우리가 거의 두 시간을 기다린 끝에야 사교실로 관심을 보내는 자비를 베풀었다. 살인 수사과 반장에 대해 내가 어떤 생김새를 예상했는지는 정확히 모르겠다. 하지만 세련된 체크무늬 양복을 입은 멋쟁이 젊은이의 등장은 정말 뜻밖이었다.

그는 눈 색깔과 어울리는 파란 실크 넥타이를 매고 있었고 둥근 뺨은 여자아이의 뺨처럼 매끄러웠고 턱은 선연한 선으로 갈라져 있었다. 극단의 젊은 남자 주인공이 생각나는 외모였다.

"버니언 경위입니다." 그는 우리 모두를 유쾌하게 관찰하면서 자신을 소개했다. "여러분을 계속 기다리게 해서 죄송하군요."

"당연하지." 호워드가 투덜거렸다.

호머 버니언 경위는 오기까지도 시간이 걸렸지만 일에 착수하는 데도 또한 시간이 걸렸다. 그는 먼저 구석에 있는 커다란 도서관 책상에 자리를 잡았다. 그 책상에서는 방 전체가 잘 보였다. 그리고 딱딱한 책상 의자에 앉아서 만년필과 깔끔한 가죽 공책을 꺼냈다. 그리고 이미 필기가 되어 있는 공책 몇 페이지를 넘기더니 드디어 천진난만해 보이는 파란 눈으로 방에 있는 얼굴들을 하나씩 천천히 둘러보는 것이었다.

"어서 진행하지, 뭐 하는 거요?" 단 모스비가 으르렁거렸다.

"정신 바짝 차려요." 호워드가 그에게 충고했다. "이게 바로 그가 하려는 거라고요. 우리를 지쳐 떨어지게 하는 것 말이야."

버니언 경위는 그를 느긋하게 바라보았다. "당신이 뭔가를 숨기고 있다고 제가 생각해야 하나요, 성함이⋯."

"워런이요." 호워드가 말을 잘랐다. "그리고 제가 숨기는 게 있다면 그걸 찾는 게 당신 일이죠."

버니언 경위가 미소를 보였다. "정확히 맞습니다."

갑자기 그의 파란 눈에서 천진난만한 느낌이 사라졌고 둥근 그의 얼굴은 위협적이지는 않더라도 기민해 보였다. 그의 외모가 아무리 기만적이라고 해도 이후 나는 버니언 경위가 경찰이라는 점을 조금도 의심하지 않았다.

그가 나에게로 시선을 돌렸을 때 그의 눈빛은 송곳처럼 정확히 나의 본심을 꿰뚫고 있었다. 부끄럽지만, 나는 의자 끝에 놓인 손을 꽉 쥐었고 순간적으로 입이 바싹바싹 타들어 갔다는 사실을 고백한다.

"당신의 논리를 개진해 주실 수 있을까요? 성함이… 미스 애덤스, 맞으시죠? 왜 이 남자가 당신의 집에서 죽음을 맞이해야 했던 걸까요?" 그가 물었다.

나는 마른침을 크게 삼켰다. "전혀 모르겠어요."

"당신은 그와 아는 사이가 아니었군요?" 그는 계속 나를 쳐다보고 있었다. 나는 그가 내 생각을 뒤적거리는 것 같은 느낌이 들었다. 그 때문에 나는 화가 나서 얼굴이 벌겋게 달아올랐다.

버니언 경위는 입술을 오므리고 공책의 어떤 쪽을 열심히 찾더니 거기에 뭔가를 열정적으로 첨가했다. 그 열정이 나에게는 굉장히 불쾌하게 와닿았다.

그런 다음 그는 소피에게 관심을 옮겨갔다. 찬찬히 살피는 그의 눈길 아래서 소피의 통통한 얼굴도 얼룩덜룩하게 붉어졌다. 남편과 함께 2인용 안락의자에 앉아 있던 그녀가 불현듯 전혀 행복해 보이지 않아서 나의 자존심은 일말의 만족감을 맛보았다.

버니언 경위가 공책의 다른 쪽을 보며 말했다. "당신이 리슐리외 호텔의 소유주인가요?"

소피는 고개를 끄덕였고 경위와 눈이 마주친 시릴은 불편한 듯 몸을 꼼지락거리더니 재빨리 시선을 돌렸다. 창백한 그의 눈썹이 애벌레의 더듬이처럼 씰룩거렸다.

"뉴올리언스에서 온 고 제임스 리드에 관해 당신은 뭘 알고 있죠?" 경위가 추궁하듯 물었다.

"아무것도 몰라요." 소피가 말했다.

"일주일 전에, 내일이 일주일 되는 날입니다만, 여기 숙박부를 기재했다는 것 말고는요." 당국에 도움을 줘서 그들의 환심을 사려는 듯이 시릴이 보충 설명을 했다.

경위는 다시 한번 그의 공책을 살펴보았다. 그제야 나는 우리가 그를 기다리는 동안 그가 절대 빈둥거리고 있지는 않았다는 것을 깨달았다.

우리들 각각은 그의 깔끔한 검은색 공책 속에 특별 자료로 들어가 있었던 것이다. 버니언 경위가 우리를 다 마무리했을 때쯤 우리는 모두 그 공책에 대한 두려움에 휩싸이게 되어 있었다.

"그가 이 호텔에 투숙하기 전에는 그를 한 번도 본 적이 없습니까?" 경위가 물었다.

"전혀 없습니다!" 시릴은 격한 감정을 감추지도 않고 말했다.

경위가 인상을 썼다. "하지만, 팬처 씨, 당신은 고용인들 중한 사람에게 그 남자는 뉴올리언스 땅을 밟은 적도 없다고 말했더군요."

시릴은 능글맞게 웃었다. "그는 커낼 스트리트에 베네치아처럼 보트가 있다고 생각하더라고요."

"그렇군요." 경위는 중얼거리면서 시릴에 해당하는 쪽에다 작디작은 상형문자 같은 것을 채워 넣었다.

소피가 황급히 그를 변호하며 나섰다. "손님의 행동에 관해 우리가 무슨 말을 할 때마다 살인 혐의를 받는다면 경위님은 우리 때문에 바빠지실 겁니다." 그녀는 건조하게 말했다.

"그렇겠지." 엘라 트로터가 쓴웃음을 지으며 중얼거렸다.

소피는 고개를 치켜들었다. "우리는 아무 이유 없이 손님들 얘기를 떠들어대지는 않아요, 트로터 부인."

"그 말을 믿을 수 있으면 좋겠네." 엘리가 말에 힘을 주며 말했다.

경위는 또다시 우리를 한 사람, 한 사람씩 돌아가며 유쾌하게 쳐다보았다. "여러분 중 몇몇 분은 죽은 남자를 알고 있었습니다." 그가 반박은 허용하지 않는다는 목소리로 말했다. 아무도 말을 하지 않자 그는 부드럽게 말을 이어갔다. "여러분 중 몇몇 분은 그가 왜 여기 왔는지, 어디서 왔는지, 무슨 일로 왔는지, 그 모든 걸 알고 있었습니다."

여전히 아무도 말이 없었다.

"제임스 리드에 대해 조금이라도 아는 분들이 경찰에 자진해서 아는 바를 제출한다면 필요 이상의 불편을 상당히 덜 수 있을 겁니다. 확실히 말씀드릴 수 있는 건," 그의 목소리가 점점 더 부드러워졌다. "수사가 끝나기 전에 우리가 그 정보를 알게 될 거라는 겁니다."

"강철 장갑을 낀 보드라운 손이군." 호워드가 냉소적이기 짝이 없는 태도로 앞뒤가 바뀐 말을 내뱉었다.

경위는 미소를 지었다. "워런 씨, 제임스 리드를 알고 계셨습니까?"

"아뇨."

"그런데 당신은 오늘 밤 7시 30분에서 8시 사이에 4층에 계셨습니다."

호워드는 반항하듯 웃었다. "제가요?"

경위는 로티 모스비에게 시선을 보냈다. 그녀는 본능적으로 남편의 팔 안으로 더 몸을 밀착시켰다. "어… 모스비 부인," 경위는 계속 물음을 이어 나갔다. "당신은 작고한 리드 씨와 아는 사이였나요?"

"당연히 모르는 사이지." 단 모스비가 으르렁거렸다.

경위는 로티를 향해 몸짓을 했다. "본인이 직접 말씀해 주세요."

"아뇨! 저는 그 사람을 몰라요!" 그녀가 헉하고 숨을 들이켰다.

"확실한가요?"

"이것 봐." 젊은 모스비 남편이 폭발했다. "내 아내를 괴롭히지 마. 내가 가만 있지 않을 거야."

그의 말은 허공에 흩어졌다. "당신은 제임스 리드를 몰랐다고 하시는군요, 모스비 부인. 그런데도 당신은 오늘 밤 6시 직전에 데스크에 있는 그의 우편함에 쪽지를 남겼더군요." 경위가 말했다.

"그런 적 없어요! 그런 적 없다고요!" 로티는 남편의 어깨에 얼굴을 묻었다. 그러자 그는 성난 황소처럼 주변을 노려보았다.

"그건 거짓말이야!" 그가 고함쳤다. "누가 당신에게 그런 말을 했든 상관없어!"

"그리고 모스비 씨," 경위는 경쾌하게 물었다. "오늘 밤 7시 30분에서 8시 사이에 당신은 어디 계셨나요?"

"로비에서 신문을 읽고 있었소."

"슬그머니 계단을 올라갔던 10분을 제외하고 말이죠."

"그것도 거짓말이야."

경위는 그 점에 대해 왈가왈부하지 않고 캐슬린 어데어와 그녀의 어머니에게로 넘어갔다. "두 숙녀분은 아마도 불행한 리드 씨와 아는 사이였다는 걸 기꺼이 인정하시겠죠?"

"아뇨, 당연히 모르는 사람이에요. 왜 우리가 그 사람을 안다는 거죠?" 그녀가 물었다.

"오늘 아침에 당신들 방에서 그가 나오는 걸 본 사람이 있으니까요."

캐슬린 어데어는 하얗게 질렸다. 나는 그 자그마한 어데어 부인이 또다시 기절할지도 모른다고 생각했다. 하지만 그녀는 뱀에 홀린 한 마리 작은 새처럼 그저 경위를 쳐다보고만 있을 뿐이었다.

"그 사람이 우리 방에 있었다 해도, 우리는 전혀 모르는 일이에요." 캐슬린이 격정적으로 외쳤다. "우리는 아침 내내 아래층 로비에 있었어요. 미스 애덤스가 증명해 줄 수 있어요."

경위는 나에게 한 번 더 그 송곳 같은 눈길을 던졌다.

"당신의 스위트룸에서 잔혹하게 살해당한 그 남자에 대해 당신이 전혀 알지 못한다는 건 확실한가요, 미스 애덤스? 어쨌든 그 사람은 무언가 볼 일이 있어 거기로 갔을 텐데 말입니다." 버니언 경위가 조용히 말했다.

"저는 리드 씨를 모른다고 이미 말씀드렸는데요." 나는 할 수 있는 대로 거만하게 말했다. 보통은 내가 이런 태도를 취할 경우 사태가 심각해지지만 이 경우에는 아무런 효과도 발휘하지 못했다.

"그러셨지요." 경위는 생각에 잠겼다. "그럼에도 불구하고, 그는 어떤 기회에 다소 사적인 당신 소지품을 당신에게 돌려줄 정도로는 당신을 잘 알았군요."

이번에는 내가 속절없이 난감한 표정으로 경위를 쳐다보고 있었다. "당신 말은 내… 내…."

나는 말을 계속하기가 힘들었다. 그러자 경위는 내게 부드럽게 미소를 지어 보였다. "안경집을 평소에 갖고 다니시나요,

미스 애덤스?"

"아뇨."

"사실, 갖고 다니는 일이 아예 없는 편이죠. 맞습니까?"

"맞아요." 나는 얼굴을 약간 찡그리며 말했다.

"당신이 전혀 모른다고 단언한 이 남자가 당신의 침실 밖으로 거의, 뭐 한두 번 있다고 해도 말이죠, 나온 적이 없는 물건을 알아보았다는 건 정말 특이하지 않나요?"

나는 그를 멸시하는 눈빛으로 바라보았다. "버니언 경위, 당신이 뭔가 추잡한 일을 넌지시 말하려고 애쓰는 중이라면 당신한테 말해 주지. 내 인생에는 숨길 만한 일이 전혀 없네."

"그럴 만도 하지. 좌절을 맛본 노처녀니까 말이야." 힐다 앤서니가 말했다.

경위는 이맛살을 찌푸렸다. 그리고 처음으로 조금 짜증이 난 표정이었다. 하지만 앤서니 여인은 분개와 감탄이 교차하는 눈빛으로 자신을 관찰하는 그에게 조롱기 섞인 미소를 보낼 뿐이었다.

"이제 내 차례라면, 경위," 그녀가 태평하게 말했다. "그 살해당한 남자는 모르는 사람이에요. 한 번도 그 사람한테 말을 걸어 본 적도 없고 그도 마찬가지예요. 남의 일에 기웃거리느라 바쁜 이 호텔 종업원들 중에 내 말에 대해 반박하는 사람이 있는지 한번 보고 싶군요."

"없습니다." 경위가 말했다. 내가 볼 때 그는 유감스러운 모양이었다. "아무도 당신에 대해서 그렇게 말하지 않았습니다, 어… 앤서니 부인."

나는 콧방귀를 끼며 말했다. "하지만 오늘 우리가 저녁을 먹고 있는 동안 제임스 리드는 계단에서 저 여자를 지켜보고 있었답니다."

그녀는 나를 보고 웃었다. "남자들은 언제나 예쁜 여자를 쳐다본답니다, 미스 애덤스. 물론 당신이 그런 걸 알 리가 없겠지만요."

경위는 급히 공책을 들여다보았다. 앤서니의 풍만한 몸매에서 시선을 돌릴 뭔가가 필요하기라도 한 듯한 모습이었다. 그의 눈에 들어온 것은 스티븐 랜싱의 이름인가 보았다.

"당신은, 내가 알기로는, 화장품 영업 사원이군요." 그가 나지막이 말했다.

스티븐은 웃음을 터트렸다. "부끄럽군요."

"당신은 아무도 애도하지 않는 이 리드 씨를 아셨나요?"

"아뇨."

"확실합니까?"

"확실합니다!"

경위는 공책의 한쪽 옆에 작게 뭔가를 그렸다.

"오늘 오후 4시부터 5시까지 당신은 샐리 레이 미용실에 있었더군요, 랜싱 씨. 새로 나온 파마 재료를 시연하셨죠?"

스티븐 랜싱은 실눈을 지었다. "네."

"5시 5분 전에 샐리 레이 미용실에서 어떤 남자가 뉴올리언스에서 온 리드 씨가 묵었던 511호에 전화를 했습니다."

"그래서요?" 스티븐 랜싱이 키득키득 웃으며 슬쩍 말했다. 그 웃음은 진실과는 거리가 멀게 느껴졌다.

"오늘 오후에 리드 씨에게 전화한 사람이 당신인가요?"

"아닙니다."

경위는 공책을 천천히 넘기면서 한숨을 쉬었다. 그리고 물었다. "진술하신 내용을 바꾸실 분은 안 계십니까? 여러분이 지금 여기서, 자유롭게, 주저하지 않고 진실을 말씀해 주신다면 결과적으로 여러분이나 제가 쓸데없는 고생만 실컷 하게 되는 일은 없을 겁니다."

누구도 말을 하지 않았다. 경위는 다시 한숨을 내쉬더니 메리 로슨의 핼쑥한 하얀 얼굴을 한번 보고는 뒤틀린 미소를 띤 그 조카의 환한 얼굴로 머뭇머뭇 시선을 옮겨갔다.

"이건 당신의 책상에서 나온 칼이었습니다, 로슨 부인." 그가 아주 조용하게 말했다.

메리는 양손을 비틀기만 할 뿐이었다. "저는 아무도 죽이지 않았어요!"

"그리고 저는 위층으로 끌려갈 때까지 누가 죽었다는 것조차 몰랐어요." 폴리가 소리쳐 말했다.

경위는 입을 오므렸다. "하지만 당신은 그 흉기를 들고 도망치려고 했습니다, 미스 로슨."

그녀는 몸을 떨었다. "누군가 그걸 창문 밖으로 던졌어요. 저는 랜싱 씨가 돌아오길 기다리며 보도에 서 있었어요. 갑자기 발 위에 뭔가가 철커덕했어요. 그건… 그건….."

"당신 숙모의 책상에서 나온 칼이었고요?"

"그리고 피가 묻어 있었어요. 제 손에도 피가 묻었죠. 그때 경찰 사이렌 소리가 들렸어요. 저는 정신이 나가서 달린 거예요."

"저런!" 경위가 중얼거렸다. 그는 잠시 기다렸다. "당신이 랜싱 씨를 따라 호텔로 들어오지 않았다는 걸 증명할 수 있나요, 미스 로슨?"

폴리는 이를 달달 맞부딪치며 떨고 있었다. "핑크니가 데스크에 있었어요. 저를 보았을 거예요."

"닷지 씨는 8시 15분 전쯤에 전화박스에 있었다고 했습니다. 멤피스에서 객실 예약을 문의하러 걸려 온 장거리 전화를 받고 있었다고요. 그 시간에 누가 로비를 지나갔는지는 정확히 말할 수 없답니다."

"하지만 로비에는 다른 사람들도 있었어요." 폴리는 울먹였다. "미스 애덤스도 그중 한 명이에요."

"미스 로슨이 호텔로 다시 들어왔다면 내가 분명 봤을 겁니다." 나는 분연히 말했다.

경위는 뭔가를 골똘히 생각하며 나를 쳐다보았다. "모스비 씨가 아주 조심스럽게 당신 주위를 맴돌다가 위층으로 올라갔는데 그건 보셨나요, 미스 애덤스?"

"아니요." 나는 어쩔 수 없이 인정해야만 했다.

"스티븐 랜싱 씨가 호텔로 다시 들어왔을 때 그를 보셨나요?"

"아니… 아니요."

경위는 의미심장하게 어깨를 으쓱했고 힐다 앤서니는 웃음을 터트렸다. "머리 뒤에 눈이 달려 있지 않은 게 미스 애덤스 잘못은 아니죠." 그녀가 말했다.

"사실상," 경위가 지친 표정으로 말했다. "여러분 중 누구도 7시 30분에서 8시 사이에 탄탄한 알리바이가 없습니다. 그 시간이 우리가 규명한 범죄 발생 시간에 가장 근접합니다."

"정말 어이가 없군!" 내가 항변했다. "나는 저녁을 먹은 뒤부터 시체를 발견할 때까지 계속해서 로비에 있었어요."

"당신이 그를 발견했을 때 그가 죽어 있었다고 한다면," 경위가 낮은 목소리로 말했다. "당신이 엘리베이터를 타고 올라간 시간과 호텔이 떠나가도록 비명을 지른 시간 사이에는 상당한 시차가 있는 것 같군요, 미스 애덤스."

"난… 나는 너무 충격을 받아서, 비명을 지를 수도, 얼마간은 그 어떤 것도 할 수가 없었다고요." 내가 더듬거리며 말했다.

"누구라도 그렇지 않았겠어요?" 엘라가 화가 나서 다그치듯 말했다.

경위는 공책에 작은 점을 몇 개 찍었다. "미스 애덤스, 당신의 방 샹들리에에 제임스 리드 씨의 시체가 매달려 있는 것을 발견한 후 당신이 비명을 지를 때까지 어느 정도 시간이 걸렸을까요?"

"모르겠어요." 나는 짤막하게 말했다. "경찰 조사를 대비해서 시간표를 작성하는 것보다는 생각해야 할 다른 일들이 더 많았답니다."

경위는 또다시 우리 모두를 대상으로 기나긴 심문에 돌입했다.

"모스비 부인, 운명을 가르는 그 시간에 당신은 어디에 있었습니까?" 그가 부드럽게 물었다.

"제 방에요."

"혼자서요?"

"네."

"4층이죠?"

"네… 네."

"로슨 부인, 당신은요?"

"제 방에 혼자 있었습니다."

"역시 4층인가요?"

"네."

경위는 고개를 내저으며 말했다. "범행 시간에 호텔에 있었던 여러분 중 누구도 그 의문의 시간에 대한 알리바이가 없습니다. 바로 그 때문에 저는 여러분을 붙잡아 두고 있는 것이고, 어쩔 수 없이 여러분 한 사람 한 사람에게 혐의를 두고 있는 것입니다."

"바보 같은 소리 하지 마!" 단 모스비가 격분해서 고함을 질렀다. "우리는 그 사람을 알지도 못했단 말이오. 여기 있는 사람들처럼 호텔에 거주하는 사람들은 단기간 묵었다 가는 사람들한테는 전혀 관심을 두지 않는다고요. 그 사람들은 오늘은 여기 있지만 내일이면 가버리고 없으니까요. 어떤 사람이 우연히 우리가 사는 호텔에서 생을 마감했다는 이유로 왜 우리를 괴롭히는 거죠? 십중팔구 당신은 그를 죽일 만한 이유가 있는 누군가가 이곳으로 그를 뒤쫓아 왔다는 걸 알게 될 겁니다. 조직 폭력배거나 좀도둑이거나 그런 거겠죠."

"아닙니다." 버니언 경위가 말했다. "그는 미행당하지도 않았고 조직 폭력배나 좀도둑도 아닙니다. 게다가 그는 우연히 생을 마감한 게 아니었죠. 그 사람은 냉혹하고 잔인하게 살해당했습니다." 그는 심각한 표정으로 말을 잠시 멈추었다. "이 호텔에서 제법 오랫동안 거주하고 있던 누군가에게 말입니다."

"그럼 경찰은 누가 범인인지 아는 건가요?" 나는 헉하고 숨을 멈췄다.

버니언 경위는 호기심 어린 눈으로 나를 응시했다. "당신은 모르시나요, 미스 애덤스?"

"이 호텔에서 제법 오랫동안 거주하고 있던 누군가라니, 그게 무슨 뜻인가요?" 소피가 떨리는 소리로 끼어들었다. 그녀는 당당한 척하고 있었다. "우리 호텔은 살인자를 투숙객으로 받지 않습니다, 경위님."

그는 이맛살을 찌푸렸다. "그 남자는 사설탐정이었습니다, 팬처 부인."

"탐정이었다니!" 그녀가 낮은 소리로 읊조렸다.

방의 건너편에서 캐슬린 어데어가 어머니의 입술에 손을 얹었고 로티 모스비는 휘청거렸다.

"그렇습니다." 버니언 경위가 말했다. "죽은 제임스 리드는 세인트루이스의 유명한 흥신소 소장이었습니다. 저는 한눈에 그를 알아봤습니다."

"하지만 그는 여기서 뭘 하고 있었던 거죠?" 나는 알아듣기도 힘든 목소리로 물었다.

경위는 책상에서 노란색 종이 한 장을 집어 들었다. "저는 리드를 알아보고서 바로 그의 사무실에 전보를 보냈습니다. 이것이 그들이 보낸 답신입니다." 그가 말했다.

그는 목청을 가다듬더니 또랑또랑한 목소리로 다음과 같은 전보의 내용을 읽었다.

"리드는 성명 미상인 고객의 의뢰로 리슐리외 호텔에서 뒷조사를 하고 있었음. 고객은 비밀 준수를 요구함. 리드는 보통 보고서 제출에 일주일이 걸림. 우리는 그 사람이 그를 처음 고용했다는 것 말고는 아무것도 알지 못함."

"뒷조사라니!" 소피가 숨을 헉 들이마셨다.

경위는 쓴웃음을 지었다. "리드의 전문 분야는 사람들을 미행하고, 이혼 소송에 필요한 증거를 찾아내고, 하는 것들입니다. 그가 해 온 일은 자신이 감당할 수 있는 수준의 어설픈 협박 이상의 것은 아니라고 들었습니다."

"협박!" 나는 힘없이 그 말을 따라 했다.

다른 사람들 누구도 아무런 말도 하지 않았다. 그들은 핼쑥해진 얼굴로 서로의 눈을 피하면서 경위를 보거나 바닥을 보고 있었다.

"이 호텔에서 협박이 통할 만한 일이라도 일어나고 있다는 말이라면 믿을 수가 없어요!" 소피 스콧이 소리쳤다.

"그래요?" 버니언 경위는 중얼거렸다.

"제임스 리드가 누군가의 부끄러운 비밀을 우연히 알게 됐고, 그래서 그의 입을 봉하려고 죽였다고 생각하시는군요." 스티븐 랜싱이 예리하게 추측했다.

경위는 어깨를 으쓱했다.

"사설탐정은 비쌉니다, 랜싱 씨. 리드는 공짜로 일을 했던 게 아니란 말이지요. 누군지 모르는 그의 고객이 무언가를 알아내는 게 돈을 지급할 만큼 중요했다면 다른 사람에게는 그 사실이 새어나가지 않도록 하는 게 더 중요했겠지요."

"어쩜!" 캐슬린 어데어가 외쳤다. "그런... 그런 걸로 사람을 죽일 사람은 아무도 없을…." 그녀는 목이 막혀 더 이상 말을 잇지 못했다.

"누군가 제임스 리드를 죽였습니다." 경위가 단호하게 말했다.

"하지만 그 사람… 그 사람은…."

"그가 음지에서 일하고 있었다는 걸 기억하십시오." 버니언 경위가 나지막하게 말했다.

"누가 그 사람을 이리로 오라고 한 거죠?" 소피가 화를 내며 말했다.

"여러분 중 한 사람이죠." 경위가 부드럽게 말했다.

"당신은 심술이 그득하군!" 단 모스비가 으르렁거렸다. "범죄자를 찾고 싶으면 잠시 있다가 가는 손님들을 조사하라고."

"단기 체류 투숙객은 이 호텔에 그 남자가 오게 된 일과 관계가 없습니다." 경위가 말했다.

"그걸 당신이 어떻게 확신하죠?" 내가 콧방귀를 끼며 말했다.

"리드의 사무소에 다시 전보를 보냈습니다." 그는 어깨를 으쓱하며 말했다.

"그들이 보낸 답신을 읽어드리죠."

"성명 미상의 고객이 리드를 처음 접촉한 것은 한 달 전임. 당시에 그는 다른 사건을 맡아 바빴음. 상당한 의뢰 비용을 받고 지난주에 일을 수락함."

"오, 맙소사." 자그마한 어데어 부인이 흐느꼈다. "그런데 우리는 평온한 곳을 찾아 여기로 왔구나."

경위는 보기 좋게 미소를 지었으나 눈은 실눈이 되어 있었다. "그래서 제가 여러분 모두에게 알고 있는 모든 것을 말하라고 권고하는 것입니다." 그가 말했다. "살인은 홍역처럼 전염성이 아주 높습니다. 아니면 이렇게 말해야 할까요? 여러분이 흙탕물을 휘젓기 시작하면 수많은 더러운 인간들이 수면으로 올라온다고 말입니다."

스티븐 랜싱이 쓴웃음을 지으며 말했다. "경위님, 제임스 리드 씨 얘기를 하자면, 리슐리외 호텔에서 다른 사람들의 비밀을 캐는 게 그다지 건전해 보이지는 않는군요."

경위의 파란 눈이 반사적으로 그에게로 향했다. "그 말은 경고로 받아들여야 하나요, 랜싱씨?"

스티븐 랜싱은 냉소를 띠고 우리 모두를 한 바퀴 훑어보았다. "우리 모두 그 점을 마음에 새겨 두는 게 낫겠죠." 그가 가볍게 말했다.

"살인자와 협박꾼이라!" 나는 탄식을 했다. "이게 웬 야단법석이람."

"그렇습니다." 버니언 경위가 무겁게 말했다.

그리고 실제로 그렇게 야단법석을 치르고 나서야 이 사건은 끝을 맞이하게 되었다.

7

어쨌거나 경찰은 그날 밤에는 누구도 체포하지 않았다. "경찰은 우리가 스스로 목을 매서 자신들에게 협조하도록 밧줄을 넉넉하게 주는 상상을 하고 있을 것 같군." 호워드가 쓰디쓴 말을 내뱉었다.

우리 중 7시 30분에서 8시 사이에 호텔이 있었던 사람들은 사인 규명 심리가 있을 때까지 시내를 떠나서는 안 된다는 경고를 받았다. 심리 날짜는 정해지지 않았다. 경위는 호텔을 떠나기 전에 내 스위트룸을 폐쇄했다. 기간은 정해지지 않았다 — 아니, 그가 그렇게 말했다. 나는 안도감을 느꼈다. 다시 그곳에 간다면, 더욱이 캄캄한 어둠 속에서라면 자신의 멜빵으로 내 방 샹들리에에 묶여 있던 그 무시무시한, 흔들리는 형상을 보지 않을 수가 없을 것이었다.

"애들레이드, 당신은 3층에 있는 같은 방을 쓰면 될 것 같아." 소피가 불친절하게 말했다. "당신은 그 방을 다시 꾸며 달라고 하겠지만 말이야."

"난 이 호텔에서 지낸 이래 먼지가 쌓여 있어도 내 체취가 묻은 곳이 편안해진 상태야." 나는 차갑게 말했다. "다른 사람이 쓰던 걸 물려받는 건 절대로 싫어."

"며칠만으로 해볼 수 있는 만큼은 바꿔 볼게." 소피가 지친 목소리로 말했다.

"그래야겠지." 나 역시 별 고마운 기색 없이 중얼거렸다.

결국 덩치 큰 내 물건들은 새 숙소의 도배가 끝날 때까지 원래 있던 곳에 남겨두기로 결정되었다. 다행히도 옷과 욕실용품들은 침실에 있었다. 경위가 이곳을 책임지도록 남겨 둔 스위니와 닫힌 거실 문 쪽으로 계속해서 눈을 돌리는 클래런스를 동반하고서 나는 앞으로 한 주 동안 사용할 만큼의 물건들을 챙겨서 서둘러 몇 개의 여행 가방에 넣었다. 그리고 다시 클래런스를 동반하여 호텔 측이 임시 거처로 정해 준 맨 위층에 있는 작은 침실로 올라갔다.

지붕 바로 아래 있는 5층은 여름에는 호텔에서 제일 기피하는 층이다. 주로는 여행객들이나 호텔에 거주하는 직원들이 쓰게 되어 있는 층이다. 그러나 우리가 사는 곳은 5월 전에는 보통 날씨가 그렇게 불편할 정도로 덥지는 않았기에 나는 임시로 그 꼭대기 층에서 지내는 것을 마다하지 않았다. 그렇기는 하지만, 뉴올리언스 출신이 아닌 것으로 밝혀진 제임스 리드 씨가 최근까지 묵고 있었던 511호가 내 방이라는 것을 알고 나는 약간 놀랐다.

"조폐창에 있는 돈을 다 준다고 해도 나는 여기서는 못 자요." 클래런스는 기름 바른 미끈한 머리를 내저으며 이렇게 말하고는 문을 향해 서둘러 나갔다.

"정말 어리석군!" 나는 퉁명스럽게 말했다. "그 남자는 죽었어. 그는 이제 더는 해코지할 수가 없다고."

"그렇죠. 그러길 바라고요." 클래런스가 엉거주춤 말했다.

살해된 남자가 호텔에 가지고 왔던 유일한 물건인 허름한 검정 짐 가방은 경찰이 이미 치우고 없었다. 경찰은 그가 방에 널브러뜨려 놓은 것들을 몽땅 그 가방에 넣어서 수사본부로 가져갔다. 그리고 소피가 청소부를 보내 방을 정돈한 것이었다. 방은 투숙객을 받을 준비가 된 여느 호텔 방과 마찬가지로 사람의 온기가 느껴지지 않는 텅 빈 모습이었다.

휴지통에 종이 한 장도 없었기 때문에 누군가 그곳에서 최근에 잠을 잤을 것이라는 생각이 들 여지가 없었다. 그렇지만 나는 벽장과 작은 욕실을 주의 깊게 조사하고 뻣뻣한 무릎을 무릅쓰고 난생처음으로 바닥에 엎드려서 침대 밑을 살펴보았다. 애쓴 보람도 없이 눈에는 아무것도 들어오지 않았다. 보아하니 경찰이 빗자루와 확대경으로 바닥을 훑고 사망한 투숙객의 마지막 흔적까지도 다 쓸어간 것 같았다.

"바보처럼 굴지 마!" 나는 자신을 타박했다. "으스스한 느낌이 들 만한 건 하나도 없잖아."

그런데도 짐을 풀고 잠잘 준비를 하는 동안 기분 나쁘게 축축한 느낌이 등줄기를 오르락내리락하는 것이었다. 나는 최대한 늦게까지 불을 끄지 않으려고 불필요한 여러 가지 일들, 공주풍 슬립과 스타킹을 빤다든지 하는 일들에 집중했다. 그 작은 욕실에는 슬립같이 긴 옷을 널 만한 공간이 전혀 없었다. 하지만 나의 오래된 예비용 공간, 비상 탈출구가 바로 옆에 있었다. 비록 이제는 그곳을 이용하는 것이 꺼림칙했지만 말이다. 슬립을 철제 난간에 널려고 몸을 기울였을 때 보름달이 떠 있는 것을 보고는 감사한 마음이 들었다.

"그래도 칠흑같이 깜깜하지는 않겠네." 나는 혼잣말을 하며 침대 옆 취침 등을 껐다.

달은 환한 자태를 드러내며 밝게 창을 비추었다. 울퉁불퉁한 침대 위에 몸을 쭉 펴자 피곤이 몰려드는 것을 느낄 수 있었다. 몸의 구석구석이 다 지끈거리는 것 같았다. 하지만 정신은 말짱해도 너무 말짱했다. 나는 창백한 달빛에 비친 으스스한 그림들을 보며 그곳에 누워 있고 싶지는 않았다. 다만 눈을 감을 수가 없었을 뿐이었다.

"이러다간 망령이 들 거야." 나는 자신을 타박했다.

세 블록 떨어진 카운티 법원의 시계탑이 장엄한 자정의 종을 울렸다. 그다음에는 1시, 그리고 2시의 종이 울렸다. 나는 다음날 할 일이 하나도 없다는 것을 알고 있었다. 하지만 잠을 못 자면 항상 짜증이 난다. 가끔씩 나는 내가 이렇게 신경질적인 성격이 된 것은 병을 앓으시던 아버지 곁을 지키며 매일같이 밤을 새우곤 했던 그 외롭고 기나긴 세월 때문이 아니었을까, 생각하곤 한다. 잠을 못 잔 탓에 다음날이면 너무나 피곤한 나머지 사람들에게 날 선 소리를 하지 않는 것이 힘들었고 그런 일들이 나중에는 벗어날 수 없는 습관이 되어버린 게 아닐까 하고 나는 생각했다.

내가 마침내 꾸벅꾸벅 잠이 든 것은 거의 3시가 다 되어서였다. 점점 더 어두워져 가는 컴컴한 암흑 속에 나를 남겨놓고 달은 서서히 다른 하늘로 넘어가고 있구나, 생각했던 것이 내 기억의 마지막 지점이었다. 그다음에 나는 내가 침대에 똑바로 앉아서 새까만 어둠 속에 열려 있는 창백한 직사각 창문을 쳐다보고 있다는 것을 알게 되었다.

아무런 소리도 나지 않았다. 온 세상이 나처럼 두려움에 떨며 숨을 멈추고 있는 것만 같았다. 그러나 나는 내 옆에, 불과 몇 발짝 떨어진 곳에 누군가 있다는 것을 알았다. 나의 다음 동작을 기다리는 알지 못하는 어떤 존재가.

"누구세요?" 나는 내가 만들어 낸, 거의 알아들을 수 없는 잠긴 목소리에 담긴 경악과 내가 낸 그 목소리를 듣고 내게 휘몰아쳐 온 그 지독한 공포를 묘사할 방법이 없다. 지금까지도 나는 내가 왜 비명을 지르지 않았던지 이해할 수가 없다. 아마도 나는 본능적으로 그렇게 하면 마지막이 될 것임을 알았던 것 같다.

"뭘 원하는 겁니까?" 나는 떨고 있었다. "부디 원하는 걸 가지고 가 주세요."

그것이 살인자라는 것을, 그 손에 물든 인간의 피는 이미 돌이킬 수 없다는 것을 내가 어떻게 알았는지, 알 수가 없다. 분명한 것은 그 순간 내 생애 그 어떤 때보다 죽음이 내게 가까이 있다는 것을 조금도 의심하지 않았다는 점이다.

"제발, 가 주세요." 나는 다시 한번 숨을 들이켰다.

바스락거리는 소리가 났다. 손을 내밀면 닿을 듯이 가까운 곳에서 나는 소리였다. 그런 다음 뭔가가 살짝 움직이는 소리와 희미하게 삐걱거리는 소리가 나더니 복도 쪽으로 문이 부드럽게 열렸다. 복도의 천장 등에서 흘러나오는 희미한 불빛과 나의 사이로 그림자 하나가 지나갔고 문이 소리 없이 흔들렸다. 나는 침대에서 나와서 전화기로 벽을 쾅쾅 두드렸다. 그리고 수화기 속으로 비명을 질렀다.

나는 내가 흥분했다는 것은 인정하지만, 이 일을 농담거리로 삼는 사람들에게 내가 거듭 알려준 것처럼 스스로 발등을 찍은 것은 아니었다. 그저 침대에서 내려오다가 앞니에 끼고 있던 의치 두 개를 떨어뜨렸고 그것들을 밟았을 뿐이었다. 그 결과 엄지발가락 바로 밑에 작지만 아픈 타박상이 생겼다. 자연히 나는 여러 날을 절뚝거리며 걷게 되었다.

내 생각에 핑크니 닷지가 내 방으로 들어오기 전까지 나는 몇 분 동안이나 전화기 속으로 비명을 지르고 있었음이 틀림없었다. "무슨 일이세요, 미스 애덤스?" 그가 겁에 질려 소리쳤다. "하나님 맙소사, 무슨 일이 일어난 겁니까?"

"샤리인버엄! 쏘쏘두욱! 수우와줘! 수우와줘!" 나는 계속해서 비명을 질러댔다.

윗니 정중앙에 있던 의치가 빠져 생긴 넓은 틈 때문에 내 말은 휙휙 새어나가는 소리를 내고 있어서 핑크니가 내 말을 알아듣지 못하는 게 놀랍지도 않다는 사실을 나는 완전히 도외시하고 있었다. 실상 그는 스티븐 랜싱이 나타났을 때까지도 여전히 나에게 무슨 말인지 분명히 말해 달라고 애원하고 있었다. 스티븐 랜싱은 멋있는 검정 양단 가운을 입고 비상 탈출구에서 내 방 창문으로 가볍게 넘어 들어왔다. 거리를 배회하는 날렵하고 잘생긴 한 마리 수고양이, 그때 그의 모습을 이보다 더 잘 묘사할 말은 없을 것 같았다.

"또 쥐를 보았나요, 미스 애덤스?" 그가 냉소적인 미소, 이제 그를 생각하면 저절로 떠올리게 되는 그 미소를 지으며 다그쳐 물었다.

정중하면서도 거만한 그의 태도는 한 가지 점에서 추천할 만했다. 그 태도를 맞닥뜨리면 예외 없이 정신이 번쩍 드는 것이었다. 나는 나의 맨발을, 특히 무지외반증으로 튀어나온 발가락을 의식하게 되었다. 그리고 굽실굽실한 가발도 생각이 났다. 손님을 맞기 위해 옷을 차려입을 때면 나는 그 가발을 핀에 꽂아 이마에 쓰는 습관이 있다. 그때쯤 나는 충분히 정신이 들어서 그 가발을 서랍장 위에서 서랍 속으로 쓸어 넣고 보라색 목욕 가운의 단추를 채운 뒤 대답했다.

"쥐가 내 방에 이떠쎠요." 내가 차갑게 말했다.

"또요?" 그는 낮게 말하고는 정말 울고 싶은 표정으로 웃었다. "이거 이러다 습관 되겠군요."

"내가 깨샤 말을 해써니 문밖으로 나가쎠요."

그는 나를 유심히 보았다. "왜 아기같이 말을 하죠? 아니면 이렇게 하는 건 순진한 피해자를 당신 방으로, 그러니까 당신 은신처로 유혹하는 무슨 계략 같은 건가요?"

"젊은 씬구." 침대를 향해 느릿느릿 움직이며 침대 옆 바닥을 훑어보면서 내가 말했다. "젊을 때도 유혹은 내 능력 바끼 었쪄."

"당신 자신을 잘 모르시는군요." 스티븐 랜싱 씨는 정중하게 말했다. 그러고는 좀 더 예리한 목소리로 덧붙였다. "도대체 뭘 찾고 계신 거죠?"

"꼭 알아야게씨면 말해주지. 내 의씨를 찾고 있어." 내가 언짢게 말했다.

그는 웃음을 터트렸으나 곧 엎드려서 같이 수색에 나섰다. "이게 그 의씨인가요?" 그가 물었다. "너무 열정적이시라 제가 이걸 따라 하네요!"

그는 내 입에서 떨어져 나온 보철물을 내게 건넸다. 하지만 그는 곧바로 일어서지 않았다. 그는 카펫의 좁고 긴 틈처럼 보이는 부분을 손가락으로 만지고 있었다. 핑크니 닷지가 우리를 불렀을 때 우리는 어쩌다 보니 스티븐 랜싱 씨가 나의 맨발을 향해 무릎을 꿇고 있는, 변태적인 자세를 취하고 있었다. 스위니 경관이 방으로 급히 들어왔고 그의 뒤에서 클래런스가 조심스럽게 거리를 두고 얼굴이 잿빛이 되어 벌벌 떨면서 들어왔다.

"세상에 이런 일이!" 스위니가 역겹다는 듯 외쳤다.

"로미오와 줄리엣의 한 장면이로군! 나는 누가 살해당한 줄 알았네요."

"내가 살해당한 건 아니지만 그게 경찰 덕분은 아니지." 나는 톡 쏘았다. 그 사이에 스티븐 랜싱은 조심스럽게 손의 먼지를 털어내면서 일어섰다. 그의 미소는 더할 나위 없이 차분했다.

"잘했어요!" 그가 소리를 낮춰 내게 말했다. "최고의 방어는 대담한 공격이죠."

나는 최대한 날카로운 눈빛으로 스위니를 얼어붙게 했다. "당신들은 이곳을 지키고 있었어요. 혹시 자리를 뜬 거 아니에요?"

그는 어쩔 수 없다는 듯 양손을 펼쳤다. "저 혼자 여기 있을 뿐입니다. 최대한 많은 범위를 지키고 있지만 그 이상은 힘듭니다."

"그러면 그 정도가 우리가 세금으로 낸 돈에 대해 받는 서비스인가 보군요." 내가 매몰차게 말했다.

"경위님이 오시면 그분께 말씀하세요." 스위니는 투덜거리듯 말했다.

"제가 한밤중에 그분을 침대에서 끌어낸다면 아마 저를 불에 튀기려 하실 겁니다. 마치," 그가 나를 아주 불쾌한 표정으로 보며 말했다. "마치 어떤 미혼 여성이 악몽을 꿔서 자기가 살해당하고 있다고 생각하는데 제가 도울 수 있기라도 하듯 나서서 그런다면 말이죠."

"분명히 말하는데, 나는 악몽을 꾼 게 아니에요." 나는 그를 무시하듯 말했다.

15분 후에 경위가 도착했을 때 나는 그에게도 또한 사실을 확인해 주었으나 그는 고개를 내저을 뿐이었다.

"너무 과도한 상상을 했다고 한들 당신 잘못은 아닙니다, 미스 애덤스. 좀 전 저녁에 그렇게 충격적일 일을 겪으신 뒤니까 말입니다." 경위가 정중하게 말했다.

나는 기분이 언짢았다. "방 안에 누군가 있었단 말입니다." 나는 계속 주장했다. "그건 너무나 확실해요."

"흐트러진 건 아무것도 없다고 하셨는데요." 경위가 나지막이 말했다.

나는 고개를 끄덕이며 그 사실을 인정했다.

"누가 여기 있었다면, 무엇을 찾았던 걸까요?" 버니언 경위가 물었다.

"이 방이 고 제임스 리드가 묵었던 방이라는 건 들으셨습니까, 경위님?" 스티븐 랜싱이 물었다. 그는 스위니, 핑크니 닷지와 함께 그곳에 남아 있었다. 핑크니 닷지는 클래런스에게 엘리베이터와 전화 교환대를 둘 다 맡아달라고 했다. 새벽 3시 반은 양쪽 다 일이 있다 해도 거의 없는 시간대였던 것이다.

경위는 이맛살을 찌푸렸다. "살인범이 피해자가 여기 숨겨 놓은 뭔가를 찾고 있었다는 말씀이라면 그는 시간 낭비만 한 셈입니다. 경찰이 이 방을 이 잡듯이 다 훑었으니까요."

"유죄가 입증될 문서를 찾고 있었다든지?" 스티븐 랜싱이 빈정거리는 투로 느릿느릿 말했다.

"유죄를 입증할 뭔가라." 경위는 이렇게 말하고는 한숨을 쉬었다.

"아무런 소득도 없이?" 경위는 피곤한 듯 고개를 내저었다. "제임스 리드는 자신이 미행당한다는 증거가 있었다면 손에다 써 놓았을 겁니다."

"그… 어… 살인범은 경찰이 이 방을 다 훑어보았다는 걸 모를 수도 있잖아요." 핑크니가 한마디 거들었다.

나는 약간 놀라서 그를 쳐다보았다. 아무렇게나 취급받는 보잘것없는 야간 직원이 자기 의견을 내는 것은 흔치 않은 일이었다. 하지만 우리 모두의 내면에는 아마추어 탐정이 하나씩 살고 있을지도 모른다. 고백하건대 나는 내 속에서 그런 본능이 약하게 꿈틀거리는 것을 느꼈다.

"서류를 찾고 있었던 게 분명해요!" 나는 흥분해서 소리를 질렀다.

스티븐 랜싱이 미소를 지었다. "재미있는 통속극이나 소설

속에 많이 나오는 문제의 서류 말이죠!"

경위는 재미있어 보이지 않았다. "가능한 얘깁니다." 그가 천천히 말했다. "우리가 이 사건 전체를 잘못된 관점에서 접근하고 있을지도 모르죠. 누가 정말로 오늘 밤 이 방에 침입했다면 제임스 리드는 다른 사람을 위해 설치된 덫에 우연히 걸린 게 됩니다."

"그게 무슨 말이죠?" 스티븐 랜싱이 눈썹을 찌푸리며 말했다.

경위가 나를 쳐다보는 눈빛 때문에 나는 신경이 곤두섰다. "두 번째라고 추정되는 이 폭력 역시도 미스 애덤스가 있는 곳에서 벌어질 뻔했다면 이건 놀라운 우연입니다." 그가 말했다.

나는 목 뒷덜미에 스멀스멀한 느낌이 들었다. "제임스 리드가 살해당한 게 나를 죽이려다 실수한 거란 말인가요? 어이가 없군요." 나는 아득하게 물었다. "아님… 아니면 당신은 내가 그를 죽인 살인범이란 건가요?"

"고정하시죠." 스티븐 랜싱이 내 귀에 대고 소곤거렸다. "저 사람 때문에 성내시면 안 되죠."

"어쨌든," 경위가 조용히 말했다. "그 남자가 어떻게 당신의 스위트룸으로 들어갔는지 전혀 설명이 안 되잖아요, 미스 애덤스. 당신은 스위니에게 당신이 그 방으로 들어갔을 때 바깥쪽 출입문은 둘 다 잠겨 있었다고 말한 것으로 아는데요."

"저 문도 내가 잠자리에 들 때 그랬어요." 나는 복도로 난 문을 가리키며 쏘아붙이듯 말했다.

"경위님, 제임스 리드 씨는," 스티븐 랜싱이 나지막이 말했다. "사설탐정이었으니까 곁쇠를 갖고 있지 않았을까요? 여기저기 기웃거리는 탐정한테 어울리는 물건이잖습니까, 아닌가요?"

버니언 경위는 피곤한 듯 하품을 억눌렀다. "그런 열쇠가 있을까 봐 내 부하들이 사체를 수색했습니다, 랜싱 씨."

"역시나 소득이 없었나요?"

경위는 처음으로 짜증스러운 기색을 엿보였다. "랜싱 씨, 이 사건에 아무런 소득이 없는 것은 우리 경찰에 대한 적대적인 태도 때문인데요, 그런 태도가 우리에게는 상당한 부담이 됩니다."

"곁쇠 같은 소리 하고 있네!" 내가 경멸하듯 말했다. "이 방이나 아래층 내 스위트룸에 들어가는 데 곁쇠 같은 건 필요 없죠. 제대로 움직일 수만 있는 사람은 누구라도 비상 탈출구를 통해 방으로 들어갈 수 있어요. 제가 도와달라고 비명을 질렀을 때 랜싱 씨도 그렇게 했죠."

스티븐 랜싱은 끙 하는 소리를 냈다.

"제가 의아한 건," 경위가 부드럽고 나지막한 소리로 말했다. "당신이 어떻게 그렇게 곧바로 현장에 나타날 수 있었냐는 겁니다, 랜싱 씨. 내 부하인 스위니나 다른 어떤 사람보다 먼저 오신 것으로 압니다만."

"그렇습니다." 스티븐이 쾌활하게 말했다. "미스 애덤스의 사이렌 소리를 듣자마자 저는 바로 낡은 비상 탈출구로 올라가서 구조에 나섰습니다. 한달음에요, 아니 그보다 더 빨랐죠."

"운이 좋으셨군요." 경위가 호기심 어린 눈빛으로 그를 보며 말했다. "신발을 벌써 신고 계셨으니까요."

스티븐의 얼굴이 붉어졌다. "저는 약간 올빼미족이랍니다, 경위님. 경위님도 분명 알아채셨겠지만, 저는 외투 말고는 아무것도 벗지 않았거든요."

"네." 경위가 말했다. "저도 알아봤습니다."

"가운을 걸치는 것쯤이야 아무 일도 아니죠."

"굳이 말하자면," 경위가 중얼거렸다. "당신이 느닷없이 올라옴으로써 당신에 앞서 비상 탈출구를 지나간 사람의 흔적은 죄다 사라졌을 것입니다. 우리의 관점에서는 당연히도 유감스러운 일이죠."

"그렇게 되나요?" 스티븐 랜싱이 함박웃음을 지으며 느릿느릿 말했다.

경위는 창문 쪽으로 걸어가서 비상 탈출구의 녹슨 철제 계단을 물끄러미 바라보았다. 내 생각에는 좀 암담한 표정이었다.

"정식 출입구는 복도 쪽으로 나 있군요." 그가 방을 둘러보았다. "하지만 미스 애덤스, 당신이 말씀하신 대로 제대로 움직일 수만 있으면 이 창문을 훌쩍 넘을 수 있겠네요."

나는 내 슬립이 난간에 얌전히 널려 있지 않은 것을 알게 되어 화가 났지만 어쩔 수가 없었다. 슬립은 떨어져 있었고 보아하니 못 해도 한 번은 발에 밟힌 것 같았다.

"저건 뭐죠? 천막인가요?" 버니언 경위가 내 어깨 너머를 보며 물었다.

"저건," 나는 품위를 유지하며 차갑게 대답했다. "제 옷장에서 나온 겁니다."

"미스 애덤스는 비상 탈출구 난간을 편의상, 어… 그러니까… 빨랫줄로 쓰고 계십니다." 스티븐이 설명했다.

"지금까진 그랬죠." 나는 쓰라린 기분으로 말했다. "비상 탈출구에 순경이 올라올 일이 없었으니까요."

나는 슬립을 잡으려고 여러 번 애를 썼으나 성공하지 못했다. 스티븐 랜싱이 몸을 밖으로 빼서 거의 물구나무서다시피 해서는 그 물건을 되찾아 주었다.

"무슨 소 떼라도 이 위로 지나간 것 같은 모양새군요." 그는 경위의 말을 인정했다.

경위의 눈이 반짝거렸다. "발자국이 있나요?" 나는 슬립을 손에 똘똘 뭉쳤다. "이게 무슨 사막에 버려진 쓰레기라도 되는 줄 아시나 봐요? 당연히 발자국은 없어요."

경위는 인상을 썼다. "실마리 하나가 또 영원히 사라져 버렸군!" 그가 투덜거렸다.

스티븐 랜싱은 웃음을 터트렸고 경위는 번득이는 눈빛으로 우리 두 사람을 번갈아 쳐다보았다. 나는 그 눈빛이 마음에 들지 않았다.

"당신이 아는지 모르는지 모르겠지만, 증거를 인멸하는 것은 법적인 제재의 대상입니다." 그는 부드러운 목소리로 말했다. 나는 그런 목소리는 불길한 징조임을 이미 깨닫고 있었다. "음… 6개월에서 음… 3년까지 징역형에 처해지지요."

"제 생각으로는," 스티븐 랜싱이 천연덕스럽게 말했다. "애들레이드, 속치마를 경위한테 주는 게 낫겠어요. 경위가 생각하는 게 그것 같은데요."

나는 옥신각신하는 중에 그 슬립을 떨어뜨릴 뻔했다. "애들레이드라니!" 나는 콧방귀를 꼈다.

그는 활짝 웃었다. "범행의 공범들이라면 형식적인 겉치레는 생략해야 하잖아요. 그렇지 않나요, 애들레이드?"

"비상 탈출구를 오르내리면서 속치마를 잃어버리신 건 아니겠죠, 미스 애덤스?"

나는 그를 노려보았다. "당신은 여동생이나 누나가 없는 게 분명하군요, 경위. 이건 속치마가 아니에요. 어깨끈이 달린 슬립이라고요. 옷을 벗지 않으면 잃어버릴 수가 없는 거예요. 그리고 분명히 말하는데, 나는 오늘 밤이건 다른 어떤 날 밤이건 비상 탈출구에서 옷을 벗은 적이 한 번도 없어요. 일부든, 전부든 말이에요."

스티븐 랜싱은 쿡쿡거리며 웃었다. "당신은 그러고도 남을 사람 같은데요, 애들레이드. 그럴 상황이라면 말이죠."

경위는 한숨을 내쉬었다. "이거든 저거든 저한테는 똑같습니다. 그 슬립을 사건의 다른 증거들과 함께 두도록 제가 가져 가야 하겠습니다."

"마음대로 해요." 나는 쏘아붙였다.

경위는 문을 향해 돌아섰다. "미스 애덤스, 이후에는 비상 탈출구 옆 창문은 잠가 두도록 하겠습니다. 사실, 괜찮으시다 면, 스위니를 즉시 비상 탈출구에 대기시키려고 합니다."

나는 고개를 꼿꼿이 들었다. "여전히 내가 피해자라는 말을 되풀이하시는 거군요. 아니면, 살인자라는 건가요, 경위?" 내 가 물었다.

"그게 제 고민입니다." 그가 눈썹을 치켜올리며 말했다.

나는 얼굴이 화끈거렸다. "나는 이 세상 누구한테도 원한을 가진 적이 없어요, 경위. 그리고 나를 죽일 만큼 사랑하거나 증 오하는 사람도 없어요. 내가 누군가에게 그만큼 의미 있는 사 람이었던 건 아주 오래전 일이에요." 내가 말했다.

"그런가요?"

"그래요!" 나는 비틀거리며 고함쳤다.

경위는 내가 말아놓은 슬립을 다른 손으로 옮기며 물었다. " 미스 애덤스, 캐슬린 어데어와 그녀의 어머니가 이 호텔로 왔 을 때 그들이 당신이 있는 층에 묵게 해달라고 요구한 것을 알 고 계십니까?"

나는 그를 멍하니 바라보았다. "어데어 모녀가!"

내 옆에 있던 스티븐 랜싱은 갑자기 그 자리에 얼어붙은 것 같았다.

"하지만 나는 어데어 모녀를 모르는데요." 내가 힘없이 말했다. "그러니까, 그들이 한 달 전에 이 호텔로 오기 전까지 나는 그들을 본 적도, 그들에 관해 들은 적도 없다는 말입니다."

"그런데도, 그들은 가능하면 미스 애들레이드 애덤스의 스위트룸에 가장 가까운 방을 달라고 특별히 요청했습니다. 그렇죠, 닷지 씨?"

핑크니의 얼굴이 상기되었다. "네, 경위님." 그는 당황스러운 기색으로 나를 쳐다보았다.

"이해가 안 되는 소리예요." 내가 반발했다.

"저도 그렇습니다." 경위가 읊조리듯 말했다. 그는 문을 향했다.

"가시겠어요, 랜싱 씨?"

"바로 가죠!" 스티븐 랜싱은 큰소리로 말했다. 그러더니 낮고 거친 목소리로 격하게 한마디를 더했다. "제발 그들의 비밀을 들추지 마세요!"

"하지만 —"

"저는 그들이 이 사건에 어떻게 얽혀 있는지는 모릅니다. 다만 저는 그녀에게라면 제 목숨을 걸겠습니다."

"캐슬린 어데어?"

"쉿!" 그는 내게 주의를 주었다.

경위가 문에서 안으로 얼굴을 다시 빼꼼 내밀었다. "미스 애덤스, 당신 슬립에 이게 매달려 있는 걸 발견했습니다. 잠금장치는 비상 탈출구에서 누가 밟은 모양입니다. 이건 당신 물건인 것 같은데요?" 그는 고양이가 쥐를 보듯 나를 보았다. "혹시 아닌가요?" 그가 흑색과 금색이 섞인 커다란 구식 브로치를 내밀었다. 여자들이 젊은 시절에 파티 드레스의 목에 달던 그런 것이었다.

나는 시간이 얼마나 흘러가는지도 모르고 경위가 손에 들고 있는 그 물건을 바라보고 있었다. 가차 없이 흘렀던 시간의 장막이 걷혀 올라가면서 나는 숨 막힐 듯한 6월의 어느 날 밤이슬에 젖어 있던 정원으로 돌아가 있었다. 열정과 의무감으로 내 가슴이 둘로 찢어졌던 그 밤으로 말이다.

아주 멀리서 스티븐 랜싱의 목소리가 들렸다. 여전히 거칠지만 간절함이 배어나는 목소리였다. "이건 분명 그녀의 브로치예요. 그렇죠, 애들레이드?"

우리는 눈이 마주쳤다. "맞아요." 마침내 나는 아주 천천히 말을 했다. "제 겁니다."

경위가 입을 이죽거렸다. "증명하실 수 있나요, 미스 애덤스?" 스티븐 랜싱은 숨을 멈췄다. 하지만 나의 목소리는 침착했다. 너무도 침착했다.

"네, 경위. 증명할 수 있어요." 내가 말했다. "뒤쪽을 보세요. 각인이 보일 겁니다. 로리가 애들레이드에게, 라고 되어 있을 거예요."

스티븐 랜싱은 믿을 수 없다는 눈빛으로 나를 바라보았다. 하지만 경위는 브로치를 뒤집어 보고는 한숨을 쉬었다.

"맞네요." 그는 이렇게 말하고는 브로치를 나에게 건넸다.

"하나님의 사랑이 당신에게 깃들기를!" 스티븐 랜싱은 숨을 내쉬고는 다른 사람들을 따라 방에서 나갔다. 다시 한번 예의 미소와 당당함을 견지하고서.

나는 경위가 나의 공주풍 슬립에 달려 있었다고 찾아준 예스러운 보석을 오래도록 물끄러미 바라보며 홀로 서 있었다. 내가 그 브로치를 마지막으로 본 것은 25년 하고도 10개월 전이었다. 거의 나의 반생에 가까운 시간이 흐른 것이다. 길고도 긴 시간이었구나, 나는 생각했다. 내 눈은 눈물에 젖어 있었다. 나는 그 어데어 양이 왜 처음부터 내 마음을 그토록 끌어당겼는지 알았다. 왜 그녀를 보면 때때로 뭔가 알 수 없이 가슴이 아렸는지 알았다.

"오, 로리, 로리!" 나는 캐슬린이 엘리베이터 안에서 할 수만 있다면 제임스 리드를 밟아 죽이기라도 할 듯이 쳐다보던 눈길을 떠올리며 조용히 읊조렸다.

8

다음 날 아침 리슐리외 호텔에는 먹구름이 드리워졌다. 사람들의 눈에는 긴장한 기색이 역력했고 다들 아무런 말도 하지 않으려 했다.

아무도 우리의 머릿속에 제일 중요하게 들어 있는 문제를 논의하려는 태도를 보이지 않았지만 그것을 무시하는 것은 불가능했다. 소피로서는 괴롭게도 경찰은 실제로 우리를 한 덩어리로 취급하며 접근했다. 복도를 지날 때면 어디서나 제복을 입은 사람과 맞닥뜨리게 되는 것이었다. 주변을 어슬렁거리는 낯선 사람들은 말할 것도 없었다. 그런 사람들 중에는 호텔에 새로 온 단기 투숙객이 있을 수도 있었지만, 그보다는 사복을 입고 뭔가를 찾아내려고 염탐을 하는 사람일 가능성이 농후했다.

"이런 식이면 난 망할 거야." 소피가 비참한 듯 소리쳤다. "바로 호텔에서 나가겠다고 통보한 사람들이 벌써 여러 명이야."

나는 어깨를 으쓱했다. "어쨌거나 누구든지 자기 방 침대에서 살해당하는 생각은 하기도 싫은 법이니까. 발에 채는 게 경찰이니 마음 편히 다니기도 불편한 건 말할 것도 없잖아."

"전부 어처구니가 없는 일이야!" 소피가 소리를 질렀다. "

사설탐정이 우리 호텔에서 곤란한 일을 자초한다면 우리가 뭘 할 수가 있어? 그 사람은 수많은 적이 있을 게 불을 보듯 뻔해. 내가 알아본 바로는 그는 구린내가 진동하는 사람이었어. 난 우리 호텔의 상주 고객이 그 사람과 얽혀 있다는 걸 전혀 믿을 수 없어."

"경위의 말에 따르면⋯." 내가 말을 꺼냈다.

"말도 안 되는 소리지!" 소피가 콧방귀를 꼈다. "그 경위가 판단의 근거로 삼는 건 그 흥신소에서 온 전보가 다인데 그들이 경찰한테 아무 말이나 했을 수 있잖아. 리드 주변의 사람 중 하나가 그를 뒤쫓아와서 죽이지 않았는지 우리가 어떻게 알겠어? 개인적으로," 그녀는 힘을 주어 단언했다. "나는 그 미지의 고객이 맡긴 일이라는 건 경찰이 꾸며낸 구실이라고 생각해."

그런 다음 그녀는 끊어질 듯 속삭이는 소리로 이런 말을 덧붙여서 모든 걸 엉망으로 만들었다. "애들레이드, 그 자식을 리슐리외 호텔에 오도록 고용한 건 당신이야, 그렇지?" 나는 그녀를 쳐다보았다. 내 입술은 뒤틀려 있었을 것이다.

"아니, 소피." 내가 말했다. "나는 아니야. 하지만 당신 남편에 대해 당신이 안다면 걱정할 만한 게 많다는 생각이 불현듯 드는군. 어젯밤 8시 직전에 그가 4층에서 살금살금 돌아다니며 뭘 했는지를 포함해서 말이지."

"애들레이드!" 소피가 경악하며 반발했다. "내가 시릴 때문에 사설탐정을 고용했을 거라니 어이가 없잖아!"

"이런 사건이 최악인 건 그런 점이야." 내가 지쳐서 말했다. "모두가 서로를 공격하게 된다는 거지."

"맞아." 소피가 말했다. 그녀는 턱을 덜덜 떨고 있었다. "우리는 결국 모두 서로서로 의심하게 되고야 말 거야. 살인이 아니더라도 다른 어떤 거로든 말이야."

경위는 어젯밤에 잠을 방해받고도 그날 아침 일찍 활발하게 출근해서 사교실에 문을 닫고 들어앉았다. 그는 그곳에서 거미줄을 친 거미처럼 움직였다. 그러니까, 그는 제복을 입은 경관 한 사람을 한 번씩 자신의 긴 팔로 삼아 파리를 한 마리씩 잡아와서 정밀히 검사하는 것이었다. 때때로 그는 잡혀 온 자를 단 몇 분간만 붙들어 두기도 했다. 가끔 운이 없는 포로는 좀 더 긴 시간 질문 공세에 시달리기도 했다. 하지만 어떤 경우든 잡혀 온 대상이 사교실을 나올 때면 마치 진공청소기에 빨려 들어갔다 나온 것 같은 모습이 되어 있었다.

"기분 더럽군." 호워드 워런은 성이 나서 고함을 질렀다. "그자는 결코 있을 수 없는 일로 사람을 몰아세우고 그걸 부인하면 그냥 냉소를 띠고 있다가 또 다른 걸로 넘어가는 식이야."

나는 입을 오므렸다. "그는 믿기지 않을 만큼 짧은 시간에 우리 모두에 대해서 어마어마한 양의 정보를 확보한 것 같더군."

호워드는 핑크니 닷지를 노려보았다. 핑크니는 데스크와 전화박스 사이에 있는 의자에 털썩 주저앉아 불쌍한 표정으로 바닥을 내려다보고 있었다. 그는 잠을 못 자서 눈자위가 빨갰다.

평소에 그는 아침 7시에 레티 존스가 와서 근무를 교대하면 곧바로 잠자리에 들었다. 나는 우리와 마찬가지로 그가 너무 흥분해 있어서 자리를 뜨지 못했다고 생각했었다. 인제 보니 그는 겁을 먹고 있었다. 무서울 정도로, 지독하게 겁에 질려 있었다. 가엾은 핑크니!

"전화 교환대에서 밤을 보내는 좀생원을 옆에 두고 있으니 그 경위가 어디서 정보를 얻는지 짐작하는 건 어려운 일도 아니지." 호워드가 신랄하게 말했다.

핑크니는 움찔했다. 우리에게 애원하는 듯한, 거의 울 것 같은 표정이었다.

"그… 그분은 머리가 좋아요. 그… 그분은 여러분의 여러 가지 일들을 캐고 있어요." 그가 떨리는 목소리로 시인했다.

나는 그가 측은했다. 언제나 그랬었다. 수년간 주눅이 든 채 지내 온 핑크니가 그 경위나 권력을 지닌 어떤 사람이 대답을 요구하며 물어볼 때 그들에게 대적하지 못하는 모습은 충분히 상상 가능했다.

"사실을 말했다는 이유로 아무도 당신을 비난할 순 없어, 핑크니." 내가 말했다. "경찰은 그럴 권한이 있는 거니까."

"감사합니다, 미스 애들레이드." 그가 고맙다는 듯 말했다.

호워드는 얼굴이 상기되었다. "자기 일도 아닌 일을 마음대로 해석할 권리가 핑키에겐 없어요." 그는 몸을 움츠리고 있는 야간 직원을 또다시 노려보았다. "내가 미스 애들레이드에게

같이 영화를 보러 가자고 했다고 한들 무슨 상관이겠어요? 내가 함께 나가자고 한 건 아마 처음이었을 텐데 나는 또 외투를 입을 필요가 없다고 설득하려고도 했어요. 그렇다고 해서 그게 내가 무슨 이유가 있어 애들레이드가 살인 사건을 발견하지 못하도록 하려 했다는 증거가 되는 건 아니죠."

"당연히 아니지." 나는 가슴이 철렁 내려앉는 기분이 들어 목소리가 떨렸다.

핑크니는 조심스럽게 몸을 움직였다. "저는 그런 일은 전혀 경위님께 말하지 않았습니다, 워런 씨. 맹세할 수 있어요. 만일… 만일 그분이 당신이 미스 애들레이드와 나눈 대화를 그렇게 해석했다면 그건 그분 생각입니다."

호워드는 약간 민망한 기색이었다. "알겠어, 알겠다고." 그가 말했다. "그 말은 잊어버려. 핑크니, 내가 당신이라면 이 호텔에서 다른 사람들의 일에 집적거린 대가로 이미 한 사람이 목숨을 잃었다는 걸 잊지 않을 거야."

핑크니는 뒷걸음질 치면서 손을 떨기 시작했다. "저는 다른 사람을 곤란하게 만들고 싶지 않아요. 그리고… 그리고 저는 문제를 일으키면 안 돼요. 제… 제 어머니가…. 저한테 무슨 일이라도 생기면 어머니는 어찌 되실지 알 수가 없으니까요."

"자네한테는 아무 일도 안 생길 거야, 핑크니." 내가 달래듯 말했다. "아니 다른 누구한테도. 그러길 바라자고."

"네. 미스 애들레이드." 핑크니가 자신감 없는 소리로 더듬거렸다.

다부진 체격의 경관 한 명이 다가와서 차렷 자세를 하고 섰다.

"워런 씨, 경위님이 사교실에서 뵙고 싶어 하십니다."

"또!" 워런은 탄식했다. 그의 얼굴은 하얗게 굳어졌다. 그는 길목에 있는 의자를 발로 차고는 계단 쪽을 향해 갔다.

그날 아침 우리는 모두 신경이 부서지기 직전이었음을 부인할 수가 없다. 평범한 사람은 어떤 한 장소를 떠날 수 없도록 강제된 상황 하나만으로도 다른 곳에 가고 싶은 생각이 굴뚝같아지게 마련이다. 경위는 그의 심복 중 한 사람을 시켜 명단을 나누어 주었다. 명단에 적힌 사람들은 다음 공지가 있기 전까지는 호텔을 떠나서는 안 된다는 것이었다. 우리는 꼼짝 말고 경찰의 다음 심문을 받을 준비를 하고 있어야 했다. 아니, 그러라는 말을 들었다.

"우리는 사슬에 묶인 죄수들 같군!" 단 모스비가 로비 층을 왔다 갔다 하며 으르렁거렸다.

어쨌거나 그는 술에 취해 있지는 않았다. 몇 달 만에 처음으로 나는 그가 괜찮은 사람같이 여겨졌다. 술을 마시고 나면 그는 반드시 지겨울 정도로 떠들어대곤 했다. 맨정신으로 있으니 그는, 가정교육을 못 받은 티가 나는 것은 어쩔 수 없었지만, 지극히 괜찮은 사람이라는 인상을 주었다. 가만히 생각해 보면 가정교육은 그의 부모의 잘못일 것이었다.

그의 아내는, 사교실에 잠깐 갔다 온 것을 제외하면, 로비 앞쪽에 있는 커다란 의자 중 하나에 아침 내내 몸을 묻고 있었다. 그녀의 작고 평범한 얼굴은 불쌍해 보일 정도로 하얬고 남편이 한 번씩 옆에 멈춰 설 때를 빼면 표정이라고는 전혀 없었다. 그녀가 그의 얼굴을 보며 웃으려고 너무나도 애를 쓰는 모습에 나는 마음이 아팠다. 그리고 한 번씩 그가 그녀의 어깨를 토닥거려 줄 때면 그녀는 고개를 돌려 그의 손에 입을 맞추는 것이었다.

메리 로슨이나 그녀의 조카는 그날 아침을 먹으러 내려오지 않았다. 나는 마음이 불편해서 10시쯤 그들의 방으로 전화를 했다. 폴리가 가볍고 쾌활한 음성으로 전화를 받아서 계속 들뜬 분위기를 만들려고 애썼으나 나는 그녀가 울고 있었음이 분명하다고 확신했다.

"아뇨, 우리 둘 다 아프지는 않아요. 아시겠지만, 그냥 식욕이 별로 없네요. 하지만 경위한테 따로따로 세 번 불려갔다가 왔고 그 사람 말로는 또 가야 할지도 모른다고 하더라고요. 그러고 나니까 아침이 다 가버렸지 뭐예요. 인생이란 게 참 기나긴 한 편의 달콤한 노래 같지 않나요?"

지금도 나는 지난 두 달간 폴리 로슨이 보여준 행동을 용서할 수 없었으나 그녀나 메리 로슨을 살인자로 의심하는 것은 번지수를 잘못 짚은 것이었다. 그래서 나는 떨리는 목소리로 화를 냈다.

"그 경위는 내가 생각했던 것보다 훨씬 더 멍청한 거야." 나는 마지막 말에 힘을 주었다. "너와 메리가 이 추악한 일에 연루되어 있다고 그가 진지하게 생각한다면 말이야."

놀랍게도 그 말에 폴리의 허세는 사라지고 말았다. "제가… 제가 아주머니에 관해 말했던 말들은 다 취소할게요." 그녀의 목소리는 흔들리고 있었다. "만사가 다 괜찮을 때 아주머니는 남 험담이나 하는 할망구인 것 같았는데 역경에 처해 있으니까 아주머니는 천사세요."

칭찬인지 아닌지 모를 말이었다. 그렇지만 나는 감동했다. "고맙다, 얘야. 나는 네가 왜 그 빌어먹을 칼을 들고 도망가려고 했는지 충분히 이해된다."

"정말이세요?" 그녀가 나지막이 말했다.

"당연히 네가 처음 든 생각은 경찰이 그 칼을 메리와 연결시킬 게 분명하다는 거였겠지. 메리는 죄가 없겠지만 그 칼의 주인이니까 말이야."

"맞아요." 폴리가 울먹이며 말했다.

"내가 너라도 똑같이 했을 거야." 나는 단호히 말했다.

"저도 아주머니가 그랬을 거라고 생각해요." 그녀는 이렇게 말하고는 잠깐 주저하더니 물었다. "혹시 호워드 보셨나요?"

"경위가 조금 전에 그를 다시 불렀단다." 내가 말했다.

"어머나!" 그녀는 헉하고 숨을 들이켰다. 그러더니 거친 소리로 또 물었다. "'다시'라고 하셨나요?"

"너무 터무니없지 않니?" 내가 따지듯 말했다. "경찰이 무고

하기 짝이 없는 사람들을 조사하면서 귀한 시간을 낭비하고 있는 동안 살인범은 아주 성공적으로 흔적을 지우고 다니느라 바쁠 거야. 내 말이 틀림없어. 이런 식이니 시 예산이 적자가 나는 것도 당연한 일이지."

"그런 것 같아요." 폴리가 씁쓸한 음성으로 말했다.

"어쨌거나," 나는 계속 말을 이어갔다. "어젯밤에 호워드가 너를 정당하게 방어해 줘서 나는 기분이 좋았다. 너희 둘이 적대감을, 그게 아니라면 최근에 두 사람의 사랑을 망쳐놓은 그 무엇이라도 털어버린다면 나는 정말 기쁠 거야, 얘야."

폴리의 목소리가 떨렸다. "제게 그럴 용기만 있다면 얼마나 좋겠어요!"

그녀는 전화를 끊었다. 눈물을 감추기 위해서일 거라고 나는 확신했다. 나도 눈물이 나려고 했다. 사람들은 왜 그토록 자신들이 사랑하는 사람에게 상처를 주는 것인지 안타깝기 그지없었다. 나는 폴리가 왜 호워드 워런과의 사랑을 일부러 망쳐버린 것인지 알지 못했지만 그 순간 그들이 서로 사랑하지 않는다는 생각은 절대 들지 않았다.

"그래도 이 모든 건 좋게 해결될 거야." 나는 혼자 중얼거렸다. 호워드와 어린 폴리 로슨 사이에 벌어진 틈이 메워진다면 정말 좋을 것 같았다.

11시쯤 폴리가 붉은 인디언처럼 화장을 하고 로비로 내려와서 그녀를 향해 열띤 발걸음을 내딛는 호워드를 무시하고 곧

바로 스티븐 랜싱에게 갔을 때 내가 얼마나 화가 났는지는 말할 필요도 없을 것이다. 스티븐 랜싱은 얼마 동안 누가 봐도 데스크에 있는 게임판에 열중해 있는 듯했지만 실은 담배 진열대 뒤의 거울을 통해 캐슬린 어데어를 조심스럽게 지켜보고 있었다.

"어머, 안녕." 폴리는 그를 보고 뻔뻔스럽게 웃으면서 소리를 높였다. 그녀가 호워드의 얼굴에 나타난 표정을 못 본 척하자 그는 그녀를 외면했다.

"당신도 안녕." 스티븐 랜싱이 하얀 이가 다 드러나도록 활짝 웃으며 말했다. "텔레파시가 통했나 봐요. 당신이나 당신 같은 누군가와 어울리고 싶었거든요."

"정말이요?" 그는 그녀의 팔을 잡고 약국 입구 쪽으로 그녀의 몸을 돌렸다. "아무도 구내를 떠날 수 없다면 둘이서 즐겁게 노는 게 좋겠죠."

"왜 아니겠어요?" 폴리는 그렇게 물으며 그와 함께 청량음료 가게에 자리를 잡고 코카콜라를 빨아 마시며 시간을 보냈다. 두 사람은 각각 로비로 통하는 유리문을 통해 자신들의 모습이 숨김없이 보인다는 것을 확연히 의식하고 있음이 분명했다. 로비에는 호워드 워런이 현금 인출기 앞에서 성난 표정으로 얼굴을 찡그리고 앉아 있었고 갈색 눈에 냉랭한 기운이 감도는 캐슬린 어데어는 어머니가 앉아 있는 의자 주위를 맴돌고 있었다.

자그마한 어데어 부인은 그날 아침 그야말로 안색이 말이 아니었다. 그때까지 나는 그녀를 유난스레 징징거리면서 누군 가 돌봐 주기를 바라는 마음으로 건강이 나쁜 것을 '즐기는', 그런 병약한 사람 중 하나로 생각했었다. 내 눈에 그녀는 하룻 밤 만에 팍삭 늙어버린 것 같았다. 형편없이 작은 얼굴이 여 기저기 금방 함몰이라도 될 것 같았다. 마치 쪼글쪼글한 나비 한 마리가 부러진 날개를 헛되이 퍼덕거리는 것처럼 안절부절 못하며 계속 손을 힘없이 움직이는 것으로 보아 열이 나는 모 양이었다.

"위층 침대에 눕는 게 더 편하지 않겠어요?" 나는 그녀가 있 는 구석으로 가서 물어보았다.

그녀는 나를 올려다보았다. 놀란 눈빛이었다. "사람들 사이 에 있어야 더 안전한 느낌이 들어요." 그녀는 생기 없이 가느 다란 목소리로 말했다.

나는 이맛살을 찌푸렸다. "무서우신가요?"

"네."

"하지만 그 남자는 우리와는 아무런 상관이 없는 사람이었 어요. 물론 그렇게 죽은 건 유감이지만요. 제 의견을 원하신다 면, 저는 이 모든 게 아무것도 아닌 일을 가지고 야단법석을 떠는 거로 생각한답니다." 나는 그녀를 안심시키기 위해 되는 대로 시도를 해보았으나 나 자신도 설득이 안 되는 말이었다.

그녀는 고개를 내저었다. "저는 신기가 있어요. 어떤 일을 먼저 감지한답니다. 재앙이, 무서운 재앙이 우리 모두에게 드리워진 게 느껴져요."

"무슨 헛소리예요!" 나는 소리를 질렀다.

"한 사람의 죽음으로 끝나지 않을 거예요." 그녀가 낮게 읊조렸다. 불길한 운명을 예감하는 그 기이한 눈빛이 깊어져 갔다.

어데어 양이 반항적인 눈빛으로 나를 쳐다보더니 벌떡 일어나서 엘리베이터 뒤에 있는 냉장고 쪽으로 갔다. 그녀는 물을 한 컵 가지고 돌아와서 가방에 있던 작은 유리병에서 하얗고 조그만 알약을 하나 꺼내 컵 속에 떨어뜨렸다.

"이거 마시세요, 어머니." 그녀가 말했다. "그러면 점심 드시기 전에 조금 휴식을 취할 수 있으실 거예요."

"그래, 아가." 그녀는 말 잘 듣는 아이처럼 웅얼거렸다.

보니까 그 알약은 안정제인 것 같았다. 얼마 지나지 않아 어데어 부인은 단정한 반백의 머리 뒤에 딸이 받쳐 준 베개에 머리를 기대어 조용히 잠이 들었다. 우리가 앉아 있던 구석 자리는 리슐리외 호텔의 로비에서 가장 한적한 곳이었다. 그래서 나는 목소리를 낮추고 앞으로 몸을 기울이면서 입고 있던 리넨 블라우스의 프릴을 뒤로 젖혔다.

"이거 자기 거죠, 그렇죠?" 나는 캐슬린 어데어에게 조심스럽게 물었다.

나의 칼라 밑에 꽂힌 흑색과 금색이 섞인 브로치를 보고서도 그녀의 눈은 냉랭한 기색을 잃지 않았지만 목젖이 한 번 꿀

렁했다. 그러나 그녀는 아무 말도 하지 않았다.

"어젯밤에 비상 탈출구에서 찾은 거예요." 나는 조용히 말을 이었다.

그녀의 얼굴이 백지장같이 하얘졌다. "저는…. 그게 어떻게 … 거기서 나올 수가 있었죠?" 그녀가 헉하고 숨을 삼켰다.

내 가슴 속에서는 오래된 상처가 아려 와서 견딜 수가 없었다. "방이 411호죠? 내가 지금 묵고 있는 방 바로 밑이죠. 내가 묵고 있는 방을 전에 썼던 사람은… 그 사람은….

"그래요." 그녀가 온몸을 움찔하더니 내 말을 잘랐다.

그녀는 긴 숨을 내쉬었다. "이제 기억이 나요." 그녀는 더듬더듬 말을 했다. "어제 오후에 해가 지는 걸 보-보려고 창문 밖으로 몸을 내밀었을 때 그 브로치가 비상 탈출구에 떨어졌어요."

그녀는 내 표정을 보고 자신이 자기 꾀에 빠졌다는 것을 알았음이 틀림없었다. 리슐리외 호텔의 비상 탈출구에서는 길 건너편의 아파트 때문에 일몰이 보이지 않는다. 순간 우리는 서로의 눈을 쳐다보며 길고 끔찍한 시간 속에 갇혀 있었다. 우리가 무슨 생각을 했는지는 신만이 아실 것이었다. 그다음 그녀는 브로치를 향해 조용히 손을 내밀었다.

"미안해요." 내가 말했다. "이건 내가 보관하고 있어야 해요. 당분간은 말이에요. 내가 경위에게 이 브로치는 내 것이라고 했답니다."

그녀는 입술을 떨고 있었다. "저를 위… 위해서 그러셨나요?"

"브로치 뒤에 각인된 이름의 남자를 위해서이기도 해요."

그녀는 자제력을 찾으려 노력했다. "저는… 저는 무슨 말씀이신지 모르겠어요."

"로리가 너의 아버지야. 그리고 네 이름은 어데어가 아니야."

그녀는 숨을 들이켰다. "뭔가 착각하신 거예요."

"그 브로치는 오래전에 내가 그에게 돌려준 거야. 그 후 그는… 우리는…. 나중에 그 사람이 네 어머니에게 그걸 준 것 같구나."

그녀는 고개를 흔들었다. "이건 제가 전당포에서 산 거예요." 그녀가 내 말을 반박하며 말했다.

"아, 얘야, 로리의 안목을 전당포에서 살 수는 없어. 그의 미소도 마찬가지고." 나는 나지막이 읊조렸다.

"당신이 잘못 아신 거예요." 그녀가 다시 말했다.

나는 그녀의 팔에 손을 얹었다. "내가 너의 친구가 되고 싶어 하는 걸 모르겠어? 난 너의 친구야."

그녀의 눈이 참담해졌다. "죄송해요." 그녀가 말했다. "그건 불가능해요."

나는 그녀를 응시했다. "로리의 딸을 위해서라면 이 세상에 내가 못 할 일은 없어!" 내 목소리가 무너져 내렸다. "상황이 꼬이지만 않았다면 너는 내 딸이었을 수도 있었어. 나는 죽는 날까지 그 일을 후회할 거야."

"그만 해요!" 그녀는 고통스러운 듯 울었다.

"그래서 여기에 온 거야, 맞지?" 내가 물었다. "네 아버지와 내가 한때 사랑하는 사이였기 때문에 말이야. 나는 아무짝에도 쓸모없는 의무감을 제외하면 이 세상 그 무엇보다도 그를 사랑했단다. 맹세해! 로리가 네게 친구가 필요하면 나를 찾아가라고 했을 거로 생각하고 싶어."

"제발, 미스 애덤스!"

"정말 나 때문에 여기 온 거니?"

"아뇨, 저는… 저는…." 그녀는 말을 멈추고는 괴로운 듯 숨을 내쉬었다. "제발 너그러운 마음으로 이 얘기는 이제 그만하게 해주세요."

"아, 얘야!" 나는 그녀에게 호소했다. "내가 도우면 안 될까?"

"아마도 저는… 아마도 제가 계획했던 건… 그건…." 그녀의 목소리가 떨렸다. "우리가 이 지독한 곳에 오게 된 이유 같은 건 중요하지 않아요." 그녀는 하던 말을 매몰차게 멈췄다. "왜냐하면… 왜냐하면…. 아뇨, 미스 애덤스," 그녀는 자리에서 일어섰다. "당신은 저를 돕지 못해요. 아무도 저를 도울 수 없어요."

"아이고, 얘야!" 나는 다시 한번 호소했다.

"여기 왔을 때 저는 어쩌면 당신이 도울 수 있을 거라고 생각했어요." 그녀가 쓰라린 듯 말했다.

"아마도 저는 온갖 바보 같은 꿈만 꾸었던 것 같아요. 하지만 꿈은 실현되지 않아요. 적어도 저의 꿈은 절대로, 절대로 실현되지 못할 거예요."

"얘야, 네가 곤경에 처해 있다면 내가 해 주지 못할 일은 없어!"

"곤경!" 캐슬린 어데어는 지독한 미소를 띠고 내 말을 되풀이했다. "아 하나님, 저는 대체 왜 태어났을까요?"

나는 그녀의 팔을 잡으려고 했지만 그녀는 내게서 몸을 빼서 돌아섰다. 눈물이 그녀의 눈을 가리고 있었다. 그녀는 계단을 뛰어 올라갔다.

9

점심시간에 우리는 다 모여 있었다. 메리 로슨도 그 자리에 있었다. 경위가 우리에게 공지를 하나 더 보내왔을 때 그녀의 얼굴은 놀라울 정도로 초췌하고 지쳐 보였다.

명단에 이름이 올라 있는 사람들은 '회합'에 참석할 수 있도록 정각 2시에 사교실로 오라는 것이었다.

"우리를 한 사람씩 정신적으로 벌거벗긴 것으로도 성에 안 차서 이제는 청중을 데리고서 그 과정을 반복하려고 하는군." 호워드 워런이 신랄하게 말했다.

나머지 사람들은 아무 말도 하지 않았다. 그러나 나는 나의 시선이 한 사람의 굳은 얼굴에서 다른 사람에게로 옮겨가고 있는 것을 깨달았다. 그러면서 누구든 눈이 마주치면 서둘러 시선을 피했는데, 나는 다른 사람들도 나와 같이 행동하고 있다는 것을 의식하고 있었다. 이 사건의 제일 극악한 측면은 만인이 만인에게 등을 돌리게 하는 것이라고 나는 이미 말한 바 있었다. 그날 정오가 되자 중압감 때문에 신경이 끊어질 것 같았다.

"누군가 할 수 없이 자기가 아는 것을 말하면 나머지 사람들은 평화롭게 각자의 일로 돌아갈 수 있다고." 단 모스비가 으르 렁거렸다. 우리가 시곗바늘이 2시를 가리키기를 기다리는 동 안 그는 또다시 로비를 왔다 갔다 하고 있었다.

나는 그가 시릴 팬처를 쳐다보는 태도가 마음에 들지 않았 다. 보아하니 시릴도 마찬가지인 것 같았다.

"나를 두고 그런 말을 하는 건가요, 모스비 씨?" 그가 윗입 술을 씰룩거리면서 물었다.

"도둑이 제 발 저리는 법이지." 단 모스비가 말했다.

시릴은 얼굴이 시뻘게졌다. "당신한테 분명히 말하는데 —"

"팬처, 당신이 어젯밤에 4층에 있었던 걸 경위가 아나요? 어 떤 인간이 목이 베였던 시간과 거의 비슷한 시간에 말이오." 단 모스비가 그의 말을 끊으며 말했다.

"그 시간에 누가 4층에 있었는지 당신은 어떻게 아는 거죠, 모스비?" 시릴이 그에게 맞섰다.

단 모스비는 안색이 어두워졌고 그의 아내가 손을 그의 팔 에 얹었다. "우리끼리 서로 싸우지 말아요." 그녀가 간청했다.

"경위는 우리한테서 진실을 금방 찾아낼 거예요."

"로티, 당신은 마치 진실을 두려워할 이유라도 있는 것처럼 말하는군." 소피가 거의 경멸에 가까운 어투로 말했다.

앤서니 여인은 기분 나쁜 웃음을 터트렸다. "모스비 부인, 비밀이 있으면 절대 안 돼. 경찰은 언제나 당신의 제일 취약한 부분을 덮치거든."

단 모스비는 두 여자를 모두 증오한다는 듯 그들을 노려보았다. "내 아내는 비밀 같은 건 없어." 그가 짤막하게 말했다.

"그래요?" 힐다 앤서니가 느릿느릿 말했다.

"내 남편도 마찬가지야, 모스비 부인." 소피가 쏘아붙였다.

힐다 앤서니는 시릴 팬처를 보는 게 즐겁기라도 한 듯 그를 지그시 바라보았다.

"사람들이 왜 서로를 미워해야 하나요?" 자그마한 어데어 부인이 나지막이 읊조렸다. "옆을 돌아보면 아름다운 것들이 많잖아요. 사람들이 그걸 나누려고만 한다면 말이에요."

나는 스티븐 랜싱의 목소리가 그렇게 부드러운 줄 예전엔 전혀 몰랐었다. "그렇죠," 그가 말했다. "아름다운 건 모든 사람이 공유하라고 있는 거였죠."

자그마한 어데어 부인은 그에게 미소를 지어 보였다. "그렇고 말고요." 그녀가 가볍게 말했다.

나는 캐슬린 어데어가 눈을 커다랗게 뜨고 스티븐 랜싱을 쳐다보는 것을 알아챘다. 그가 그녀에게 수줍은 듯 — 내 생각에 — 미소를 보이자 그녀는 그와 자기 어머니 사이로 자리를 옮겨서 얼굴을 돌린 채 계속 거기 서 있었다. 그녀의 옆 모습은 황금 방패에 조각된 가녀린 여인 같았다.

경관이 이층에서 내려온 것은 정확히 2시였다. "경위님이 지금 여러분을 들어오라고 하십니다." 그가 부동자세로 우리에게 경위의 말을 통보했다.

폴리가 그날 아침 로비에 들어온 이래 호워드와 폴리는 한마디도 말을 나누지 않았지만, 우리가 계단을 오를 때 그는 본능적으로 폴리 옆으로 다가섰고 경관이 우리를 사교실로 안내하자 그는 딱딱한 초록색 소파에 앉은 메리 로슨과 그녀의 조카 바로 뒤에 자리를 잡았다. 비록 결단코 그들을 쳐다보지 않으려 했지만 말이다.

"이건 우리를 능욕하는 짓이야!" 엘라 트로터가 거칠게 숨을 몰아쉬며 항의했다. "경고하는데, 내가 시장한테 항의 서신을 쓸 거야."

버니언 경위는 이번에도 그의 필수품인 검은색 공책을 들고 온화한 미소를 띤 채 도서관 책상에 자리 잡고 있었다. "자리에 앉으시지요." 그는 우리가 무슨 오후의 차 한 잔을 즐기기 위해 오기라도 한 듯이 말을 했다.

"알겠습니다, 대장님." 스티븐 랜싱이 경박하게 소리를 지르며 또 다른 딱딱한 초록색 소파의 등받이에 걸터앉았다. 캐슬린 어데어가 어머니를 부축하여 앉으러 가던 소파였다.

"여러분 중 몇 분과는 오늘 이미 얘기를 나눈 바 있는데요." 경위가 중얼중얼 말했다. "다른 분들은," 그는 내게 시선을 고정한 채 말을 이어갔다. "제가 뵙는 걸 좀 늦췄습니다." 그는 공책을 들추며 말했다. "좀 더 많은 자료가 모일 때까지 말입니다."

나는 아침 내내 기다리고 있었지만 사교실로 오라는 말이 없었기 때문에 그때까지만 해도 마음을 놓고 있었다. 그러나 경

위가 계속해서 조사 중이라는 걸 알고 나니 여태껏 나는 빠져
나왔다고 으스대던 마음을 더는 가질 수가 없었다. 공책에서
나에게 할애된 부분을 찬찬히 살피는 그의 태도는 내게 불길
한 징조 그 자체로 보였다.

경위가 너무나 갑작스럽게 나를 향해 말을 했기 때문에 나
는 소스라치게 놀랐다. "미스 애덤스, 저는 어젯밤에 당신 방
에 누가 침입했다는 것을 더는 의심하게 않게 되었습니다." 그
가 내가 단정적으로 말했다. "조사해 보니 말씀하신 게 충분히
근거가 있었습니다."

"내가 말한 걸 믿었다면 그런 수고는 할 필요가 없었을 텐데
요." 나는 건조하게 말했다.

그는 미소를 지었다. "저는 어떤 걸 듣더라도 사실에 부합하
지 않으면 믿지 않습니다."

"경위는 뭐든 볼 수 있는 마술 거울이 있답니다." 스티브 랜
싱이 조롱하듯 웃으며 한마디 거들었다.

경위는 반사적으로 그를 보았다. "랜싱 씨, 아마 당신도 관
심 있는 일일 겁니다. 어젯밤 당신이 미스 애덤스를 구하러 급
하게 달려오긴 했지만, 아, 다행히도 당신보다 먼저 비상 탈출
구를 올라간 사람이 있다는 증거가 당신 발자국에 다 지워지
진 않았답니다."

스티브 랜싱은 호흡을 가다듬었다. "그거 잘 됐군요!" 이윽
고 그는 천천히 말을 하긴 했지만 안색이 약간은 푸르죽죽해

보였다.

경위는 다시 내게 미소를 지었다. "미스 애덤스, 어젯밤에 은밀한 방문객은 당신이 지금 묵고 있는 방에만 다녀간 게 아닙니다."

"네?" 나는 힘없이 물었다.

"누군가가," 경위가 말했다. "바깥 복도에 경비가 있고 방문과 창문은 봉인되어 있었는데도 당신이 쓰던 스위트룸에 들어갔습니다."

스티븐 랜싱은 튀어나오는 욕을 삼켰다. "이런 젠…." 그는 순간적으로 말을 멈추었다. 그의 짙고 검은 눈썹은 깊게 주름이 잡혔다.

경위는 그를 유심히 살펴보았다. "뭔가 말씀을 하시려던 거죠, 랜싱 씨?"

"아무것도 아닙니다."

그러나, 경위가 공책을 보느라 한 번 더 고개를 숙이자 스티븐 랜싱은 나에게 몸을 가까이 기대고 입을 다문 채 내게 도무지 알 수 없는 말을 하는 것이었다.

"그 남자를 이곳에 오게 한 건 당신이었군요." 그가 말했다.

내가 믿을 수 없다는 눈빛으로 그를 빤히 보자 그는 고개를 내저으며 조용히 비꼬는 말을 한마디 덧붙였다. "오래 살고 볼 일이군요. 당신이 그들의 문제를 알아냈다는 건 알고 있어요. 하지만 그들이 당신에게 어떻게 했건 상관없이 그 의지할 데

없는 두 여인에게 그런 더러운 놈을 붙이기엔 당신은 너무 좋은 사람이라고 생각했어요."

"젊은 친구," 나는 신랄하게 말했다. "나는 자네가 무슨 말을 하는 건지 짐작도 할 수가 없어."

"당연히 당신은 부인하겠죠." 그는 눈에 띄게 무시하는 태도로 말했다. 그러더니 느닷없이 경위를 향해 말했다. "버니언 경위, 당신은 그 괴한이, 아니, 살인자인가요?, 미스 애덤스가 쓰던 스위트룸에서 어떤 물건이라도 훔쳐 갔다는 건지 우리한테 말해 주지 않았어요."

"그런 건 없습니다." 버니언 경위가 인상을 쓰며 말했다. "아무것도 건드리지 않았습니다. 정말 아무것도요."

"바닥도요?" 스티븐 랜싱이 재빨리 다그쳐 물었다.

경위는 이맛살을 찌푸렸다. "바닥이요? 랜싱 씨, 바닥은 전혀 건드리지 않았습니다."

"이해가 안 되는군." 스티븐 랜싱이 내게 인상을 쓰며 중얼거렸다.

"저도 마찬가집니다." 경위도 역시 인상을 쓰며 말했다.

"이건 뭐지요?" 단 모스비가 공격하듯 물었다. "추측 대회인가요? 스위트룸에서 건드린 게 전혀 없다면 누가 그곳에 들어갔다는 건 어떻게 아는 거죠?"

"창문의 봉인이요." 경위는 지친 듯 설명했다. "비상 탈출구 가까이 있는 창문이 부서져서 열려 있었다는 말을 추가해야겠군요."

"당신네 저 멍청한 순경들이 그 빌어먹을 창문을 닫는 걸 잊었나 보지." 단 모스비가 노골적으로 무례하게 말했다. "아니면 창문을 연애편지라고 생각하고 키스로 봉인했나 보지."

"단, 제발." 그의 아내가 속삭였다. 경위에게 고정된 그녀의 눈이 어찌나 공포에 가득 차 있던지 나는 속이 울렁거리는 느낌이었다.

후줄근하고 작은 한 마리 불쌍한 불나방, 그녀의 경고는 너무 늦었다. 단 모스비는 경위의 신경을 긁고 말았다. 모스비를 쳐다보는 경위의 시선에 나는 소름이 돋았다.

"자청했으니 어쩌겠어." 스티븐 랜싱이 로티 모스비의 일그러진 작은 얼굴을 흘깃 보며 중얼거렸다. 그리고 그는 도저히 못 보겠다는 듯 시선을 돌렸다.

"모스비 씨, 어젯밤에," 경위는 부드러운 어조로 말했다. "당신은 7시 반에서 8시 사이에 위층으로 올라간 사실을 부인하는 게 좋다고 생각했지요. 그 진술을 철회할 준비가 되셨나요?"

"내가 왜요?" 단 모스비는 이렇게 응수했지만, 그의 옆에서 몸을 떨고 있는 작은 형상은 소리 죽여 흐느끼며 몸을 휘청거리기 시작했다.

"당신은 위층으로 올라갔어요, 모스비 씨. 제임스 리드의 시체가 발견되기 5분쯤 전에 당신이 3층과 4층 사이 계단참에 쭈그리고 앉아 있는 것을 본 사람이 두 명 있습니다."

"그래서 뭐요?" 단 모스비는 얼굴이 하얗게 질린 채 물었다.

경위가 입을 삐죽거렸다. "당신은 얼마 동안이나 아내를 몰래 지켜보고 있었던 거죠?" 그가 물었다.

"뭘 말하는지 모르겠군요." 젊은 모스비는 말을 더듬었다. 그러더니 재빨리 이어 말했다. "내가 왜 아내를 몰래 지켜봐야 한다는 거요?"

"아내의 배신을 제일 늦게 아는 사람은 배신당한 남편이라는 옛말이 있지요."

로티 모스비는 약하게 신음소리를 냈다.

단 모스비는 주먹을 불끈 쥐고는 자리에서 뛰어올랐다. "이 개자식이!" 그가 소리쳤다. "네가 뭔데 내 아내에 대해 그딴 소리를 하는 거야! 이 세상 경찰이 죄다 네 뒷배를 봐주고 있다고 해도 그렇게는 못 해."

"제발, 단." 로티 모스비가 들릴 듯 말 듯 탄식했다.

"당신은 몇 달 동안 아내를 의심해 왔어, 모스비." 경위가 말했다. "그래서 그렇게 술을 안 마시고는 못 배겼던 거야. 당신은 진실을 직면할 만한 남자가 아니었어."

단 모스비는 부들부들 떨고 있었다.

"당신이 무슨 말을 하는 건지 모르겠어." 그가 더듬더듬 말했다.

"제임스 리드를 리슐리외 호텔에 오도록 고용한 게 당신이었나?" 경위가 엄중하게 추궁했다.

"더러운 탐정을 시켜 내 아내의 뒤를 밟도록 했냐는 말이라면, 아니야! 아니라고!"

"하지만 어젯밤에 당신은 스스로 그녀의 뒤를 밟았어."

단 모스비는 고통스러운 듯 마른침을 삼켰다. 핏발이 선 그의 눈은 자신의 옆에서 몸을 움츠리고 있는 그 작은 형상을 절망적으로 찾고 있었다. "여보," 그가 말했다. 다른 사람의 존재는 완전히 잊고 있는 듯했다. "난 당신이 무분별한 생활을 하고 있다는 건 알아. 하지만 신이 나를 살펴주고 계시는데, 나는 당신이 그보다 더 나쁜 짓을 했다고 의심해 본 적은 한 번도 없어."

그녀는 말을 하지 못했다. 그녀가 할 수 있었던 것은 그냥 그를 계속 쳐다보는 것이었다. 그녀의 눈은 저 멀리 자신이 갇힌 지옥의 화마 너머에서 그를 돌아보고 있었다.

"그렇다면 당신은 모르는 거요, 아니면 알고 있는 거요, 모스비 씨?" 경위가 물었다. "당신 아내가 지난 6개월간 계속해서 경마로 도박을 하고 있었다는 것 말이오."

"그건 내 일이야." 단 모스비는 으르렁거리며 말했지만 경위의 질문에 화들짝 놀라는 것이었다. "내가 그걸 감당할 수 있다면, 대체 당신이 무슨 상관이야?"

"하지만 당신이 그럴 능력이 있나?" 경위는 계속 밀고 나갔다. "당신이 한 달에 200달러 정도 소득이 있는 건 사실이죠. 아니 내가 찾아낸 게 그 정도라는 거요. 그렇지만 그 돈은 생계비로 쓰이고 있어요. 특히 호텔에서 산다면 더더욱 그렇죠.

그리고 내가 열심히 찾아본바, 당신의 은행 계좌는 1월 1일 자로 없어졌더군요."

"그것 역시 내 문제야."

"그건 그렇죠." 경위는 그 말을 인정했다. "그렇지만 당신 아내가 이번 봄에 마권 업자에게 지출한 200달러가 당신 수중에서 나온 게 아니라면 어디서 나왔는지 경찰로서는 궁금합니다만?"

단 모스비의 얼굴은 오그라들었다. "그 말은 믿지 못하겠습니다." 이윽고 그가 말했다. 그의 눈은 빛을 잃고 늙어 보였다.

경위는 한숨을 내쉬었다. 부자연스러운 침묵이 흘렀다. 그 뒤 로티 모스비가 천천히 발을 끌면서 떨리는 작은 손을 남편에게로 내밀었다. 그 모습에 나는 가슴이 미어졌다.

"사실이에요, 단." 그녀가 희미하게 말했다. "마권 업자에게 200달러를 잃었어요. 그리고 내가… 내가… 돈을 구한 곳은…."

"남편 모르게 당신을 후원한 남자가 있죠." 경위가 말했다.

"네."

그 말은 낮은 탄식이 되어 그 방의 침묵을 덮쳤다. 그 말의 반향은 결코 사라지지 않을 것 같았다. 단 모스비는 의자에 털썩 주저앉으며 양손으로 얼굴을 감쌌다. 그녀는 있던 자리에 그대로 서서 몸을 휘청거리고 있었다. 그녀의 눈은 애원하듯 그를 바라보고 있었으나 거의 절망적인 눈빛이었다.

"매일같이 난 돈을 딸 거라고 생각했어. 그러면 자유로워질 거라고." 그녀는 머뭇머뭇했다. "그 끔찍한 모든 일에서 벗어나게 될 거라고! 단, 난 못된 년이 되고 싶지는 않았어. 어쩌다 보니 그렇게 된 건데 빠져나올 수가 없었어."

그는 고개를 들지도, 말을 하지도 않았다. 그러자 조금 있다 그녀가 처량하게 말했다. "당신이 안다면 나를 절대 용서하지 않을 거라고 생각했어."

그제야 그는 고개를 들었다. 그의 얼굴은 혐오로 일그러져 있었다. "당신을 용서해? 차라리 지옥에 가는 쪽을 택하겠어."

"그래." 그녀가 중얼거렸다. "당신은 그럴 거라고 생각했어."

"이런 건 더는 못 보겠군요." 스티븐 랜싱이 중얼거리듯 말했다. "도대체," 그는 경위에게 고함을 질렀다. "당신은 자비라고는 없는 거요?"

그러나 경위는 사냥감을 죽이기 직전의 사냥꾼이었다. "제임스 리드는 당신이 죽였어, 로티 모스비!" 그가 가혹하게 말했다.

"아니에요, 아니야!"

"그가 쫓고 있던 사람은 당신 같은 피라미가 아니었어. 하지만 당신의 비참한 비밀을 우연히 알게 되자 그는 당신을 협박했어. 그래서 당신은 그를 죽인 거야."

"맙소사, 경위," 호워드 워런이 항변했다. "그녀는 그냥 하찮은 쓰레기일 뿐이야. 남자를 멜빵으로 샹들리에에 매달 수는 없단 말이오. 목을 베는 것은 더 못 할 일이지."

"제임스 리드는 아주 가벼운 사람이었어요." 경위가 말했다. "그리고 절망적인 여자의 힘이 어떤지 알면 놀랄 걸요, 워런 씨."

"난 그 사람을 죽이지 않았어요." 로티 모스비가 나지막이 말했다.

경위는 작은 종이 조각들을 이어 붙인 종이 한 장을 꺼냈다. "이건," 그가 말했다. "로티 모스비가 어제 오후 6시가 조금 못 된 시각에 데스크의 제임스 리드 우편함에 두고 간 겁니다." 그는 그 종이를 내밀었다. "이걸 부인해 봐야 좋을 게 없을 겁니다, 모스비 부인. 수사본부의 전문가들이 당신의 필체를 확인해 줬으니까요."

그녀의 입술이 바들바들 떨렸다. "그걸 제가 쓴 건 부인하지 않아요." 그녀가 머뭇거리며 말했다.

"읽어드리지요." 경위가 중얼거렸다. "'난 내가 줄 수 있는 건 다 줬어요. 더 이상은 없어요. 하지만 만일 당신이 내 남편에게 내 얘기를 한다면, 당신은 그 대가를 치를 거예요. 내 말은 농담이 아니에요.' 제임스 리드가 당신의 쪽지를 찢어서 자기 방 휴지통에 넣은 건 당신 관점에서 보면 지극히 운이 없는 거죠, 모스비 부인."

그녀의 눈은 해괴하게 일그러졌고 목소리는 광기가 어렸다.

"난 내가 하지 않은 일로 사형당하지는 않을 거야!" 그녀가 비명을 질렀다. "난 죽고 싶지 않아! 내 죄를 다 씻을 때까지는 못 죽어! 난 제임스 리드를 죽이지 않았어. 그러니까 난… 난 희생양이 되지는 않을 거라고!"

그 누구도 그녀가 무엇을 하려는지 알지 못한 상태에서 그녀는 그 방을 뛰쳐나갔다. 예상치 못하게 터져 나온 그녀의 격분에 나머지 사람들은 충격을 받고 우르르 몰린 가축 떼처럼 우왕좌왕하기 시작했다. 경위는 입술을 깨물고는 서둘러 복도로 나가 깜짝 놀란 두 명의 경관에게 황급히 질문을 했다.

"저기 계단으로 쏜살같이 올라갔습니다." 한 사람이 더듬거리며 말했다.

"쫓아가!" 경위가 화를 내며 소리쳤다. "4층 자기 방으로 간 거야!"

단 모스비는 머리를 양손에 파묻고 그대로 앉아 있었다. 비참한 그의 모습을 넋 놓고 보면서 거기 머물러 있는 것은 인간적인 도리가 아닌 것 같았다. 우리는 둘, 셋씩 흩어져서 자리를 떴다. 바깥에 경찰차 한 대가 부르릉거리며 나타났고 네 명의 경관이 호텔로 우르르 몰려 들어왔다.

"각각 흩어져서 그녀를 찾아!" 경위의 고함 소리가 들렸다.

그러나 15분이 다 지나도록 로티 모스비는 여전히 발견되지 않았다. 경찰은 사방으로 달리면서 방마다 들여다보고 심지어 고양이 한 마리도 못 숨어 있을 것 같은 벽장까지도 열어보았고 호텔 모든 곳에서 투숙객들을 탐문했다. 그 때문에 사생활을 침해당했다는 거센 항의를 받기도 했다. 그 15분의 시간보다 더 혼란스러운 상황은 상상도 하기 어려울 것이었다. 나중에 그 누구도 그 운명적인 시간 동안의 동선을 일관되게 진술할 수 없었음은 당연한 일이었다.

돌이켜보면, 입증할 수는 없지만 그 쿵 하는 소리, 지금까지도 시시때때로 내 귀를 울리는 그 한 번의 무시무시한 소리를 들었을 때 나는 로비에 서서 내가 소피 스콧에게 하려고 했던 날카로운 말들을 마음속으로 되뇌고 있었다. 경찰이 이동 금지령을 풀면 그 즉시 호텔에서 나갈 것이라는 말이었다.

그 가녀린 몸이 직원 출입구 위의 지붕에 부딪히는 소리가 꼭대기에서 바닥까지 건물 전체를 뒤흔들 수 있다는 것은 겪어보지 않으면 아무도 믿지 못할 것이었다. 물론, 경찰이 그녀를 발견했을 때 그녀는 이미 죽어 있었다. 나는 그녀가 자신이 당한 일을 영원히 모르기를 기도했다. 그녀는 호텔 뒤 아스팔트 골목길 위에 똑바로 누워 있었다. 무서운 당혹감에 휩싸인 그녀의 눈은 그 위에 펼쳐진 무심하게 푸른 하늘을 응시하고 있었다.

"죽었어!" 단 모스비는 그녀 옆에 무릎을 꿇고 부러진 작은 몸을 떨리는 팔로 안아 올리며 숨을 멈췄다. "아, 로티, 로티! 왜 이런 짓을 한 거야? 당신이 다시 살아올 수만 있다면 당신을 용서할 거야. 어떤 짓을 했건 용서할 거야, 로티, 당신이 돌아오기만 한다면."

호워드 워런은 그의 팔에 매달린 내가 자신을 쳐다보는 것에 아랑곳하지 않고 눈물을 줄줄 흘렸다. "저 여자는 상황을 받아들일 수가 없었던 거예요." 그가 잠긴 목소리로 말했다. "그렇다고 누가 비난할 수 있겠어요? 교수형을 당하느니 자살하는 게 더 낫죠."

경위는 떨리는 손을 입으로 가져갔다. "어쨌거나 그녀는 국가가 재판 비용을 쓰게 하지는 않았군요." 그가 한숨을 쉬었다.

나는 주변을 노려보았다. "내 생각을 말하자면, 그녀는 사실상 오욕에 찬 삶으로 내몰린 거죠." 나는 통렬한 마음으로 말했다. "조금만 관용을 베풀고 이해했으면 그녀는 목숨을 구했을 거예요. 우리 모두의 손에는 그녀의 피가 묻은 거예요."

"맞아." 엘라 트로터가 코를 풀며 말했다.

힐다 앤서니는 기분 나쁜 웃음을 지었다. "당신들 늙은 암탉들 몇 명이 마음을 바꿨다면 리슐리외 호텔이 이렇게 음산한 곳은 아니었을 거야."

"그래요?" 나는 그녀에게 똑같이 쓴웃음을 돌려주며 힐난했다.

"경위님, 당신은 이걸 자살이고 살인을 자백하는 거라고 보는 겁니까?" 스티브 랜싱이 핼쑥하고 지친 얼굴로 물었다.

경위는 고개를 끄덕였다. "그렇게 기록될 겁니다." 그는 이렇게 말하고는 긴 숨을 내쉬었다. "이 사건을 종결하게 되어 기쁘다는 게 솔직한 심정이요. 얼마간 계속 제자리만 맴돌고 있었으니까 말이오."

"이제 우리 중에 아닌 척하고 숨어 있는 살인범은 없다는 걸 알게 되었으니 좀 더 편히 쉴 수 있겠지." 엘라 트로터가 그녀답지 않게 불안한 목소리로 중얼거렸다.

폴리 로슨은 힘없이 미소를 지었다. "서로를 의심하는 건 정말 끔찍했어요." 그녀가 말했다.

"맞아요!" 캐슬린 어데어가 목이 메어 말했다. "하나님, 감사합니다. 이제 모두 끝났어." 소피는 한숨을 쉬며 시릴의 팔에 무겁게 기댔다.

"아닙니다." 스티븐 랜싱이 조용히 말했다. "끝나지 않았어요."

우리는 모두 헉하고 그를 바라보았다.

"우리 중 한 사람은 두 사람을 죽인 살인범입니다." 그가 말했다.

경위의 얼굴은 곧바로 시뻘게졌다.

"무슨 소리죠?" 그가 성을 내며 따져 물었다.

"이 사건에 관한 한 당신은 여전히 제자리를 맴돌고 있는 겁니다, 경위님." 스티븐 랜싱은 일그러진 미소를 지으며 느릿느릿 말했다.

"어디 한 번 설명해 보지 그래요." 버니언 경위가 쏘아붙였다.

"이 불쌍한 여인은 자살한 게 아니오. 또 다른 피해자지요. 이 호텔에 있는 누군가는 두 사람을 살해한 사람이오."

"어림없는 소리!" 경위는 소리를 질렀다.

스티븐 랜싱은 단 모스비가 여전히 품속에 끌어안고 있던 산산이 부서진 작은 몸 옆에 무릎을 꿇었다. 그리고 어린아이 같이 하얀 로티 모스비의 목에 둘린 프릴 달린 작은 레이스 칼라를 뒤집었다.

"모스비 부인은," 스티븐이 진중하게 말했다. "창밖으로 몸을 던진 게 아닙니다. 목 졸려 숨진 뒤에 땅바닥에 던져진 겁니다."

그는 그녀의 가는 목에 시퍼렇게 난 잔혹한 자국을 가리켰다. 그 자국은 이미 어둡게 변한 상태였다. 그런 다음 그는 천천히 로티 모스비의 구겨진 시신 옆에 모인 사람들을 한 바퀴 둘러보았다.

"그녀는 우리에게 자신은 리드를 죽이지 않았다고 했습니다. 하지만 나는 누가 죽였는지 그녀가 알았다고 생각합니다." 그가 말했다.

"맙소사!" 호워드 워런이 숨을 들이켰다. "그렇다면 그녀가 살해된… 살해된 것 역시…."

"제임스 리드와 마찬가지로 그녀는 누군가의 더러운 영혼을 지키기 위해 살해된 것입니다." 스티븐 랜싱은 이렇게 말하고는 조용히 한마디를 더했다. "죄로 물든 가여운 영혼의 명복을 빕니다."

10

사람은 긴장과 압박에 처하면 밝은 곳과 사람 많은 곳을 본능적으로 찾게 되는 법이다. 그래서인지 그날 밤 리슐리외 호텔의 식당은 술 한 방울 마시지 않은 초췌한 얼굴들로 가득 찼다. 그들 누구도 식욕은 없었지만 말이다. 모두들 나와 같은 기분이었을 것이다. 음식을 보는 것만으로도 속이 울렁거렸지만 혼자서 내 방에 갇혀 있는 것처럼 못 할 짓은 없었다.

로티 모스비의 불쌍한 시신은 경찰에 의해 곧바로 시체 안치소로 옮겨졌다. 그녀는 사인 규명 심리가 있을 때까지 제임스 리드의 시신과 나란히 그곳에 누워 있을 것이었다. 그런 생각을 하자 나는 소름이 끼쳤다. 단 모스비는 병원에 입원했다.

아내의 비극적인 운명으로 인해 그가 받은 충격은 이미 술로 망가져서 불안정해진 그의 기질을 완전히 파괴해 버렸다.

"불쌍한 양반이죠." 그날 밤 우리가 저녁 식사를 위해 이동하기 직전에 스티븐 랜싱이 읊조리듯 말했다. "그는 심각한 상태예요. 일시적인 공황 상태죠."

나는 한숨을 내쉬었다. "지금은 그나마 다행인 거야. 긴긴 세월 기억하게 될 테니 말이야."

"적어도," 호워드가 말했다. "경찰은 그를 용의자 명단에서 지웠겠군요. 그를 그 명단에 정말 올려놓았다 하더라도 말이죠."

"맞아요." 스티븐이 말했다. "모스비는 이 호텔에서 그 마지막 살인에 대한 알리바이가 있는 유일한 사람이니까요."

호워드가 고개를 끄덕였다. "그녀가 추락한 후까지도 사교실의 그 의자에서 꼼짝도 하지 않고 있었죠, 불쌍한 친구."

나는 또다시 온몸이 떨렸다. 그 가녀린 몸이 좁고 가파른 직원 출입구 지붕에 휙 떨어진 뒤 그 아래 아스팔트 바닥으로 축 늘어져 미끄러지는 모습이 눈을 감지 않아도 선연히 보이는 것 같았다.

"제 생각에는," 호워드가 스티븐 랜싱에게 날카로운 시선을 던지며 읊조렸다. "이번 경우에는 살인범의 예상을 벗어난 뭔가가 있을 것 같아요. 제 말은, 결국에는 경찰이 그녀가 떨어진 창문을 찾게 된다는 거예요. 창턱에 자국이 있을 게 분명해요. 그렇게 생각하지 않나요?"

스티븐은 이맛살을 찌푸렸다. "경찰은 내게 자신들이 아는 내용을 말해 주지 않았어요." 그가 퉁명스럽게 말했다. "워런, 당신이 정보를 캐낼 생각이라면 경위한테 직접 그녀가 떨어진 방을 찾았는지 물어보지 그래요?"

"이런 빌어먹을, 당신이 지금 나한테… 나한테 하라는 건…." 호워드가 열을 내며 말하기 시작했다.

나는 짜증스러운 시늉을 했다. "쯧쯧," 내가 말했다. "매번 기회 있을 때마다 우리가 싸움닭처럼 서로를 향해 날아들지 않아도 이걸로도 이미 충분해요. 호워드, 요즘 자넨 너무 예민한 상태인데 그럴 필요 없잖아. 그리고 당신, 랜싱 씨, 난 호워드의 질문이 너무 당연하다고 생각해요. 로티 모스비가 죽음을 맞이한 곳에 대해 경찰이 어떤 단서라도 갖고 있다면 나 같아도 어떻게든 알아내려고 할 거예요.

"당신이 알고 싶을 거라는 건 두말하면 잔소리죠, 애들레이드." 스티븐이 못마땅하다는 듯 말했다.

"전 그럴 거라는 걸 눈곱만큼도 의심하지 않는답니다."

이제 내가 화를 낼 차례였다. "당신이 지금 하는 말은 내가… 내가…."

호워드가 웃음을 터트렸다. "지금 버럭 화를 내고 있는 건 누구죠?"

나는 좀 멋쩍어져서 마음을 가라앉혔다. 그러자 스티븐은 우리 둘을 보고 가소롭다는 듯 웃었다. "제가 크게 잘못 알지 않았다면 말이죠," 그는 단호하게 말했다. "지금부터는 이 수사에서 모두가 각자 제 살 길을 찾을 것이고 뒤처진 자는 당할 겁니다."

그것은 의문의 여지가 없었다. 그날 밤 우리들 사이에 끓어오르고 있던 적대감이 어느 정도였는지는 식당의 여러 테이블을 한번 둘러보기만 하면 알 수 있었다. 불과 얼마 전까지만 해도 우리는 교양 있는 인간 집단이었고 우리 대다수는 평균적인 인간들보다는 더 훌륭한 교육을 받았을 것이었다. 하지만 폭력의 위협과 개인적인 위험이 도사리게 되자 우리는 원초적인 인간으로 빠르게 퇴보했다. 원초적인 인간들의 세계에서는 자기 보존이 제1 법칙인 것이다.

그날 밤은 누구도 서로의 눈을 대놓고 마주치려고는 하지 않았고 은밀하게 교환하는 시선 뒤에는 의혹과 사악한 다른 생각들이 깃들어 있었다. 그 생각들이 우리의 눈 속에서 마치 뱀처럼 그 더러운 머리를 치켜드는 것이었다. 우리 중 다른 사람을 믿는 사람은 단 한 명도 없다는 것이 그 순간 이후 뼈저리게 명백해졌다. 분노를 어쩌지 못해 지독한 공격을 하고 마는 경우가 아니면 말을 하는 것도 조심스러워했다. 사람들은 가능하면 생각하고 있는 것을 말하지 않았다. 어찌 되었건, 그 호텔에서 두 사람은 이미 필요 이상의 것을 알았던 대가로 죽음을 맞이했던 것이다. 그러나 누군가 생각에 골몰하여 순간적으로 상황을 망각하고 자기 생각을 입 밖에 낼 경우, 사람들이 화가 나면 으레 그렇듯이 어김없이 선을 넘어가 버렸다.

나만 해도 예외가 아니었다. 나는 이미 불안하고 초조한 상태였기 때문에 내 자리에 또다시 새 웨이트리스가 배치된 것을 알게 되자 폭발하고 말았다. 헤나로 머리를 염색한 난잡해 보이는 그 젊은 여자 웨이트리스는 유난히 튀어나온 엉덩이를 습관적으로 흔들면서 걸었다. 그녀는 초짜는 아니었다. 사실, 그녀는 자기 일을 너무나 잘 아는 것 같아 보였다. 그럼에도 불구하고 내게는 그녀가 차오르던 물잔의 물을 넘치게 한 마지막 물방울이었다.

　나는 고압적으로 손가락을 구부려 시릴 팬처를 불렀다. 그가 마지못한 기색을 보이며 다가오자 나는 안경 너머로 그를 삐딱하게 쳐다보며 최대한 비꼬는 투로 한마디 했다. "물론 나는 숙박료를 지불하는 한 사람의 투숙객에 불과할 뿐이에요. 그런데 이 호텔의 관리자는 손님을 필요악이라고 본다는 걸 깨닫고 있네요. 손님에게는 호텔 운영을 논할 권리가 아예 없다는 거죠. 그렇지만 나는 감히 당신에게 대체 그 애니한테 무슨 짓을 한 거냐고 묻고 싶은데요?"

　너무나 놀랍게도 시릴 팬처는 내가 마치 자기를 살인자나 그보다 더한 인간으로 비난하기라도 한 것처럼 얼굴이 하얗게 질렸다. "그게 무슨 뜻인가요?" 그는 떨리는 가성으로 따지듯 물었다. "당신 말은 내가… 내가…."

　내 표정을 보고 그는 자신이 관례적으로 행동하지 않고 바보같이 굴고 있다는 것을 깨달은 것 같았다. 그는 순간적으로 말을 멈추고는 입술을 깨물면서 특유의 싱거운 농담을 해보려 했으나 그의 목소리는 여전히 불안정했다.

　"미스 애덤스, 저에게 그 책임을 물으시려는 건 분명 아니시겠죠." 장난을 치는 표정이면서 동시에 환심을 사려는 표정을 보이려 애쓰면서 그가 조용조용 말했다. "『엉클 톰스 캐빈』에서 얼음덩어리 위를 폴짝폴짝 뛰어다니던 엘리자처럼 이 일

저 일 옮겨 다니면서 쉽게 한 몫 챙길 생각만 하는 이 어린 여자들에 대한 책임 말입니다. 그런 건 아니시죠?"

"시릴 팬처, 이제부터 잘 알아 둬요." 나는 날카롭게 말했다. "제대로 교육받고 자란 남부 여성이라면 아무도 『엉클 톰스 캐빈』 같은 건 읽지 않아요. 또 그 악명 높은 책을 면전에서 언급하지도 못하게 하고요."

"네." 그가 말했다. "알고 있었습니다만 잠시 잊은 것뿐입니다. 용서해 주세요."

그는 아부하는 눈빛으로 나를 보았다.

"의도하지 않은 일로 비난받는 건 안 되겠죠." 나는 마지못해 한 걸음 물러섰다.

"감사합니다." 그는 이렇게 말하고 내게서 멀어져 갔다. 얼굴에는 안도의 표정이 감돌았다.

나는 이맛살을 찌푸렸다. "애니가 어떻게 된 건지 말해 주지 않았잖아요." 나는 그의 등에 대고 날카롭게 말했다.

그는 얼굴을 찡그리며 어깨 너머로 뒤를 돌아보았다.

"제가 아는 한은 그녀는 아무 일도 없습니다." 그가 짧게 말했다.

"그녀는 오늘 낮에 제게 더 좋은 곳을 찾았다고 통보했어요. 그러니 다시 돌아오지는 않을 겁니다."

"그 애 말이 맞았으면 좋겠군." 나는 한숨을 내쉬었다. "이 젊은 여자애들은 여기서 나가서 더 안 좋은 곳으로 가는 경우가 허다하니까 말이야."

그는 다시 한번 놀란 표정으로 나를 보았다.

"그게 무슨 뜻이죠?" 그는 말을 더듬었다.

"무슨 말이겠어요?" 나는 짜증스럽게 되물었다. "웨이트리스들은 불 속으로 뛰어드는 재주가 있는 것 같다는 거지."

"네?"

나는 눈살을 찌푸렸다. "그웬돌린이라고 있었잖아요." 내가 말했다. "여기서 나간 후에 할리우드에 가려고 차를 얻어 타려다 트럭에 치여 죽지 않았나요?"

"신문에서 그 비슷한 얘기를 읽은 것 같기는 하군요." 그는 특유의 어정쩡한 태도로 내 말을 인정했다.

나는 고개를 내저었다. "걔는 멍청한 애였어." 내가 말했다. "당신도 알 거야. 두 점 사이의 제일 짧은 거리는 직선이라는 걸 모를 정도로 멍청한 여자애는 없다는 것 말일세. 적어도 뉴올리언스 고속도로에서 동남쪽으로 할리우드로 가는 지름길은 없다는 것 정도는 안다고."

그는 좁은 어깨를 으쓱했다. "걔들에게 내세울 만한 지적 능력이라는 게 있다면 테이블 사이를 뛰어다니지는 않을 것 같은데요." 그가 말했다.

"그렇겠지." 나는 그의 말을 받아들이며 생각에 잠겼다.

그는 이번에는 내게서 성공적으로 도망쳐서 서둘러 주방으로 사라졌다. 그런 그의 모습을 보자 흡족한 기분이 들었다.

나는 시릴 팬처가 마음에 들지 않았다. 그래서 그를 불편하게 만들면 항상 기분이 좋았다고 인정해야 할 것 같다. 사실, 내게는 화풀이를 할 만한 사람이 아무도 없었는데 우리의 약간 기울어진 관계가 나의 성질을 누그러뜨리는 데 한몫을 톡톡히 하고 있었다. 그 덕분에 나는 예상보다 조금 덜 매섭게 새 웨이트리스의 이름을 묻게 되었다.

"글로리아예요, 부인. 글로리아 라루입니다." 그녀는 내게 붙임성 있게 알려주었다.

니 리찌 브라운, 혹은 존스겠지, 그녀의 뭉툭한 코와 빨갛게 칠한 입술, 그리고 불그스름하고 힘 있어 보이는 굵직한 손마디를 보며 나는 속으로 생각했다.

"자네도 역시 영화라면 사족을 못 쓸 것 같군." 나는 건조하게 말했다.

그녀는 나를 잠시 훑어보더니 힘껏 고개를 끄덕였다.

"그럼요. 우리 여자들은 다 그렇죠. 부인은 안 그러세요?" 그녀가 정열적인 미소를 보이며 말했다.

나는 헛기침을 했다. "글쎄, 뭐 딱히 그렇지는." 내가 말했다. "사실로 말하자면, 난 영화를 싫어하네."

그때부터 글로리아 라루는 내가 필요한 것이 없는지 세심하게 살피기는 했지만 나와 대화를 나누려는 시도는 일절 하지 않았다. 오히려 내가 허락한다면 내가 먹을 고기를 잘라주고 숟가락으로 떠먹여 주려 할 것 같다는 생각이 들었다. 나는 아마도 그녀에게 누군가를 해치지는 않지만 정신적으로 문제가 있는, 안타까운 사람으로 분류되어 있을 것 같았다.

그날 밤 식당을 둘러보면서 나는 꽤 훌륭한 기계 장치라고 버릇처럼 생각해 왔던 나의 두뇌 활동에 대한 자기 만족감을 눈곱만큼도 느낄 수가 없었다.

사태의 중심에 있었던 사람으로서 나는 리슐리외 호텔에서 우리를 옭아매고 있는, 복잡하고 불길하게 얽혀 있는 그 실타래를 푸는 데 필요한 모든 실마리가 내 수중에 있어야 마땅하다고 느꼈다. 그렇다면, 그 실마리를 알아차리지 못한 것은 내가 너무 멍청했기 때문이라는 사실을 인정하지 않을 수가 없었다.

다른 테이블에 앉은 이웃들을 관찰하면서 나는 흥미로운 여러 가지 일들이 떠올랐다. 몇몇 사람들의 행동에서 무언가 설명할 수 없지만 정상적이지 않은 이상한 기운이 감지되었던 것과 내가 보았거나 함께 겪은 수수께끼 같은 일들이 또렷이 의식되었다. 하지만 그 모든 것이 무엇을 의미하는지는 나로서는 난감할 따름이었다. 그와 마찬가지로 윙윙거리는 모깃소리처럼 내 귀를 울리는 질문들에 대한 해답도 찾을 수가 없었다.

"우리가 모두 살인자일 수는 없어." 나는 신경질적으로 이렇게 생각하며, 내 눈이 닿는 곳에 있는 한 사람 한 사람이 다 의심되는 이런저런 이유를 무시하려 노력했다.

폴리 로슨과 그녀의 숙모는 정신없이 대화를 나누면서 열심히 음식을 먹는 척했다. 그렇지만 생각은 딴 데 가 있다는 것이 명백했다. 나는 얼굴을 찌푸렸다. 폴리는 왜 피 묻은 칼을 들고 도망쳤던 걸까? 애당초 왜 바로 그 칼이 남자의 목을 베는 데 쓰였던 걸까? 그 칼은 정말로 그날 오후 살인이 일어나기 전에 메리의 방에서 도난당했던 걸까? 그리고 그렇다면 경찰이 와서 폴리가 그녀에게 그렇게 말한 후에도 왜 메리는 그렇다는 말을 못 했을까? 나는 다시 한번 얼굴을 찌푸렸다.

그다음 테이블에서는 호워드 워런이 얼굴을 구긴 채 앞에 놓인 음식을 바라보고 있었다. 그는 폴리 쪽으로는 아예 시선을 주지 않으려고 조심하면서 열심히 줄담배를 피워대고 있었다. 담배를 피우거나 다른 어떤 습관적인 동작을 그렇게 과하게 하는 것은 호워드답지 않았다. 오히려, 호워드는 지나치게 모범적이라는 생각이 항상 들곤 했었다.

나는 언젠가 그에게 한 번 실수라도 한다면 좀 더 인간적으로 보일 것이라고 말했던 기억이 난다. 지난 이틀간 호워드는 분명 다른 사람이 되어 있었다. 그는 누가 봐도 예전에 그랬던 것 같은, 나무랄 데 없는 예의범절의 표본과는 거리가 멀었다.

나는 한숨을 내쉬었다. 호워드는 왜 어젯밤에 내게 영화를 보러 가자고, 여태껏 한 번도 하지 않던 일을 했던 걸까? 그는 왜 무례하게 여겨질 정도로까지 내게 외투를 입을 필요가 없다고 우겼던 걸까? 그가 나를 호텔 밖으로 데리고 나가고 싶을 만한 동기가 있다면 대체 무엇일까? 무엇 때문에 계속 내가 방으로 가지 못하게 막았던 걸까? 그리고 그날 밤 제임스 리드가 살해당한 30분 동안 호워드는 4층에서 뭘 하고 있었던 걸까? '이런 식으로 해 봐, 애들레이드.' 나는 나 자신에게 엄숙하게 권고했다. '그러면 결국엔 나머지 저능아들과 함께 사설 요양원에서 생을 마치게 되겠지.'

힐다 앤서니는 커피숍에서 나가는 스티븐 랜싱을 멈춰 세우더니 식후 커피를 다 마실 때까지 그를 자기 테이블에 있게 했다. 그녀는 오달리스크 같은 — 오달리스크가 내가 줄곧 알고 있는 것처럼 부끄러움을 모르는 동양의 여인이라면 말이다 — 기괴한 속눈썹 너머로 그에게 미소를 보내고 있었다. 여느 때처럼 앤서니 여인은 감추는 것이 전혀 없었다. 어찌 되었건 그녀의 목소리는 그곳 구석구석 울려 퍼지고 있었으니 말이다.

"랜싱 씨, 그게 사실인가요?" 그녀가 물었다. "모스비 부인이 사교실에서 뛰쳐나갔을 때 경찰은 그녀가 어디로 갔는지 전혀 짐작도 못 했다는 것 말이에요."

스티븐은 어깨를 으쓱했다. "어쩌다 내가 경찰의 고해실이라는 인상을 주게 된 건지 모르겠군요."

그녀는 웃음을 터트렸다. "감사의 인사 같은 건 없었나요? 당신 때문에 버니언 경위가 형편없는 실수를 하지 않게 된 거잖아요. 그건 인정해야 할 걸요, 아니면 그가 인정하던가요?"

"그 반대죠," 스티븐이 인상을 쓰며 말했다. "경위는 아무것도 인정하지 않아요. 그는 내가 문제를 빨리 발견했다는 건 부인하지 않습니다. 하지만 경찰도 똑같이 발견했을 텐데 단지

간발의 차이였을 뿐이라는 게 그의 말입니다."

"아, 그래요?" 그녀가 조소했다.

스티븐은 분하다는 듯 빙긋 웃었다. "경위는 저의 탁월한 관찰력을 높이 평가하지도 않았을 정도예요. 저는 여전히 다른 몇몇 사람들과 나란히 잠재적 살인범 블랙리스트에서 상위권에 있답니다."

그녀는 의아한 표정을 지었다. "살인범이 자신이 저지른 범죄에 경찰이 관심을 갖도록 하는 일은 세상에 없어요. 그자는 모든 사람이 그걸 자살로 보기를 원한다는 말이죠. 아니, 그자가 아니라 그녀라고 해야 하나?" 그녀는 방금 한 말을 수정했다. 그녀의 노르스름한 눈에는 장난기가 번뜩였다.

스티븐이 웃었다. "살인이 남자를 바로 연상시킨다 해도 여성일 수도 있다는 건 동의합니다."

"아니야." 그녀가 말했다. "당신은 그렇게 생각하지 않을걸요."

그의 얼굴이 진지해졌다. "여자가 최후의 수단으로 살인을 하거나 그보다 더한 짓을 한 경우도 많지요."

그의 눈은 저도 모르게 내 바로 뒤에 앉아 있는 어데어 모녀를 향해 번뜩이곤 했다. 거울을 통해 나는 접시 옆에 놓인 샐러드 포크에서 눈을 떼지 않고 있는 캐슬린의 뺨이 창백해지는 것을 보았다.

힐다 앤서니는 약간 이해할 수 없다는 표정으로 여전히 스티븐 랜싱을 살펴보고 있었다. "그 경위가 왜 당신을 용의자 명단에서 지우지 않으려 한 건지 당신은 아직 설명해주지 않았잖아요." 그녀가 그에게 다시 한번 말했다.

스티븐은 입을 삐죽거렸다. "경찰이 결국은 진실을 알게 될 것이기 때문에 살인범은 자살로 추정되던 것이 또 다른 성공적인 살인이었음을 자기가 나서서 오히려 밝힌다면 자신에게 관심이 쏠리지 않을 것으로 생각하고 한번 위험한 곡예를 연출하는 똑똑한 방법을 썼다는 거죠. 경위로서는 충분히 짚어볼 만한 사실이었습니다."

"그 잘 차려입은 풋내기는 한 번도 제대로 일을 한 적이 없어." 힐다 앤서니가 비웃으며 단언했다. "더 말하자면, 앞으로도 결코 못 할 거고."

"그런 거에 돈을 걸지는 마세요." 스티븐 랜싱이 말했다.

"걱정 말아요. 난 도박 같은 건 안 해." 그녀가 자리에서 일어서며 받아쳤다. "그런 건 꾼들에게 맡겨야지. 나한테선 누구도 한 푼도 뺏어가지 못해."

그들은 함께 밖으로 나갔다. 호워드는 그들에게 경멸 어린 시선을 보냈다. 그들이 함께 엘리베이터를 타고 올라가자 폴리가 입술을 깨물고 그들을 노려보는 모습이 보였다. 그러나 캐슬린은 입을 굳게 다문 채 여전히 샐러드 포크에서 눈을 떼지 않았다.

"끼리끼리 노는 법이지." 나는 경멸감이 들며 기분이 나빠져서 속으로 생각했다. 그러면서 스티븐 랜싱이 제 발로 흡혈 귀의 품 안으로 들어간 것에 내가 왜 신경을 쓰는 건지 혼란스러웠다.

나는 그의 스타일을 좋아한 적이 없었다. 그리고 그와 힐다 앤서니 중에서 누가 더 능수능란한지 고르기는 어려울 것 같다고 생각했다. 그런데도 나는 터무니없이 실망스러웠고 내 속마음을 부인하는 것은 지금까지의 나와는 어울리지 않는 일이었다.

"나하곤 아무 상관 없는 일이잖아." 나는 화가 나서 투덜거렸다. 하지만 그 모든 것에도 불구하고, 나는 알게 모르게 내가 그 근사한 젊은 랜싱 씨를 좋아하기 시작했다는 것을 알았다.

심지어 나는 그의 경솔한 언동 중 상당수는 그가 짐짓 꾸며서 하는 것이라고 단정하면서, 멍청한 중매쟁이 노파처럼 그가 리슐리외 호텔에서 진지하게 관심이 있는 유일한 여성은 어데어 양이라고 생각했었다.

하지만 이제 나는 노는 상대를 고르는 문제라면 스티븐은 그저 많으면 많을수록 더 즐거울 뿐이라는 쪽으로 마음이 정해졌다.

"캐슬린의 무관심은 그에겐 분명 불쾌한 일이겠지." 나는 마음속으로 되뇌었다.

"그는 분명 퇴짜를 맞는 게 익숙지 않을 거야. 그가 그녀를 쫓아다니는 유일한 목적은 자신의 성공률을 유지하기 위해서일 게 뻔해."

그럼에도 불구하고 캐슬린에게는, 그 불쌍한 아이에게는 그가 그보다 더 많은, 훨씬 더 많은 의미일 것이라고 나는 확신했다. 나는 또다시 한숨을 쉬었다. 경위 입장에서 보면 스티븐 랜싱은 결코 용의선상에서 제외되는 인물이 아닐 것이라는 생각이 들었다. 그 젊은이에 관해서 마음에 걸리는 몇 가지 문제가 있었던 것이다.

제임스 리드가 살해되던 날 밤에 스티븐 랜싱은 무엇을 잊어버려서 되돌아왔던 것일까? 스티븐의 방은 아래층에 있었다. 하지만 그는 내가 비명을 지르며 복도로 달려 나왔을 때 몇 분 만에 제일 먼저 내게로 왔다. 제임스 리드가 살해되기 전날 오후 그가 아니라면 누가 샐리 레이 미용실에서 그 남자에게 전화를 했겠는가? 호텔의 객실 두 곳에 정체불명의 침입자가 다녀갔던 날 새벽 3시에 어떻게 그는 거의 완전하게 옷을 차려입고 있었을까? 그리고 왜 그는 그 침입자가 비상 탈출구에 남겨 두었을지도 모르는 단서를 다 없애려고 혈안이 되어 있었을까? 나는 움찔하고 놀랐다.

비상 탈출구를 생각하자 그 무엇보다 내 가슴을 아프게 하는 물음이 떠올랐다. 캐슬린 어데어는 제임스 리드가 이전에 묵었던 방 바깥의 비상 탈출구 계단참에서 무엇을 하고 있었던 것일까? 그녀가 그곳에 있었다는 사실을 나는 떨쳐 버릴 수가 없었다. 나는 초록색 내 안경집이 마치 저 혼자 걸어 나간 것만 같았던 일은 인정할 각오를 하고 있었다. 하지만 내가 막

빨아 놓은 공주풍 슬립이 똑같은 일을 했을 것이라고는 한순간도 믿을 수 없었다.

캐슬린은 자기 방 창문에서 해가 지는 광경을 보려고 몸을 내밀다가 흑색과 금색이 섞인 브로치를 떨어뜨렸다고 거짓말을 했다. 나는 전날 밤 내 침대 옆에 서 있었던 그 저주받을 영혼이 로리의 딸이었다는 것은 도저히 믿을 수 없었다. 그럼에도 불구하고 그 브로치라는 증거를 통해 나는 그녀가 어느 시점에선가 5층 비상 탈출구 계단참에 있었다는 것을 확신하고 있었다. 그리고 그녀는 곤경에 처해 있었다. 그 때문에 그녀는 그날 낮에 절망에 휩싸여 내게서 달아났던 것이다.

자리에서 일어났을 때 나는 저녁을 먹으려고 식당으로 부산스레 들어오던 소피 스콧과 정면으로 마주쳤다. 그녀의 미간에는 오래된 주름이 깊이 패어 있었다. 결혼을 하고 나서 그녀는 눈썹을 염색했지만 결과는 더 끔찍했다. 내가 이미 말한 것처럼 시릴이 그녀의 인생에 들어온 이후 소피와 나는 잘 지내지 못하고 있었다. 하지만 우리는 한때 친한 사이였기에 이번에 소피가 내게 보인 적대적인 모습에 나는 너무나 큰 충격을 받았다.

"애들레이드, 우리는 이미 지독히도 어려운 상황에 처해 있어. 그걸 고려한다면 나는 당신이 아무 이유도 없이 가엾은 시릴의 마음을 다치게 할 만큼 사려 깊지 않을 거라고는 생각지 않아." 그녀는 불쾌한 기색을 역력히 드러내며 나를 비난했다.

"가엾은 시릴은 자기 감정을 무슨 아픈 손가락인 것처럼 내보여서는 안 되지." 나는 나의 행동을 방어하며 날을 세워 말했다.

그렇지만, 소피의 눈에 눈물이 가득 차 있는 것을 보자 나의 의지와는 상관없이 마음이 울리는 것이었다. "애들레이드, 나는 당신이 항상 시릴에 대해 편견을 갖고 있다는 걸 알고 있어. 그건 그냥 당신이 그를 이해하지 못하기 때문이야. 불쌍한 시릴, 그의 인생은 너무도 고달팠어. 나와 결혼하기 전까지 그는 평온하고 따뜻하고 안전한 삶이라는 게 뭔지를 몰랐단 말이야."

"그 점은 나도 의심치 않아." 나는 딱딱하게 말했다. 그리고 이해가 안 되는 눈빛으로 그녀를 응시하며 물었다. "소피, 오히려 시릴의 과거에 관한 건 진짜 얼마나 알고 있는 거야?"

"그게 무슨… 난… 난 모든 걸 다 알고 있어, 당연히!" 그녀는 격분하여 소리를 질렀다. "난 당신이 왜 시릴이 뭔가를 숨기고 있는 것처럼 계속 말하는 건지 도무지 이해가 안 돼. 정말로 그는 자신에 관해 아무것도 숨기려 한 적이 없어."

"그래?" 나는 암울하게 물었다. 내가 아는 한 자신의 과거사를 시릴 팬처보다 더 빠르게, 하지만 아무런 내용도 없이 말할 수 있는 사람은 없다고 생각하면서.

소피는 턱을 한껏 치켜세우고서 나를 밀치고 주방을 향해 가버렸다. 나는 그녀의 뒷모습을 바라보며 생각에 잠겼다. 소피와 그녀의 남편은 몇 가지 점에서 나를 혼란스럽게 만들었다. 그날 밤 내가 생명이 빠져나간 제임스 리드의 몸을 발견하기 직전에 그는 4층에서 무엇을 하고 있었던 것일까, 그리고 애당초 사설탐정을 고용한 사람은 소피였던 걸까? 나는 시릴 팬처가 자신에 대해 알려준 모호한 사실들에 소피의 마음이 흡족할 거라고는, 아니 한 번이라도 흡족했을 것이라고는 전혀 믿지 않았다.

연하의 남편을 둔 나이 많은 아내는 어떤 마음일까? 그녀는 자신과 결혼하기 전까지 시릴은 평화롭고 안전한 삶이 무엇인지 몰랐다고 말했었다. 그 평화롭고 안전한 삶은 그에게 얼마나 큰 가치가 있는 것일까, 이런 생각을 하자 한기가 등줄기를 타고 흘러내렸다. 제임스 리드와 로티 모스비가 그토록 무서운 대가를 치러야 했던 것은 시릴 팬처의 더러운 비밀 때문이었던 걸까?

스티븐은 뻔뻔스럽게 유혹하던 앤서니 여인과 별로 오래 노닥거리지는 않은 모양이었다. 내가 로비로 들어왔더니 그가 막 엘리베이터에서 나오고 있었다. 그의 손에는 긴 장미꽃 한 송이가 들려 있었다.

"아름다워라!" 자그마한 어데어 부인이 소리쳤다. 수척한 그녀의 얼굴에 기쁜 표정이 번져갔다. "정말 우아한 분홍색이네!"

그는 그녀가 앉아 있는 소파 옆에 잠시 멈춰서 주변을 좀 의식하면서 그 장미를 내밀었다. "드려도 될까요?" 그가 물었다.

"아, 고마워요." 그녀는 환하게 미소를 지으며 작은 소리로 말했다.

캐슬린이 열을 내며 황급히 항의하는 손짓을 했다. "그런 거 받지 마세요!" 그녀가 소리쳤다.

스티븐 랜싱의 눈은 그녀를 한참이나 응시하고 있었다. 뭐라고 말하기 어려운 강렬함이 담긴 눈빛이었다. "왜 안 되죠?" 그가 부드럽게 물었다. "어머니께서는 예쁜 것들을 좋아하시는데요."

캐슬린은 뒤로 물러섰으나 아무 말도 하지 않았다. 가엾게도 핏기 없는 입술이 떨어지지 않는구나, 나는 생각했다.

"맞아요." 자그마한 어데어 부인이 말했다. "난 색깔이 화려한 건 뭐든지 좋아해요."

그녀는 곱슬곱슬한 밝은 갈색 머리로 덮인 딸의 목 위로 장미를 불쑥 올려 보였다.

"자, 어머니!" "정말 아름답구나."

나는 캐슬린이 꽃을 잡아서 갈기갈기 찢을 것이라고 생각했다. 그리고 분명 그걸 스티븐 랜싱의 얼굴에다 집어 던지고 싶을 것이라고 생각했다. 그러나 자그마한 어데어 부인은 기쁨에 겨운 아이처럼 자기 손에 들어온 그 꽃을 보며 환하게 웃고 있었다. 캐슬린 어데어는 힘겹게 애쓰며 서서히 마음을 진정시켰다.

"랜싱 씨, 캐슬린의 머리에 두니까 정말 곱지 않나요?" 그 어머니가 순진하게 물었다.

그의 눈이 캐슬린의 눈과 마주쳤다. 그녀의 눈은 고통과 절망으로 정신이 나간 것 같아 보였다.

"네." 스티븐 랜싱이 다소 하얗게 변한 얼굴로 말했다. "캐슬린의 머리에 있으니 장미가 사랑스럽네요."

그의 목소리는 캐슬린의 이름을 어루만지듯 부드럽게 울렸으나 그녀의 표정은 부드러워지지 않았다. 비록 입술이 떨리고는 있었지만 말이다. 그리고 나는 캐슬린 어데어가 할 수만 있다면 눈빛으로 죽이기라도 할 듯이 남자를 쳐다보는 것을 두 번째로 목격했다.

"미스 애덤스, 제가 말했잖아요." 자그마한 어데어 부인이 느닷없이 중얼거렸다. "또 다른 죽음이 있을 거라고요."

나는 캐슬린의 격분한 얼굴에서 겨우 눈을 떼어 그 늙은 여인 쪽을 쳐다보았다. 몸이 약간 떨려왔다.

"제발 그만 해요, 이제 더는 그런 일은 없을 겁니다." 나는 그녀의 말을 잘랐다.

내 눈 바로 아래 그녀의 작고 창백한 얼굴은 더 여위고 쇠약해져 있었다. "아, 하지만 끝나지 않았어요." 그녀가 말했다. "죽음이 여전히 우리를 에워싸고 있어요."

나는 "말도 안 되는 소리!"라고 말하려 했으나 입에서는 한마디 말도 나오지 않았다. 그리고 숨 막히는 침묵 속에서 캐슬린 어데어가 분노에 찬 목소리로 스티븐 랜싱에게 나지막이 말하는 소리가 들렸다. "당신이 우리를 배신한다면 난 이 세상 끝까지라도, 지구 반대편까지라도 당신을 쫓아가서 대가를 치르게 할 거예요."

11

몇 분 뒤 우리에게 새로 나쁜 소식을 갖고 온 것은 호워드였다. "경위가 8시 15분에 우리 모두를 사교실에서 보자고 합니다." 그가 구겨진 얼굴로 통보했다.

"이번엔 뭐지?" 내가 탄식했다.

내 뒤에서 자그마한 어데어 부인이 중얼거렸다. "아이고, 이런!" 폴리 로슨은 재빨리 메리를 흘깃 보고는 얼굴이 하얗게 질렸다. 앤서니 여인은 기분 나쁘게 웃었다.

"감사하게도, 나는 두려워할 게 전혀 없어." 그녀는 주변에 있는 얼굴들을 유심히 보면서 말했다. 그들의 얼굴에는 유감스럽거나 아니면 좀 더 절박한 감정이 지울 수 없이 각인되어 있었다.

"내가 알기로 경위는 아직 당신을 명단에서 지우지 않았을 걸요." 내가 한마디 했다.

그녀는 나를 보고 웃었다. "경위는 예쁜 여자를 보는 걸 좋아해요, 미스 애덤스. 당신으로선 열 받을 일이지만 남자들은 대부분 그런걸요."

나는 어깨를 으쓱했다. 버니언 경위가 힐다 앤서니의 풍만

한 몸매에서 눈을 떼는, 별것 아닌 것도 하지 못했다는 사실에 나는 충격을 받았다. 그럼에도 불구하고 이 여인에게 내가 알고 싶은 몇 가지 문제들이 있었다. 내 생각에 경위 역시 그 문제들을 그냥 넘기지는 않았을 것이었다. 1년 전에 이혼을 보장받고 나서도 그녀는 왜 리슐리외 호텔에 계속해서 머물러야 했을까? 누가 봐도 순수하지도, 단순하지도 않은 꽃뱀인 그녀가 자신의 목적에 전혀 부합하지 않을 것 같은 무미건조한 곳에서 발을 빼지 않고 있었던 이유는 무엇일까? 그리고 제임스 리드 씨는 살해되기 한 시간 전에 왜 계단 발치에서 그녀를 쳐다보고 있었던 것일까?

엘라 트로터가 내 옆구리를 쿡 찔렀다. "난 저 뻔뻔한 년이 살인이건 뭐건 했다고 해도 전혀 놀라지 않을 거야." 그녀가 쉬쉬하며 소곤거렸다.

나는 힘없이 고개를 끄덕였다. 우리 중 한 사람이 두 명을 죽인 살인자라는 게 사실이라면 앤서니 여인이 그런 짓을 했다고 생각하는 것이 제일 맘이 편할 것이었다. 다만 나는 그때도 그렇게 피부 관리에 세심한 그녀가 그 아름다운 목을 사형집행인의 올가미 속에 밀어 넣을 짓은 하지 않았을 것이라는 예감이 들었다.

스티븐은 내 생각을 읽었음이 틀림없었다. 그는 내게 쓴웃음을 지으며 속삭이듯 말했다. "이 모든 걸 이른바 '루'라는 이름의 여인*에게 떠넘겨버릴 수 있다면 당신은 기분 좋겠지요, 애들레이드."

나는 콧방귀를 꼈다. "당신과 내가 생각하는 여인은 다른 사람이군요."

"아, 그런 줄 몰랐네요." 그가 대수롭지 않게 말했다. "당신이 믿건 말건, 저에게는 몇 가지 금기가 있답니다. 특히 여자에 대해선 말이죠."

나는 대꾸도 하지 않았다. 내 기억에, 이미 슬프고도 암담했던 그 하루가 절정에 달한 것은 8시 몇 분 전이었을 것이다. 비가 내리기 시작했다. 차갑게 부슬부슬 내리던 그 비는 문과 창문들이 다 닫혀 있었음에도 호텔 안을 안개처럼 떠다녔다. 내 기관지는 잘 관리하지 않으면 습한 날씨에는 짜증 나는 기침을 달고 살았는데 약속이라도 한 듯 기관지가 간질거리기 시작했다.

내가 목청을 한 번 더 가다듬었을 때 엘라 트로터가 나를 향해 걱정스러운 듯 이맛살을 찌푸렸다. "애들레이드, 또 후두염에 걸리고 싶지 않으면 머리덮개를 쓰는 게 좋을걸." 그녀가 말했다.

---

* 캐나다의 작가 로버트 W. 서비스가 1907년에 쓴 서사시 『댄 맥그루, 총 맞다』에서 골드 러쉬에 한 몫 잡은 댄 맥그루의 연인으로 등장하며 마성의 매력을 지녔으며 이후 맥그루의 죽음으로 그가 획득한 금을 독차지하게 된다.

스티븐은 크게 웃었다. "아직도 그런 케케묵은 물건을 쓰는 여성이 남아 있는 줄은 몰랐네요."

"젊은 친구," 내가 근엄하게 말했다. "세상에는 자네가 모르는 것들, 아마도 평생 모를 것들이 많이 있다네."

"맞습니다, 지당한 말씀입니다, 애들레이드!" 그는 자기가 한 말을 후회한다는 듯 미소 지으며 중얼거렸다.

전날 밤 나는 이 시간과 거의 같은 시간에 내 방으로 갔다가 살해된 남자의 시체에 부딪혔었다. 나는 상상력이 풍부한 사람이 아니었지만 엘리베이터에서 나와 모퉁이를 돌았을 때 5층의 양쪽 복도에 불이 다 환하게 들어와 있는 것을 보았어도, 솔직히 말해 이번에는 전혀 마음이 놓이지 않았다. 게다가 누군가 비상 탈출구로 나가는 문을 열어 놓았고 복도에는 안개가 가득했다.

나는 그 문을 쾅 닫고 빗장을 질렀다. "톰 스콧이 죽은 뒤부터 이 호텔의 종업원들은 매일 점점 더 건성으로 일을 하는군." 나는 속으로 투덜거렸다. 그리고 기침을 하면서 열쇠를 집어넣었다.

511호 안은 공기가 탁했다. 내가 문을 열자 가까운 쪽 창문의 하늘하늘한 레이스 커튼이 바람에 안팎으로 펄럭거렸다. 나는 짜증스레 창문으로 가서 탁하고 창을 내렸다. 바로 그때 나는 다른 창문이, 비상 탈출구 위에 있는 그 창문이 창턱에서 30cm 정도 올라가 있는 것을 알게 되었다. 머리칼이 쭈

뻣 곤두섰다.

그날 새벽에 버니언 경위가 내게 바로 그 창문을 잠가 놓으라고 했을 때 나는 그를 퉁명스럽게 대했고, 조금 있다 경위의 지시를 받은 스위니 경관이 와서 문제의 그곳을 지키고 섰을 때 나는 그에게 들릴 정도로 콧방귀를 뀄었다.

그랬기는 했지만 나는 그 비상 탈출구를 통한 접근이 완전히 차단되었다는 것을 확인하지 않고서는 그 방에 한순간도 머물 생각이 없었다.

그날 오후 목욕을 하기 전에 제일 먼저 내가 살펴본 것도, 저녁을 먹으러 내려가기 전에 마지막으로 뒤돌아서 본 것도 그것이었다. 두 번 모두 그 창문의 걸쇠는 꼼짝없이 제자리에 잠겨 있었다. 그러나, 지금 그 창은 틀림없이 열려 있었다. 다가가서 그 창을 힘껏 닫으면서 나는 당연히도 마음이 어지러웠다. 나는 한심스러운 무릎 통증에 시달리면서 걸쇠의 볼트를 조이고 블라인드를 내렸다.

"잠금장치와 볼트는 이 호텔에서 무용지물이 된 모양이군." 나는 속으로 화풀이를 했다. 코바늘로 뜬 숄은 벽장에 있었다. 스티븐 랜싱이 말한 것처럼 '머리덮개'는 유행이 지난 지 이미 오래되었다. 하지만 쉰 살이 넘으면 먹어가는 나이를 보상하듯 유행 따위와는 상관없이 편한 대로 살아도 되는 특권을 누리게 된다. 게다가 나는 예민한 목을 보호하는 데 나의 연보라색 덮개보다 더 적격인 것을 알지 못했다. 거울에 비친 모습을 대충 보고 나서 반백이 되어가는 머리와 불그스레한 얼굴에는 그 덮개가 그리 어울리지 않는 것도 아니라고 생각했던 기억이 난다.

많은 여자들과는 달리 나는 거울 앞에 서서 시간을 보내는 법이 없었다. 나는 보통 거울을 들여다보고 있으면 기분이 좋아지는 경우보다 떨떠름해지는 경우가 더 많다. 이날 밤도 예외는 아니었다. 그래서 여느 때처럼 그렇게 서둘러 거울에서 몸을 돌리던 순간 거울 테두리 중 한 곳에 꽂혀 있는 종이 한 장이 눈에 들어왔다.

그것은 어떤 물건 꾸러미라도 풀다가 찢어져 나올 수 있는 평범한 밤색 포장지였다. 너덜너덜한 끝부분을 다듬지도 않은 그 종이는 보통 공책 크기였다. 왼쪽 상단에는 싸구려 연필의 몽땅한 촉으로 그린 조악한 그림이 있었다. 그림 속의 형상은 어느 울퉁불퉁한 벽이나 정신병원 같은 곳의 패드를 대놓은 벽에 대고 서둘러 휘갈긴 것 같은 모습이었다. 속이 메슥거리는 느낌을 받을 정도로 조잡한 그림이었다.

그 그림 밑에 똑같은 몽땅한 연필로 이런 글귀가 쓰여 있었다. "경찰이 어데어 모녀에 대해 알게 되기를 바라지 않는다면 서비스용 물 주전자에 현금 1,000달러를 넣어서 오늘 밤 10시에 비상 탈출구 계단에 놓아두시오."

나는 내 손에 쥔 그 가공할 물건과 리슐리외 호텔에서 각 객실에 제공한 알루미늄 물 주전자를 번갈아 쳐다보며 얼마나 오랫동안 그곳에 서 있었는지 모른다. 그 순간까지는 누가 뭐라고 해도, 어떤 상황에서도 협박범이라는 제일 비겁한 범죄자에게 돈을 바친다는 것은 나로서는 있을 수 없는 일이었다.

나에게 협박범은 유괴범 다음으로 인간 본성의 밑바닥까지 내려간 자였다. 나는 남을 등쳐 먹는 그런 자들뿐만 아니라 그런 자들에게 희생양이 되고 마는 약한 인간에 대한 내 입장을 자주, 그리고 아주 강한 어조로 피력해 왔었다. 그런 일이 있으면 어떤 대가를 치르더라도 즉각 경찰에 알리는 것이 양심이 있는 시민 각자의 의무라는 것이 나의 신념이었고 그렇게 말해 온 것이다. 나 같은 체질의 사람에게 협박을 할 사람이 있을 가능성은 없겠지만 설령 그렇다고 해도 내가 바로 경찰에 알리지 못할 것이라는 생각은 아무리 비약해서 상상해 봐도 머리에 떠오르지 않는 일이었다.

그런데 이제, 그 추잡하게 휘갈겨 쓴 쪽지를 손에 들고서, 나는 사람이란 어떤 일에 닥쳐보지 않으면 어떤 행동을 할지 아무도 알 수 없다는 것을 깨닫고 있었다. 그 협박이 나 자신을 향한 것이었다면 비록 그 종이 상단에 그려진 남자인지 여자인지 모를 난잡한 형상을 보여준다는 생각에 낯이 뜨겁기는 해도 나는 주저하지 않았을 것이다.

하지만 그 협박은 나에 대한 것이 아니었다. 그것은 사악하리만치 영리한 협박이었다.

경찰에게 그 종이를 가져가면 경위는 어데어 모녀에 대해 알아야 할 어떤 것이 있다는 사실에 주목하게 될 것이었다. 어데어 모녀를 생각하면 나는 일이 그렇게 전개될까 봐 두려웠지만, 내가 아는 한 경위에게는 그들에게 혐의를 둘 만한 아무런 근거가 없었다. 흑색과 금색이 섞인 그 브로치에 관해 내가 그에게 잘못된 정보를 준 덕분이었다.

그런 까닭에 나의 신념에도 불구하고 나는 캐슬린 어데어의 종적에 그가 관심을 기울이게 될 어떤 것을 들고서 경위에게 갈 수는 도저히 없다는 것을 알았다. 애들레이드 애덤스가 그런 돈을 내주는 것은 악순환에 빠지는 것이라고, 선한 결과를 위해 악행을 하는 것은 악마에게 통행료를 내는 것에 불과하다고 스스로 되뇔 수도 있었다. 하지만 그 음란하고 지독한 종이를 버니언 경위에게 가져갈 수는 없었다. 그것은 로리의 가여운 딸을 번쩍 들어 늑대에게 집어 던지는 것과 다를 바 없었다.

나는 그 쪽지를 쓴 사람이 경찰에게 무슨 얘기를 할 수 있는지는 알지 못했다. 그렇지만 그 얘기는 어데어 모녀와 관련된 뭔가 좋지 않은, 지독하게 좋지 않을 일일 것이었다. 나는 분명 그럴 것이라고 확신했다. 아래층으로 내려갔을 때 나는 속으로 그 쪽지를 숨기는 것이 최선이라고 생각했다. 나는 분명 1,000달러, 아니 단돈 한 푼도 협박범에게 주지는 않을 것이었다. 아니 계속 그렇게 되뇌고 있었다. 다만 대비를 하는 것일 뿐이라고, 나는 내 양심에 대고 조심스럽게 해명했다.

내가 핑크니 닷지에게 호텔 금고에 보관 중인 개인 금고를 좀 봐야겠다고 말하자 그는 깜짝 놀란 표정이었다. 금고 서비스는 호텔의 모든 손님이 이용할 수 있는 것은 아니었고 톰 스콧이 오래 전에 나에게 부여한 것이었다. 나는 상당한 액수의 돈을 수중에 현금으로 두기를 좋아하는 걸로 유명한 사람이었기 때문이었다.

나는 관절이 이런 상태여서 은행에 자주 다니기가 편치 않았고 어떤 때는 아예 힘들기도 했던 것이다.

"하지만, 미스 애덤스, 오늘은 1일도, 15일도 아닌데요." 핑크니가 항변했다. 그런 다음 신랄한 내 눈빛을 보고는 움츠러들었다. "제 말은, 정해지지 않은 시간에 금고를 이용하시는 일은 평소에는 없으시다는 뜻이에요."

"오늘 밤에 가넷을 착용하려고 마음먹었거든." 나는 차갑게 말했다. "내가 그런다고 세상이 끝나는 건 아니잖아."

설명하자면, 내 금고에는 할머니와 어머니에게 물려받은 구식 보석들이 많이 있었다. 그렇지만 나는 그 보석들을 착용하는 일이 거의 없었다. 내가 그것들을 물려받았을 무렵 내 피부는 이미 쪼글쪼글해지고 있어서 사람들의 눈에 띄지 않는 편이 더 좋다는 아주 좋은 핑곗거리가 있었던 것이다.

"그렇죠." 핑크니가 우물쭈물 말했다. 하지만 그는 데스크 뒤에 있는 커다란 금고 문을 열고 길고 널찍한 철제 상자를 꺼내 준 이후에도 여전히 불편한 얼굴이었다. 그 상자의 유일한 열쇠는 내가 가지고 있었다.

다행히도 전화 교환대의 버저가 울리는 바람에 핑크니는 어쩔 수 없이 나의 움직임에서 시선을 거두었다. 나는 순간적으로 얄팍한 노란색 서류 봉투를 빼내서 코르셋 앞부분에 쑤셔 넣었다. 핑크니가 뒤돌아보았을 때 나는 벨벳 케이스에서 가넷 목걸이를 꺼내고 있었다. 그 목걸이를 착용할 생각이라고 이미 말했기 때문에 목에 두르고 잠그기만 하면 되는 것이었다.

"어머나 아름다워라!" 자그마한 어데어 부인이 부서질 듯 작은 손을 내밀며 환호성을 질렀다. 그 반짝거리는 붉은 보석들을 만지고 싶은 마음이 가득한 듯한 표정이었다. 하지만 나는 그 보석이 메마르고 시든 내 목에서 얼마나 어울리지 않게 서글퍼 보일지 분명히 느끼고 있었다.

"이 목걸이가," 나는 캐슬린에게 안쓰러운 시선을 던지며 말했다. "따님같이 빛나는 청춘의 아름다운 목을 장식하지 못하고 있으니 안타깝네요."

"맞아요." 자그마한 어데어 부인이 한숨을 쉬었다.

"그렇지만 저는 보석이 싫은걸요!" 캐슬린이 소리를 질렀다.

사실 나는 그녀가 거의 언제나 손목에 끼고 있는, 손으로 꼬아 만든 묵직한 은팔찌를 제외하고는 뭔가를 착용하고 있는 걸 본 적이 없었다. 반짝이는 작은 알갱이들이 윗부분에 초승달 모양으로 엉기성기 박혀 있어서 옆에 뭔가가 스치면 죄다 걸리기 쉬운 팔찌였다.

"말도 안 돼." 내가 말했다. "여자들은 다 보석을 좋아해. 캐슬린 나이대의 어린 여자들은 특히 더 그렇고."

"저도 캐슬린에게 계속 그렇게 말하는걸요." 그녀의 어머니가 그녀의 팔을 잡으며 작은 소리로 말했다.

캐슬린은 팔찌의 갈래들에 찔리기라도 한 듯이 몸을 움찔했다. 내가 볼 때 그 팔찌는 그러고도 남았다.

"저는 보석은 딱 질색이에요." 그녀는 열띤 목소리로 말했다.

"말이 안 된다고!" 나는 또다시 반박했다. 이번에는 좀 심사가 뒤틀렸다. "당연히 캐슬린도 싫을 리가 없지!"

그때 스티븐 랜싱이 우리에게 끼어들었다. "숙녀 여러분, 8시입니다. 경위를 기다리게 해 봐야 좋을 게 없지요." 그가 특유의 무례한 태도로 말했다.

캐슬린 어데어는 입술을 깨물었다. "그 사람은 왜 어머니와 저를 계속 거기로 오라고 고집하는 거죠? 그는… 그는… 우리를 볼 일이 없는데 말이에요."

그녀는 자신 있는 목소리로 말하려고 한 모양이었으나 목소리는 점점 작아지기만 할 뿐이었고 맑은 밤색 눈에는 불안한 기색이 가득했다.

"제가 볼 때," 스티븐 랜싱이 말했다. "경위는 자기 목적에 부합하는 생각만 알려줄 모양입니다."

"어머!" 그녀는 뭔가를 요구했다가 경고를 받기라도 한 것처럼 헉하고 숨을 들이켰다.

계단 위로 대이동이 시작되었다. 캐슬린은 어머니의 팔을 잡고 뒤를 따라갔다. 그 용감했던 어깨는 불쌍하게 축 처져 있었다.

스티븐과 나는 맨 뒤에서 올라갔다. "미스 애덤스, 저는 당신에게 가학적 성향이 있다고는 전혀 생각지 않았어요." 그가 환멸이 느껴진다는 듯 말했다. "그러니까, 당신은 필요하다면 손에 쥔 뭔가로 적을 내리쳐서 뻗게 할 사람이라고 생각했어요. 당신이 고양이가 쥐를 가지고 놀 듯 그들을 대할 거라고는 전혀 생각지 못했단 말이죠."

나는 너무 허탈한 나머지 나에게 가해진 근거 없는 비난에 대해 보통 때처럼 불같이 화를 내지도 못했다. "젊은 친구," 나는 힘없이 말했다. "자네 세대에겐 내가 뒷방 늙은이로 보이겠지. 하지만 내 마음은 내가 분석할 줄 안다네. 내 비록 좀 비뚤어지고 낙심한 늙은이이긴 해도 누구를 괴롭히는 사람이거나 비정상적인 괴물은 아니란 말일세."

"어쨌거나," 스티븐은 냉정하게 말했다. "이 사건의 진상이 규명되면, 우리가 그렇게 한다면 말이죠, 우리가 발견할 그 누군가는 사이코패스거나, 아니면 곧 사이코패스가 될 사람일 겁니다."

나는 방에서 내가 찢어버린, 그런 다음 변기에 흘려 버린 그 고약한 갈색 포장지를 생각하며 몸서리쳤다.

12

우리가 버니언 경위를 보기 위해 다시 한번 2층 사교실에 모두 모였을 무렵 본격적으로 비가 오기 시작했다. 빗줄기가 유리창을 때리고 간헐적으로 무섭게 번쩍이는 번개가 핼쑥하고 불편한 우리의 얼굴을 비추는 가운데 그 음산하고 칙칙한 방의 침울한 분위기는 최고조에 달해 있었다. 무슨 수를 써도 그보다 더 침울할 수는 없을 것이라고 나는 생각했다. 흰색 세로 줄무늬가 있는 검은색 모직 양복을 산뜻하게 차려입은 경위조차도 피곤하고 낙담한 표정으로 그 어느 때보다 냉엄해 보였다.

"그는 물론이고 우리도 견디기 힘들어지고 있어." 내가 중얼거렸다.

스티븐은 어깨를 으쓱했다. "그는 불쌍한 로티 모스비를 안전한 방어선 너머 죽음으로 내몰리게 했어요. 경찰은 양심의 가책을 느끼는 걸로 월급을 받는 게 아닙니다. 하지만, 애들레이드, 제가 장담하지요. 경위가 그에 대한 책임에서 벗어나려면 시간이 꽤 많이 걸릴 겁니다. 당연히 그는 똑같은 실수를 두 번 하고 싶지는 않겠지요."

나는 오싹해졌다. "자네 말은 그가… 그가…."

"사람들이 진실을 토해내도록 하는 게 그의 일이죠." 스티븐은 간명하게 말했다. "그런데 지금 당신이 아는 모든 걸 말하는 건 리슐리외 호텔에서 할 만한 제일 기분 좋은 일은 아니라는 걸 인정하셔야 할걸요."

나는 고개를 내저었다. "그렇지, 가능한 한 비밀을 지킨다는 이유로 사람들을 비난해선 안 되지."

나는 내 코르셋 안에 들어 있는 노란색 봉투를 생각하고 있었다. 석간신문을 말아서 초조한 듯 무릎을 탁탁 치면서 인상을 쓴 채 경위를 보고 있는 스티븐 랜싱 역시 뭔가를 생각하고 있는 것 같았다.

"진짜 곤란한 일은 말이죠," 스티븐이 삐딱하게 말했다. "양쪽 편을 다 도울 수는 없다는 겁니다. 어쨌거나, 영원히 그럴 수는 없어요."

나는 양심에 찔렸다. "그렇긴 하지만," 나는 단호하게 말했다. "누군가의 어두운 비밀을 캐내는 건 경위가 할 일이지 우리의 일은 아니야."

그가 고개를 끄덕였다. "또 한 번 살인이 일어나지 않는 한…." 그의 목소리는 점점 잦아들었다. 나는 그를 쳐다보았다. 내 얼굴은 아마 지독히도 섬뜩했을 것이다.

"이런 세상에, 자네는 이… 이 광란의 살인이 앞으로도 계속될 거라고 예상하는 건가?" 나는 더듬거리며 물었다.

그는 어깨를 으쓱했다. "'남을 속이기 시작하는 순간 우리는 얼기설기 얽힌 기만의 덫을 짜게 된다'*는 말이야말로 진부하지만 가장 진실된 말이죠. 살인자는 처음에는 탐욕 때문에, 혹은 두려움 때문에 살인을 한다고들 합니다. 그다음에는 자신의 목숨을 부지하기 위해 죽이게 되죠. 결국 살인자는 모두가 자기에게 위협이 된다고 생각하여 살짝 미치게 된다고 저는 생각합니다. 그 지경이 되면 그는 조금만 노출될 위험에 처하면 이것저것 가리지 않고 죽이기 시작하는 겁니다."

번개가 번쩍했다. 나는 스티븐 랜싱의 예언자적인 말을 듣는 순간 아득한 심연이 바로 우리 발밑에 입을 쩍 벌리고 있는 것을 느끼고는 나도 모르게 뒤로 몸을 움츠렸다. 내 입에서는 허스키하면서 기이한 목소리가 울려 나왔다.

"우리가 한 사람 한 사람 목이 잘려 나갈 때까지 경찰이 우리를 계속 여기 가둬두는 건 미친 짓이야!" 나는 큰소리로 외쳤다.

그는 암울하게 고개를 끄덕였다. "그건 경찰의 또 다른 책임인데, 내 생각이 틀리지 않는다면 경위는 그로 인해 흰 머리만 늘어나겠죠."

나는 탐색하듯 그를 보았다. "내가 만일 12기통 자동차를 소유하고 신중함이라고는 전혀 없으며 허세가 가득한 젊은이라

---

* 스코틀랜드의 소설가 월터 스콧(1771-1832)의 서사시 『마미온』에 나온 구절

면, 그런데 내가 미친 듯이 좋아하는 젊은 여성이 위험에 처해 있다면 나는 경찰을 피해 얼른 도망칠 것 같은데. 더욱이 신께서 이렇게 폭풍우 치는 캄캄한 밤을 선사하신 마당이라면 말이지."

"애들레이드," 스티븐이 너털웃음을 터트렸다. "당신같이 흠잡을 데 없이 고결한 숙녀분이 왜 새파란 청춘의 도덕성에 오점을 남기려 하시죠?"

"흠잡을 데 없기는 무슨!" 내가 모질게 소리를 높였다. "내가 그 아이를 지키기 위해 설마 나 자신이나 당신, 아니면 다른 누군가를 희생시키지는 못할 거라고 생각한다면 그건 오산이야, 젊은 친구."

그는 고개를 내저었다. "저는 당신이 이해가 안 되는군요, 애들레이드. 당신은 틀림없이 우리 편이라는 생각이 들다가도 바로 다음 순간이면 당신은 제가 만나본 사람 중에 제일 파악하기 어려운 사람이라고 판단하게 된단 말이죠." 그가 얼굴을 찌푸렸다.

"당신의 그 부도덕한 제안 말인데요, 캐슬린이⋯ 만약 제가 그녀를 가게 할 수 있다면, 제가 여기서 지옥문이 열리기를 기다리면서 일분일초라도 어슬렁거리고 있을 것 같습니까?"

나는 그를 빤히 쳐다보았다. "그 애한테 물어본 건가? 벌써?"

그는 맥없이 양손을 펼쳐 보였다. "제 생각에는 그녀가 저를 믿고 의지해서 어디로 함께 가는 일은 절대 없을 것 같네요." 그의 얼굴이 일그러졌다.

"재미있지 않아요? 여자들은 대부분 저를 정말 신뢰하는데 말이에요."

"그러고도 남겠지." 나는 잘라 말했다.

바로 그때 '우리끼리 괴로워하도록 내버려 둔다'라고 호워드가 말했던 식으로 우리를 내버려 두고 있던 경위가 그렇게 오래도록 들여다보고 있던, 자기 앞 책상에 놓인 검은색 공책에서 눈을 떼서 우리에게 시혜를 베풀 듯 온화한 미소를 보였다. 그렇지만 그 미소는 위력을 과시하고 있었다.

"로티 모스비가 이 호텔의 창문에서 뛰어내린 건지 아니면 밀쳐 떨어진 건지 여러분 중 누구라도 의문을 품고 계시다면," 그는 아무런 감정도 섞이지 않은 목소리로 말했다. "경찰은 그녀가 잔인하게 살해당했다는 명백한 증거를 갖고 있다는 말씀을 드리겠습니다."

그의 말이 전혀 새로울 것이 없었음에도 우리는 모두 충격을 받았다.

"모스비 부인이 이 방을 뛰쳐나간 목적에 대해 우리가 의구심을 가졌더라면," 경위는 천천히 말을 이어갔다. "그녀를 살릴 수 있었을지도 모릅니다. 반대로, 그러지 못했을지도 모르지만 말입니다. 아무튼," 그는 정면을 쳐다보며 말했다. "우리는 그녀를 구하지 못했습니다. 그녀는 죽었고 그녀의 죽음으로 이 지붕 아래서 벌어진 일련의 비극적 사건은 또 다른 복잡한 국면을 맞았습니다. 미스 애덤스가 말씀하셨듯이, 많은 적든 우리 모두의 손에 그녀의 피가 묻었습니다. 제 손에는 특히 더 그렇습니다. 그런 이유로, 다른 사람은 몰라도," 그가 아주 조용하게 한마디를 더 했다. "저는 그녀의 살인범을 처형할 때까지 쉬지 않고 일할 것입니다."

유리창에 부딪혀 눈물처럼 흘러내리는 빗줄기와 어지럽게 울부짖는 바람 소리만이 그 질식할 것 같은 침묵을 깨고 있었다.

"여러분 중 단 한 사람도 저에게 솔직하게 말하지 않았고, 심지어 정직하지도 않다는 것을 저는 알고 있습니다." 그는 우리 한 사람 한 사람을 불길한 시선으로 세밀하게 살펴보면서 나지막하게 말을 계속했다. "여러분이 정직했다면 아마도 오늘 밤 두 번째 시신이 시체 안치소의 차가운 회색 판 위에 눕는 일은 없었을지도 모릅니다."

그 생각을 하면서 몸서리치지 않을 수 있는 사람은 우리 중 아무도 없었다.

경위는 우리의 급소를 찌르기 전에 약간의 시간을 준 다음 특유의 매끄러운 어투로 말을 이어갔다. 그 말투는 여러 가지 이유로 우리를 두렵게 하고 있었다. "저는 전에 이미 여러분이 저에게 솔직해지면 경찰과 여러분이 불편을 겪는 일은 상당히 줄어들 것이라고 경고한 바 있습니다." 경위가 말했다. "이제 저는 여러분에게 지금 여러분이 보이는 정직하지 못한 태도를 버리지 않는 한 그 비겁함에 대한 대가는 또 한 생명, 혹은 여러 생명의 죽음이 될 것이라고 경고하는 바입니다."

그는 말을 잠시 멈췄다. 아무도 입을 열지 않았다. 누구도 움직이거나 숨을 쉬거나 다른 사람을 쳐다보거나 하지 않았다고 생각된다. 나는 꼼짝도 하지 않고 내 발밑에 있는 그 꼴 보기 싫은 녹색 카펫만 쳐다보고 있었지만 내 살갗에 맞닿아 있는 그 노란색 봉투가 숯불처럼 타는 것만 같았다.

"어떤 정보라도 자진해서 알려주실 분 없으신가요?" 경위가 점잖게 물었다. 푸른 그의 눈 뒤에는 불꽃이 일렁이고 있었다.

성난 번갯불만이 그 말에 번쩍이며 답을 했고 우리는 모두 소스라치게 놀랐다. "아, 제발," 메리 로슨이 잠겨 들어가는 목소리로 소리를 질렀다. "그렇게 질질 끌어야만 하나요? 우리 모두 한계 상황이라는 걸 모르시겠어요?"

"쉿, 메리 숙모!" 폴리가 숙모의 떨리는 손을 가슴에 꼭 끌어당기며 속삭이듯 말했다. "제발, 진정하세요, 숙모."

천천히, 그리고 냉혹하게, 경위는 메리의 넋이 나간 얼굴에서 조카의 반항적인 청록색 눈으로 시선을 옮겼다. "로슨 부인, 당신이 우리를 도우면 이 회합을 오래 끌지 않아도 될 텐데요." 그가 목젖을 울리며 말했다. "수사를 방해하고 지연시킨 문제들 중 적어도 하나는 당신이 분명 해명할 수 있을 텐데요."

메리의 입술은 핏기를 잃고 뒤틀렸다. 하지만 그 말에 저돌적이고 열띤 목소리로 답을 한 것은 폴리였다. "바보 같은 소리 하지 말아요! 이 살… 살인 사건들에 관해… 관해서 메리 숙모가 뭘 알 수가 있단 말인가요!"

"그건 제가 알고 싶군요." 경위가 나지막이 말했다.

"사람들이 서로를 이렇게 불편하게 만들다니 너무 끔찍하군요." 자그마한 어데어 부인은 흐느껴 울었다.

캐슬린이 어머니를 팔로 감싸 안자 그 나이 든 여인은 바들바들 떨면서 딸의 어깨에 기대었다. 내 뒤에서 스티븐이 무겁게 한숨을 내쉬었다. 그가 자리에서 일어났을 때 나는 그가 무슨 말을 하려는지 자신도 몰랐다는 것을, 그의 목적은 단지 신경을 다른 데로 돌리게 하려는 것이었다는 느낌을 받았다.

"경위님, 당신은 우리에게 로티 모스비가 살해당했다는 명백한 증거가 있다고 했습니다." 그는 느긋하게 말했다. "경찰은 그 증거가 외부에 알려져서는 안 된다고 생각하나요, 아니면 그게 뭔지 좀 여쭤봐도 될까요?"

"물론, 물으셔도 됩니다, 랜싱 씨." 버니언 경위가 확연하게 냉소를 지으며 나지막이 말했다.

그들의 시선이 마주쳤다. 그러자 스티븐 랜싱이 거칠게 말했다. "여쭤보겠습니다."

호워드는 불쾌하게 웃었다. "당신의 설교를 몸소 실천할 기회로군요, 경위. 우리에게 긴급 경고를 한 뒤니, 양심이 있다면 공공의 이익을 위한 일에 당신의 속마음을 털어놓지 않을 수가 없겠죠, 안 그런가요?"

경위의 눈은 조롱기 어린 호워드의 젊은 얼굴에 머물렀다가 황급히 스티븐 랜싱에게로 향했다. "랜싱 씨, 로티 모스비가 떨어져 죽은 방이 어디인지 당신은 추측할 수 있을 것 같은데요."

"과찬이십니다, 경위님." 스티븐이 냉소를 띠며 읊조렸다.

바로 그때 불행하게도 내 머리가 핑핑 돌아가는 것이었다. "이런, 맙소사, 그 방이… 그 방이 제 예전 스위트룸이었나요, 경위?"

"애들레이드, 애들레이드!" 스티븐이 서글프게 중얼거렸다. "당신은 내가 아는 여자들 중 제일 똑똑하거나, 아니면 제일 멍청하거나 둘 중 하나요! 어느 쪽인지 내가 알게 될까?"

경위는 등줄기가 얼얼해지는 표정으로 나를 빤히 보았다. "이런, 맞습니다, 미스 애덤스." 그가 말했다. "그 불행한 사람이 아래로 떨어진 곳은 당신의 예전 스위트룸 침실이었습니다."

"아!" 나는 숨을 삼켰다. 단숨에 기운이 쭉 빠지는 느낌이었다.

"그걸 추측하시다니 정말 특이하군요, 미스 애덤스." 경위는 누가 봐도 비꼬는 듯한 냉담한 말투로 말을 이어갔다. "괜찮으시다면 경찰이 거의 알아내지 못할 뻔한 결론에 어떻게 그토록 빨리 도달했는지 설명해주시면 저로서는… 아… 아주 좋겠는데요?"

"난… 그게… 그냥 떠올랐어요." 나는 목쉰 소리로 더듬거리며 말했다. "로티 모스비를 찾으려고 당신 부하들이 호텔 전체를 다 돌아봤잖아요. 아마 생각할 수 있는 모든 곳을 다 봤겠죠. 그런데도 못 찾았다면 그건 오로지…. 내가 쓰던 방은 문이 잠겨서 봉인되어 있는 걸로 알아요. 경찰이 수색할 생각을 못 하는 유일한 곳이 거기라는 생각이 그냥… 머릿속에 떠오른 거예요."

내가 들어도 내 해명은 극히 빈약했고 자꾸만 끊어졌다. 게다가 내 표정은 죄라도 지은 사람 같았을 것이었다. 경위가 의심스럽다는 듯 눈썹을 치켜올리며 나를 유심히 보았지만 나는 놀라지 않았다.

"상당히 깔끔한 추론이군요, 미스 애덤스." 그는 최대한 부드럽게 말했다. "그게 추론이라면 말입니다." 그는 비꼬듯이 한마디를 더 보탰다.

"미스 애덤스가 진실을 말하고 있다는 걸 의심하지는 않으실 테죠, 경위." 스티븐은 특유의 음침한 미소를 보이며 느릿느릿 말했다.

"랜싱 씨, 경찰도 뚫을 수 있고 폐쇄된 문도 통과할 수 있다면," 경위가 단호히 말했다. "그게 진짜 사람인지 의심이 가기 시작하죠." 그는 날카롭게 나를 돌아보았다. 내 코에서 안경이 미끄러져 내렸다. "모스비 부인은 무엇 때문에 당신의 스위트룸으로 간 걸까요, 미스 애덤스?"

"전혀 모르겠어요." 나는 진정으로 그에게 다짐했다.

"그녀는 뭔가를 찾으러 갔습니다." 경위는 공책을 보며 인상을 찡그린 채 계속해서 말했다. "분명 자신이 결백하다는 증거였겠죠. 어쩌면 살인자의 유죄 증거일지도 모르고요. 그런데 그것 때문에 그녀는 목숨을 잃었습니다." 그는 다시 내게 시선을 고정했다. "이것으로, 당신이 묵었거나 묵고 있는 방에서 뭔가를 찾으려는 시도가 이루어진 게 우리가 알기로 세 번째로군요."

나는 나를 방어하려고 몸을 꼿꼿이 세웠다. "내가 지금 있는 방은 원래 제임스 리드의 방이었고 그는… 그는 내 예전 스위트룸에서 죽음을 맞이했다는 것을 잊지 말아요."

"물론 그렇습니다. 하지만 그럼 우리는 다시 출발점으로 돌아가게 될 뿐이지요, 아닌가요? 그는 왜 그곳에서 살해당한 걸까요?" 나는 고개를 흔들었고 스티븐 랜싱은 서글프게 웃었다.

"당신이 가진 이 이상하고 위험한 매력은 뭘까요, 애들레이드?"

나는 다시 아까 했던 반박만 되풀이할 수 있을 뿐이었지만 내 말은 힘이 없었다. "난 전혀 모른다고요."

경위는 책상 위에 양손을 맞대고서 방 안에 있는 사람들을 한 사람씩 차례대로 둘러보았다. "여전히 끈질긴 침묵만이 있을 뿐이네요, 그렇죠?" 그가 부드럽게 물었다. "아무도 돕고 싶은 마음이 안 드시나요?"

다시 한번 바람과 비가 토해내는 우울한 한숨만이 그에게 답하고 있을 뿐이었다.

"한 가지 더 경고할 사항이 있습니다." 버니언 경위가 말을 계속했다. 그 목소리를 들으니 온몸이 오싹해졌다. "제임스 리드는 먼저 목이 졸려 죽었습니다. 그런 다음 그의 멜빵으로 샹들리에에 매였고 양쪽 귀밑까지 목이 베였죠. 로티 모스비 역시 4층 창문에서 던져지기 전에 목이 졸려 죽었습니다. 범죄학자라면 누구나 여러분께 살인자들은 습관처럼 고정된 방식에 집착한다고 말해 줄 겁니다. 살인범이 자살하지 않는 한 저 잔인한 악력이 여러분의 기도를 조이는 걸 느끼지 않을 수 있는 유일한 길은 이 미친 자가 또 다른 생명을 앗아가기 전에 경찰이 그를 체포할 수 있도록 가능한 모든 방법으로 경찰을 돕는 것입니다."

내 생각에 거기 있던 사람은 누구나 다 마른침을 삼켰던 것 같다. 나도 마른침을 삼켰다. 마치 그 섬뜩한 손이 내 목에 닿기라도 한 것처럼 말이다. 우리 모두가 빠져들고 만 그 공포스러운 마비 상태에서 제일 먼저 깨어난 것은 스티븐이었다.

"미친 자라고 하셨습니까, 경위?" 그가 물었다.

"당신에겐," 경위가 나지막이 말했다. "이 사건 전체를 휘감은 미친 손길이 안 보이시나요, 랜싱 씨? 제임스 리드는 이미 죽은 상태에서 도대체 왜 닭처럼 줄에 달려 양쪽 귀밑까지 목이 베여야 했을까요? 로티 모스비는 숨이 막혀 죽었는데 도대체 왜 그녀의 시신은 땅바닥에 떨어져 산산조각이 나야 했을까요?"

"후자는 자살로 위장하기 위한 시도로 볼 수는 없습니까?" 스티븐이 의견을 피력했다.

"아뇨, 랜싱 씨, 우리의 살인범은 그런 식으로 경찰의 지능을 과소평가할 만큼 멍청하지는 않았습니다.

그는 자기가 피해자에게 카인의 표식을 남겼다는 것을 알았습니다. 그 표식은 늦어도 사인 규명 심리에서는 드러날 게 분명했지요."

"그 말은 목에 지문이 있었다는 겁니까?"

경위는 고개를 끄덕였다. "두 사람의 시신을 필요치도 않은데 잔인하게 훼손한 그 야만성을 설명할 길은 하나밖에 없습니다."

건너편에서는 앤서니 여인이 욕이 나오려는 것을 억누르고 있었다. "헛소리!" 그녀는 경멸하듯 소리쳤다. "우리 가운데 미치광이 하나가 돌아다니고 있으면 우리가 모를 리가 없어!"

경위가 고개를 내저었다. "불행하게도, 아, 앤… 앤서니 부인, 어떤 정신병의 경우, 예를 들어 조현병 같은 것 말이죠, 일정 단계까지는 뇌의 퇴행이 극히 서서히 이루어져서 전문가들조차도 쉽게 알아내지 못한답니다. 정신과 전문의에 따르면 그런 정신병이 있는 사람이라도 심각한 정신적 스트레스를 받지 않는다면 자신의 병을 무기한 숨길 수도 있답니다. 물론, 그런 스트레스 속에 놓인다면 그의 몸과 마음은 급속도로 무너지지요. 그가 정상적인 개인처럼 보이는 시기와 광견병에 걸린 개처럼 포악해지는 시기의 간극은 불과 몇 주, 혹은 며칠일 수 있습니다."

앤서니 여인은 거슬리는 소리를 내며 웃었다. "경위, 당신은 뭘 하려고 하는 거죠? 우리를 겁주어서 무너지게 하고 본명을 대게 만들려고?" 그녀가 조롱하며 다그쳤다.

"저는 단지 여러분이 목숨을 소중하게 생각하신다면 본명뿐만 아니라 알고 있는 살인 동기부터 경찰에게 숨기고 있는 여러분 자신에 대한 것까지 모든 것을 말해 주는 것이 현명할 거라고 경고하는 것뿐입니다." 경위가 정색을 하고 말했다.

방을 한 바퀴 돌던 경위의 눈은 내 느낌에 시릴 팬처에게 제일 오래도록 머물러 있는 것 같았다. 팬처는 소피의 커다란 그림자 뒤로 움츠러들었다.

"결국에는 제가 다 알아낼 겁니다." 경위는 입에 힘을 주고 계속 말했다. "그 점 분명히 말씀드립니다. 하지만, 그때까지 여러분의 협조가 없으면 여러분 중 한 사람의 목숨을, 어쩌면 더 많을 수도 있죠, 구할 수 있을 만큼 적시에 진실을 밝혀낸다고 보장할 수가 없습니다."

"죄다 허튼소리야!" 호워드가 성을 내며 폭발했다. "극적인 감각을 너무 가동시킨 것 아닌가요, 경위? 이건 커튼이 내려갈 때마다 한 사람씩 죽어 나가는 잔혹극이 아니란 말이오. 당신의 살인범이 왜 또다시 사람을 죽여야만 하죠? 뭐라고 해도, 그자는 그냥 재미로 그 짓을 하는 건 아닐 텐데요."

"그렇지요." 경위가 부드럽게 말했다. "살인자는 재미로 살인을 하지는 않습니다. 제가 잘못 파악하지 않았다면, 그자는 자신을 구하기 위해 각각의 살인을 저질렀습니다. 바로 그런 이유로 그가 또다시 살인을 할 거라는 걸 제가 아는 겁니다. 어떻게든 그자의 비밀을 알아낼 때까지 저는 포기하지 않을 겁니다. 그리고 여러분은 그 비밀의 일정 부분을 각자 공유하고 있습니다, 하나님의 구호가 있기를! 여러분이 그 비밀을 배신하기 전에 살인범은, 가능하다면 말이죠, 자기 앞길을 막는 여러분을 제거할 겁니다. 그의 안전에 위협이 되었던 저 두 사람을 찍어낸 것처럼 무자비하게 말입니다."

"그렇다면, 경위, 당신은 좀 아둔한 것 아니요?" 호워드는 추궁하듯 물으며 무례하게 입을 꽉 다물었다. "당신의 경고가 있었는데, 어떻게 우리가 자기가 아는 것을 말해 줄 거라 기대할 수 있죠? 물론," 그는 기분 나쁘게 한마디를 더 했다. "우리가 뭐라도 안다면 말입니다. 제가 추측하기로는 아무도 그렇다고 인정할 것 같지 않지만요."

"문 앞에는 무장한 경찰 두 사람이 있습니다, 워런 씨." 경위는 차분하게 말했다. "제게도 권총이 있습니다. 여기가 현재로서는 이 호텔에서 뒷일을 두려워하지 않고 진실을, 총체적 진실을, 오로지 진실만을 말할 수 있는 유일한 곳입니다."

"그래요?" 앤서니 여인이 불쾌한 듯 어깨 너머를 돌아보며 투덜거렸다.

"뭔가 말씀을 하고 계셨던 건가요, 아, 앤… 앤서니 부인?" 경위가 목젖을 울리며 말했다.

그녀는 그를 조롱하듯 웃었다. "아무것도 아니에요, 경위. 아무도 당신을 탓하지는 않았어요."

경위는 한숨을 내쉬었다. "여러분이 후회할 일을 하지 않았으면 합니다."

그녀는 고개를 치켜들었다. "걱정 말아요. 경찰한테 조잘거려야만 목이 무사할 거라면, 나는 내 작고 낡은 침대에서 죽을 테니까. 정말이에요."

나는 몸을 떨었다. "그렇다고 해도 목 졸려 죽는 건 마찬가지죠." 나는 전날 밤 내 옆에 서 있던 악마를 생각하며 말했다.

"바로 그렇습니다." 경위가 말했다.

힐다 앤서니의 입술에 비웃음이 감돌았다. "미안하군요, 경위. 난 그냥 별로 겁나지 않아요."

호워드가 활짝 웃었다. "한 건 건져보려던 당신 큰 그림의 불똥이 되려 당신한테 튄 것 같군요, 경위."

"그럴까요?" 경위는 실눈을 뜨고 중얼거렸다.

"조심해요, 이제 곧 불꽃이 튀기 시작할 거예요!" 스티븐 랜싱이 내 귀에 대고 속삭였다. "지금까지는 이걸 하려는 워밍업이었어요."

"당신이 말한 게 다 사실이라 해도," 호워드가 공격적이고 시건방진 태도로 말했다. "바보가 아니라면 당신이나 여기 있는 누구에게 입을 놀려서 목숨을 내거는 짓을 할 사람은 없을 거예요."

"그렇게 생각하십니까, 워런 씨?"

"그런 건 경찰이 해야지." 호워드는 그에게서 볼 수 없던 신랄하고 경솔한 어투로 중얼거렸다. "경찰이 해야 할 더러운 일을 왜 우리한테 하라고 하는 건지 이해할 수 없다는 말입니다. 어쨌거나 공공의 안녕이라든지 뭐 기타 등등의 일을 하며 어떻게든 위험을 감수하는 대가로 월급을 받는 건 당신이지 내가 아니니까요, 경위."

"그건 그렇지만 말이죠," 버니언 경위가 매우 조용히 말했다. "우리가 이 방을 나가기 전에, 나는 적어도 당신한테서는 진실을 알아낼 겁니다, 워런 씨. 내기해도 좋소."

호워드의 얼굴은 하얗게 질렸다. 그의 거들먹거리는 태도는 서서히 사라져갔다.

경위가 계속 말을 이어가자 그의 그런 태도는 완전히 거덜이 나 버렸다. "제임스 리드의 시신이 발견되기 직전에 당신은 4층으로 올라갔습니다."

"아, 그런가요?" 호워드가 매우 흔들리는 목소리로 다시 중얼거렸다.

"당신은 곧바로 아래층으로 내려와서 미스 애들레이드 애덤스를 어떻게든 호텔 밖으로 데리고 나가려고 열을 올렸죠. 그런 일이 전에는 한 번도 없었는데 말이죠."

"숙녀에게 영화를 보러 가자고 하는 게 범죄는 아니죠."

경위는 가차 없이 계속 말했다. "당신은 미스 애덤스를 범죄 현장에서 일시적으로 떨어뜨려 놓으려고 했을 뿐만 아니라 더 나아가서 그 사이 그녀가 자기 방으로 가는 걸 막으려고 안간 힘을 다 썼습니다."

"그날 밤은 날씨가 따뜻했고, 그리고… 저는 차가 있었으니까요." 호워드는 잠긴 목소리로 자신을 변호했다.

"바로 그 특정한 시간에 미스 애덤스를 자기 방에 들어가지 못하도록 하는 게 왜 그토록 당신에게 중요한 일이었죠, 워런 씨?" 경위는 못을 박듯 짧고 화난 어조로 추궁했다.

"당신은 아무것도 아닌 일을 따지고 있군요, 경위." 호워드가 더듬거렸다. "제가 미스 애덤스에게 영화를 보러 가자고 한 것에 숨겨진 저의 같은 건 없습니다." 그는 웃으려고 애를 썼다. "적어도 이게 제 얘기고 더 이상 할 얘기가 없군요."

"난 그렇게 생각하지 않아요, 워런 씨." 경위가 나지막이 말했다. "아시겠지만 공권력을 발동할 여러 방법이 있습니다. 그리고 불도그의 얼굴에 침을 뱉어서는 절대 안전하지 않은 법입니다."

그는 앞에 놓인 책상을 날카롭게 두드렸다. 그러자 경관 한 명이 문 안으로 머리를 내밀었다. "스위니, 이 남자를 체포해. 수사본부로 데리고 가." 경위가 말했다.

폴리는 자그맣게 울음을 터트렸다. 호워드는 다시 자신감을 되찾은 듯 경위에게 활짝 웃어 보였다. "저를 무슨 이유로 체포하시는 건가요, 경위?" 그가 침착하게 물었다. "혐의가 있어야만 체포할 수 있는 겁니다. 그렇지 않나요?"

"혐의는," 경위는 간단하게 말했다. "살인입니다."

"아아, 아니야!" 메리 로슨이 자리에서 일어섰다. 그녀는 얼굴이 일그러진 채 애원하듯 손을 내밀었다.

"호워드를 체포해선 안 돼요." 그녀가 거칠게 소리쳤다. "왜냐하면… 왜냐하면…."

"폴리, 제발," 호워드가 외쳤다. "숙모를 진정시켜."

"아니." 메리 로슨이 말했다. "난 이미 너무 오랫동안 진정해 왔어."

"나를 체포하는 건 당신이 말을 하도록 엄포를 놓는 것일 뿐이에요!" 호워드가 애원했다.

그 말은 그녀에게 들리지 않는 듯했다. 그녀의 눈은 경위에게 고정되어 있었다. 그녀의 망연자실한 얼굴은 늙어 보였다.

"호워드를 체포해선 안 돼요." 그녀가 말했다. "왜냐하면… 왜냐하면 어젯밤에 애들레이드를 방에서 나와 있게 해달라고 그에게 부탁한 사람은…. 그 사람은 바로 나였으니까요."

"어쩜, 숙모, 메리 숙모!" 폴리가 울부짖었다. 호워드는 어깨를 축 늘어뜨린 채 소파 뒤쪽으로 손을 내밀어 폴리의 손을 꽉 붙잡았다. 나는 내 귀를 믿을 수가 없어서 메리 로슨을 빤히 쳐다보았다.

"그렇습니까, 로슨 부인?" 경위가 즉각 온화하게 물었다.

"호워드는 나를 보러 4층에 올라온 거예요. 내가 엘리베이터에서 클래런스를 통해… 통해 그에게 쪽지를 보냈어요. 그에게 물어보면 알 수 있을 거예요."

경위는 지친 듯 미소를 지었다. "이미 알아냈습니다, 로슨 부인."

"함정이라고 제가 말했잖아요." 호워드가 탄식했다. 폴리는 혼란에 빠진 외로운 아이처럼 눈물을 흘리기 시작했다.

메리의 입술이 덜덜 떨렸다. "내가 호워드에게 미스 애덤스가 그날 밤 8시에서 9시 사이에 자기 방으로 가지 않게 해달라고 부탁했어요."

나는 귀에서 피가 용솟음치는 것 같았다. "메리, 내 소중한 친구야!" 나는 잠겨 들어가는 목소리로 항변했다. "나에게 속마음을 털어놓기만 했다면 얼마나 좋았겠어!"

"그랬으면 당신의 피도 내 손에 묻었겠죠." 메리는 자기 손을 보며 말했다.

"워런 씨에게는 비밀을 털어놓았나요, 로슨 부인?" 경위가 조용히 물었다.

"아무한테도 말 안 했어요! 누구한테도요, 알겠어요?"

"그렇지만 당신의 조카는 당신 책상에서 나온 피 묻은 그 칼을 보자마자 그 칼을 가지고 달아나려 했습니다."

"말씀드렸죠, 호워드도, 폴리도 이 일이 뭔지 전혀 모른다고요!" 메리가 소리를 질렀다. 그녀는 히스테리를 일으키며 머리 끝에서 발끝까지 떨기 시작했다.

"저라면 그렇게 확신하지는 않을 텐데요." 경위가 중얼거렸다.

"그 칼은 살인이 일어나기 전에 도둑맞았어요, 경위님." 폴리가 울먹였다. "제가 어제 말씀드렸잖아요."

경위는 어깨를 으쓱했다. "그 종이 칼을 마지막으로 본 게 언제인가요, 로슨 부인? 그러니까, 범죄가 일어나고 나서 얼마 뒤 경찰이 조카분을 데리고 와서 그 칼을 보여주기 전에 말입니다."

지독한 침묵이 흘렀다. 그 뒤 메리 로슨이 죽은 사람 같은 얼굴로 숨을 들이키며 "기억이 안 나요."라고 하자 한숨이 흘러나왔다.

"저는 기억해요!" 폴리 로슨이 열정적으로 외쳤다. "꼭 아셔야겠다면 말씀드리죠. 그날 오후 5시 정도에 진 한 병을 따려고 그 칼을 찾았단 말이에요. 그런데… 그런데 그 칼은 없었다고요."

경위는 그녀에게 뭔가를 생각하는 듯한 시선을 보냈다. "당신은 지난 몇 달 동안 자기가 굉장히 거친 여자인 것처럼 보이려고 말썽을 많이 피웠더군요, 미스 로슨, 아닌가요?"

폴리의 얼굴이 극도로 붉게 달아올랐다. "전… 전 당신이 무슨 말을 하는지 모르겠어요."

경위가 미소를 지었다. "당신은 도대체 왜 기회만 있으면 그렇게 열심히 취한 척하려 한 거죠? 취하지 않았는데도 말이에요."

"저는 무슨 말인지 모르겠어요." 그녀는 또다시 머뭇머뭇 말했다.

그는 어깨를 으쓱했다. "당신은 계속해서 이해할 수 없는 행동을 했더군요. 제 말은, 본래 모습보다 더 형편없어 보이려고 일부러 애쓰는 젊은 여자들은 거의 없다는 뜻입니다."

"폴리!" 호워드 워런이 소리를 질렀다.

폴리는 그를 보지 않았다. "뭘 말씀하시려고 하는지 모르겠군요." 그녀가 볼멘소리로 말했다. "제가 이 호텔의 내숭 떠는 인간들에게 충격을 주려고 엄청나게 노력한 건 그 인간들이 역겹기 때문이라고요!" 그러고는 호워드를 향해 돌아섰다. "이건 당신한테도 해당되는 말이야, 이 고고한 척하는 구닥다리야!"

"폴리!" 호워드가 헉하고 숨을 들이켰다. 마치 그녀가 얼굴이라도 한 대 때린 것 같은 모습이었다.

경위는 두 사람에게는 흥미를 잃어버린 것 같았다. 그는 양미간을 찡그리며 메리 로슨 쪽을 다시 보았다. 그의 목소리에 나는 충격을 받았다. 너무나 무자비했던 것이다.

"그렇다면 로슨 부인, 일찌감치 어제 오후 5시에 당신은 어쩌면 제임스 리드를 죽여야 할지도 모르겠다고 생각해서 책상에서 그 종이 칼을 꺼냈던 거군요." 그가 말했다.

섬뜩할 정도로 초췌해진 얼굴에서 메리의 눈이 점점 더 커져 갔다.

"저는… 저는…." 그녀가 입을 열었다.

"메리 숙모, 숙모에게 죄를 뒤집어씌우는 질문에는 대답할 필요가 없어요." 버니언 경위를 분노에 찬 눈길로 노려보며 폴리가 끼어들었다.

경위는 그녀의 말을 무시했다. "그래서 당신은 애들레이드 애덤스가 어젯밤 4층에 있지 않았으면 했던 겁니다, 로슨 부인. 당신은 비상 탈출구에서 남자와 데이트를 했는데 제임스리드가 당신을 뒷조사하고 있다고 믿을 만한 근거가 있었던 거죠. 맞나요?"

그녀는 떨어지지 않는 입술을 어찌해 보려고 기를 쓰고 애쓴 끝에 핏기 없는 입술을 열었다. "그래요. 저는 비상 탈출구 계단참에서… 거기서… 약속이 있었어요. 그래서 애들레이드가 없기를 바랐습니다. 하지만, 하나님이 저의 수호자이신 만큼, 저는 제임스 리드를 죽이지 않았어요."

"당신과 비상 탈출구에서 비밀스러운 만남을 가진 사람은 누구였나요, 로슨 부인?" 경위가 계속 묻는 동안 나는 아연실색하여 그녀를 보고 있었다.

이 호텔에 있는 여자들을 통틀어 메리 로슨만큼 추문과는 거리가 먼 사람은 없다고, 맹세컨대 그녀는 여전히 죽은 남편을 생각하며 견딜 수 없는 가슴앓이를 하고 있을 것이라고 나는 생각했었다.

"그건 말할 수 없어요." 그녀가 말했다.

"말씀하시길 거부한다는 뜻입니까?" 그가 추궁했다.

"못 해요! 난 말 못 해요!" 그녀는 미친 것처럼 소리를 질렀다. "그게 오직 나만의 문제라면⋯." 그녀는 말을 중단하고 입술을 깨물었다. 그리고 양손을 내밀어 애원하는 손짓을 했다. 그 모습에 내 가슴은 찢어질 것만 같았다. "할 수만 있다면 제가 당신을 도울 거라는 걸 하나님은 아실 겁니다, 경위님."

"당신은 내가 유감스러운 조처를 하지 않을 수 없도록 만들고 있습니다." 경위가 엄숙하게 말했다. 그는 스위니 경관 쪽으로 고개를 돌렸다. "이 여자를 수사본부로 데려가게. 내가 도착할 때까지 거기 있게 해."

"메리 숙모를 체포하실 건가요?" 폴리가 절망적으로 소리를 질렀다. "그럴 수는 없어요. 그래선 안 된다고요, 경위님! 숙모는 명예를 잃으면 죽고 말 거예요!"

메리 로슨이 고개를 흔들었다. "죽는 건 그리 쉬운 일이 아니다." 그녀가 쓸쓸하게 말했다. "육신은 계속 살아가게 되겠지. 영혼이 죽을 뿐이란다."

"가실까요, 로슨 부인?" 경위가 낮은 소리로 온화하게 말했다.

메리의 얼굴은 순교한 성인의 얼굴 같았다. "네, 경위님. 가도 됩니다."

건장한 스위니 경관의 옆에 서서 방을 나가면서 그녀는 여전히 미소를 짓고 있었다.

13

　"이건 잔인무도한 짓이야." 호워드 워런이 항변했다. "로슨 부인이 비상 탈출구에서 어떤 남자를 만났다고 한들 그게 무슨 상관이야?" 그는 마른침을 크게 삼켰다. "리드를 죽인 종이 칼이 그녀의 것이었다고 해서 뭐가 어쨌다는 거지? 그건 살인의 증거와는 거리가 멀다고. 세상 어떤 배심원도 그런 증거를 가지고 유죄를 선고하지는 않을 거야."

　경찰의 보호 아래 메리가 떠나자 사교실의 회합은 자동으로 흐지부지 끝났다. 메리 로슨과 친하게 지냈던 우리 몇몇은 처음에는 그녀가 체포된 것에 큰 충격을 받았고 그다음에는 그 사태에 정신이 없어서 평정을 유지할 수가 없었다. 버니언 경위가 자신은 메리를 따라 시급히 경찰 본부로 갈 생각이라는 말로 우리를 대충 해산시키지 않았다 하더라도 마찬가지였을 것이다.

　"당신도 알겠지만, 당연히 나는 즉시 로슨 부인의 변호사를 만날 거요." 호워드가 그에게 거칠게 말했다. "당신이 도착할 무렵이면 우리도 거기 가 있을 거요, 경위. 혹시라도 당신이 로슨 부인에게 자백을 강요하려고 시도할 수도 있으니까 말이오.

그 방법 말고는 범행을 증명할 방법이 없을 테니."

"마음대로 하시죠, 워런 씨." 버니언 경위가 말쑥한 어깨를 으쓱하며 나지막이 말했다.

폴리는 우리가 다 모여 있던 사교실 문밖 복도에서 엘라 트로터의 팔에 안겨 히스테리 발작을 일으키고 있었다. 호워드가 이를 악물고 그들에게로 가서 엘라의 팔에 손을 얹었다. "그녀에게 말해 주세요. 조금도 걱정할 것 없다고요, 트로터 부인. 훌륭한 변호사라면 저 경위가 씌운 혐의를 5분만에 갈기갈기 찢어 버릴 겁니다."

폴리는 고개를 들지 않았지만 그녀의 울음소리는 급격히 사그라들었다.

호워드는 여전히 그녀의 헝클어진 빨간 곱슬머리 너머 어디쯤인가를 응시하면서 머뭇거리는 소리로 말을 이어갔다. "트로터 부인, 그녀에게 변호사와 제가 오늘 밤 자정이 되기 전에 로슨 부인을 보석으로 나오게 할 거라고 말해 주세요."

"아, 호워드, 고마워, 자… 자기야!" 폴리는 숨을 들이켰다. 호워드가 자기도 모르게 그녀에게 손을 뻗자 그녀는 다시 그를 외면하고 애원하는 눈빛으로 엘라 트로터를 올려다보았다.

"부탁이에요… 제발… 저는 누구와도 말하고 싶지 않고 누구도 보고 싶지 않아요. 부탁인데, 아무도 저한테 오지 않도록 해주시겠어요?"

엘라는 힘차게 고개를 끄덕였다. "그런 건 아무것도 아니니 나한테 맡기렴."

그런 다음 그녀는 폴리를 자신의 방으로 데리고 가서 거실의 커다란 소파에 눕힌 다음 양쪽 문 앞을 지키고 섰다. 마치 '내 시체를 넘어야만' 갈 수 있다는 표정을 하고서. 나머지 우리는 실의를 감추지 못하고 줄줄이 아래층 로비로 내려가서 여기저기 작은 그룹으로 나뉘어서 모였다. 우리는 할 말이 있을 때는 목소리를 낮췄지만, 대부분의 시간은 무거운 침묵 속에서 음울하게 내리는 단조로운 빗소리를 듣고 있을 뿐이었다.

호워드 워런은 방에 가서 우의도 챙기지 않은 채 전화로 약속을 잡은 메리의 변호사를 만나기 위해 우리를 지나쳐서 뛰쳐나갔다. 호워드가 이런 날씨에 발이 젖는 것은 고사하고 바지의 주름이 다 풀릴 위험을 감수한 것은 내가 아는 한 그날이 유일했다. 나는 한숨을 내쉬었다. 폴리의 말마따나 한때 그는 분명 고고한 척하는 그런 부류였다.

하지만 이제 그는 더 이상 그런 사람이 아니었다. 호워드는 복수심 넘치는 인간이 되었다. 나는 그가 그 어느 때보다 더 마음에 들었다.

그러나 스티븐 랜싱이 로비를 급히 빠져나가던 그를 불러 세웠다.

"워런, 로슨 부인을 보석으로 나오게 하는 게 전적으로 현명한 처사라고 생각하나?"

호워드는 그를 응시했다. "메리 아주머니를 저⋯ 저 멍청이

들 좋을 대로 하게 내버려 두라는 건가요? 전 일분일초도 지체할 수 없어요!" 그가 반발했다.

"법의 처분대로 두는 게 더 나을 수도 있네, 워런." 스티븐 랜싱이 말했다. "우리는 이제 모두 증언할 준비를 해야 할 테니까 말이지."

호워드의 얼굴이 창백해졌다. "그게 무슨 뜻인지?"

"나는 로슨 부인이 많은 걸 알고 있는 게 분명하다고 생각하네."

"뭐라고, 당신은… 당신은….”

"내가 볼 때는," 스티븐 랜싱이 진지하게 말했다. "우리가 있는 곳이 더 위험할 수도 있어. 앞으로 며칠 동안 감옥에 안전하게 갇혀 있는 편이 나을지도 모르지. 특히 뭔지 모르지만 자신만 아는 어떤 문제가 있는 메리 로슨은 더 그렇지."

"빌어먹을, 메리 아주머니는 그 새끼를 죽이지 않았다고요!" 호워드가 거세게 항변했다.

그러나 그의 공격적인 태도는 호텔의 회전문을 빠져나가면서 서서히 사라져갔다. 내 생각에, 그날 밤 자정이 조금 못 된 시간에 변호사와 접견을 하고 난 메리가 보석을 신청하지 않겠다고 결정했다는 말을 듣고서 우리는 아무도 크게 놀라지 않았던 것 같다.

"우리는 경찰한테 한 가지 양보를 얻어낼 수 있었습니다." 호워드가 말했다. 돌아왔을 때 그는 녹초가 된 얼굴이었으나 떠날 때보다는 밝은 모습이었다. "메리 아주머니에게 살인 혐의는 적용되지 않았어요. 중요한 증인으로 구금된 상태인 거죠. 경위가 기자들에게 그렇게 말했습니다." 그는 쓴웃음을 지었다. "최소한 아침에 신문 1면에 등장해서 온 도시의 입을 떡 벌어지게 만들지는 않게 된 거죠."

"하나님, 감사합니다!" 내가 작은 소리로 말했다.

스티븐은 고개를 끄덕이며 말했다. "저는 한순간도 경위가 메리 로슨을 살인범이라고 생각할 거라고는 믿지 않았습니다." 우리가 그를 쳐다보자 그는 계단을 향해 손짓하며 한마디 더 했다. "보시다시피 그는 부하들을 철수시키지 않았잖아요."

"그와는 반대로," 소피 스콧이 잘라 말했다. "조금만 돌아다녀 보면 비어 있는 방부터 시작해서 구석구석 그들이 그 넓적한 머리를 들이밀고 있는 걸 보게 될 거예요. 하수구에서 기어 올라오는 바퀴벌레들처럼 말이에요."

실제로 우리의 비공식적인 로비 회동이 끝나고 12시가 조금 지나서 다른 사람들과 함께 방으로 올라갔더니 내가 묵고 있는 층의 복도에 제복을 입은 남자들이 여러 명 있는 것이 보였다. 그날 밤 좋은 일이 생길지도 모른다는 기대를 하는 사람은 아무도 없었다고 나는 생각한다.

사실을 말하자면, 511호 문을 열었을 때 나는 내 뒤쪽 복도에 스위니 경관이 있는 것을 보고 훨씬 마음이 편해지는 것을 느꼈다. 특별 지시를 받았을 것이 분명한 스위니는 시선을 내 머리 뒤에 고정하고 있었다.

그런 상황에서도 전기 스위치를 찾느라 더듬거리며 어둠 속에 서 있게 되자 나는 기분이 나빴다. 나는 살인범의 두 손이 내 목을 조인다면 과연 비명을 지를 시간이 있을지, 혹은, 그럴 필요가 없는데도 피해자들의 시신을 그토록 잔인하게 훼손했던, 뒤틀리고 병든 두뇌의 소유자인 알지 못할 공포의 인물과 정면으로 마주친다면 누구라도 과연 비명을 지를 수 있을지 의문스러웠다.

그러나, 차갑고 떨리는 손으로 다시 한번 벽을 더듬어 스위치를 켜고 나자 내 앞에 보이는 방에는 불길한 느낌을 주는 그어떤 것도 없었다. 다만 내가 변기에 갈색 포장지를 흘려보냈을 때 미처 보지 못했던 그 종이의 작은 조각이 있을 뿐이었다. 선정적인 쪽지가 붙어 있던 거울은 아무런 죄도 없었다.

비상 탈출구 위의 창문은 내가 나가면서 보았던 대로 여전히 닫힌 채 잠겨 있었다. 그럼에도 불구하고 나는 생각지 못한 소음이 조금만 나도 심장이 터질 것만 같았다. 그리고 그날 밤처럼 살금살금 걷는 발소리와 이상하게 삐걱거리는 소리, 그리고 툭툭거리는 기괴한 소리들로 가득했던 밤은 내 평생 한 번도 없었던 것만 같았다.

"바람 소리일 뿐이야, 그냥 문이랑 창문들이 덜컹거리는 소리일 뿐이야." 나는 속으로 굳게 되뇌었지만 계속 혈압이 올라가서 귀밑과 목에서 맥박이 쿵쾅쿵쾅 울리는 것이 느껴졌다.

나는 동맥이 예전 같지 않은 늙은 여자들은 아마도 목 졸라 죽이기 쉬운 대상일 것이라고 생각했던 기억이 난다. 그러다 가 나는 결국은 냉정을 되찾고서 신발과 드레스를 벗고 침대 속으로 기어들어 갔다. 그리고 옆에 있는 줄을 잡아당겨 전기 스탠드를 껐다. 그러기까지는 생각보다 훨씬 더 많은 용기가 필요했다. 캄캄한 어둠의 나락으로 빠지면서 나는 한순간 숨 이 멎는 것만 같았다.

다른 상황이었더라면 그날 밤 나는 불을 켜놓고 잤을 것으로 생각한다. 하지만 내 방문 바깥에 나를 면밀하게 관찰하라 는 지시를 받은 경관이 있다는 걸 확실히 아는 이상 나는 위험을 무릅쓸 생각이 없었다. 나에게 생길 수 있는 위험을 다 감안하고 그 빌어먹을 결과까지도 생각한 다음 마음을 정한 상태 였기에 내가 확실히 마음먹은 그 일을 하다가 현장에서 들키는 일이 있어서는 안 되었다.

내가 스타킹을 신은 발로 소리가 끽끽 날 것 같은 널빤지를 조심스레 피하면서 침대 옆으로 살금살금 기어 나온 것은 12 시 45분을 알리는 법원 시계탑의 종이 한 번 울린 직후였다. 나 는 비상 탈출구 위쪽 창문을 아주 조금씩 위로 올렸다.

비는 옅은 안개가 되어 다시 보슬보슬 내리고 있었다. 밖 으로 몸을 한참 빼고서 나는 아래 보이는 철제 계단참에 알루 미늄 물 주전자를 내려놓았다. 그 속에는 낡은 실크 손수건에 내가 싸놓은 지폐 뭉치가 들어 있었다. 그런 다음 보라색 목욕 가운을 걸치고 연보라색 머리덮개 속에 목을 깊이 웅크리고서 안개와 어둠이 덮인 창턱 바로 아래 쭈그리고 앉았다. 그 예정된 행동 개시 시간에 제발 재채기가 나오지 않게 해달라고 빌면서.

나는 덫을 놓았다. 이제 인간 쥐가 그 덫으로 걸어 들어오기를 기다리기만 하면 되는 것이었다. 내 목욕 가운의 주머니는 작고 험악한 권총의 무게로 축 처져 있었다. 몇 년 전에 시내에서 여러 번 강도를 당한 이후 무슨 마가 끼었는지 사버리고 말았던 권총이었다. 내가 알기로 그 총에 총알이 들어 있었던 적은 없지만, 총알이 있었다고 해도 나는 어떻게 총을 쏘는지도 전혀 모른다는 생각이 든 것은 한참이 지나서였다.

내가 할 수 있는 유일한 변명은 수년 동안 그 권총이 내 옷장 서랍에 있다는 것을 아는 것으로 내가 보호받고 있다는 느낌을 받았으니 그 총은 제 몫을 했다는 것이다. 그리고 이제, 무자비한 미친 살인마를 내가 잡게 생겼으니 그 총은 여전히 나에게 위안이 되었다. 물론 그것은 여자들이 그런 물건에 대해 갖는 비논리일 것이다.

시계탑의 종이 1시를 알렸다. 그런 다음 15분, 그리고 30분을 알렸다. 목이 간질간질한 것이 약간 장애가 되고 있었다. 기침을 하지 않기 위해서는 자제력이 필요했지만 그렇다고 아주 큰 문제는 아니었다. 문제는 내가 웅크리고 앉아 있는 곳에서 창턱 위로 눈이 나올 만큼 머리를 살짝 들지 않고는 물 주전자를 볼 수 없다는 것이었다. 사냥감에게 들키지 않도록, 혹은 그가 경계심을 갖지 않도록 하려고 나는 도저히 참을 수 없을 때만 얼른 고개를 내밀어서 물 주전자를 보곤 했다.

하지만, 나는 눈에 의지하고 있지는 않았다. 복도에 경찰이 진을 치고 있었기 때문에 내 방문은 물론이고 비상 탈출구 입구 역시 그들의 눈을 피해 여는 것은 불가능했다. 그렇다면 물 주전자로 접근하는 길은 오직 하나, 바로 비상 탈출구 자체를 통하는 것이었다. 그리고 내 무릎과 눈은 이제 예전의 상태가 아니었지만 내 귀는 불가사의할 정도로 예민했다. 나는 그 쥐가 아무리 조심스럽게 올라온다고 해도 내 코 바로 앞까지 내가 듣지 못하게 올라올 수 있을 것이라고는 결코 믿지 않았다.

내 귀에 딸깍하는 희미한 금속성 소리가 계단참에서 들려온 것은, 가장 근접하게 추정해 볼 때, 2시 몇 분쯤이었다. 아하, 나는 속으로 말했다, 악당이 오고 있군. 나는 너무 흥분한 나머지 두려움을 완전히 잊고 있었다. 이건 나도 달리 설명할 수가 없다. 그 순간 나를 사로잡은 것은 추적의 짜릿함 외에는 아무것도 없었다. 사실, 그 마지막 순간에 겁을 먹어서 일을 망치지 않겠다는 결의 하나로 나는 그 후 몇 분간 계속 고개를 숙이고 있을 수 있었다.

그 옛날 소방 마차를 몰다가 녹초가 된 말처럼 나는 덮칠 신호를 기다리며 열의를 다해 거기 쭈그리고 앉아 있었다. 지금까지도 나는 내 가상의 피해자가 내 눈앞에서 급사하기를 기대한 건지, 아니면 도대체 무엇을 기대한 건지 알 수가 없다. 하지만 지금도 가끔씩 나는 내가 기다리고 있던 그 미치광이를 실제로 대면했다면 무슨 일이 생겼을까 하는 생각을 하면 조금 히스테리가 일어나곤 한다. 그러나 아이들이나 바보는 운명이 보살펴 주는 것인지, 나는 그자와 마주치지 않았다.

내가 고개를 들었을 때 물 주전자는 이미 사라지고 없었다.

나는 그 사실을 믿을 수가 없었고 믿지도 않으려 했다. 나는 내 감각이, 아니면 바람을 맞아 너덜너덜해진 채 사방을 휘감고 있던 유령같이 짙은 안개가 내게 속임수를 쓰는 것이라는 생각에 사로잡혔다. 너무 긴장한 나머지 내 머리가 어떻게 망가져 버린 것은 아닐까, 그 경위와 스티븐 랜싱이 이상한 우연에 대해 부르던 도돌이표 노래가 맞는 건 아닐까, 의구심이 들던 끔찍한 순간도 있었다. 그들은 그 이상한 우연으로 볼 때 처음부터 리슐리외 호텔 살인 사건의 목표는 나였던 것 같다고 했었다. 심지어 나는 정신이 나간 어떤 여자가 일시적으로 광기에 휩싸여 한 여자를 창문 밖으로 던지고 한 남자의 목을 베어 놓고서도 정신이 멀쩡히 돌아오면 자신의 끔찍한 행동을 하나도 기억하지 못하는 것은 아닐까, 하는 생각마저 들었다.

그러나, 얼마 후 나는 그런 망상들을 떨쳐버리고 삐걱거리며 자리에서 일어섰다. 물 주전자는 사라졌다. 어떻게, 그리고 어디로 갔는지 나는 알 수가 없었다. 그러나 그때까지 내 생애 가장 절망적이었던 시간 속에서 상식이 나를 구원했다. 나는 덫을 놓았고 인간 쥐는 바로 내 코앞에서 미끼를 물어가 버렸다. 그러나 거기에 어떤 초자연적이거나 기묘한 것은 전혀 없었다. 나는 그저 나보다 훨씬 영리한 어떤 사람에게 한 방 먹은 것뿐이었다.

그 협박범이 흉악한 범죄의 소리 없는 조력자로 알루미늄 물 주전자를 선택한 것은 얼마나 똑똑했던가, 하는 생각이 처음으로 들었다. 그 물 주전자들은 호텔의 방마다 다 놓여 있으므로 어디서나 구할 수 있고 사실상 구별이 되지 않을 뿐만 아니라 가늘고 딱딱한 손잡이가 있었다.

그것 말고는 딸깍하는 금속성 소리와 물 주전자가 날개라도 달고서 하늘로 날아가 버린 것 같은 상황을 설명할 다른 방법은 없었다.

"그자에겐 낚시 도구 같은 게 있었던 거야." 나는 씁쓸하게 되뇌었다. "아니면 끝에 고리가 달린 긴 봉 같은 게 있었든지. 그자는 그냥 물 주전자의 손잡이에 고리를 걸고 위든, 아래든, 안이든, 밖이든 ― 이건 상황에 따라 다르겠지 ― 당겨서 가져간 거야."

내가 한 방 먹은 데 대한 분한 마음에 비견될 수 있는 것은 내 것을 되찾아야겠다는 지극히 당연한 욕망밖에는 없었다. 1,000달러를 잃어버린 것은 구겨진 내 자존심에 비하면 아무 것도 아니었다. 만약 그렇지 않았다면, 무릎이 그 지경인 상태에서 유리창을 기어 넘어가서 비상 탈출구로 나가려는 시도 같은 것을 하는 일은 결코 없었을 것이다. 나는 어쩌면 내려진 블라인드 아래로 그 악한 생명체를 훔쳐보려는 생각을 했던 것인지도 모른다. 그자는 내가 그런 비겁한 협박범에게 절대 줄 생각이 없었던 내 돈을 내가 제일 좋아하는 실크 손수건째 약올리듯 낚아챈 자였다.

엘라가 그 문제를 놀리든 말든 상관없이, 지금도 나는 그때 낑낑거려서라도 내 뚱뚱한 몸을 창문 틈으로 그냥 넘기고 말았어야 했다고 우기고 있다. 내가 쓰디쓴 심정으로 지적한 것처럼 실제로 나는 몸부림 끝에 주머니에서 권총을 반쯤은 꺼냈던 것이 틀림없었다.

그랬다. 총이 발사된 것이었다. 마치 빈 총이 전혀 적절하지 않은 순간에 무슨 조화라도 부린 것만 같았다. 귀가 터져 나갈 것 같은 폭발음과 함께 정확히 내 콧구멍 위로 유황 구름이 피어오른 듯 매캐한 화약 구름을 일으키며 총이 발사되었다. 나는 당연히 재채기를 하고서 주체할 수 없이 기침을 하기 시작했고 완전히 균형을 잃고 말았다.

스티븐 랜싱이 또다시 그 양단 가운을 입은 채 비상 탈출구 위로 뛰어 올라왔을 때, 무릎이 걸린 채 창문 밖에 매달려 있는 나를 발견했던 것은 그런 이유에서였다. 나는 유명한 세 발가락 나무늘보처럼 거꾸로 매달려 비상 탈출구 가로 난간을 붙잡고 천식 환자처럼 끝없이 쌕쌕거리고 있었다. 눈물이 강물처럼 뺨을 타고 흘러내렸다. 그 와중에 보라색 내 목욕 가운 주머니에서는 작은 불꽃이 날름날름 타오르고 있었다.

"맙소사, 미스 애들레이드, 마음을 다잡으세요!" 그가 흑하며 말했다. "목매달아 죽으려는 건가요? 아니면 총으로? 아니면 분신하려는 건가요?"

"에-취! 쿨럭!" 그 순간 나의 상태는 내가 했던 유일한 이 대답에 그대로 드러나 있었다.

그는 탄식을 했다. "애들레이드, 사람들이 알지 모르겠지만 당신은 자살할 때도 수줍음이라곤 전혀 없군요."

"젊은 친구," 나는 맥없이 식식거렸다. "제발 내가 누군가를 죽이지만 않았다면 소원이 없겠네…. 에-취!"

그는 혼란스러운 표정으로 나를 바라보았다. 나는 뿌루퉁하게 설명했다. "그건 내 주머니에 있던 그 빌어먹을 총이었어. 그게 발사됐어… 에-취! 그게 그냥 발사돼 버렸다고."

이 지점에서 나는 스티븐의 도움을 받아 겨우겨우 방 안으로 돌아올 수 있었다. 방에서 나를 마주한 그는 총이 발사된 주머니에서 날름거리는 불꽃을 끄면서 이상하기 짝이 없다는 눈빛으로 계속 나를 쳐다보고 있었다. 우리 두 사람은 마치 서로가 합의라도 한 것처럼 미친 듯이 쾅쾅 방문을 두드리는 소리를 무시했다. 스위니 경위가 흥분해서 — 그럴 수밖에 없었다는 건 인정하지만 — 방으로 들어오려고 애쓰는 중이었던 것이다.

"문 열어, 안 그러면 총을 쏴서 자물쇠를 부술 거야!" 그가 마침내 천둥소리를 울렸다. 그것은 틀림없이 최후통첩이었다.

스티븐 랜싱은 원망스러운 눈빛으로 나를 보더니 어깨를 으쓱하고는 방을 가로질러 갔다. 그리고 조용히 걸쇠를 돌렸다. 문이 순간적으로 홱 열리는 바람에 스위니는 앞으로 넘어지면서 유난히 큰 코를 바닥에 그대로 박을 수밖에 없었다.

"이게 무슨…." 그는 으르렁거리듯 말하면서 미친 듯이 권총을 사방으로 휘둘렀다. 마치 범죄자 군단 전체를 상대로 혼자서 전투 연습을 하는 것 같은 꼴이었다.

"또 당신들 두 사람이야!" 그는 곧 동작을 멈추고서 신물 나는 표정으로 우리를 번갈아 쳐다보면서 고함질렀다. "시체는 어딨어?"

"당신을 실망시킨 건 유감입니다만 늙은 회색 거위의 깃털들은 있는데 선혈은 전혀 발견되지 않았습니다." 스티븐이 더할 수 없이 정중한 태도로 말했다.

"깃털!" 스위니 경관이 성난 소리로 따라 말했다.

"무슨 말을 하는 거야?"

"깃털이요, 깃털은 사방에 있는데 새 한 마리 보이질 않네요." 스티븐은 대수롭지 않다는 듯 입을 오므리며 옅은 회색 깃털 몇 개를 스위니의 성난 얼굴 쪽으로 흔들어 보였다.

내 총에서 튀어 나간 총알이 침대 위 베개 중 하나에 안식처를 구했다는 것을 내가 감지한 것은 그때였다. 풀 먹인 베개 커버에 시커먼 구멍이 얌전하게 나 있는 것이 그 증거였다.

"구멍이 한 개뿐이군." 스티븐이 부드럽게 지적했다. "으음… 당신이 쏜 총알은요, 애들레이드, 이 속에 파묻힌 것 같군요."

"신이시여, 감사합니다!" 나는 신실한 마음으로 외쳤다.

스위니 경관이 나를 노려보았다. "당신은 도대체 뭐 하느라 총을 쏘았던 거죠?" 그가 다그쳐 물었다.

"글쎄," 나는 퉁명스럽게 말했다. "미인 대회에 나갈 연습을 하고 있었나 봐."

스위니 경관은 분개한 듯 나를 째려보았다. "그건 절대 아니죠." 그가 쏘아붙였다.

"맞아요," 나는 힘없이 인정했다. "그건 아니었죠."

"그냥 나중에 경위님한테 말하는 게 나을 것 같군요." 스위니가 말했다. "저는 경고만 하겠습니다. 이틀 밤 연속으로 주무시던 경위님을 깨워서 나오게 했으니 당신들 둘은 제대로 해명하는 게 좋을 거요."

전혀 과장 없이 말한다 해도 이상하기 짝이 없는 이번의 내 행동에 대해 경위에게 설명할 생각을 하니 나는 기운이 빠졌다. 스티븐과 함께 경위가 도착하기를 기다리던 그 불편한 30분 동안 아무리 머리를 쥐어짜 봐도 적절한 설명은 전혀 떠오르지 않았다.

호텔에 있던 모든 사람들이 한바탕 소동을 벌였지만 스위니가 다른 사람들은 모두 각자의 방으로 돌아가라고 명령했다.

스티븐과 나는 그와 함께 아래층 로비로 당당하게 내려갔다. 사실상 모두들 귀를 대고 우리를 지켜보았다. 그는 그곳에서 엄청나게 긴장하고 있는 얼빠진 젊은 경관 두 사람에게 우리를 맡겼다. 내 생각에 그들은 신참 순경들이었다. 나는 스위니가 누구도 방해하지 않는 가운데서 내 방을 자기가 수색하고 싶어 했던 것으로 생각한다. 그는 내 방 침대 밑, 아니면 벽장에서 최소한 두 명의 살해된 시체가 발견될 것으로 예상했음이 분명했다.

우리를 남겨두고 가기 전에 그가 신출내기 순경 중 한 명에게 "내가 볼 때, 저 여자는 늑대인간이야, 그리고 저 남자는 ─ 스티븐을 가리키며 ─ 저 여자의 꼭두각시 인형이고."

"이럴 수가!" 그 젊은 경관은 심호흡을 했다. 그의 양 무릎은 캐스터네츠처럼 서로 덜덜 부딪치고 있었다.

"제 평생 그렇게 놀란 건 처음이에요, 미스 애들레이드." 핑크니가 데스크 뒤에서 말했다. "총성을 듣자마자 또 누군가 살해당했다고 생각했어요. 그리고 클래런스가 엘리베이터에서 울면서 나와서는 그 소리가 당신 방에서 난 거라고 했을 때 저는 거의 기절할 뻔했답니다."

나는 긴 숨을 내쉬었다. "사실, 그 소동은 아무것도 아니었어. 정말 아무 일도 아니었어, 핑키. 권총을 침대에 놔뒀었다네. 예방 차원에서 자주 그렇게 하거든." 나는 거짓 해명을 했다. "어찌하다 보니 자면서 내가 총을… 어… 베개에 발사하고 만 거야."

경위가 왔을 때 나는 그 말을 그 앞에서 조금도 당황하지 않고 확고하게 되풀이했지만, 그가 그 말을 조금이라도 믿었을 것이라고는 생각하지 않는다. 하지만 그가 나의 증언을 뒤흔들 방법은 없었다.

내가 그렇게 터무니없는 거짓말을 일말의 양심의 가책도 느끼지 않고 그렇게 쉽게 술술 했다는 사실이 내게는 조금 충격이었다. 엘라 트로터가 그 사건을 두고 했던 말에 상관없이 오십몇 년을 살아오면서 그런 능력이 내게 숨어 있었다는 사실은 놀라움이었다.

"그러면 랜싱 씨, 당신은," 경위가 나지막이 말했다. 그의 눈은 기분 나쁘게 번들거리고 있었다. "어떻게 그렇게 놀라울 정도로 민첩하고 쉽사리 미스 애덤스의 방에 또다시 나타나게 된 거죠? 잠긴 문과 창문을 바로 통과한 것 같더군요. 거구의 경관은 말할 것도 없고요."

"공중그네를 타고 온 용감한 젊은이처럼 말이죠, 트랄랄라." 스티븐이 뻔뻔스럽게 중얼거렸다.

경위의 얼굴이 자주색으로 변한 것 같았다.

"말씀드리는 걸 잊었는데요, 버니언 경위." 내가 급하게 끼어들었다. "비상 탈출구 위 창문을 제가 열어 두었어요."

"제가 권고했는데도요?"

"그런 것 같군요." 나는 힘없이 말했다.

"미스 애덤스, 당신은 경이로울 정도로 겁이 없는 여자거나," 버니언 경위가 기분 나쁘게 말했다. "아니면 리슐리외 호텔에서 지금도 여전히 활보하고 있는 위험한 범죄자의 살인 위협에서 당신은 벗어나 있다는 자기만의 충분한 이유가 있거나 둘 중의 하나겠군요."

나는 온몸에 전율이 흘렀다. "난… 어… 운명론자랍니다, 경위." 나는 되는대로 중얼거렸다. "있잖아요, 무슨 일이든 일어날 일은 일어나게 되는 거라고요."

"당신이 믿든 안 믿든 말입니다." 스티븐 랜싱이 진지하게 덧붙였다.

경위는 내가 느끼기에 더없이 민망한 표정으로 우리를 보았다. "그리고 랜싱 씨, 미스 애덤스가 당신에게 도와달라고 울부짖었더니 이번에도 역시 당신은 비 내리고 캄캄한 새벽 2시에 완전히 옷을 차려입고 계셨더군요." 이렇게 말하면서 그는 코웃음 쳤다. 아니 그렇게밖에는 그의 태도를 묘사할 수가 없다.

스티븐은 환하게 미소를 지었다. "저는 3층 제 방에서 혼자 카드 게임을 하고 있었습니다. 제가 지난번에 저는 약간 올빼미족이라고 말씀드린 것으로 생각하는데요."

"그렇소." 경위가 작게 말했다. "다만 지금까지 나는 문학 속의 올빼미는 덕과 지혜를 비유하는 것으로 쓰이지만 실제로는 밤 사냥을 하고 죽이는 것을 좋아하는 약탈의 새라는 생각을 못 하고 있었을 뿐입니다."

스티븐은 빙그레 웃었다. "원하시는 대로 생각하시면 되죠, 경위."

우리에게서 들으려 했던 것을 다 얻어내어 흡족했던지 경위는 마침내 우리를 가게 해 주었다. 그러나 우리와 두 명의 초짜 경관을 함께 엘리베이터에 타고 올라가게 해서 우리가 사적인 대화를 나누지 못하도록 하는 식으로 경고를 했다.

경위는 스티븐과 내가 아마추어 형사들보다 한 수 위라는 것을 알았을지도 모른다.

스티븐은 고개를 돌리지도 않고 입가로 말했다. "애들레이드, 고마워요. 언젠가 갚을 날이 있을 겁니다."

"이미 한두 번 갚은 건 잊었나 보군." 내가 소리쳤다. 누가 보면 엘리베이터 저 먼 구석을 보고 말을 하는 것 같았다.

"아, 이런." 신출내기 경관 중 한 명이 중얼거렸다. "미친 사람들이 혼잣말을 하면 항상 내 귀에 들린다니까."

"눈에 넣어도 아프지 않을 그대여, 내일 보죠!" 스티븐은 엘리베이터가 그의 층에 멈추자 내게 우아하게 손을 휘둘러 인사를 하며 유쾌하게 외쳤다. "우리 둘 다 새벽을 맞을 때까지 살아있다면 말입니다." 그는 경고인지 협박인지 모를 말을 덧붙였다.

그가 그 문제를 장난처럼 다룬 것은 다 괜찮았다. 그러나 그가 나를 구하기 위해 비상 탈출구 위로 불쑥 나타났을 때 그는 자기 방에서 혼자 카드 게임을 하고 있었던 게 아니라는 것을 우리 두 사람 다 알고 있었다. 나는 그때 물구나무서고 있는 것이나 다름없었으나 그가 튀어나온 창문을 똑똑히 보았다. 등 뒤로 그 창문을 세차게 닫느라 그가 순간적으로 움직임을 멈추었던 것이다. 그것은 4층에 있는 나의 예전 스위트룸 침실 창문이었다. 게다가 최악의 일은 따로 있었다.

스티븐 랜싱이 믿을 수 없다는 표정으로 나를, 더 공정하게 말하자면 너무나 꼴사나운 나의 상태를 쳐다보며 철제 계단 거의 꼭대기에 이르렀을 때 우리는 그의 턱 위치 계단참에 누워 있는 어떤 물건에 동시에 시선을 고정하게 되었다. 지금까지도 나는 지상 5층 높이에서 몸의 균형을 잡으려고 미친 듯이 허우적거리는 와중에 어떻게 내가 후줄근하게 비에 젖은 그 분홍색 장미에 손을 뻗을 수 있었는지 설명할 길이 없다. 또한 스티븐 랜싱의 잘생긴 얼굴에 나타난 표정으로 보아 그 긴장된 순간에 그가 적어도 복잡한 문제 한 가지는 제거하고 싶다는 저항할 수 없는 욕망에 휩싸여 있었다는 것 역시 의심의 여지가 없었다. 그는 지체 없이 내 목을 비틀어서, 아니면 내 생명을 담보로 건 채 움켜쥔 내 손을 어떻게든 풀어서 그렇게 할 수 있었을 것이다. 그때의 내 자세를 생각해보면 그건 아주 쉬운 일이었다.

"이 호텔에는 이제 죽음이 세금처럼 곳곳에 진을 치고 있구나." 나는 내 뒤로 문을 닫아 잠근 후에 이렇게 되뇌었다.

무사태평한 스위니 경관 덕분에 비상 탈출구 위의 창문은 여전히 활짝 열려 있었고 커튼이 안팎으로 음산하게 펄럭거리고 있었다. 나는 이를 악물고 창으로 가서 창문을 힘껏 내리고 걸쇠를 채웠다. 나는 블라인드를 조심스레 죄다 내리고 특별히 더 경계하는 의미로 열쇠 구멍 위에 모자 한 개를 걸고 나서야 스타킹 맨 위에 있던 장미를 빼냈다. 스타킹에 박힌 장미 가시가 지난 한 시간 동안 고생한 성치 않은 내 무릎을 모질게 찔렀다.

"이 바보! 제대로 걷지도 못하는 이 늙은 바보야!" 나는 안정을 찾지 못하고 자책했다.

"이 세상에 분홍색 장미꽃은 수백 만개가 있단 말이야!" 하지만 그래 봤자 아무 소용도 없었다. 내 눈이 내가 틀렸음을 입증하고 있었다. 장미꽃 가지에 휘감긴 굽슬굽슬한 구릿빛 머리카락 한 올이 머리 위 샹들리에 불빛을 받아 반짝이고 있었다.

"그때 캐슬린이 계단참에 있었던 거야, 신이시여 우리를 굽어살피소서!" 낙심한 나머지 목이 죄어드는 것만 같아서 나는 목에 손을 대고 소리를 질렀다.

목에 걸려 있던 반짝이는 붉은 보석 목걸이가 사라지고 없는 것을 나는 그때 처음 알아차렸다.

14

이제 나는 공포가 우리를 지배했던 사흘째이자 마지막 날에 와 있다. 그것은 우리 모두의 마음속에 피의 글자로 아로새겨진 날이자 스티븐 랜싱의 왼쪽 관자놀이에 하얀 리본 같은 기다란 자국을 남겼던 날이고 내 오른쪽 눈의 근육에 없어지지 않을 씰룩거림이 처음 시작된 날이기도 했다.

메리 로슨이 감옥에 가고 난 다음 날인 그날 아침 우리는 침울한 상태로 맨숭맨숭하게 모여 있었다. 아침을 먹기 위해 커피숍으로 하나둘씩 들어오는 리슐리외 호텔 손님들의 걱정스러운 얼굴들로 판단해 볼 때 그녀의 체포로 마음을 놓은 사람은 아무도 없는 것 같았다. 오히려, 긴장감이 더 높아져 있었다. 사람들은 거의 말을 하지 않았고 가능하다면 눈을 내리깔고 있었다. 초조감이 공기를 뒤덮고 있었다.

단 한 사람, 웨이트리스 글로리아 라루만은 예외였다. 적어도 그녀는 구름 위를 걷는 것처럼 기분이 좋아 보였다. 그녀의 눈과 엉덩이에 리듬감이 넘치는 이유를 그녀는 내게 말해 주지 않았다. 내가 앞에 썼던 것처럼 그녀는 내가 영화의 주인공들에 대해 시큰둥한 태도를 보이자 나를 자신과는 너무 거리가 먼 사람으로 단정한 것 같았다.

그러나, 그녀가 내 뒤쪽 테이블에 앉은 어데어 모녀에게 조잘조잘 떠들어대는 소리가 들렸다.

"이건 일생일대의 기회예요." 그녀는 숨 가쁘게 설명하는 것이었다. "제가 여태껏 요구해 온 건 제가 제일 잘 할 수 있는 곳에서 기량을 뽐낼 기회를 달라는 거였어요."

"진짜 훌륭해요." 자그마한 어데어 부인이 말했다. "당신같이 예쁜 사람이 방송에 나온다고 생각하면 왠지 멋있는 것 같아요. 미모는 전 세계 사람들의 즐거움이 되어야 하는 거죠."

"고마워요, 부인." 그녀는 만족스럽다는 듯 말했다.

캐슬린의 목소리는 좀 이상하게 들렸다. "그… 그 제의가 신뢰할 수 있는 거라고 정말 확신하세요?"

"들어봐요." 글로리아 라루가 짜증스럽게 말했다. "큰 방송국이 장난삼아 특정 시간에 오디션을 보러 오라고 통지하는 일은 없다고요."

"그렇겠죠." 캐슬린이 머뭇거리며 작은 소리로 말했다.

"지난번에 웨이트리스 조합 파티에서 제가 노래 부르는 걸 그 사람들이 들었나 봐요." 글로리아는 행복에 겨운 듯 계속 말했다. "거기 있던 모든 사람이 저를 물건이라고 하긴 했지만," 그녀의 목소리는 살짝 떨렸다. "저는 그게 저를 놀리는 건지 아닌지 확신할 수가 없었거든요. 저는요, 열여섯 살 때부터 독립해서 살고 있어요. 누구도 도와줄 사람이 없으면 힘든 걸 참아내는 데는 이골이 나게 되어 있어요."

"진짜 잘 됐으면 좋겠어요." 캐슬린이 상냥하게 말했다.

"언제 가세요?"

"오늘 점심 먹고 바로 가요. 2시 30분에 멤피스행 버스가 있거든요. 차를 얻어 타지 않으려면요."

나는 한숨을 내쉬고는 평소에 주는 팁보다 더 많은 액수를 접시 옆에 두기로 마음먹었다. 사실, 나는 2, 3달러를 꺼내려고 지갑을 뒤적거리다가 시릴 팬처가 나를 보고 인상 쓰는 모습을 거울을 통해 보았다. 그는 어데어 모녀가 앉은 테이블 근처의 거울 옆에 입을 꾹 다물고 서 있었다.

"글로리아, 내가 전에 경고하지 않았어?" 그가 말했다. "손님들하고 말을 나누어서 손님들을 신경 쓰이게 하려고 우리가 웨이트리스를 고용하는 게 아니라고 말이야."

"우린 괜찮아요." 자그마한 어데어 부인이 그의 말을 막았다.

그렇지만 시릴 팬처의 무서운 표정을 보고 나서 글로리아 라루는 쟁반을 어깨 위로 올리고 짧은 들창코로 다 들리게 콧방귀를 끼면서 주방 쪽으로 갔다.

"가엾은 아이구나." 나는 혼잣말을 했다. "이번에는 행운이 따르면 좋겠네. 불우한 여자들은 그런 경우가 너무 드물잖아."

내 기억에 그날은 목요일이었다. 세탁 담당 직원이 일주일에 한 번 내 세탁물을 가져오는 날이었다. 그래서 나는 아침을 먹고 나서 곧바로 내 방으로 올라갔다. 캐리가 나를 기다리고 있었다. 내가 방문을 열기 전에 그녀와 로라, 그리고 내가 있는 구역을 청소하는 청소부가 큰 소리로 떠들고 있다가 내가 들어가자 재빨리 입을 닫았다. 직원들의 비밀주의는 내게는 익숙한 일이다. 투숙객들에 대해서 그들은 모르는 것이 없다. 하지만 당연하게도, 자기들끼리 있을 때가 아니면 그런 것을 입 밖에 내는 경우는 절대 없다.

세탁 요금을 주머니에 넣고서 캐리는 문밖으로 느릿느릿 나갔다. 로라는 일을 마치고서 그녀를 따라 나가려는 참이었다. 나는 그녀를 문 앞에서 불러 세웠다.

"내 물 주전자가 어… 어떻게 됐나 봐, 로라." 내가 말했다. "다른 걸 하나 갖다 줘."

"그라지요." 로라가 무신경하게 말했다.

그러나 몇 분 뒤에 그녀가 그 전형적인 호텔 물 주전자를 들고 돌아와서 내 침대 옆 탁상에 탁 하고 놓았을 때 그녀는 자기 어머니가 항상 작은 주전자들이 큰 귀를 갖고 있다고 한다는 둥의 얘기를 하면서 "그란데 이제껏 주전자에 발이 달린 줄은 전혀 몰랐구마이."라고 구시렁거리는 것이었다.

"지금 뭐라고 중얼거리는 거야, 로라?" 나는 날카롭게 다그쳤다.

그녀는 뚱한 눈길로 나를 보았다. "내는 기냥 물 주전자가 금시 있다가 또 금시 없어져쁘는 게 재미있다는 말입니더. 그란데 내는 일 년 내내 이 호텔에 마가 꼈다고 말해 왔거덩요. 인자 내를 믿기 시작하는구만요."

나는 심장이 쿵 하고 내려앉았다. "호텔에 있는 다른 사람들이 물 주전자를 엉뚱한 데다 뒀다는 말이야, 로라?"

그녀는 아랫입술을 삐죽이 내밀었다. "야. 방을 청소할 때는 물 주전자가 테이블에 있었는데 담날 아침에는 없단 말이라. 그 손님한테 다른 걸로 갖다 줏제. 근디 그날 좀 있으니까 그전 물 주전자가 딱 나타나뿌는 기라. 현관 옆 쓰레기통 옆인가, 계단 옆인가, 거기서요."

전날 밤 보여줬던 그 매끄러운 작전 수행은 이미 해 본 적이 없다면 해낼 수가 없었다는 것을 알았어야 했다고 나는 쓰라린 심정으로 되뇌었다.

"로라, 대체 누구 물 주전자가 그렇게 짜증 나는 식으로… 행동했다는 거야?" 내가 물었다.

그녀는 호기심 어린 눈빛으로 나를 보았다. 우리들 각각에 대해서 이 늙은 청소부가 모르는 것이 있을까, 하는 생각이 든 것은 이번이 처음은 아니었다.

"그기," 그녀는 마침내 내키지 않는 표정으로 입을 열었다. "저번 겨울에 미스 폴리의 물 주전자가 서너 번 그랬고요, 미스 메리 거는 거의 매주 그런 식이제. 그라고 그 불쌍한 모스비 처자도 있네요. 인자는 죽었지만요. 지난주에 갑자기 짐 싸서 떠나뿌린 미스 크레인이랑 다른 사람도 몇 명 있는데 내가 기억이 안 나는구만. 그 사람들은 여기 오래 있지 않았으니께.

그 사람들도 서둘러서 가뿌리쩨."

"메리와 폴리, 그리고 로티 모스비라고!" 나는 놀란 소리로 숨을 들이켰다.

"야. 모스비 씨는 그것 때문에 거의 뚜껑이 열릴 뻔했제." 로라가 뚱하게 말했다. "물 주전자 지가 없어져 뿌는데 내보고 뭐 어짜라는 건지 말이오. 거기다 모스비 처자는 찢어진 누런 종이 조각들을 갖고 남편한테 설명도 못 하고 넘어갈 듯 울고 있었고요."

로라는 밖으로 나가면서 여전히 혼자 구시렁거리고 있었다. 나는 무릎에 힘이 빠지는 걸 느끼면서 비틀비틀 의자로 가서 그야말로 의자에 쓰러져 버렸다. 그러니까 리슐리외 호텔에서 그 악의적인 갈색 쪽지를 받은 사람은 나만이 아니었던 것이다. 그리고 바보같이 속아 넘어가서 그 지시에 따른 사람도 나 혼자가 아니었다. 그제야 나는 메리 로슨이 왜 돈에 쪼들리고 있었는지를 알게 되었다. 제임스 리드가 살해되던 날 밤 비상 탈출구 4층 계단참에서 그녀가 만나기로 약속한 사람은 남자가 아니라 알루미늄 물 주전자와 관계된 것이 틀림없을 것이었다.

"하고 많은 여자들 중에서 메리는 대체 무슨 일로 협박범의 손아귀에 잡히고 만 거지?" 나는 혼란스러운 목소리로 자문했다.

그때부터 나는 리슐리외 호텔에서 협박이 광범위하게 이루어져 왔고 상당 기간 그래왔을 것이라는 점을 믿어 의심치 않앗다. 하지만 분명한 것은 그 피해자들 중 한 사람이 가해자에 대한 공격을 시도했다는 것이다. 내 예감으로는, 그것이 제임스 리드가 비밀스럽게 호텔에 나타난 이유였다. 그는 협박범의 정체를 캐내기 위해 고용된 것이었다. 메리 로슨이 그를 고용한 거야, 나는 확신을 갖고 되뇌었다.

"그녀가 자기 손이 그의 피로 물들어 있다고 했던 말의 의미는 그런 거였어." 나는 한숨을 내쉬었다. "그녀는 여기 죽음으로 그를 초대한 거네, 불쌍한 메리."

나는 처음으로 왜 그 운명적인 밤 8시에서 9시 사이에 메리가 나를 방 밖에 나가 있게 하고 싶었는지, 왜 제임스 리드가 그 많은 장소를 두고 내 스위트룸에서 살해당했어야 했는지 만족할 만한 설명을 할 수 있게 되었다.

내가 추측한 것처럼, 만일 메리 로슨이 협박범으로부터 일정 금액의 돈을 물 주전자에 넣어 그날 저녁 비상 탈출구에 놓아두라는 지시를 받았다면 제임스 리드는 나처럼 덫이 마련된 것으로 생각하고 현장에서 범인을 잡기 위해 옆방인 내 예전 거처에 숨어 있었다고 설명하면 완벽하게 말이 되는 것이었다. 아니, 나는 그렇게 생각했다. 그러나 덫에 걸린 것은 그 자신의 목이었으니, 그 비겁한 자는 그의 상대가 되지 않을 만큼 똑똑했음이 드러났을 뿐이었다.

나는 몸서리를 쳤다. "경위에게 모든 걸 말해야겠지." 나는 탄식하며 결론을 내렸다. "누가 연루되어 있건 상관없어. 그런

악질에겐 교수형도 아까워!"

둔탁하게 문을 두드리는 소리가 나는 바람에 나는 고통스러운 생각에서 벗어났다. 문을 열자 캐슬린 어데어가 문 앞에 서 있는 것을 보고 나는 깜짝 놀랐다.

"물건들을 도로 갖고 왔어요." 그녀가 절망적인 목소리로 말했다.

나는 그녀가 내게 내민 깔끔한 흰색 상자를 멍하니 바라보았다.

"제가 이러길 기대하신 것 아니었나요?" 캐슬린이 물었다. 그리고 쓰디쓴 미소를 지으며 덧붙여 말했다. "당신이 우리를 어떻게 생각하신다고 해도, 적어도 당신은 제가 돌려줄 수만 있다면 모든 것을 돌려줄 거라고 믿고 계신 줄 알았는데요."

나는 대답하지 않았다. 할 수가 없었다. 그녀가 내 손에 들이민 상자 속에 들어 있는 붉고 화려한 가넷 목걸이를 계속 쳐다보고 있는 것 외에 내가 할 수 있는 건 없었다.

마침내 캐슬린은 머뭇머뭇 말을 더듬으며 말했다. "저기요, 어머니는 훔치려는 생각은 없으세요. 어머니는 착한 분이세요, 정말 착하세요. 제 말을 믿으셔야 해요. 그냥 단지… 어머니는 아름다움이란 만인이 태어날 때부터 가진 권리라고 생각하셔서 자신이 사랑하는 사람이 아름다운 것을 갖지 못하는 걸 견딜 수가 없는 거예요."

나는 입술이 말라붙어서 입을 떼기가 어려웠다. "네… 네 어머니가 물건들을 가져간다고?" 캐슬린은 쓸쓸하게 고개를 끄덕였다. "한 가지는 당신이 맞았어요. 제 성은 어데어가 아니에요. 그리고 그분은 제 어머니가 아니에요."

"하나님, 감사합니다!" 나는 속삭이듯 혼잣말을 했다.

"저는 어머니에 대한 기억이 없어요. 아버지는 3년 전에 돌아가셨어요. 아버지는 오랫동안 투병하셨고, 그래서 일을 하지 못하셨어요. 어머니가… 안 계셨다면 우리는 어떻게 됐을지 몰라요." 그녀는 입술을 떨고 있었다.

"제가 어머니라고 부르는 건 그분이 그 무엇보다 그 말에 행복해하시기 때문이에요."

"오, 애야!"

"우리는 그분 집에 방을 세 들어 살았어요. 아버지가 편찮게 되신 후부터 방세를 낼 수가 없었지만, 그분이 우리를 그냥 살게 해주셨어요. 그분은 수입이 조금 있기는 하지만 혈혈단신이나 다름없고 한 번도 건강하신 적이 없었어요. 그분은 오로지 우리가 자신의 존재 이유라고 했어요."

"그분은 네 아버지를 사랑했구나?" 나는 더듬거리며 말했다.

캐슬린은 고개를 끄덕였다. 그리고 내 눈을 보고 내가 차마 물어보지 못한 질문을 읽었는지 이렇게 말하는 것이었다. "아버지는 그분을 전혀 사랑하지 않으셨어요. 미스 애덤스, 아버지가 평생 사랑한 유일한 여인이 누군지 당신은 분명 아실 거예요."

"네 어머니를 사랑했겠지."

캐슬린은 고개를 내저었다. "당신이 아버지를 저버리지 않았다면 아버지는 절대로 어머니와 결혼하지 않았을 거예요." 그녀는 내 말을 반박했다. 그러고는 골수에 사무치는 말로 나를 비난했다. "아버지가 당신을 그토록 사랑하셨는데 당신은 어떻게 그럴 수가 있었죠?"

"나는 무분별했고 어리석었단다, 얘야. 그 사람에게도 나 자신에게도 부당했지." 내 목소리는 흔들리고 있었다. "내 아버지는 불치병을 앓으셨다. 그래서 몇 년 동안 병상에 계셨어. 나는 내 젊음에 더하여 로리의 청춘까지 희생시킬 권리가 내게는 없다고 믿었다. 마침 그의 친구들과 왕래를 하던 처녀가 있었어. 로리는 예의상 그녀에게 조금 관심을 보였지. 나는 오랜 시간 병상을 지키느라 반쯤 병이 든 상태였다.

로리에게 나는 우리같이 오래 약혼 상태에 있으면 사랑의 광채는 다 사라지게 되는 거라고 말했다. 둘 다 자유로워지면 더 행복할 거라고. 더는 그를 사랑하지 않는다고도 했어. 그 왕래하던 여자를 두고 그를 약 올렸고 그가 내게 준 반지와 브로치를 돌려줬지. 다음날 그는, 아니 그들은 결혼을 하고서 마을을 떠났단다. 그 후 나는 다시는 그를 보지 못했어."

"당신은 아버지의 사기를 꺾었어요. 아버지는 평생 아무것에도 마음을 주지 않는 것 같았거든요. 아버지의 인생은 파괴된 거예요."

"그리고 내 인생도."

"당신은 제 어머니와 결혼한 아버지를 미워하실지 모르겠지만 아버지는 언제나 당신을 사랑했어요." 캐슬린이 서글프게 말했다.

"우리의 행복을 망쳐놓은 걸로 비난받아야 할 사람은 나밖에 없단다, 캐슬린. 지금까지도 마을 사람들 중에는 애들레이드 애덤스가 지나치게 의무감이 강하고 숭고해서 병든 아버지를 버리고 애인에게 가지 않았기 때문에 로리 요크가 그녀를 차버렸다고 말하는 이들이 있겠지만 말이야."

"아버지는 제게 만약 정말로 친구가 필요해지면 당신을 찾아가라고 하셨어요." 그녀가 부드럽게 말했다. "돌아가시기 직전에 그렇게 말씀하셨어요."

"어쩜, 얘야, 아가!"

"하지만 당신을 만났을 때," 그녀가 나지막이 말했다. "당신은 아버지가 제게 말해 준 애들레이드가 아니었어요. 그래서 저는 두려웠어요."

나는 움찔하고 놀랐다. "나는 제일 좋은 시절 20년을 의무감에 짓눌려 살았단다, 캐슬린. 그 세월이 내게 남겨준 건 혐오스럽고 불쾌한 늙은 여자였지."

"그렇지 않아요! 당신은 한없이 친절한 분이세요. 다만 제가," 캐슬린은 울먹이며 말했다. "그걸 너무 늦게 알게 된 것뿐이에요."

"너와 내가 친구가 되는 데 너무 늦을 때란 없단다, 캐슬린."

그녀는 고개를 내저었다. "당신은 제가 누군가를 저의 처참한 삶 속으로 끌고 들어갈 거라고 생각하세요?" 그녀가 사납게 물었다.

캐슬린의 눈은 내가 테이블에 던져놓은 눈부시게 붉은 보석에 고정되어 있었다. "그게 네 어머니라면, 아마도 내가 도울 수 있을 거야." 내가 더듬거리며 말했다.

그녀의 눈에는 눈물이 가득 고였다. "전에 말씀드렸죠. 아무도 돕지 못해요. 아무도."

"그건 병이란다, 그렇지 않니?" 내가 가만히 물었다. "도벽이라고들 하지."

그녀가 고개를 끄덕였다. "상태가 좋으실 때면 가끔 어머니는 그걸 떨쳐버리세요. 하지만 몸이 아프거나 불안해지면 어떻게 하실 수가 없나 봐요."

우리의 눈이 마주쳤다. 나는 정신 질환이나 뇌의 퇴행이 있는 사람이 극심한 스트레스에 처하게 될 때 생기는 끔찍한 일에 대해 경위가 했던 말이 생각나서 가슴이 철렁했다.

"아버지가 편찮으셨을 때," 캐슬린이 말을 이어갔다. 거의 알아듣기도 힘들 정도로 낮은 목소리였다. "그분은 아버지 때문에 몹시 괴로워하셨어요. 그분은 아버지가 조금 사치스럽고 섬세한, 그런 것들을 누리지 못하는 것을 견디지 못했어요. 나갔다 들어올 때면 언제나 제철도 아닌 과일이나 꽃, 그리고 다른 그런 것들을 아버지께 갖고 왔어요. 아버지는 병이 깊으셨고 저는 너무 어려서 그 돈이 어디서 나오는지 생각하지 못했어요."

"그러니까 아무 데서나 그런 것들을 집어 왔다는 말이구나?"

"어머니는 손을 가만두지 못하세요. 혹시 눈치채셨나요?" 나는 고개를 끄덕였다. 입이 또다시 바짝바짝 말랐다.

"손이 그렇게 약한데도," 캐슬린이 서글프게 말했다. "당신을 건드리지도 않고 당신 주머니 속으로 손을 넣었다가 뺄 수가 있답니다."

"믿을 수가 없어!"

"어젯밤에 경위가 보고 있는 가운데서 어머니가 당신 목에서 가넷 목걸이를 빼냈을 때도 모르셨잖아요?"

나는 힘없이 고개를 저었다.

"저는 당신이 목걸이를 찾기 전에," 그녀가 말했다. "바로 다시 돌려주려고 했어요. 하지만 비상 탈출구 위쪽 창문이 잠겨 있었어요."

"그때 그 장미가 네 머리에서 떨어진 거로구나." 나는 목쉰 소리로 말했다.

캐슬린의 얼굴이 붉게 상기되었다. "전 그걸 받고 싶지 않았어요. 그 사람은, 스티븐 랜싱이요, 알고 있어요."

"네 어머니에 관해서?"

"네, 그런데," 캐슬린은 힘겹게 마른침을 삼켰다. "제일 심한 건 당신께 아직 말씀드리지 못했어요. 어머니는 감옥에 계셨어요."

"건드리면 깨질 것 같은 그 작은 사람이!"

"그것 때문에 건강을 해쳤죠. 어머니는 오래 살지 못하세요. 이제 의사가 할 수 있는 게 아무것도 없어요. 그래서….."

캐슬린이 말을 멈췄다. 그러고는 뒤이어 거의 발작적으로 말했다. "어머니가 그런 곳으로 되돌아가는 걸 보느니 차라리 죽어버릴 거예요!"

"되돌아간다고?"

"어머니는 가석방으로 풀려났어요. 우리는 뉴욕주를 떠나지 못하게 되어 있어요. 다만 어머니가… 어머니가 뭔가를 다시 훔치는 건 시간문제일 뿐이에요. 그러면 감옥으로 되돌아가야만 해요. 그때는 전 견디지 못할 거예요."

캐슬린은 손을 떨리는 입술로 가져갔다. "여기 와서 당신이 저를 좋아하면 어쩌면… 어쩌면…. 저는 당신이 부유하다는 걸 알고 있었어요, 미스 애들레이드. 그래서 당신이… 당신이 저를 좋아하게 되면 예쁜 물건들을 제게 많이 주지 않을까 하고 상상했답니다. 말하기 부끄러운 얘기죠, 그렇죠?"

"오, 얘야." 나는 소리쳐 말했다. "내가 가진 모든 걸 다 네게 줄 수 있단다!"

"제 말을 믿지 않으셔도 돼요. 하지만 저는 들으신 것처럼 가증스러운 사람은 아니에요." 그녀가 흔들리는 목소리로 말했다. "어머니는 본인을 위해서 물건을 취하는 법은 없으세요. 어머니가 원하는 건 자신이 사랑하는 사람을 행복하게 해주는 것뿐이에요. 그것 때문에 옛날 살던 곳에서 체포되셨어요. 별 것 아닌 물건들만 훔쳤을 때는 그럭저럭 문제가 안 되었지만 제가 졸업반이었을 때 어머니는 제가 학교 친구들처럼 예쁜 옷을 입도록 해주고 싶은 마음이 너무나 간절하셨어요. 그래서 어머니는… 어머니는 시 박물관에서 비싼 그림을 가져와서 그걸 팔았어요. 그 그림은 보험 처리가 되어 있었고, 그래서 형사들이 어머니를 추적할 수 있었던 거죠. 어머니는 5년형을 선고받았지만, 모범적인 수형 생활로 두 달 전에 가석방되셨어요."

"불쌍한 아가!" 나는 소리쳤다.

"저는 그들이 어머니를 체포하기 전까지는 까맣게 모르고 있었어요. 저는 정말 죽을 것만 같았어요." 그녀는 까칠하게 나를 보았다. "아마도 당신은 제가 어떻게든 어머니와 엮여 있었던 게 잘못이라고 생각하시겠죠. 아마도 저도 같은 부류라고, 아니면 지금이라도 어머니와 인연을 끊어야 한다고 생각하시겠죠. 하지만 어머니가 그렇게 한 건 저를 위해서인걸요. 제 행복을 위해서라고, 어머니는 그렇게 생각하셨어요. 어머니는 저를 위해서라면 못 할 일이 없으실 거예요. 어머니가 이 호텔에서 가져온 것들은 모두 아름답거나 색깔이 화려해서 제가 가졌으면 좋겠다고 생각한 것들이랍니다. 어머니는… 어머니는 색깔에 관해서는 어린아이 같으세요."

폴리의 분홍색 목장식 주름, 앤서니 여인의 빨간색 통, 엘라 트로터의 반짝거리는 팔찌, 그리고 내 밝은 초록색 안경집! 나는 마음속으로 그것들을 하나씩 생각하며 신음했다.

"그래서 저는 쉴 틈이 없었어요." 캐슬린 어데어가 섬뜩한 미소를 지으며 말했다. "사람들 눈에 띄지 않고 물건들을 제자리에 갖다 놓으려 하느라 말이에요."

가슴속으로 싸늘한 공포가 밀려들었다. "네가 말한 것처럼 어머니께 비상한 손재주가 있다면 사람들이 알지 못하는 사이에 물건을 빼갈 수 있을지도 모르겠구나." 나는 떠듬떠듬 말했다.

"하지만 아무리 해도, 예를 들어서 폴리의 분홍색 목장식 주름을 문이 잠긴 방에서 어떻게 가져갔다는 건지 도무지 이해가 안 된다."

캐슬린은 소심하게 미소 지었다. "상상하기 어려우실 거예요. 어머니는 계단과 비상 탈출구를 음… 벌새처럼 휙휙 날아다닐 수 있어요. 그리고 우산을 창문이나 채광창에 넣어 물건에 닿게 하죠. 그런 우산들 중 하나는 손잡이가 갈고리랍니다."

"하나님 맙소사!" 나는 알루미늄 물 주전자를 생각하며 소리를 질렀다.

캐슬린은 입술을 비틀면서 자리에서 일어났다. "제가 왜 당신이 우리와 엮이도록 할 수 없는지 이제 아시게 됐네요."

"얘야…." 내가 말을 시작했다.

그러나 캐슬린이 내 말을 가로막았다. "우리는 언제라도, 어떤 순간에라도 과거와 미래의 범죄로 체포될 수 있는 사람들이에요." 그녀는 매섭게 말하고는 방에서 걸어 나갔다.

15

내가 아래층으로 내려왔을 때 자그마한 어데어 부인은 뒤쪽 소파에 앉아서 로비 창문 너머를 멍하니 바라보고 있었다. 흐느적거리는 그녀의 창백한 양손은 잠시도 가만히 있지 못하는 작은 잠자리들처럼 흔들리고 있었다. 캐슬린은 어디에도 보이지 않았다. 나는 그녀가 눈물을 닦으며 자기 방에 있을 것으로 생각했다. 내가 아는 한 그녀는 양어머니를 항상 지켜봐야 했던 긴장감에서 지금처럼 풀려나 있었던 적이 몇 번 없었다.

"불쌍한 아이야," 나는 생각했다. "그 아이가 어떻게 신경쇠약에 걸리지 않았는지 모르겠네."

내가 어데어 부인을 본능적으로 피했던 것은 이상한 일이 아니었다. 그녀는 불쌍한 여자였고 또 안쓰럽기도 하지만 아무리 좋게 보아도 정상은 아니었다. 나는 처음부터 그녀가 남달리 정신적으로 맑지 않다고 생각했었다. 이제, 내가 알게 된 사실을 인지하면서 그녀를 보니 과거의 그 대책 없었던 불쌍한 인간에 대한 극심한 혐오감이 내 마음에 차오르는 것이었다.

"캐슬린은 몇 달, 아니 몇 년을 이런 마음을 느끼며 지내 온 거야." 나는 준열하게 자신을 나무랐다.

캐슬린은 어머니라고 부르는 이 불행한 여인을 열성적으로, 그리고 애정을 담아 변호하고 있었지만 나는 그녀가 내게 자초지종을 털어놓은 후에 보인 슬픈 눈빛에서 지금 내가 루이즈 어데어를 보며 느꼈던 것과 똑같은 역겨움을 읽었었다. 오랫동안 습관으로 굳어진 것은 쉽게 없어지지 않는 법이지만 나는 의무라는 불편한 일에 잘 길들여진 사람이었다. 그래서 로비에서 나는 어데어 부인에게서 멀리 떨어져 있고 싶은 마음이었음에도 그녀가 있는 쪽을 피하지 않았다.

반대로 나는 억지로 그녀 옆에 있는 소파에 쓰러지듯 몸을 맡겼다. 나는 캐슬린을 돕겠다는 돈키호테 같은 생각을 했다. 그녀가 없는 상황에서 내가 훌륭한 감시인이라는 것을 보여줘야겠다고 단단하게 마음먹었던 기억이 난다. 그런 걸 보면 우월감은 그 우월감을 제어하는 능력을 항상 수반하는 것일까?

"어머나, 디자인이 정말 아름다워요, 미스 애덤스." 자그마한 어데어 부인이 크게 숨을 내쉬었다. "색깔이 어쩌면 이렇게도 예쁠까요!" 그녀는 어린아이가 뭔가를 간절하게 바라는 것처럼 양손을 내밀어 짙은 청색 바탕에 열십자 패턴으로 내가 뜨개질을 하던 실뭉치를 쓰다듬었다. 장밋빛과 금빛, 그리고 자줏빛이 섞인 실이었다.

"교회 부속 고아원에 주려고 담요를 만들고 있어요." 나는 어리광 부리듯 팔락거리는 그 작은 손들이 담요를 잡아채지 못하도록 막으면서 입술을 깨물고 딱딱하게 말했다.

데스크 옆에서는 호워드 워런이 눈살을 찌푸리며 조간신문을 보면서 왔다 갔다 하고 있었다. "치매를 예방할 수 있도록 뭔가를 할 수 있으니 운이 좋으시네요, 미스 애들레이드." 그가 씁쓸하게 말했다. "경위가 또 다른 공지를 내린 거 알고 계시겠지요. 그가 도착할 때까지 우리는 아무도 호텔을 떠나서는 안 된답니다."

"그게 언제라는 거야?" 나는 누가 연루되어 있든지 상관없이 경찰에게 아무것도 숨기지 않으리라고 맹세했던 기억을 괴롭게 떠올리며 가슴이 철렁해서 물었다.

"그건 하나님과 경위만 알겠죠." 호워드가 어깨를 으쓱하며 말했다. "저 멍청한 스위니 순경이 직접 말했으니 믿기는 합니다만, 무슨 뜻인지는 알 게 뭐예요"

스티븐이 5센트 동전을 넣는 슬롯머신을 필요 이상으로 거칠게 ― 적어도 내가 보기엔 그랬다 ― 두드리면서 짤막하게 웃었다. "경위는 시간 따위는 전혀 신경 쓰지 않지." 그가 건조하게 말했다. "아니, '우리 시간'이라고 해야겠군요. 우리에게 직업이 있다는 걸 그가 생각이나 하겠냐는 말입니다."

호워드는 적개심에 가득 찬 시선으로 그를 노려보았다. "그렇지만 당신은 직업에 전혀 구애되지 않는 것 같은데요, 아닌가요?" 그가 물었다.

"그렇게 생각하나요?" 스티븐이 느릿느릿 말했다.

"어쨌거나 당신은 흥청망청 돈을 쓰고 다닐 만큼 시간이 많으니까요." 호워드가 불쾌하게 말했다.

"야옹!" 폴리가 엘리베이터에서 발을 막 내디디면서 소리 쳤다.

그녀는 호워드의 애원하는 두 눈을 외면하고 스티븐에게 로 걸어가서 그의 팔짱을 꼈다. "노는 데 저도 끼워주실래요?"

"그거 좋죠!" 스티븐이 정중하게 외치면서 그녀에게 자리를 마련해 주었다. 호워드는 얼굴이 완전히 하얗게 질려서 신문 에 다시 얼굴을 묻고 말았다.

그날 아침 힐다 앤서니 역시 뭔가를 읽고 있어서 나는 깜짝 놀랐다. 그녀는 내 맞은편에 있는 다른 소파에 앉아 있었다. 그 녀는 호텔 약국의 잡지 판매대에서 25센트에 샀을 것 같은 싸 구려 소설에 몰입해 있는 모양새였다.

그녀가 뭔가를 읽는 것을 나는 이전에 본 적이 없었다. 한 참 뒤에야 나는 그녀가 그곳에 거의 한 시간가량 앉아 있었음 에도 고개를 들거나 페이지를 넘기는 것을 전혀 보지 못했다 는 사실이 기억났다.

자그마한 어데어 부인은 조용히 눈을 감고 살며시 한숨을 쉬 면서 머리를 뒤로 기대었다. 그리고 폴리와 스티븐 랜싱이 속 이 빤히 보이도록 주거니 받거니 잡담을 나누며 요란스럽게 웃 어대는 가운데서도 잠에 빠져들었다. 아니, 나는 그렇다고 생 각했다. 호워드가 그들의 소리에 신경이 거슬린 것은 당연한 일이었다. 나도 그랬으니까 말이다. 그런데다 나는 그녀를 좋아하지 않았고 그 남자에 대해서는 지대한 의혹을 품고 있었다. 두 사람을 다 뒤집어 놓았으면 좋겠다고 생각했던 기억이 난다. 호워드는 분명 훨씬 더한 느낌이었을 것이다.

"때려, 때려, 정확히 때려." 폴리가 노래를 불렀다. "승객들 앞에서 한 대 쳐버려!'"

"와우!" 스티븐은 손가락을 탁 튕기면서 환호했다.

"저게 유머라면, 내 귀를 씻겠어." 호워드가 으르렁거리듯 말했다. 그는 겉으로는 핑크니 닷지에게 말을 했지만, 자신을 괴롭히는 두 사람에게 목소리가 확실히 들리도록 말을 하는 것이었다.

전화 교환대 앞에 앉아 있던 핑크니가 잔뜩 지친 얼굴을 들었다. 그는 데스크에서 레티 존스를 위해 교대 시간을 몇 분간 늦추어 주는 참이었다. 그녀는 아침 콜라 한 잔을 사기 위해 약국으로 터벅터벅 걸어 들어가고 있었다. 습관이 더럽게 들었어, 나는 레티가 들으라고 자주 그렇게 입을 대곤 했었다.

"저한테 말씀하시는 건가요, 워런 씨?" 핑키가 특유의 흐리멍덩한 소리로 물었다.

호워드는 얼굴이 빨개져서는 쏘아붙이듯 말했다. "내가 다른 누구랑 얘기하고 있었던가요?"

---

* 마크 트웨인이 1876년에 쓴 『문학의 악몽』에 나오는 구절

핑키는 얼굴을 붉혔다. "죄송합니다." 그가 우물쭈물 말했다. "제가 조금씩 귀가 먹고 있어서요."

"그게 문제지." 내가 거들었다. "사람이 제대로 살 수 있을 만큼 분별력이 생기면 몸이 망가지기 시작하니 말이야."

"맞습니다." 핑키가 미적지근하게 말했다.

호워드는 다른 무엇보다 자신의 당혹감을 감추어 보려고 읽고 있던 신문에서 눈에 띄는 표제 하나를 가리키며 비웃었다. "배우지 못한 사람들이 있다니까요." 그가 말했다. "이것 좀 들어봐요. '길들인 호랑이에게 날고기를 먹이던 남자, 호랑이에게 팔을 물리다.' 바보 천치라도," 호워드는 투덜거렸다. "이보다는 나을걸요."

"독창성은 인류를 망칠 수도 있는 거니까 정말 제대로 활용해야 하는 거지." 내가 한마디 했다. 내 눈은 스티븐에게 유혹하는 미소를 던지고 있는 폴리 로슨을 매섭게 향했다. 폴리는 호워드 워런에게 차라리 날카로운 말을 퍼붓는 게 더 낫다는 것을 모르는 것처럼 굴고 있는 것이다.

"조그만 깍쟁이 같으니라고!" 나는 혼자 씩씩거렸다. 위급한 순간마다 호워드가 보검을 움켜쥐고 자기를 지키려 덤벼들었는데 어떻게 저렇게 배은망덕할 수 있는지 이해가 되지 않았다.

후에 나는 그때 힐다 앤서니가 그 윤기 흐르는 금발 머리를 들지 않은 채 얼마나 오랫동안 내게 말을 걸려고 했는지 기억해보려 수없이 애썼지만 소용없는 일이었다. 내가 유일하게 할 수 있는 말은 상황이 너무나 놀라웠다는 것이고, 그 상황 때문에 다른 모든 것은 안중에도 없게 되었다는 것이다. 나중에 내가 경위에게 설명하고 또 설명한 것처럼 나는 당시 로비에서 누가 내 옆에 있었는지 정확히 알지 못했다. 여러 사람이 끊임없이 이동하고 있었기 때문이었다. 또한, 그때 내가 추정한 것처럼 그 자그마한 어데어 부인이 실제로 잠이 들어 있었는지, 내 말이 들리는 거리에 누군가가 있었는지 아닌지도 정확히 알지 못했다.

나는 그 일이 일어나는 동안 제정신을 유지하는 것만으로도 벅찼다. 앤서니 여인이 입을 열었을 때 그녀는 고개를 들지도 않았을 뿐만 아니라 책 뒤에 얼굴을 계속 숨기고 있었고 목소리도 너무나 낮았기 때문에 처음에 나는 그 소리가 어디서 나는지 알지 못했다.

"애덤스, 제발," 그녀가 말했다. "하던 뜨개질 계속하면서 나를 보지 말아요."

나는 그녀가 말했을 때 깜짝 놀랐다. 하지만 다행히도 그쪽을 보지는 않았다. 그녀의 목소리가 내 뒤에서 들려오는 것 같았기 때문이었다. 책이 소리를 굴절시키는 일종의 반사판 역할을 한 것 같았다.

"무슨 문제 있으세요, 미스 애들레이드?" 핑키 닷지가 호기심 어린 눈빛으로 나를 바라보며 물었다. "무슨 소리가 들린 건가요?"

"아니야, 내가… 내가 잘못해서 뜨개바늘에 찔린 거야." 나는 더듬거리며 약하게 말했다.

"그랬군요." 그는 희미한 미소를 띠면서 겸손하게 덧붙였다. "저도 자주 그랬답니다. 그러니까 바늘에 자주 찔렸다고요. 단추를 꿰매서 달려고 하다가 말이죠. 지금은 좀 나아졌어요."

가엾은 핑키, 나는 생각했다. 절망이라는 것에 형체가 있다면 정확히 핑크니 닷지처럼 생겼을 것이다. 그는 불모의 여신 앞에 태워 바쳐진 제물, 그리고 자기 희생의 다른 이름 같았다.

버저가 울렸고 핑크니는 몸을 굽혀서 전화 교환대의 헤드폰을 귀에 가져갔다. 바로 그런 이유로 나중에 나는 경위에게 호텔에 있던 여러 사람 중에서 핑크니 닷지는 힐다 앤서니가 내게 했던 나머지 말을 들을 수 없었던 유일한 사람이라고 말할 수 있었던 것이다.

"애덤스, 난 경위를 만나야 해요. 꼭 만나야 해! 누군가 그걸 안다면 내게는 치명적인 일이 될 거예요. 영원히 말이에요."

그녀는 다시 말을 멈췄다. 담요를 꽉 쥔 내 손에는 차가운 땀방울이 맺혔다.

"당신이 나를 싫어한다는 건 알아요, 애덤스." 그녀는 씁쓸하게 말을 이어갔다. "하지만 당신은 여자고, 물에 빠져 죽어가는 똥개한테도 밧줄을 던져줄 사람이잖아요, 아닌가요?"

나는 천천히, 그리고 힘겹게 뜨개바늘을 안팎으로 겨우겨우 움직였지만 마음이 어지러워서 안뜨기를 하나 하고서 두 바늘을 놓쳤다. 하지만, 감사하게도 계속 뜨개질을 해 나갈 수 있었다.

"나는 감시당하고 있어요, 애덤스. 어젯밤부터 가는 곳마다, 움직일 때마다 말이에요. 내 목숨을 구하려면 행동해야 해요. 그것도 빠르게. 내가 얼마나 바보 같았는지…. 애덤스, 나를 한 번만 봐줘요. 버니언 경위에게 말을 전해줘요, 애덤스. 비밀스럽게요. 사교실에서 11시 15분에 보자고 해 줘요. 그 전도, 후도 안 돼요. 알겠어요? 총을 갖고 오라고, 그리고 제발 늦지 말라고 말해줘요."

나는 안뜨기를 두 번 더 했다. 손이 축축했다.

"해 줄 거죠, 애덤스?" 힐다 앤서니가 괴로운 목소리로 물었다.

내 입술은 얼어붙었다. "네! 네, 그럼요!" 나는 소리쳤다. 내가 큰 소리로 말했다는 것과 시릴 팬처가 내 바로 뒤에 서 있다는 것을 깨닫고 나는 깜짝 놀랐다. 그가 어디서 와서 언제부터 거기 있었는지 나는 전혀 알지 못했다.

나는 마른침을 꿀꺽 삼키고는 사납게 반복해서 말했다. "네, 그럼요, 내가 당신을 부르러 보냈어요, 시릴!"

그는 내 정신이 멀쩡한지 의문스럽다는 표정으로 나를 쳐다보았다. 그런 것이 물론 처음은 아니었다. 실제로 나는 지난 20시간 동안 우리들 한 사람 한 사람의 정신 상태에 대해 지대한 의혹을 품지 않았던 사람이 우리 중에 과연 누가 있을지 의문스러웠다. 시릴에 대해서는 그의 여성스러운 손과 긴 속눈썹, 그리고 도망치는 듯한 눈빛을 보고 뭔가 퇴폐적이라고 생각한 것이 한두 번이 아니었다.

"저를 부르셨다고요, 미스 애덤스?" 그가 당황스러운 목소리로 되물었다. "하지만 저는 금시초문 —"

나는 최고의 방어는 강한 공격이라고 했던 스티븐 랜싱의 말을 떠올리고는 잽싸게 공격에 나섰다. "그래요, 당신을 불렀어요. 그런데 당신은 한참이나 지나서 왔다는 걸 말하지 않을 수가 없네요." 나는 최대한 그의 기를 죽이는 어투로 그의 말을 잘랐다.

그는 침을 꿀꺽 삼키고는 다시 말하려고 했다. "하지만 저는 처음 듣는 —"

"됐어요." 나는 자리에서 일어서면서 거만하게 받아쳤다. 속으로는 내 다리가 무너지지 않기를 빌고 있었다. "이 호텔에서 원하는 걸 얻으려면 소피한테 말하는 수밖에 없다는 걸 지금까지도 몰랐던 건 전적으로 내 잘못이죠."

"하지만 —"

"소피는 어디 있어요?"

"자기… 자기 방에 있을 거예요. 하지만…." 그러나 나는 이미 전속력으로 엘리베이터로 향하고 있었다.

데스크 옆 거울을 보니, 힐다 앤서니는 내 뒤에서 여전히 소설책에 시선을 고정하고 있었다. 저 너머 정문 옆에서는 스티븐이 껄껄 웃고 있었다.

"애들레이드는 역시 별나다니까." 그가 놀리듯이 중얼거렸다.

나는 목적지를 크게 말했으므로 말한 일을 수행하는 게 좋을 것이라는 생각이 들었다. 힐다 앤서니와 내가 로비에서 연출했던 일방적이고 이상한, 불길한 연극을 내가 생각했던 것 이상으로 알아챈 사람이 혹시라도 있을까 싶었던 것이다. 그렇게 생각하자 몸이 떨려왔다.

소피는 실제로 자기 방에 있었다. 문을 두드릴 시간도 없이 그녀의 목소리가 들렸다. 그녀는 끝없이 울고 있었다. "오, 시릴! 시릴! 당신이 나한테 다 털어놓기만 했다면! 나는 당신을 용서했을 거야. 당신이 무슨 일을 했어도 용서했을 거야, 불쌍한 내 사람! 무슨 문제가 있는지 나한테 말해 주기만 한다면."

그녀는 이제 숨죽여 흐느끼기 시작했다. 그 울음이 너무나 적막해서 가슴이 서늘해졌다. 우리 사이의 반목에도 불구하고 내가 옛날에 소피와 톰 스콧에 대해 가졌던 애정이 완전히 식은 것은 아니었다. 게다가 비탄에 잠긴 그녀에게 불쑥 쳐들어갈 용기가 내게는 없었다. 나는 정신이 번쩍 들어서 복도를 살며시 걸어 스위니 경관이 거들먹거리며 한 발로 서 있는 511호실 문 앞으로 갔다.

"우리가 모두 무슨 범죄자 무리라도 되는 것처럼 이렇게 우리를 꼼짝 못 하게 잡아 두는 건 완전히 경위의 직권 남용이라고!" 나는 엘라 트로터에게 종이 한 장을 빌리면서 성을 내며 소리를 질렀다.

"나는 시장한테 편지를 쓸 거야, 그러니까 경관, 이걸 당신이 전달해 줬으면 좋겠어."

"저기요, 숙녀분!" 그가 타이르듯 말했다. "그건 안 되는⋯."

나는 그를 앞세워 내 방 안으로 들어가서는 우리 뒤쪽으로 문을 활짝 열어 놓았다. "내가 쓰는 문구를 한 글자 한 글자 지켜 봐 줘요." 나는 강하게 말했다. "증인이 중요하니까. 그게 아니래도 난 그렇게 믿도록 교육받았으니까. 아무리 유명한 정치인이라 해도 정치인들과 상대할 때는 그렇게 해야 한다고 말이지."

"제 말 좀 들으세요, 숙녀분⋯." 나는 종이 한 장을 휙 움켜쥐고 책상에서 펜을 꺼내면서 그가 말을 끝낼 기회를 주지 않았다. "시장님," 나는 열심히 편지를 쓰면서 쩌렁쩌렁 울리는 소리로 열변을 토했다. "지역 사회의 주요한 납세자 중 한 사람으로서 저는 요구합니다. 요청이 아니라 요구입니다. 시장님은 즉시 리슐리외 호텔을 방문하여 현재 여기서 경찰 수사를 책임지고 있는 오만무도한 인물을 아무런 잡음 없이 곧바로 제거해 주시기 바랍니다. 서명함. 애들레이드 밀스 애덤스."

내가 종이 위에 미친 듯이 펜을 휘갈겨 글을 쓰자 스위니의 시선이 따라왔다. 그의 검은 눈이 점점 휘둥그레져 갔다. 그를 싫어하지만 인정할 것은 인정해야 하는바, 그는 내가 생각했던 것보다 훨씬 더 연기를 잘했다.

"이건 세상에서 제일 바보 같은 생각이에요." 그는 역겨워 못 견디겠다는 투로 말했다. "이것 보세요, 숙녀분, 온갖 괴상한 인간들의 편지가 올 때마다 시장님이 주의를 기울이시면 시장님은 정신병원에 들어가셔야 할 거예요."

"그렇다고 해도," 나는 그에게 고고하게 통보했다. "이 편지를 시장님께 직접 전해드리게, 경관. 아니면 내 가만 있지 않고 —"

"알았어요, 알았습니다." 그는 지겹다는 듯 투덜거렸다. "그냥 좀 침착하게 계세요, 숙녀분. 그러면 뭐든 다 하겠습니다."

그는 인상을 확 쓰고는 내가 건네준 종이를 접어서 주머니에 넣었다. 그리고 여전히 인상을 쓴 채 문밖으로 나가서 엘리베이터를 향해 복도를 내려갔다.

"됐어." 나는 득의만만하게 되뇌었다. "누구든지 이 지략을 간파할 수 있으면 어디 한번 해보라고 해."

나는 우리 모두의 내면에는 아마추어 탐정이 하나씩 살고 있다고 이미 말했던 것 같다. 힐다 앤서니의 메시지를 그녀나 내가 직접 전달하지 않고 — 내가 해서는 안 된다고 판단할 만한 충분한 이유가 있었기 때문에 — 버니언 경위에게 전해주기 위해 내가 생각해 낸 영리한 방법에 분명 나는 생애 어느 때보다 더 큰 자부심을 느꼈다.

말할 필요도 없이, 스위니 경관이 놀란 눈으로 보고 있는 가운데 내가 써 내려간 그 글귀는 내가 큰 소리로 외친 내용과는 완전히 달랐다. 그 글은 앤서니 여인이 생명에 위협을 느끼고 있으니 사건을 해결하기 위한 준비를 하라는 것이 핵심이었으며 버니언 경위에게 사교실에서 11시 15분에 그녀를 만나라고, 그리고 모두를 위해 총으로 무장하고 정시에 그곳에 가달라고 요청하는 내용이었다.

내 기억에 내가 로비로 돌아왔을 때가 11시 15분 전이었다. 내 가슴은 두방망이질하고 있었다. 힐다 앤서니는 정문 옆에서 4월의 눈부신 햇살과 깨끗하게 씻긴 봄날의 세상을 바라보고 있었다. 하품을 참으면서 그녀는 책을 팔 아래 끼워 넣었다. 내 쪽으로는 눈길 한 번 주지 않았다.

"이런 곳에 갇혀 있어야 한다니 한심하군!" 그녀의 말은 평소처럼 심드렁하고 경멸 섞인 말투였다. "아미탈을 사서 먹고 온종일 자지 않고는 못 견디겠어."

그녀는 약국 안으로 느긋하게 걸어갔다. 스티븐 랜싱은 냉소적인 미소를 지었다. "시계를 보면 사람들은 항상 지은 죄가 생각나서 가슴이 뜨끔하게 되니 참 희한한 일이지." 그는 이렇게 말하고는 데스크 바로 위에 걸려 있는 대형 벽시계에 검정 챙모자를 던졌다.

"조심해, 이 광대 놈아!" 호워드가 고함을 질렀다. "네 놈이 무슨 짓을 했는지 한 번 봐"

스티븐은 웃음을 터트렸다. 그의 모자는 시계 맨 위에 걸려 있었다. 그는 폴리의 도움을 받아 의자 위로 올라갔고 온갖 과장된 몸짓 끝에 겨우 모자를 벗겨 낼 수 있었다. 힐다 앤서니는 손에 작은 꾸러미를 들고 다시 로비로 한가롭게 걸어왔다. "모두들 잘 자요." 그녀가 까불거리며 목청을 높였다. "좋은 꿈들 꾸시고."

나는 그녀가 마음에 들지 않았다. 그러나 다시 한번 하품을 억누르며 나른하게 엘리베이터 안으로 들어가는 그녀의 침착한 모습에 감탄을 금할 수가 없었다. 이국적인 그녀의 얼굴에는 졸린 듯 권태로운 표정만이 그득했다. 엘리베이터가 끼끽거리며 위로 올라갔다. 나는 내가 두려움에 완전히 잠식되어 괴롭게 숨을 참고 있었다는 사실을 갑자기 깨달으며 소파에 털썩 주저앉았다. 자그마한 어데어 부인과 내 담요가 둘 다 없어진 것을 발견한 것은 바로 그때였다.

"감시인 역할은 이걸로 그만이로군." 나는 로비로 돌아오고 나서 그녀든 담요든 본 적이 있는지를 기억해보려 애쓰며 뿌루퉁하게 혼잣말을 했다.

폴리 로슨은 쾌활한 목소리로 "화장 좀 고치고 올게요"라고 말하며 자기 방으로 간다고 했다. 스티븐 랜싱이 그녀와 함께 엘리베이터로 걸어갔다. 그러더니 무심결에 그러는 것처럼 아무렇지도 않게 그녀 옆에 바싹 붙어서 천천히 위로 올라갔다. 격분한 듯 인상을 쓰고 있던 호워드가 곧이어 발을 쿵쾅거리며 계단을 뛰어 올라갔다.

천천히 움직이는 시곗바늘을 예의주시하고 있던 내게 로비가 그렇게 텅 비어 보인 것은 처음이었다.

11시 15분에 그곳에는 레티 존스와 나 말고는 아무도 없었다. 레티는 구식 기록부에 달린 뭉툭한 연필 끝으로 턱을 긁으면서 수심에 찬 표정으로 나를 똑바로 쳐다보고 있었다.

"경위는 왜 오지 않는 거지?" 나는 혼자 초조하게 물었다.

그때 시곗바늘이 11시 20분을 가리켰다. 그리고 내 머리 위 2층에서 여자의 비명이 들려왔다. 폐부를 찢는 것같이 고통스러운 그 비명에 나는 몽둥이찜질을 당한 동물처럼 몸을 웅크렸다. 나는 그 비명이 힐다 앤서니라는 것을 바로 알아챘던 것 같다. 그녀가 견딜 수 없는 고통을 쏟아내듯 또다시 기나긴 단말마의 비명을 질렀을 때 나는 계단으로 가려고 반쯤 일어섰다가 발을 헛디뎌 거의 넘어질 뻔했다.

그녀는 난로 쇠창살 옆에 누워 있었다. 벽난로 위 볼록 거울 속에 한때 정교하고 섬세했던 그녀의 얼굴이 괴기스러운 모습으로 확대되어 비치고 있었다.

그녀의 얼굴은 이제 더 이상 섬세하지 않았다. 깎아놓은 듯한 그 얼굴을 염산이 갉아 먹고 목으로 흘러 내려와 이미 시퍼렇게 변한 끔찍한 자국을 남겨 놓았다.

머리는 어깨 쪽으로 이상하게 비틀려 있었고 팔은 옆에 묶여 있었다. 눈은 빛을 잃었고 한때 사랑스러웠던 얼굴은 화상을 입고 세포가 노출된 붉은 살덩어리가 되어 있었다. 그러나 내가 그녀 옆에 무릎을 꿇었을 때 그녀는 완전히 숨이 끊기지는 않은 상태였다. 순간적으로 그녀의 몸이 무섭게 떨리더니 힘없이 늘어졌고 무서울 정도로 형체를 잃어버린 입은 피로 물든 게거품을 물고 있었다.

"제 버릇 개 못 주는군." 내 뒤에서 경위가 나지막이 읊조렸다. "목을 부러뜨리는 걸로는 부족해서 절세의 아름다움을 망가뜨려야만 했던 거야."

나는 주체할 수 없이 울고 있었다. "왜, 왜, 도대체 왜 늦게 온 거예요?" 내가 울부짖었다.

"저는 늦지 않았습니다, 미스 애덤스. 지금 정확하게 11시 16분입니다."

"하지만 로비에 있는 시계는!" 내가 반박했다.

"로비의 시계는 최소한 10분 이상 앞당겨져 있었어요."

"오, 저런!" 나는 헉하고 숨을 들이켰다.

"무슨 일인지 분명합니다." 경위가 엄숙하게 말했다. "살인범은 시곗바늘을 앞으로 돌려놓고 여기서 피해자를 기다리고 있었던 겁니다. 저 창문 커튼 뒤에서, 라고 해야겠군요. 그녀가 손에 닿을 거리에 오자 놈은 저 러그를 뒤집어씌우고 안에 든 그녀를 묶어서 미라처럼 꼼짝도 못 하게 했어요. 그런 다음 그녀의 목을 부러뜨리고 산이 든 병에서 내용물을 얼굴에 들이부은 것입니다."

"아이고! 오, 맙소사!" 나는 입속말로 중얼거렸다.

그때야 나는 생명을 잃은 힐다 앤서니의 몸을 수의처럼 둘둘 감은 물건, 경위가 러그라고 말한 그 물건이 장밋빛과 금빛, 그리고 자줏빛이 섞인 나의 담요임을 깨닫게 되었다.

16

다른 사람들은 어땠는지 모르겠지만 나는 그날 점심시간에 커피숍에 가지 못했다. 긴급 상황을 지원하기 위해 온 지역 경찰서장과 버니언 경위에게 나는 거의 2시까지 얇은 토스트 빵 두 장 사이에 든 청어처럼 들들 볶이고 있었다. 나는 키 작고 뚱뚱하고 잘난 척하는 남자들을 한 번도 대단하게 생각해 본 적이 없었다. 내가 판단하는 한, 사교실에서 그토록 오랜 시간 숨 가쁘게 이루어진 조사에서 경찰서장이 한 일이 있다면 시시때때로 아랫입술을 불쑥 내밀었다가 사람을 당황하게 만드는 "흥!"하는 소리와 함께 다시 그 입술을 집어넣는, 정말 짜증스러운 짓을 계속한 것뿐이었다.

다른 사람들은 그곳으로 불려 와서 조사를 받고 풀려났다가 때때로 다시 불려 와서 조사를 받곤 했다. 그러나 나에 대한 버니언 경위의 관심은 끝이 없이 계속되었다. 경위가 잠시 다른 누군가를 조사하고 있으면 나에게는 정중하지만 단호하게 그가 원하는 대로 남아 있으라고 요청하는 식이었다. 나는 힐다 앤서니가 그토록 끔찍하게 죽어 있는 곳을 절대로 보지 않으면서 등나무 의자에 등을 꼿꼿이 세운 채 앉아 있었다. 얼마나 오래 거기 앉아 있었는지 평생토록 그 의자 자국이 없어지지 않을 것 같은 생각이 들 정도였다.

그들이 마침내 퉁명스럽고 기분 나쁜 말투로 '지금으로서는' 가도 좋다고 내게 말했을 때 나는 휘청거리며 엘리베이터로 들어가서 겨우겨우 하행 버튼을 누를 수 있었을 뿐이었다.

리슐리외 호텔의 커피숍은 공식적으로 2시까지 영업하게 되어 있지만 내가 로비에 내리자 시릴 팬처가 막 문을 잠그고 있었다. 점심시간 내내 내가 경찰에게 거의 완전히 붙잡혀 있었다는 것을 그는 당연히 알고 있었다. 모든 사람들이 다 알고 있었기 때문이다. 그런데도 그는 시무룩한 표정으로 나를 한 번 보고는 내 옆을 스쳐 지나가면서 한마디도 하지 않았다. 예전의 나였다면 호텔에 제일 많은 돈을 내는 고객 중 한 사람을 대하는 그의 무신경한 태도에 대해 분명 무슨 말을 했을 것이었다. 그러나 나는 너무나 기진맥진하고 우울해서 그에게 말을 걸어볼 엄두도 나지 않았다. 그것은 많은 것을 시사하는 것이었다. 그리고 나는 음식을 먹고 싶은 생각도 들지 않았다. 아니, 음식 생각만 해도 속이 메스꺼웠다.

"힘들죠, 애들레이드?" 내가 쓰러지다시피 퍼질러 앉은 소파 쪽으로 걸어오면서 스티븐이 조용히 말했다.

나는 힘없이 고개를 끄덕였다. 나는 독립심이 강한 사람이고 싶었지만 그 순간 나는 늙고 쓸쓸하고 무기력하게만 느껴졌다. 스티븐이 내 팔에 손을 얹은 것으로 보아 아마도 그런 것이 내 눈에 다 드러났을 것이다.

"기운 내세요." 그가 다정하게 말했다. "사람들이 뭐라 해도 의연하게 버티세요."

한때 나는 그의 다정다감한 말투와 사람을 어루만지는 손짓 같은 것을 다 싫어했었다. 하지만 그때는 버티기도 힘들었던 상태였기에 나는 손을 내밀어 그의 손을 꼭 잡기까지 했다는 것을 인정하지 않을 수가 없다. 나는 전에는 엉겨 붙는 사람들 이라면 질색이었는데 말이다.

스티븐은 위로하는 손길로 계속 나를 토닥거리다가 쾌활하 게 말했다. "애들레이드, 지금은 뭐라도 드셔서 속을 든든하 게 하셔야 해요."

"배고프지 않아요." 나는 지친 듯이 말했다. "우리끼리 하는 얘기지만, 다시 허기를 느끼는 일이 있을까 싶네요."

"확실한 건 말이죠," 그가 말했다. "당신같이 몸집이 있는 사 람은 힘든 일로 기력이 빠지기 시작하면 얼른 먹을 걸 챙겨 먹 어야 한다는 거예요. 그것도 많이요. 자, 애들레이드, 당신이 난생처음으로 거리의 여자들처럼 낡은 약국 의자에 걸터앉아 서 게걸스럽게 수프와 커피를 마시게 될 장소가 바로 여기란 말이죠. 지저분한 핫도그는 말할 것도 없고요."

나는 예전의 나로 돌아왔다. "젊은 친구," 내가 꼬장꼬장하 게 말했다. "나는 평생 한 번도 노점에서 밥을 먹은 적이 없네. 가정교육을 제대로 받은 숙녀라면 아무도 그러지 않는다는 게 내 입장이야. 게다가 핫도그는 보기에도 혐오스럽고 위에 대한 모욕이라고 생각하네."

내 허세는 통하지 않았다. 적어도 스티븐에게는 완전히 무용지물이었다. 그는 여전히 쾌활하게 웃으면서 나를 약국 안으로 데리고 들어갔다. 놀랍게도 그곳의 수프는 기가 막히게 맛있었고 머스터드를 잔뜩 뿌린 핫도그도 마찬가지였다.

내가 두 번째 핫도그를 다 먹어 치우자 스티븐의 회색 눈이 반짝거렸다. 하지만 그는 같은 말로 나를 귀찮게 하지는 않았다.

그는 그냥 활짝 웃고는 부드럽게 물었다. "기분이 좀 나아지셨나요, 애디, 늙은 친구?"

나는 스티븐 랜싱이 내 이름을 약칭으로 부르도록 내버려 두는 것은 생각도 해 본 적이 없었다. 그러나 몇 시간 동안 인간 말종 취급을 당하고 나니 같은 인간과 우애를 나누는 것이 위안이 되었음을 고백하는 게 좋겠다.

"그래요." 나는 한숨을 쉬며 말했다. "좀 나아졌다네. 비록 다음 끼니는 아마도 감옥에서 먹게 되겠지만 말일세."

"그 정도로 상황이 나쁜가요?" 그가 이맛살을 찌푸리며 물었다.

"경위의 말에 따르면 그렇네." 나는 다시 한숨을 내쉬며 말했다.

"그가 당신에게 불리한 정황이라고 생각하는 게 대체 뭐죠, 애들레이드?"

나는 우울하게 경위의 생각을 대충 설명했다. "취할 수 있는 모든 증거에 따르면 나는 경찰을 제외하고 힐다 앤서니의 사교실 약속을 알았던, 혹은 그녀가 상황을 벗어나려던 것을 알았던 유일한 사람이었어. 내가 경위에게 그 쪽지를 보낸 건 너무나 영리한 짓임이 명백하다는 거지. 사실, 나는 내 목에 아주 영리하게 올가미를 씌운 셈이야. 어쨌거나, 나는 말하자면 모든 걸 혼자 뒤집어쓰고 남게 된 거지. 게다가 나는 현장에서 경위에게 사실상 발견된 셈이야. 적어도, 그의 말에 따르면, 그가 도착했을 때 나는 피해자 옆을 맴돌고 있었어. 그리고… 그리고 그건 내 담요였어."

"그러니까 경찰이 당신에게 혐의를 두지 않을까 봐 당신은 모든 것에 X 표시를 해뒀다는 거군요." 스티븐이 건조하게 말했다. "헛소리! 에라이! 또 뭐라고 할까요?"

"자네도 알아야 하듯이, 경위는 우리가 꽁장히 지능적인 범죄자와 상대하고 있다고 믿고 있어." 나는 체념한 목소리로 그에게 다시 알려 주었다.

"그는 누가 봐도 나한테 불리한 단서를 심어 놓은 것이 내 딴에는 극도로 영리한 수작을 부린 거라고 생각해. 경위가 말하기를, 요즘 학생들은 다들 추리 소설을 너무 많이 읽어서 등장인물 중 경찰이 일하기 편하도록 현장에 자기 커프스단추를 남겨둔 사람이 있다면 그가 아닌 다른 누군가가 범인일 가능성이 높다는 걸 다 안대."

"하지만 앤서니 여인이 비명을 질렀을 때 당신이 로비에 있었다면 당신은 철통같은 알리바이가 있는 겁니다, 애들레이드. 사팔눈의 레티 존스가 하려고만 하면 증언할 수 있잖아요."

"레티 존스는 사팔눈일 뿐만 아니라," 나는 씁쓸하게 대답했다. "일하면서 틈만 나면 잠이 든다네. 그리고 레티가 선서를 하고 쓴 진술서에는 힐다 앤서니가 비명을 질렀을 때 자기는 로비에서 나나 다른 것에는 거의 신경을 쓰지 않았다고 되어 있네. 레티는 그때 거의 기절해서 — 그렇지 않더라도 그녀가 그렇게 말했다네 — 눈을 꼭 감았어. 그녀는 천둥이 치거나 다른 위험한 일이 생기면 그렇게 하는 습관이 있다네. 아니 그렇다고 주장했네. 그녀는 자기가 눈을 떴을 때 혼자 있었다고 말했어. 그런 까닭에 자기가 비명소리를 들었을 때 내가 로비에 없었다고 맹세할 수는 없었지만, 그 몇 분 뒤에 내가 거기 없었다는 사실만은 확고하게 말할 수 있다는 거야."

"빌어먹을!" 스티븐이 흥분해서 말했다.

"정말 그래." 나는 일상생활에서 욕설을 내뱉는 걸 싫어하지만 그 말에 격하게 동의했다.

스티븐은 웃으면서 지독한 영국식 억양으로 몇 개월 전에 싸구려 쇼 극장에서 유행했던 익살맞은 노래를 부르기 시작했다.

"미스 오티스는 오늘 밤 당신과 식사할 수 없어서 유감이에요.

왜냐하면, 오늘 오후에 맞아 죽을 약속이 있거든요."

그렇지만 내가 나도 모르게 몸을 움찔하자 그의 미소는 사라졌다. 그리고 그는 진지하게 말했다. "그런 일로 기죽지 말아요, 애들레이드. 경위는 그냥 바보 같을 뿐이에요. 당신이 아무리 거만한 척해도, 그도 나처럼 당신이 벌레 한 마리도 못 죽일 정도로 마음씨 착하다는 걸 알고 있어요."

나는 어깨를 으쓱했다. "나는 경위를 포함해서 우리 중 한 사람도 그게 무슨 뜻인지 전혀 알 것 같지가 않네."

그는 얼굴이 붉어졌다. "경위한테 말씀하셨는지, 그러니까 그 얘기를…." 그는 말을 잠깐 멈추었다. 그의 얼굴은 슬퍼 보였다.

"비상 탈출구 위에 있던 장미와 어젯밤에 당신이 튀어나온 창문 말인가?" 나는 이렇게 묻고는 고개를 흔들었다.

"아니." 내가 말했다. "경위한테 아직 말하지 않은 것들이 많네. 오늘 아침 자네가 모자를 던져 로비의 시계를 울리게 했던 놀라운 일도 거기 포함되지. 내가 그에게 말하지 못했던 건 그만한 이유가 있어서야. 아까 위층에서 조사받을 때 그는 내게 상황이 상황이니만큼, 자신이 질문을 던질 테니 그 질문에 해당하는 내용만 말하라고 했기 때문이라네."

그는 안도의 숨을 내쉬었다. 나는 흔들리는 목소리로 말을 계속했다. "하지만 나는 그에게 모든 걸 얘기해야 할 거야, 스티븐. 지금 바로! 할 얘기가 있다고 그를 찾아갈 수 있다면 그 즉시 말이야!"

"그런가요?" 그는 양미간을 찡그리며 느리게 말했다.

내 목소리는 거의 울 듯이 간청하고 있었다. "마치… 마치 파리가 짓밟히는 것처럼 사람들이 죽어 나가게 내버려 둔 채 이대로 끝없이 계속 갈 수는 없어. 누군가 그걸 막기 위해 뭔가를 할 수 있다면 그렇게 되지는 않을 테니까 말이야."

"인제 와서 양심의 가책을 느끼시는 건가요, 애들레이드?" 스티븐이 딱딱한 목소리로 물었다. 그리고 빈정거리며 한마디를 보탰다. "당신도 저처럼 위험 요소를 알겠죠. 그러니 당신이 좋다고 생각하면 양심에 따라 행동하세요."

우리의 두 눈이 마주쳤다. 12시간도 채 안 되는 시간 동안 그의 조롱하는 웃음이 경고인지 협박인지 도저히 알 수가 없는 경우가 두 번이나 생긴 것이다.

그때 레티 존스가 짜증스럽게 나를 보면서 로비 쪽 문에서 고개를 내밀었다. "미스 애덤스, 어떤 남자분이 보자고 하십니다." 그녀는 코를 훌쩍이며 말했다.

레티는 리슐리외 호텔에서 여자 손님들 때문에 자신이 곤란해지는 일이 생기면 항상 짜증스러워한다. 남자들의 경우는 다르다. 레티는 남자와 관련된 일이면 무슨 일이건 킬킬거리면서 떠들어대고 만물의 영장을 — 이게 그녀가 그들을 칭하는 말이다 — 위한 일이라면 불편해서 못 할 일은 아무것도 없다고 생각하는, 그런 부류의 여자에 속한다.

"어떤 남자가 나를 보잔다고?" 나는 인상을 쓰면서 되물었다.

레티는 또다시 코를 훌쩍이며 고개를 끄덕인 다음 사라졌다. 그 사이 스티븐은 내가 높은 의자에서 내려오는 것을 도우면서 껄껄 웃었다. 내 몸집을 생각해보면 나는 그 의자 위에 조심스럽게 올라타 있던 셈이었다.

"당신한테 남자 친구가 또 있는지는 몰랐네요, 애디." 그가 예전처럼 무례하게 중얼거렸다.

내가 로비로 들어서자 레티는 데스크의 잉크통에 몰입해 있던 고개를 들고 한쪽 어깨를 들어 젊은 남자를 가리켰다. 그 남자는 낡았지만 깨끗한 작업복을 입고 당혹스러운 표정으로 정문 바로 안쪽에 서 있었다. 나는 그를 멍하니 바라보았다. 내가 아는 한 한 번도 본 적이 없는 사람이었다. 그가 내 쪽으로 다가오며 살짝 다리를 절었을 때조차도 나는 그를 알아보지 못했다.

"미스 애덤스?" 그가 물었다. 나는 고개를 끄덕였다. 그러자 그는 미안하다는 듯 말을 계속했다. "당신 같은 숙녀분을 귀찮게 할 자격이 제게 없다는 건 압니다. 그리고 제 복장도 이런 장소에는 어울리지 않는다는 것도요. 하지만," 그는 고통스러운 듯 마른침을 삼켰다. "당신이 애니한테 굉장히 친절하게 대하셨다고 애니가 말했거든요."

"애니?"

"제 아내, 여기서 일하던 젊은 웨이트리스 말입니다."

"당신 아내라고 했나요?" 나는 어리둥절해서 확인하듯 물었다.

그의 얼굴이 빨개졌다. "일을 구할 때 아내는 누구한테도 결혼했다는 건 말하지 않았습니다. 보시다시피, 저는… 저는 전신국 선로 인부입니다. 하지만 얼마 전에 작은 사고를 당했습니다. 앞마당에서 잔디를 깎다가 발목을 삐었거든요. 그래서 한동안 일을 못 하게 되었어요. 그런데… 그런데 애니와 저는 최근에 많은 돈을 써야 했어요. 장인어른이 돌아가셨고 다른 일들도 있었거든요. 게다가 우리는 비들 스트리트에 마련한 작은 집의 대출금도 갚으려고 애쓰는 중입니다. 애니는 제가 다시 직장으로 돌아갈 때까지 뭔가 일을 할 수 있으면 도움이 될 거라고 생각했어요. 그래서 아내는… 아내는….."

"미혼이라고 속였다는 거군요." 나는 이맛살을 찌푸리며 말했다.

"경제 공황이 온 뒤부터 결혼한 여자가 일을 구하는 게 쉽지 않으니까요." 그가 유감스럽다는 듯이 해명했다.

나는 마음이 약해졌지만 여전히 의구심이 남아 있었다.

"그런데 지금 말한 일들이 나하고 무슨 상관이 있나요?" 내가 물었다.

그의 말쑥하고 검소한 얼굴이 순간적으로 초췌한 주름으로 뒤덮였다. "애니는 당신이 친절하신 분이라고, 여기 있는 그 누구보다 친절하시다고 했어요." 그는 더듬더듬 말했다. "그런데… 애니한테 무슨 일이 생긴 것 같아서요….."

"무슨 일이 생기다니요?"

"아내가 어제 오후에 집에 오지 않았어요. 어젯밤에 돌아오지 않았단 말입니다. 아내는… 아내는 어제 아침에 집에서 나간 뒤에 돌아오지 않았어요."

그는 손에 든 모자를 계속 뒤집고 또 뒤집고 하면서 쳐다보고 있었다. 그의 눈은 두려움으로 가득 차 있었다. 불쌍한 젊은이, 나는 속으로 생각했다. 그리고 그녀에게 내가 감쪽같이 속았다는 사실에 놀랐다. 그 순간까지 나는 그 겁 많고 자그마한 웨이트리스가 초라하기는 하지만 한눈에도 예의 바른 젊은 남편을 버리고 떠날, 그런 여자는 절대 아니라고 믿었었다.

"미안해요." 나는 최대한 상냥하게 말했다. "나는 댁의 부인이 커피숍 매니저인 팬처 씨에게 좋은 일자리가 생겨서 어제 여기서 나간다고 얘기했다는 것밖에는 아무것도 모른답니다."

고뇌에 찬 그의 목소리가 가늘게 떨렸다. "하지만 아내는 나오지 않았어요."

"뭐라고요?"

"저는 애니가 출퇴근할 때 항상 같이 다녔어요." 그의 입술이 떨렸다. "저는 어제 아침에 애니가 출근할 때 같이 걸어왔고 오후에는 모퉁이에서 내려오기를 기다리고 있었어요. 그런데, 아내는 끝내 오지 않았어요."

나는 가엾은 젊은 남편에게 측은한 마음이 들었다. "내 생각에 댁의 부인은…." 나는 목이 잠겨왔다. "애니가 당신에게 이곳을 그만둔다고 말하지 않은 건 분명 무슨 이유가 있었을 거예요." 나는 불편한 마음으로 말했다.

그의 눈이 휘둥그레졌다. "하지만 애니와 저는 서로에게 모든 이야기를 다 해왔어요. 아내는 평생 저에게 숨기는 게 없었어요, 부인. 도대체 왜, 왜." 그는 나를 설득하고 싶은 간절한 마음으로 내 팔을 붙잡았다. "아내는 저한테 모스 부호를 가르쳐 달라고 할 정도였어요. 주변에 사람들이 있을 때 우리는 종종 서로에게 짧은 메시지를 보내거든요. 의자나 테이블을 손가락 마디로 톡톡 두드리는 거죠. 우리는 그게 귀엽다고 생각해요. 왜냐하면 다른 사람은 아무도 눈치채지 못할 거니까요." 그는 내 팔꿈치를 잡은 손에 힘을 주었다. "저는 믿을 수가 없어요. 제 아내 애니는 다른 일자리를 찾아, 아니면, 아니면 다른 남자를 찾아 저를 떠날 리가 없어요."

"하지만 어제 점심때 일을 마치고 나간 뒤부터 여기 없었는걸요." 나는 내 말을 고집했다.

그는 떨고 있었다. "아내는 결코 여기서 나오지 않았어요. 제 말을 들어주세요."

나는 믿을 수 없다는 표정으로 그를 쳐다보았다. "그렇지만 —"

"제가 지켜보고 있었어요."

"알아요, 하지만 —"

"제가 서 있던 곳에서는 직원 출입구가 다 보여요."

"그렇겠죠, 하지만 —"

"아내는 절대 호텔 밖으로 나오지 않았어요."

내 머리가 두 번째로 미친 듯이 돌아가기 시작한 것은 그때였다. 그것 때문에 나는 목숨을 잃을 뻔하게 되었는데 지금도 그때를 생각하면 아찔해지곤 한다.

"세상에, 무슨 이런 일이!" 나는 몸을 가누려고 의자 등받이를 손으로 잡으면서 헉하고 숨을 들이켰다.

이미 말한 것처럼 나는 얼마 동안 기억이 뒤엉키는 경우는 있지만 무엇이든 잊어버리는 법이 없는 사람이다. 그런데 그 당시 어안이 벙벙한데 도무지 무슨 일인지 알 수가 없던 여러 가지 모호하고 기이한 사건들이 떠오르는 것이었다. 이제야 그 사건들이 앞뒤가 맞아떨어졌다. 그 앞뒤가 너무 불길해서 나는 머리가 어지러워졌다.

"댁의 부인이 실종되었다는 걸 경찰에 신고… 신고했나요?" 나는 머뭇거리며 물었다.

그의 얼굴이 창백해졌다. "그럼 당신도 역시 아내에게 무슨 나쁜 일이 일어났다고 생각하시는 건가요?" 그가 입속말처럼 낮게 물었다.

나는 아무 말도 하지 못했다. 그러자 그는 손을 떨리는 입술에 갖다 댔다.

"저는 아무것도 하지 못했어요." 그가 숨을 들이켰다. "여기서 모퉁이까지 거리를 왔다 갔다, 갔다 왔다 했을 뿐이에요. 아내가 나오는지 보면서요."

나는 온몸이 덜덜 떨렸다. 바로 하고 싶은 수십 가지 일들이 있었다. 나는 정신이 산란해져서 재빨리 로비의 시계를 보았다. 2시 15분이었다. 커피숍은 20여 분 전에 문을 닫은 상태였다. 갑자기 정신이 아찔해지면서 내 오른쪽 눈에 씰룩거리는 경련이 일기 시작한 것은 그때였다. 지금까지도 그 씰룩임은 회복되지 않고 있다.

"여기서 기다려요." 나는 콘래드 윌슨을 떠밀어 의자에 앉혔다. "내가 돌아올 때까지 꼼짝 말고 있어요. 당신을 버니언 경위에게 데리고 가려고 해요. 하지만… 하지만 그 전에 내가 먼저 해야 할 일이 있어요."

너무 늦지만 않았다면, 나는 절뚝거리며 황급히 로비를 통해 뒤쪽 긴 복도로 나가면서 생각했다. 복도 왼쪽에는 리슐리외 호텔의 주방이 있고 오른쪽에는 미용실이 있었다. 내가 주방 문에 머리를 들이밀었을 때 마침 주방장과 설거지 담당자, 진, 그리고 벨이 저녁 시간이 시작되기 전 몇 시간 동안 밖에 나가 있으려고 기름때 묻은 앞치마를 막 벗고 있었다. 아마도 나는 거의 미친 여자처럼 보였을 것이다.

"그 웨이트리스, 그 글로리아라는 웨이트리스! 아직 있어?" 나는 헉헉거리며 다그치듯 물었다. 나는 아직도 제대로 숨을 쉴 수가 없는 상태였다.

진이 화들짝 놀란 눈으로 나를 보았다. 그러나 벨은 내가 무대 뒤에서 전례 없이 쳐들어온 상황인데도 눈 하나 깜짝하지 않았다.

"네, 그녀는 아직 안 갔어요, 미스 애덤스." 그녀는 차분하게 앞치마를 풀면서 말했다.

"다행이다!" 나는 입속말을 했다.

"다른 웨이트리스는 정확히 2시에 나갔어요." 벨이 계속 말했다. "그렇지만 그 글로리아는 그만둔대요. 그래서 팬처 씨가 수표를 가져올 때까지 기다려야 했어요."

"아!" 나는 옆구리가 심하게 결려서 우는 소리를 냈다.

"그녀는 어디 있어?" 벨은 호기심 어린 눈빛으로 나를 보았다. "아래층 탈의실에서 옷을 갈아입고 있을 것 같은데요. 하여튼 아직 올라왔다는 얘긴 못 들었어요."

나는 1층 주방에 공간이 부족해서 호텔 지하에 탈의실 비슷한 곳이 있다는 것을 잊고 있었다. 커피숍의 웨이트리스들은 출퇴근 시 그곳에서 옷을 갈아입도록 되어 있었다.

"그녀가 지하실로 내려갔다고?" 나는 숨을 들이켰다.

"네."

"올라왔다는 얘기는 못 들었단 말이지?"

"네."

순간적으로 그날 아침 식사 시간에 들었던 글로리아 라루의 목소리가 선명하게 들려왔다. "누구도 도와줄 사람이 없으면" 그녀는 말했었다. "힘든 걸 참아내는 데는 이골이 나게 되어 있어요."

복도로 다시 돌아가면서 내 심장은 미친 듯이 뛰고 있었다. 모든 게 무서우리만치 앞뒤가 맞아떨어졌다. 완벽하게 맞아떨어졌다.

나는 마침내 왜 시릴 팬처가 고용한 그 많은 웨이트리스들이 하루아침에 땅으로 꺼져버린다 해도 아무도 묻지 않을, 혼자 사는 친구들이었는지 알게 되었다. 그가 왜 그들이 손님들과 말을 나누지 못하도록 했는지, 왜 그들이 리슐리외 호텔에 오래 머무는 법이 없었는지, 그리고 왜 그들이 한결같이 다 어리고 싱그럽고 예쁜 아이들이었는지도 알게 되었다.

"하나님, 제발," 복도에서 발을 헛디뎌 넘어지면서 나는 마음속으로 빌었다. "제가 시간을 놓치지 않게 해주세요."

나는 리슐리외 호텔의 지하실에 여러 차례 가 본 적이 있었다. 하지만 주방 문과 직원 출입구 사이에 있는 뒤쪽 복도에서 내려가는 좁은 계단으로는 처음이었다. 로비 아래쪽으로 넓은 콘크리트 보관 창고가 있어서 좀이 슬지 않게 겨울 모피를 보관하려고, 아니면 여름 드레스를 꺼내려고 나는 엘리베이터를 타고 종종 그곳으로 내려갔었다.

나는 예전에 지하실 엘리베이터에서 서쪽으로 긴 통로가 호텔 뒤쪽을 향해 나 있는 것을 직접 보았었다. 그리고 보일러실 같은 지하실의 구역들이 있다는 것도 물론 알고 있었다. 또한 이미 말했던 것처럼 웨이트리스들의 탈의실이 거기 어디쯤인가에 있다는 것도 대충 알았다.

그렇지만 엘리베이터가 있는 곳에서 더 뒤쪽으로는 한 번도 갈 일이 없었다. 그래서 뒷계단으로 내려갔을 때 나는 그곳의 구조나 글로리아 라루가 들어갔을 방이 있는 위치에 대해 전혀 알지 못했다. 그러나 다행히도 계단참에 있는 밝은 전구 불빛이 가파른 계단과 그 밑의 복도를 환하게 비춰주고 있었다. 계단은 절반쯤 되는 지점에서 오른쪽으로 완전히 꺾여 있어서 내려가기 시작할 때는 동쪽을 보게 되지만 아래 계단에서는 서쪽을 향하게 되어 있었다.

보일러실 입구는 쉽게 찾을 수 있었다. 계단참의 전구에서 좀 거리가 있어서 복도는 희미하고 어둑어둑했지만, 지하실 앞쪽에 자리 잡고 있었기 때문이었다. 탈의실도 문제없이 찾을 수 있었다. 탈의실은 계단에서 옆으로 돌자마자 세탁물 홈통 옆에 있었다. 문은 닫혀 있었지만 화장실 물 흐르는 소리가 들렸다.

"하나님, 감사합니다." 나는 소리쳤다. "여태 여기 있었어!"

바로 그때 내 머리 위에 밝게 빛나던 전구가 나가 버렸다. 칠흑 같은 어둠 속에 갇혀 버린 나는 손을 들어봤지만 바로 앞에 있는 내 손도 보이지 않았다. 심장이 멎는 것 같았다. 혈관을 흐르던 피가 그대로 멈춘 것 같았다. 일순간 나는 움직일 수가 없었다. 생각조차 할 수가 없었다.

내 옆에서 살며시 움직이는 발소리가 느껴졌다. 그 소리는 점점 더 가까이 다가왔다. 그리고 짐승이 헐떡거리는 것 같은 무시무시한 소리가 들렸다. 그러나 피가 솟구쳐서 귀에서 아우성치는 바람에 나는 그 소리가 아래에서 나는지 위에서 나는지도 알 수가 없었다.

그 순간 킥킥 소리와 함께 내 몸은 한 바퀴를 휙 돌았다. 그 소리는 비명이 나오려다 막힌 것이었고 나는 온몸을 조여오는 형언할 수 없는 공포를 막아보려고 팔을 뻗어 휘젓고 있었다. 다음 순간 가공할 두 손이 내 목을 눌렀다. 그 손은 목을 문지르고, 긁으면서, 점점 더 깊이 내 숨구멍까지 파고들고 있었다.

17

빨간 불빛 한 줄기가 울혈이 터진 내 눈알을 비추며 천천히 깜박거리기 시작했다. 그리고 경련을 일으킨 폐부의 고통이 서서히 가라앉아 갔다. 나는 한 번, 두 번 딸꾹질을 했다. 그런 다음 내 귀가 떨어질 정도로 숨 가쁜, 괴상한 비명을 지르며 허공을 향해 몸부림치기 시작했다.

"진정해요, 애들레이드." 아주 가까운 곳 어디선가 스티븐이 말했다.

지하실은 여전히 칠흑같이 어두웠다. 하지만 그의 친숙하고 세심한 목소리를 듣자 나의 마지막 방어벽은 무너졌고, 불쌍한 콘래드 윌슨의 아내 애니에게 무슨 일이 일어났을지 알아챈 이래 온몸을 떨며 버텨오던 한계점이 터지면서 히스테리 발작이 시작되었다.

"아! 아! 아!" 나는 비명을 질렀다. 그러고는 또다시 "아-아 아! 아-아아!" 소방 사이렌 같은 비명이 터져 나왔다.

"침착하세요, 애들레이드." 스티븐이 내 어깨 옆에서 나지막이 말했다. 그러면서 나를 팔로 안았다. "당신은 폭탄이 터져도 날아가지 않을 정도로 기골이 장대한걸요. 나를 꽉 붙잡아요!"

나는 하라는 대로 했다. 두 팔로 그의 목을 감고 필사적으로 그에게 매달리며 동시에 정신을 놓지 않으려 애썼다. 경위가 계단 위 스위치로 불을 켜고 한달음에 지하실로 내려왔을 때 우리는 그런 상태로 발견되었다. 경위는 한 손에 권총을 들고 있었다. 또 다른 총은 상관을 뒤따라오다 발을 헛디딘 스위니 경관의 손에서 마구 흔들리고 있었다.

"극적인 장면이군!" 스티븐 랜싱이 중얼거렸다.

경위가 갑자기 멈춰서는 바람에 그의 심복은 그에게 걸려 넘어지지 않으려고 계단을 거칠게 부딪치며 앉아야만 했다. 그들은 계단참에서 아래 복도에 있는 우리를 쳐다보았다. 계단 위 불빛이 이제 눈부시도록 환하게 우리를 비추고 있었다.

"저런," 스위니가 역겨운 듯 말했다. "저 두 사람이 또다시 장난치고 있었던 거네요."

그러나 경위는 충격을 받은 표정으로 내 목에 생긴 성난 암적색 자국을 바라보고 있었다.

"무슨 일이 있었던 거죠, 미스 애덤스?" 그가 약간 떨면서 물었다.

그때쯤 나는 스티븐의 목을 감은 손을 풀 정도로 정신을 차린 상태였다. 그래서 곱슬머리 가발을 제자리로 돌려놓으면서 품위를 되찾아 보려 했다. 그 부분 가발은 충격을 받을 때 내 이마에서 떨어져서 매부리코 어디쯤까지 내려와 있었다.

"나한테 무슨 일이 있었는지는 보시는 대로예요." 나는 톡

쏘듯이 말했다.

내 뒤에서 스티븐이 껄껄 웃었다. "또다시 햄릿이 된 거죠."

"살인범이 당신을 습격했군요!" 경위가 소리쳤다.

"누군가, 아니면 뭔가가 날 공격한 건 확실해요." 나는 목 근육이 아파서 몸을 움찔하며 말했다.

"그자가 누군가요? 그자를 봤나요? 어디로 갔나요?" 경위와 스위니가 동시에, 그리고 각각 나를 향해 질문 공세를 퍼부었다.

"'모른다'가 모든 질문에 대해 내가 할 수 있는 답이에요." 나는 힘없이 말했다. "불이 갑자기 꺼져 버렸어요. 그리고…. 그리고 나는 그 사람이 지하실 계단 밑에서 나한테로 기어 온 건지, 위에서 내려온 건지조차 모르겠어요. 그냥 거기, 내 옆 어딘가에 있었어요. 맹수처럼 헐떡거리면서요. 그러더니… 그러더니 그의 손이 내 목을 깔아뭉개고 있었어요."

"여기 이건 양방향 스위치입니다." 스위니가 어두운 구석 이곳저곳에 손전등을 들이대면서 말했다.

"계단 맨 위에서나 당신이 있는 여기 밑에서나 끌 수가 있어요."

"큰 도움이 되는 말이군요." 스티븐 랜싱이 냉소적으로 중얼거렸다.

경위가 노려보았다. "도대체 당신은 어디서 이리 온 겁니까, 랜싱?" 그가 물었다.

그날 아침 힐다 앤서니의 비극적 죽음이 있은 후 경위는 그 꼼꼼하면서도 정중한 태도를 벗어던지고 놀라울 정도로 거칠게 변했다는 말을 나는 깜빡 잊고 하지 않았다. 그는 내가 미스터리 소설에서 너무나 자주 보았던 피도 눈물도 없는 탐정을 연상케 했다. 그러니까 여부없이 표독하게 용의자를 노려보며 불붙이지 않은 담배를 질겅질겅 씹으면서 누렇게 변색한 이를 드러내고 글로 쓸 수 없는 욕설을 퍼부어대는 그런 류의 탐정 말이다.

"당신이 한 것과 똑같이 로비 층 문으로 왔지요, 경위." 스티븐이 차분하게 말했다. "사실, 미스 애덤스를 공격한 괴한에게 가까스로 몸을 날릴 수 있었습니다. 애덤스를 계단 바닥에 쓰러뜨리는 것으로 끝났으니 숙녀분께 죄송하다는 말씀을 드려야겠죠."

나는 그때야 왜 내 온몸이 쑤시고 군데군데 멍이 들었는지 이해하게 되었다. 그때까지 나는 밀쳐 쓰러진 것을 전혀 지각하지 못하고 있었다.

"그… 음… 살인범은," 스티븐이 계속 말했다. "아수라장이 된 틈을 타서 허둥지둥 사라졌습니다. 그자가 어디로 가버렸는지 저는 전혀 모르겠습니다, 경위."

"아, 정말인가요?" 스위니가 중얼거렸다.

"당신이 정말 계단참에 있었다면 미스 애덤스를 쓰러뜨릴 수 있었던 만큼 살인범이 위층에서 왔는지 아니면 아래층에 있었는지 소리로 알아차렸겠군요, 랜싱."

스티븐은 나를 보며 웃음 지었다. "미스 애덤스는 좀 덩치가 있지요, 경위. 미안합니다, 애들레이드. 그리고 이분은 뭐든 하면 완벽하게 한답니다. 제 말은, 이분이 바닥에 떨어지는 건 피사의 사탑이 무너지는 것 비슷하다는 거죠. 들으셨겠지만, 아마도 위층에서는 집이 떠나가는 소리가 났을 겁니다."

"랜싱, 당신이 미스 애덤스의 목을 먼저 조른 다음 바닥에 쓰러뜨리는 것이 불가능했다는 명백한 근거가 없다는 걸 인지하고 있을 것 같은데요?" 경위가 추궁하듯 물었다.

나는 호흡을 가다듬었다. 어찌 되었든, 나는 스티븐 랜싱에게 내가 가진 모든 정보를 경찰에게 줄 것이라고 말했었고 그는 내가 그렇게 해서 좋을 일이 없을 거라고 경고 비슷한 말을 했던 것이 사실이다.

"바보같이 굴지 말아요, 버니언 경위." 나는 더듬거리며 말했다. "랜싱 씨가 도대체 왜 한순간 나를 죽이려 했다가 그다음에는 내 목숨을 구하려고 온갖 노력을 다했다는 건가요?"

"당신이 넘어지는 소리는 죽은 자도 깨울 정도였으니까요." 경위가 건조하게 말했다. "일이 그렇게 되자 경찰이 여기로 오기 전에 거꾸로 행동해서 당신을 구해주는 모습으로 발견되는 것만이 스티븐 랜싱에게는 유일한 희망이 되었던 거죠."

"그렇다면," 스티븐이 끼어들었다. "먼저 이분의 목을 조른 게 저였다는 거군요."

"내 말이 바로 그 말이야!" 스위니가 신이 나서 말했다. 경위는 고개를 끄덕였다. "당신은 한 번도 내게 진실한 말을 한 적이 없소, 랜싱."

"그건 정말 너무한 것 아니오?" 스티븐이 느릿느릿 말했다.

"제임스 리드가 살해되던 날 오후에 당신이 샐리 레이 미용실에서 그에게 전화를 걸어 그 지긋지긋한 염탐질을 그만두지 않으면 흠씬 두들겨 패 주겠다고 협박을 한 사실이 여전히 남아 있죠."

스티븐의 얼굴빛이 변했다. "그러니까 당신이 그걸 안단 말이군요." 그는 왠지 좀 자신 없이 말했다.

"당신은 생각하면 할수록 이상해 보이는 게 사실이오, 랜싱."

"그럴 리가!" 스티븐은 부드럽게 입속말을 했지만, 내가 볼 때 그는 좀 불편해 보였다.

"항상 옷을 다 차려입고 한밤중에 어느 때고 범죄 현장에 제일 먼저 나타나죠!" 경위는 경멸하는 어투를 숨기지 않고 말을 계속했다.

"장대뛰기 선수처럼 비상 탈출구를 올라오고!" 스위니가 힘주어 말했다.

"미스 애덤스가 공격당한 바로 그 순간에 어떻게 지하실에 와 있게 된 건지 조금이라도 타당하게 설명할 수 있겠소?" 경위가 단호하게 다그쳐 물었다.

스티븐은 크게 웃었다. "믿기지 않겠지만, 경위, 촉이 좀 왔답니다."

"촉이라!" 경위가 격분한 표정으로 되풀이했다.

"저는 어찌하다 보니 미스 애덤스를 좋아하게 되었는데요, 이분이 여러 가지 곤란한 상황을 맞고 있어서 항상 눈앞에 보이도록 해야겠다고 마음먹었기 때문이죠."

"저분을 따라 이곳으로 왔다는 걸 인정하는 거네요." 경위가 기분 나쁘게 말했다.

"저는 로비에서 나오다가 이분이 옷깃을 휘날리며 지하실로 가는 것을 딱 보게 된 겁니다. 뭔가 촉이 와서 발걸음을 서둘렀어요. 저는 살인범이 돌아다니는 상황에서 지하실로 오겠다는 생각은 해 본 적도 없답니다. 제 뒤쪽 문이 닫히자마자 눈앞에서 불이 나갔어요. 저는 그 자리에서 1, 2초 서 있었을 겁니다. 눈만 깜박였을 뿐 꼼짝도 하지 못했지요.

계단참에서 미스 애덤스의 숨넘어가는 소리를 들은 건 그때였어요. 그래서 저는 누군지 모르는 그자에게 몸을 날린 겁니다."

"그런 말도 안 되는 소리를 지금 나더러 믿으라는 겁니까?" 경위가 반박했다.

"그렇죠." 스위니가 공격하듯 소리쳤다. "당신은 경위님과 제가 농담 따먹기 대회를 하는 걸로 생각하나요?"

"정확히 그렇다고 말하지는 않겠습니다." 스티븐은 특유의 약 올리는 듯한 웃음을 흘리며 중얼거렸다. 하지만 나는 그의 얼굴이 굉장히 창백해 보인다고 생각했다.

"막 생각난 게 있어요, 경위." 나는 긴 숨을 내쉬면서 말했다. "저를 공격한 게 스티븐 랜싱이었는지 단번에 알 수 있을 거예요."

"그게 뭐죠, 미스 애덤스?" 경위는 미덥지 않다는 듯 중얼거렸다.

"제가 그 괴한을 깨물었다는 게 막 기억났어요."

"깨물었다고요!" 경위는 아연실색한 목소리로 소리를 질렀다.

"당신이라면 그랬을 거예요, 애들레이드. 뭐 그 비슷한 거라도 했겠죠." 스티븐이 희미하게 웃으며 말했다.

"저는 고개를 비틀어서 그놈의 팔을 물었어요. 팔목 근처였을 거예요." 나는 온몸을 떨면서 말을 이었다.

"세상에나!" 스위니가 헉하며 말했다.

"피가 났어요, 경위. 의식을 잃기 직전에 전… 전 피 맛을 느꼈다고요. 입술에 뜨겁고 짠 느낌이 있었어요."

"저 여자는 늑대 인간이라고 제가 말했잖아요." 스위니가 울분을 토했다. "늑대 인간이라고요!"

스티븐은 소매를 팔꿈치까지 접어 올렸다. "저는 무죄입니다, 경위!" 그가 소리쳤다. 미끈한 근육질의 밤색 두 팔을 내밀면서 그의 눈은 또다시 춤을 추고 있었다.

경위는 인상을 잔뜩 쓰고서 우리를 번갈아 쳐다보았다. "임기응변치고는 아주 훌륭하군요, 미스 애덤스. 아니면 스티븐 랜싱에게 예기치 않은 상황이 계속되는 것이거나 말이죠." 그는 비꼬는 태도로 말했다.

"그렇지만 증거가, 혹은 상처라고 해 두죠, 없다면 저는 그 말을 믿을 수 없군요."

"증거가 있어요, 경위." 나는 차분하게 말하면서 내 턱을 가리켜 보였다. 거기에는 서서히 말라가고 있는 적갈색 얼룩이 있었다.

"당신이 인정해야만 할 건," 나는 킁킁거리며 말했다. "내가 목이 졸려 아무렇게나 내동댕이쳐지는 동안에도 피부에는 전혀 상처를 입지 않았다는 사실이에요. 못 믿겠으면 여성 경관에게 몸 검사라도 받을까요?"

경위는 탄식했다. 그러자 스티븐 랜싱이 웃었다. "체크메이트!" 그는 이렇게 말하면서 촐랑대며 한마디를 더 했다. "무안타, 무득점, 무실책이네요, 경위. 당신은 완패예요."

경위는 몹시 화가 난 듯 양손을 들어 올렸고 스위니 경관은 언짢은 기색을 숨기지 않으면서 지하실의 어둑어둑한 구석들을 손전등으로 다시 비추기 시작했다.

"아무리 늑대 인간이라도," 그가 투덜거렸다. "이렇게 사방에 피를 흘릴 만큼 심하게 사람을 물어뜯다니, 어찌 이럴 수가 있는지 모르겠군요."

"뭐!" 경위가 고함을 질렀다. "그 손전등 이리 줘."

살인범의 손이 내 목을 조였던 그 순간부터 손전등의 노란 불빛이 지하실 계단 맨 아랫부분부터 웨이트리스들의 탈의실 문으로 이어지는 선홍색 짙은 자국을 비출 때까지 나는 그 지독한 곳에 내가 오게 된 이유를 잊고 있었다.

"그 웨이트리스!" 나는 숨을 들이켰다. "하나님, 용서해 주세요. 그녀를 잊고 있었어요!"

경위는 내가 제정신이 아니라는 것을 드디어 확신했다는 듯이 나를 쳐다보았고 스위니는 "돌아버렸군!" 하면서 뭉툭한 손가락으로 관자놀이에 원을 그렸다. 그러나 스티븐은 완전히 하얗게 질린 얼굴로 내 팔을 붙잡고 나를 거칠게 흔들기 시작했다.

"그 웨이트리스라뇨? 어떤 웨이트리스 말인가요? 오, 맙소사, 말 좀 해 봐요!" 그가 소리를 질렀다.

턱이 플래카드처럼 허공에서 흔들리는 상황에서 어떻게 말을 하라는 건지 알 수가 없었다. 하지만 마침내 가까스로 숨을 들이킬 수 있었다. "그 커피숍 웨이트리스, 글로리아 라루 말이에요! 옷을 갈아입으러 여기… 여기 내려왔는데 아직 나타나지 않고 있어요."

내가 말을 마치기도 전에 스티븐은 탈의실 문을 쾅쾅 두드리고 있었다. 문은 잠겨 있었지만 그가 문을 여는 데는 채 1분도 걸리지 않았다. 널찍한 어깨를 문 위쪽에 대고 그는 마치 벽을 부수는 망치처럼 쇄도했다.

찢어지는 듯한 파열음이 들리고 부식한 나무 틀에서 자물쇠가 끼익 떨어져 나갔다. 그러자 그는 뒤에 있던 나와 함께 내부에 들어가 있었다. 내가 스위니 순경 옆을 스쳐 지나가면서 넓적한 신발 굽으로 그를 걸어 넘어뜨리는 바람에 그는 공교롭게도 반쯤 열린 잭나이프 같은 모양으로 양손과 무릎을 바닥에 댄 항복한 병사가 되어 버렸고 버니언 경위가 그에게 쿵 부딪치면서 두 사람은 말에서 떨어진 것처럼 얼마간 겹쳐서 엎어져 있었다.

탈의실은 텅 비어 있었다.

콘크리트 회벽과 바닥만 있을 뿐인 휑한 공간이었다. 천장 가까이 있는 우중충한 채광창을 통해 호텔 뒤 아스팔트 골목의 스산한 불빛이 들어오고 있었다. 탈의실에는 두 개의 좁은 철제 로커가 있었는데 로커의 문은 처진 채 열려 있었고 자물쇠는 녹이 슬고 부서져 있었다. 금속 변기 옆에 박혀 있는 못에 더러운 수건이 흐느적거리며 걸려 있었고 변기 위로는 칠이 벗겨진 거울이 걸려 있었다. 그리고 입구 바로 위로는 붉은색 짙은 얼룩 외에는 아무것도 없었다. 스티븐 랜싱은 심란한 눈빛으로 그 얼룩을 응시했다.

"아!" 나는 소리를 질렀다. "더는 못 견디겠어!"

나는 두 손으로 눈을 가리고 돌아섰다. 그때까지도 숨을 식식거리고 있던 스위니 경관이 내 앞에서 갑자기 멈춰 섰다. 버

니언 경위는 자신이 했던 성난 말들은 까맣게 잊고서 발밑의
불길한 적갈색 얼룩에 시선을 주었다.

"그녀도 놈에게 당한 거야." 경위가 거칠게 말했다.

"아이고!" 스위니의 목소리가 떨렸다.

얼굴에 표정이 없어진 스티븐이 다시 복도로 나가려고 나를
옆으로 밀쳤다. "글로리! 글로리! 어디 있어?" 그가 소리쳤다.

"죽은 여자는 말을 못 하죠." 스위니는 맨살이 드러난 무릎
을 멍하니 문지르면서 우울하게 고개를 끄덕였다.

"글로리, 제발!" 스티븐이 다시 소리쳤다. "신호를 보내 줘!"

"제가 말하잖아요…." 스위니가 멍든 손바닥을 비비면서 말
하기 시작했다.

"조용히 해, 이 멍청이야!" 스티븐은 미친 듯이 소리를 질
렀다.

"이봐," 스위니가 항변했다. "여기서 명령을 내리는 사람은
나와 경위님 ― 그러니까, 경위님이라고."

"조용히 해, 순경!" 경위가 으르렁거렸다.

스위니는 믿을 수 없다는 표정으로 그를 흘깃 보고는 심한
모욕감을 느낀 표정으로 아픈 옆구리를 조심스레 문지르면서
상처 입은 침묵에 빠져들었다.

"글로리! 글로리!" 스티븐이 다시 한번 소리를 질렀다. "대
답해!"

그때 우리 귀에 쥐가 널빤지를 갉아먹는 것같이 희미하게 뭔

가를 긁는 소리가 들려왔다. 하지만 콘크리트로 된 지하실에 널빤지 같은 것은 없었다. 여기서 경위의 공을 인정하자면, 화로 뒤쪽에 소각하기 위해 쌓아놓은 듯한 수많은 빈 나무 상자들과 함께 포장용 상자가 있는 것을 처음 발견한 사람이 그였다. 하지만 그 상자는 비어 있지 않았다.

스티븐이 몸이 포개져 접힌 사람의 형상을 그 은닉처에서 가만히 들어 올렸다. 들릴 듯 말 듯 조용히 욕을 내뱉으며 그는 글로리아 라루의 입에 재갈을 물린 채 목뒤로 묶어놓은 더러운 수건을 벗겨냈다. 그는 계속 욕을 뱉으면서 그녀의 손목을 묶은 수건과 발목에 둘러놓은 또 다른 수건을 풀었다. 리슐리외 호텔의 규정상 매일같이 최소한 수백 장의 수건이 세탁 홈통을 통해 지하로 내려온다는 것을 여기서 말해야 할 것 같다.

"글로리, 만약 너를 다치게 했으면 맹세코…." 스티븐이 주먹을 움켜쥐고 소리쳤다.

그녀는 힘없이 미소를 지었다. 그리고 내가 한 번도 들어보지 못한 목소리로 말했다. "괜찮아요, 대장. 견딜 만해요."

"대장!" 스위니가 쉰 목소리로 외쳤다.

"대장!" 나는 헉하고 숨을 들이켰다.

"대장이라고?" 경위가 정말 희한한 표정으로 되풀이해 물었다.

스티븐은 우리 따위는 안중에도 없었다. "맙소사, 글로리, 내가 그 라디오 방송국의 가짜 통지는 우리 작전의 결말이 오는 신호라고 경고했잖아." 그는 탄식했다. "왜… 왜 조심하지 않았어, 이 바보야?"

그녀는 어깨를 으쓱했다. "그냥 제가 똑똑하다고 생각했거든요, 대장. 실제보다 한참 더 똑똑하다고."

"그래서 놈의 수중으로 걸어 들어갔군그래." 스티븐이 매섭게 말했다.

"사람은 누구나 실수하잖아요." 그녀는 겸연쩍은 듯 소심하게 웃으며 잘못을 인정했다. "그 오디션을 가장한 통지를 받자마자 전 무대가 마련되었다는 걸 알았어요. 하지만 전… 전 한 가지 실수를 한 거예요." 그녀가 몸을 떨었다. "그런데 대장이 없었다면 그게 마지막 실수가 될 뻔한 거죠. 저는 시릴 팬처에게 총을 겨눌 수 있는 한은 안전하다고 생각했어요."

"시릴이구나, 그렇지!" 나는 쉰 목소리로 외쳤다.

그녀는 나를 보지 않았다. "저는 언제나," 그녀는 곤혹스럽고 분한 듯한 목소리로 말했다. "이 세상 더러운 인간들 중 제일 더러운 족속은 인신매매범이라고 생각하고 있었어요."

"인신매매범이라니!" 경위가 입속말을 했다.

스티븐 랜싱과 그가 글로리아라고 부른 그 침착한 눈빛의 여자는 서로에게 집중하느라 다른 사람은 거들떠보지도 않았다.

"이제 알게 됐죠," 그녀가 유감스러운 듯 이맛살을 찌푸리며 말했다. "그 밧줄이 제 목을 감아 들기 시작하자 인간이라는 것 자체가 위험하다는 걸 말이에요."

"맞아." 스티븐이 무겁게 말했다. "그래서 어떻게 된 거야?"

"그가 수표를 받으려면 탈의실에서 기다리라고 했을 때 저는 어떤 일이 있을지 알았어요."

"그래, 그래! 계속해"

"전 옷을 갈아입고 문 왼쪽에 서 있었죠. 외투 주머니에 총이 있었고 제 손은 방아쇠를 쥐고 있었어요."

"좋아! 무슨 일이 일어났지?"

"그는 내 얼굴을 보고 내가 그의 계획을 간파한 걸 알았거나 아니면 뭔가 다른 이유로 달아나야 했던 것 같아요. 그는 문 앞에서 이미 싸울 태세로 들어왔어요. 그러니까 저는 총을 쏠 기회가 전혀 없었다는 말이에요. 그의 주먹이 날아왔어요. 눈 앞에서 별이 수천 개가 폭발하는 것 같았어요. 정신이 들었을 때 저는 우편물 상자 같은 데 묶여 있었어요." 그녀는 몸을 떨었다. "아마도 오늘 밤 늦게 화로 속으로 던져질 상자였겠죠."

"하나님은 아시겠지. 지옥에 그 자식을 위한 특별한 불 구덩이가 있기를 내가 바란다는 걸." 스티븐 랜싱이 이를 악물며 말했다. "그를 다 잡았다가 놓치다니 내 경력에 오랫동안 지워지지 않을 한심하고 쓰디쓴 오점이 되겠군."

"놈은 멀리 가지 못했을 거예요, 대장. 아직 잡을 수 있어요." 그녀가 자신 없이 말했다.

"우리가 이렇게 다 노출되고 말았는데! 나잇값을 해, 쾌리." 그는 씁쓸하게 중얼거렸다. 그 말에 경위와 스위니는 은밀하게 득의만만한 눈빛을 주고받았다.

그녀의 어깨가 축 늘어졌다. "죄송해요. 제가 대장의 일을 다 망쳤어요."

스티븐은 그녀의 팔에 다정하게 손을 얹었다. "맙소사, 이 친구야." 그가 큰 소리로 말했다. "난 너를 탓하는 게 아니야. 놈이 싸울 태세로 문으로 들어왔다고 말했지. 놈은 뭔가를 알게 되었던 거야."

그는 처음으로 우리 쪽으로 눈길을 주었다. 그러더니 놀란 내 얼굴을 보고 고개를 흔들었다. "애들레이드, 애들레이드, 도대체 일이 이렇게 되도록 놈에게 무슨 짓을 한 거죠?"

나는 마른침을 삼켰다. "난 아무것도 안 했어. 로비에서 애니의 남편과 내가 얘기하는 걸 그가 본 것밖에는 없어."

"애니!"

"어제 사라져버린 그… 그 웨이트리스 말일세."

그의 얼굴이 회색이 되었다. "사라졌다고요? 하지만 그럴 수는 없어요! 제 말은 그러니까, 놈은 그녀를 결코 팔아넘기려고는 하지 않았을 거라는 거죠. 그녀는 가정이 있고 갑자기 없어지면 소동을 피울 남편도 있어요. 제임스 리드와 내가 여러 번 그녀를 미행했기 때문에 아는 사실입니다."

"하지만 시릴은 몰랐어." 내가 더듬거리며 말했다. "애니가 미혼이라고 그를 속였거든."

"맙소사!" 스티븐 랜싱이 탄식했다. "그녀는 안전하다고 믿었기 때문에 저는 그녀를 감시할 생각조차 하지 않았어요."

가슴 아픈 침묵이 흘렀다. 조금 있다 버니언 경위가 작은 소리로 물었다. "이 모든 게 대체 무슨 일인지 제게 말해 주시겠소, 어… 랜싱 씨?"

"특수요원 랜싱이에요." 그녀가 바로 고쳐 주었다. "다들 G맨이라고 하죠."

"오, 맙소사!" 스위니 경관이 경외심에 가득 찬 목소리로 외쳤다.

"이쪽은 내 조수이자 여직원," 스티븐이 희미하게 미소를 지으며 말했다. "미스 글로리아나 쾍켄베리입니다."

"제 본명이에요, 경위님." 그녀는 경위의 놀란 얼굴에 나타난 미심쩍은 표정에 대한 답을 했다. "이게 어떻게 본명이냐고요? 아무도 이런 이름을 가명으로 쓰지는 않으니까요."

"그렇겠군요." 버니언 경위는 말을 얼버무렸다.

"이게 무슨 일이냐면, 경위," 스티븐 랜싱이 한숨을 쉬며 말했다. "연방 정부는 거의 1년 동안 이 지역에서 젊은 여성들을 실어 나르고 있다는 정보를 갖고 있었습니다. 출발지는 뉴올리언스이고 거기서 아르헨티나행 배에 태운 후 최종 목적지인 남미의 항구 이곳저곳에 보내는 거였죠."

나는 주체할 수 없이 몸을 떨고 있었다.

"우리는 그 수송선 중 하나를 가까스로 중간에 덮칠 수 있었습니다." 스티븐이 무겁게 말했다. "하지만 이미 정보가 샌

뒤였어요. 우리가 들어갔을 때 화물로 실린 여성은 죽어 있었습니다."

"아이고!" 나는 숨을 들이켰다.

"우리는 다른 피해자들 중 한 사람을 추적하는 데 성공했어요. 그녀는 뉴올리언스로 실려 가고 있던 트럭 안에서 쪽지를 써서 밖으로 던졌던 겁니다. 하지만 우리가 도착하기 전에 그녀는 고속도로로 내던져졌고 뒤에 오던 트럭에 치여 죽었습니다."

"그 웬돌린이야!" 나는 소리를 질렀다. "할리우드로 차를 얻어 타고 가려다 교통사고가 나서 죽었다던 그 웨이트리스 말이야!"

스티븐이 고개를 끄덕였다. "그녀에게는 가족이 없었습니다. 세 들어 살던 곳의 사람들은 그녀가 마지막으로 일했던 곳이 어딘지도 몰랐어요. 우리는 그녀가 일을 당했다는 걸 확신했지만 그 지점에서 일을 진행하는 데 확보한 유일한 자료는 그녀가 소지하고 있던 식탁용 냅킨뿐이었죠. 우리는 그 냅킨에 붙어 있던 세탁물 표를 보고 리슐리외 호텔까지 추적해 올 수 있었던 겁니다."

"어머나!" 나는 다시 한번 숨을 들이켰다.

"그래서 저는 지난 한 달간 여기 있었던 겁니다, 경위. 아니 화장품을 시연한다고 인근 지역을 찾아 헤맸다고 해야겠군요." 그가 얼굴을 찌푸렸다. "실제로는 이 근방에서 지난 일 년간 실종된 이삼십 명의 젊은 여성들을 조사하고 있었죠."

"이삼십 명이라니!" 나는 입속말로 중얼거렸다.

"그 식탁용 냅킨 말고는 그들을 태워 가는 일이 진행된 곳이 이 호텔이라고 믿을 만한 아무런 근거도 없었어요, 경위. 아, 촉이 있기는 했죠." 스티븐이 또다시 희미하게 미소 지으며 말했다.

"그렇군요." 경위가 겸손하게 말했다.

"솔직히 말하면, 제 직속상관들은 제가 시간 낭비하고 있다고 생각했어요. 다른 많은 사람들도 그랬죠." 그는 나에게 쓴웃음을 보였다. "멍청한 여자들에게 시간을 낭비하고 있다고 말이죠! 마치," 그가 얼굴을 찡그렸다. "주변의 흙을 파지 않고도 들쥐를 찾아낼 수 있다는 식이었죠."

"당연히 그렇겠죠." 경위가 말했다.

"그저께까지는 나조차도 내가 미몽을 좇아 미친 듯 헤매는 것 아닌가 싶었어요. 호텔에 있는 여자들을 죄다 찔러보며 사생활을 캐고 다녔지만 내가 찾는 것 비슷한 것조차 발견하지 못했거든요. 그 불쌍한 젊은 모스비 부인은 예외였지만 그건 지엽적인 문제였죠. 그런데 하룻밤 사이에 지옥문이 열리기 시작했어요. 리드를 죽였을 때 그자는 범죄를 은폐하기 위해 돈이, 그것도 아주 큰 돈이 필요했을 겁니다. 어쩌면 사태가 그로서는 너무 심각해져서 빨리 빠져나오기 위해 마지막으로 한 건 크게 할 계획을 세웠을지도 모르고요. 아무튼, 그는 글로리를 채용했어요. 제가 글로리에게 몇 주 동안 여길 드나들면서 커피숍에 일자리를 구해보라고 했거든요. 그래서 저는 덫이 만들어졌다고 믿었습니다."

어디선가 많이 들어본 소리였다. "그렇지만 그는 자네에게 상대가 안 될 정도로 영리했군." 나는 우물쭈물 말했다.

스티븐 랜싱이 한숨을 내쉬었다. "그렇습니다."

스위니 경관이 딱 벌어졌던 입을 서서히 닫고 건장한 어깨를 약간 흔들었다. "저는 그자가 손목을 살짝 물린 걸로 어떻게 이렇게 많은 피를 흘릴 수 있었는지 아직도 모르겠는데요." 그는 애처롭게 중얼거렸다.

특수요원 랜싱은 유감스러운 표정으로 조수를 흘깃 보았다. "사람은 누구나 실수한다고 네가 말했지, 글로리. 그 불쌍한 애니는 내 실수야. 우리 일에서 실수란 거의 언제나 치명적이지,"

"자네 말은, 이게⋯ 이게 그녀의 피라는 건가?" 나는 소리를 질렀다.

그는 고개를 끄덕였다. 나는 내가 위층에 두고 온 그 가여운 젊은 남편이 생각나서 비통하게 흐느끼기 시작했다. 그러자 스티븐이 내 어깨를 감싸 안고 쉰 목소리로 나지막이 말했다. "제 눈물까지 함께 흘려 주세요, 애들레이드."

18

알고 보니, 경위는 나를 구하러 달려오면서 뒷계단 위와 엘리베이터 앞에 여러 명의 경관을 배치해 놓았다. 그 두 곳이 지하실에서 나가는 유일한 출구라고 그는 생각했던 것이다.

그것은 스티븐 랜싱이 그의 사냥감이 탈출한 것을 한탄했을 때 경위의 얼굴에 나타난 우쭐하는 표정으로 설명되었다. 의심의 여지 없이 경위는 연방 요원을 상대로 자신이 통쾌한 승리를 거뒀다는 명성을 얻게 될 것으로 생각한 모양이었다. 그러나, 지하실 입구에 진을 치고 있던 경비병들은 바퀴벌레 한 마리 빠져나오지 않았다고 보고했을 뿐이었다.

내가 비명을 지르기 직전에 지하실에서 엘리베이터 벨이 울렸다는 사실이 드러났다. 하지만 낮 직원인 제이크는 자신이 엘리베이터를 타고 내려왔을 때 그곳에는 아무도 없었다고, 자신은 몇 분 동안 기다렸다고 주장했다. 그는 기다렸다지만 실제로는 등골이 오싹해지는 나의 비명을 듣고 오금이 저려 꼼짝하지 못했던 것이었다. 로비 층으로 왔을 때 그는 얼마나 두려움에 떨고 있었던지 엘리베이터까지 덜덜 흔들리고 있었다.

그곳에 있던 경관들이 제이크의 증언을 확실하게 뒷받침해

주었다. 그들은 그가 지하실에서 엘리베이터를 타고 올라왔을 때 전적으로 혼자 있었다는 것을 인정했다. 경위는 얼마간 제이크가 범인일지도 모른다는 실없는 생각을 했던 게 분명했다. 제이크는 짐 가방을 호텔 안팎으로 들어 나르고 엘리베이터를 위아래로 움직이게 하는 게 전부일 정도의 인지만 겨우 있을 뿐인 사람이었다.

그로서는 천만다행으로, 엘라 트로터가 지하실에서 벨이 울렸을 때 제이크는 자신을 방으로 태워 올라가는 중이었다고 분명히 말해 주었다. 그녀는 그가 지하실에 유령이 있는 것 같다고 투덜거리는 것을 들었다고 했다. 지하실에 아무도 없는데 수시로 벨이 울렸다는 것이다. 엘라도 'B'층에 불이 들어와 있는 것을 보았다고 했다. 그녀가 그 불빛을 보고 있던 바로 그 순간 누군가가 지하실 엘리베이터 앞에서 벨을 마구 두드리고 있었다는 것을 증명하듯 불빛이 미친 듯이 깜박거렸다는 것이다.

"그렇다면 놈은 아직 여기 어딘가에 있어!" 경위가 완전히 낙담한 표정으로 맹렬하게 고함쳤다.

"아닐걸요." 스티븐이 시무룩하게 말했다.

그럼에도 불구하고 경위는 더 많은 경관을 불러 모은 뒤 전력을 다해 리슐리의 호텔 지하를 구석구석 수색하라고 했다. 스티븐은 낙관적인 결과가 나올 것이라고는 전혀 기대하지 않는 기색이었지만 수색에 합류했다. 나는 목이 쉰데다 너무 아

파 오기 시작해서 그곳에서 나가기로 했다. 나는 미스 글로리
아나 퀘켄베리와 함께 호텔 지상으로 올라갔다. 그녀는 다소
지쳐 보였고 나는 심한 통증과 함께 목이 쌕쌕거리려고 했다.

가엾은 콘래드 윌슨은 내가 그대로 있으라고 했던 그 로비
문 옆 의자에 여전히 앉아 있었다. 그의 얼굴은 뒤에 있는 불
나간 전구처럼 흐릿했다. 나는 그에게 가서 위로의 말이라도
해보려고 했으나 그는 내 말을 듣고 있지 않았으며 내가 거기
있는 것조차 모르는 게 분명했다.

한참 있다 경관 한 명이 와서 랜싱 씨가 그에게 경찰이 그와
얘기를 나누기 전까지 위층 랜싱 씨 방에서 휴식을 좀 취하기
를 권한다고 했다. 애니의 가엾은 남편은 여전히 그 텅 빈 멍한
얼굴을 한 채 선선히 이끌려 갔다.

"대장은 이 일로 자신을 절대 용서하지 않을 거예요." 글로
리아 퀘켄베리가 손등으로 눈을 문지르면서 조용히 말했다. "
이건 마치… 마치…." 그녀는 대들 듯이 나를 쳐다보았다. "이
번엔 대장이 실패한 건지도 모르죠. 매번 성공을 거두는 사람
은 아무도 없잖아요. 하지만… 하지만… 대장보다 뛰어난 사
람은 없다고요."

"나도 그렇게 생각해." 나는 그렇게 말하고 조심스럽게 덧붙
여 물었다. "그와는 오랫동안 함께 일했나요?"

"5년이요! 제 인생에 제일 행복했던 5년이에요…." 그녀는
말을 멈추더니 나에게 미심쩍은 눈초리를 지었다. 그리고 황

급히 말했다. "그래요, 저는 대장을 사랑해요. 그게 당신이 궁금한 거라면 말이죠. 그렇지만 그의 잘못은 아니잖아요? 그렇다고 아무런 일도 일어나지는 않을 테니까요. 그리고 제 잘못도 아니에요."

"나는… 어…."

"대장은 누구를 사랑한 적이 한 번도 없어요." 그녀는 성취감을 느끼는 듯 자랑스럽게 선언했다. "여자들은 모두 그에게 빠져들어요. 그래서 그는 그들에게 맞장구를 쳐주느라 많은 시간을 보내야만 하죠. 뭔가를 찾아내는 일을 하고 있으니 말이에요. 아시잖아요, 우리 여자들이 얼마나 말이 많은지. 그렇지만 그는 그 여자들을 경멸해요, 불쌍한 바보들! 그는… 그는 이상적인 걸 다 갖추고 있어요. 그러니까 그를 차지할 여자는 독보적인 존재여야만 할 거예요."

"그런가요?" 나는 캐슬린을 생각하며 중얼거렸다.

"그는 저를 경멸하지는 않아요. 저를 아주 평범하다고 생각하죠. 그리고 그건 대단한 거예요." 그녀는 눈을 마구 깜박거렸다. "엄청나게 대단하다고요! 하지만 그는 저를 사랑하는 건 생각도 하지 않죠."

"안… 안됐네요." 나는 우물쭈물 말했다.

그녀는 코를 세게 풀고는 자리에서 일어났다. "어쨌든, 저는 그를 위해서라면 목숨을 걸게 되고 가끔은 더 나쁜 경우도 있어요. 그래도 저는 누구와도 제 일을 바꾸지 않을 거예요. 여자들은 이해할 수 없는 일을 하잖아요, 그렇죠?"

"그래요." 나는 한숨을 내쉬었다.

"하늘이 우릴 지켜주길!" 그녀는 급히 문을 향해 돌아섰다. "대장에게 말해 주세요." 그녀는 로비에서 경비를 서고 있는 경관에게 말했다. "제가 뭐라도 해야 할 일이 있으면 창밖으로 몸을 내밀고 부르라고요. 그러면 달려올 테니까요."

그녀는 크고 재바른 두 손을 체크무늬 외투 주머니에 찔러넣고 두툼한 입술을 오므려 소리 없이 휘파람을 불면서 거리쪽으로 휙 몸을 틀었다. 작고 빨간 모자가 멋있게 한쪽 눈을 가리며 삐딱하게 내려와 있었다. 나는 목젖이 울컥했음을 고백해야 하겠다. 그것은 내 목에 생긴 저 흉측한 멍이 보라색으로 변하면서 욱신거리기 시작한 것과는 아무런 상관도 없었다.

내가 위층 내 방으로 간 것은 4시 경이었다고 기억한다. 평소 저녁 식사에 맞춰 옷을 갈아입기 위해 돌아오던 시간보다 한 시간은 이른 시간이었지만 나는 뜨거운 물이 든 욕조에 들어가서 영원히, 아니면 최소한 통증이라도 좀 사그라들 때까지 거기 있고픈 마음이 너무나 간절했던 것이다.

엘리베이터에서 나오는데 소피 스콧의 방에서 애처로울 만큼 목멘 소리로 시릴의 이름을 끝도 없이 부르며 흐느끼는 소리가 들렸다. 나는 그녀의 방문 앞에서 잠시 머뭇거렸다. 그러나, 안타까운 마음이 들기는 하지만, 남편이 온갖 범죄자들 중제일 쓰레기 같은 인신매매범이자 비겁한 협박범, 그리고 사람을 세 명이나 죽인 잔인무도한 살인자로 밝혀진 여인에게 무슨 말로 위로를 할 수가 있단 말인가?

나는 고개를 내저으며 천천히 복도를 내려갔다. 뒤에서 소피의 울부짖는 소리가 나를 따라왔다. "시릴! 시릴! 당신이 어떻게 그럴 수가 있어?"

내가 막 목욕을 마치고 검정 레이스 드레스를 입고 있을 때 전화벨이 울렸다. 스티븐이 로비 전화박스에서 — 아니 그의 말에 따르면 그렇다 — 전화한 것이었다. 그는 내 방으로 와서 잠깐 얘기를 하고 싶다고 했다.

"애들레이드, 경위가 조금 있다가 당신을 조사할 거란 거 알고 계시겠죠."

"아니, 모르는 일이네."

"그는 몸이 달아서 당신에게 이것저것 물어보려 하고 있어요. 제 생각에는 그냥 늘 하던 일 같지만요. 하지만 그 전에 제가 먼저 당신과 얘기를 좀 하고 싶군요."

"그러지." 내가 말했다.

그가 들어왔을 때 나는 피곤하고 실의에 빠진 모습으로 창가에 앉아 있었다. 그는 예전처럼 무례하게 웃어 보이려고 했으나 맘먹은 대로 되지 않는 것 같았다.

"몸은 좀 어떠세요, 애들레이드?" 그가 물었다. "많이 다치지 않으셨길 바랍니다만." 그가 활짝 웃었다. "제가 한 방 먹인 것 같아 미안하네요. 그냥 어쩔 수 없는 일이었어요."

나는 맞은편에 있는 의자에 앉으라는 시늉을 했다. "그건 용서해 주지." 내가 말했다. "내 목숨을 구해준 것뿐이니까."

나 역시 예전의 신랄함을 보여주려고 했지만, 전혀 현실적이지 않았다. 사실, 내 눈은 신랄함이 무색하리만큼 젖어 있었고 애정이 듬뿍 묻어났을 것이었다. 스티븐과 나는 서로 멋쩍은 웃음을 주고받았다. 지금 와서 보면, 아무리 아니라고 해도 나는 처음부터 이 젊은 악동을 좋아했던 것이다. 그리고 그도 나에 대해 마찬가지였을 것이라고 결론지을 만한 근거가 있었다.

"그렇다면, 애들레이드," 그가 정색을 하고 말했다. "양심의 가책은 잊으시고 저를 좀 도와주시겠어요?"

"지금 경위한테 그… 어데어 모녀 얘기를 해봐야 좋을 일이 없다는 뜻이라면, 나도 전적으로 같은 생각이라네." 나는 힘주어 말했다.

스티븐은 아무 말도 하지 않았다. 그래서 나는 그에게 비난하는 눈길을 보냈다. "이제 범인이 밝혀졌으니 전혀 그럴 필요가 없잖아. 공… 공연히 흙탕물을 휘젓는 것일 뿐이고, 또 아무 죄 없는 그 가엾은 아이의 마음만 더 아프게 할 뿐이니까 말이야."

그는 한숨을 내쉬었다. "여태껏 제 경험으로 보면 그녀의 효심은 그야말로 감동적이지요."

"모든 면에서 사랑스러운 아이지."

"맞아요!" 그가 소리쳤다.

결국, 중매쟁이치고는 내가 그리 늙은 바보는 아니었던 게 야, 나는 이렇게 생각하며 우쭐해졌다. 스티븐 랜싱은 과거에 는 한 번도 사랑에 빠진 적이 없었는지 모르지만 지금 그는 캐 슬린에게 빠져서 정신을 못 차리고 있는 것이라고 나는 속으 로 생각했다.

"파도가 높으면 포말도 크게 부서지지." 나는 아무런 상관도 없는 말을 했지만 그는 그 말을 알아들었다.

"바보같이 굴지 말아요!" 그는 반발했다. 그러더니 내 눈을 피하며 불안하게 웃었다. "제 마음을 아셨군요, 그렇죠, 애들 레이드? 뭐 괜찮아요!" 그가 어깨를 으쓱했다. "다만 그녀가 저 를 받아들이지 못하는 것뿐이죠."

나는 생각이 전혀 달랐다. 하지만 그렇게 말하지는 않았다. 이 근사한 젊은 랜싱 씨를 좋아하는 마음이 커갈수록 나는 매 력이 넘치는 신사라면 자기에 대해 간만에 자신이 없어지는 것도 나쁘지는 않다고 생각했다. 잠시니까 말이다. 내 경험으 로 보면 사람들은, 특히 남자들은 무엇이든 어렵게 얻게 되는 것을 가장 소중하게 생각하는 것 같다. 게다가 나는 어리석고 도 고집스럽게 한 가지 일만은 꼭 하기로 작정하고 있었다. 할 수만 있다면 나는 캐슬린의 아버지와 내가 그랬던 것처럼 그 들의 사랑이 깨지는 것만은 막을 것이었다. 상황이 허락했다 면 그녀는 내 딸일 수도 있었던 것이 사실이었다. 어쨌거나 나는 그렇게 느꼈고 지금도 그것은 마찬가지다. 그녀에게 신의 축복이 있기를!

"소피는 지금 상태가 말이 아니네." 나는 화제를 돌리기 위해 계속 말했다. "자네나 경찰은 지하실에서 시릴 팬처를 찾지 못한 것 같은데 안 그런가, 스티븐?"

그는 고개를 저었다. "저는 그럴 거라고 생각지도 않았습니다. 경위는 보기에도 아주 여유만만했습니다. 그는 자기가 지하실을 틀어막았다고 생각했지요. 그럴 리가요! 그곳에는 여섯 개가 넘는 채광창이 있어요. 필사적인 상황에 빠진 남자라면 그 창으로 기어 올라가서 거리로 나갈 수 있단 말입니다."

"그 생각은 전혀 못 했어."

"스위니가 세탁물 홈통에 달린 채광창 하나가 열려 있는 걸 발견하기 전까지는 그 생각을 못 한 건 경위도 마찬가지였습니다. 그 창을 통하면 호텔 뒤 골목길로 나가게 됩니다."

"그러니까 거기로 나갔군그래."

스티븐은 어깨를 으쓱했다.

나는 한숨을 내쉬었다. "분명 멀리는 못 갔을 거야. 그자를 잡기 쉽지 않을까, 안 그런가, 스티븐?"

그는 또다시 어깨를 으쓱했다. "전역에 공지를 보냈습니다. 기차와 버스, 심지어 공항에도 순찰차가 파견되었고 정찰차가 시내 곳곳을 이 잡듯이 뒤지고 있고요."

"그렇다면 그는 도망칠 수 없어!"

그는 이맛살을 찌푸렸다. "뉴올리언스에서 활동 중인 조직 폭력배는 엄청난 조직력을 갖고 있어요, 애들레이드. 우리는 제일 말단 연결책들의 명단을 확보할 수 있었습니다. 그들은 언제고 체포 가능합니다. 다만 우리 수사국에서는 제가 여기 서 추적 중인 놈을 잡을 때까지 기다리고 있었던 겁니다. 놈 이 경계를 해서 도망치지 않을까 우려해서요. 비록 제가 일을 망쳐버렸지만 말입니다. 빌어먹을! 하지만 우리는 젊은 여자 들이 어떻게 뉴올리언스로 보내지는 건지는 전혀 알지 못했어 요. 우리는 합법적인 화물을 싣고 여러 주를 오가는 트럭들의 어떤 연계망을 이용했을 가능성이 가장 높다고 생각하고 있습 니다. 그 트럭들은 아무 문제 없는 회사 소속으로 어느 날 밤 자신들이 실은 화물이 지옥행 인간이라는 건 꿈에도 생각하지 못했을 거고요."

나는 온몸이 떨렸다. "너무나 끔찍한 일이야!"

"우리가 이 일에 대해 아는 정보만 가지고 본다면, 시릴 팬 처든 다른 누군가든 일단 호텔을 안전하게 빠져나가기만 하면 경찰의 코 앞에서 우리가 손쓸 방도도 없이 트럭을 타고 빠져 나갈 수 있을 겁니다."

"세상에!

"오늘 밤에 선적 스케줄이 있었을 겁니다." 그가 몸을 움찔 했다. "글로리아나, 그리고… 그리고 그 윌슨 부인이 있었죠."

"그가 애니를 죽였다고 생각하나?"

"그녀가 다친 건 분명합니다. 잡혀갈 때 아마도 죽을힘을 다해 저항했다면 입을 다물게 해야 했을 테니까요. 일시적으로라도 말이죠." 그가 한숨을 쉬었다. "죽었든, 살아 있든, 그가 그녀를 데리고 간 겁니다."

"그건 어떻게… 어떻게 알지?" 나는 불안하게 물었다.

"그녀도 발견되지 않고 있으니까요."

"아이고!"

그는 인상을 찡그렸다. "그가 심각하게 부상당한 여자를 데리고 채광창을 기어 넘어가서 훤한 대낮에 누구의 눈에도 띄지 않고 완전히 사라졌다고 믿는 건 상상이 좀 안 돼요."

"그건 불가능한 소리야!"

"그럼에도 불구하고, 어떤 남자가 2시가 좀 지난 시각에 골목길 입구에 덮개가 덮인 커다란 트럭 한 대가 있는 걸 봤다고 신고했습니다. 물론 그 바보 같은 친구는 차량 번호를 적는다거나 알아볼 생각 같은 건 전혀 하지 못했죠."

"선견지명이 있는 사람들은 거의 없으니까."

"맞습니다. 이 바보 같은 친구도 그렇죠." 스티븐이 유감스럽다는 듯이 말했다. "아니, 제가 일을 엉망진창으로 만들지 말았어야 했어요."

"말도 안 되는 소리! 그 말은 마치 자네가 도울 수…."

그러나, 바로 그때 버니언 경위가 내 방문을 두드렸다. 그는 내가 제공한 의자에 몸을 깊이 파묻었는데 역시나 지쳐 보였고 낙담한 모양이었다. 말쑥한 양복에는 먼지가 여기저기 앉아 있었고 코에는 숯검정이 묻어 있었다.

"좋은 소식이라도?" 스티븐이 아무것도 기대하지 않는다는 투로 물었다.

경위는 고개를 저었다. "놈은 그 채광창을 통해 바로 트럭으로 들어갔습니다. 그리고 그 여자를 끌고 갔고요."

"그렇게 생각하나요?

"그 트럭은 그녀와 그 꽥… 꽥켄베리 양을 기다리고 있던 걸까요?"

"아마도."

"놈은 꼭 필요한 시간 이상으로 그들을 지하실에 숨겨두는 위험을 감수하지는 않았을 겁니다. 놈은 계속 그런 식으로 일을 처리한 걸로 생각됩니다. 피해자를 붙잡으면 가능한 한 빨리 남부로 실어 보냈던 거죠."

"하지만," 내가 항변했다. "애니는 어제 낮부터 실종된 상태였어요."

"놈은 두 건을 한꺼번에 처리하려고 했던 겁니다." 경위가 설명했다. "그러니까 제 말은, 놈이 윌슨 부인을 끌고 가서 화로 옆에 있던 다른 빈 상자 안에 묶어 놓았다는 거죠. 그녀와 함께 보낼 다른 웨이트리스를 데려올 수 있을 때까지 말입니다."

"두 사람을 한꺼번에 잡다니, 상당히 위험한 일인데요."

"리드를 죽이고, 또 어쩔 수 없이 다른 사람들을 죽인 후 그는 일이 걷잡을 수 없게 되기 전에 마지막으로 크게 한 건 한 다음 재빨리 달아날 준비를 하고 있었다고 당신이 말했을 때, 저는 당신도 이렇게 추측했다고 생각하는데요."

"나는 시릴 팬처가 살인범이자 협박범… 그러니까 인신매매범이라고는 도저히 생각할 수가 없어요." 나는 더듬거리며 말했다. "그 사람은 항상 줏대도, 뭐도 없는 사람으로 보였으니까요."

"제 말이 그 말입니다." 스티븐이 중얼거렸다.

"나는 그 사람을 한 번도 좋아한 적이 없어요." 나는 사실대로 말했다. "그리고 그가 모종의 자잘한 범죄를 저지르는 건 충분히 상상돼요. 나쁜 일에 쉽게 빠질 만큼 나약하고, 또 그런 만큼 거기서 빠져나오기도 어렵고, 뭐 그런 종류의 사람이니까요. 최대한 상상해 보면, 너무 두려운 나머지, 자신의 목숨을 구하기 위해 누군가를 죽이는 것까지는 가능할지도 모른다는 생각이 들어요. 하지만 끔찍한 인신매매범을 넘어서서 이토록 정교하고 지독하리만치 영리한 계획을 짤 두뇌의 소유자로 시릴 팬처를 꼽는 일은 나라면 죽었다 깨어나도 없을 거예요."

"그게 제가 틀린 방향으로 가게 된 지점이에요, 애들레이드." 스티븐이 한숨을 쉬며 작은 소리로 말했다. "저는 경위가 우리에게 묘사해 준 대로, 극히 영리하고 교묘한, 그리고 광기가 엿보이는 범인을 찾는 데 혈안이 되어 있어서 시릴 팬처를 심각하게 염두에 두지 않았던 겁니다. 재수가 없었죠."

경위는 얼굴을 붉혔다. "그가 사람들에게 어떤 인상을 줬건 간에 제가 분석한 범죄자의 심리가 옳았다는 건 두 분 다 인정할 거로 생각합니다." 그는 경직된 태도로 말하면서 한마디 뼈 있는 말을 덧붙였다. "적어도 놈은 저의 포위망, 그리고 랜싱 씨 당신의 포위망에도 걸리지 않을 정도로 영리하고 교묘했던 겁니다."

"정말 창피합니다!" 스티븐이 탄식했다.

"그가 글로리아를 데려가지 못한 이유를 나는 아직 모르겠어요." 내가 말했다. "그녀가 발견되는 순간 자신의 게임은 끝난다는 걸 분명 알았을 텐데요."

"주어진 시간이 얼마 없어서 모든 걸 다 할 수가 없었던 거겠죠." 스티븐이 말했다. "그리고 그녀가 발견될 거라고 예상하지 못했을 테죠. 적어도 살아서는 말이죠."

나는 소름이 끼쳤다. 경위는 입을 오므렸다. "윌슨 부인은 피를 흘렸어요. 놈은 아무도 핏자국을 보지 못하게 그녀를 숨길 수는 없었을 겁니다. 쓰레기 더미 속에라도 말이죠."

"제가 알기로는," 스티븐이 생각에 잠긴 채 말했다. "경위께서는 탈의실에서 그 핏자국을 씻어 없애려는 시도가 있었다고 기록하셨던데요. 미스 애들레이드가 그에게로 곧장 걸어오고 있는 것을 알아차렸을 때가 그때였던 걸로 저는 생각합니다."

나는 전깃불이 나가기 직전에 화장실에서 물이 흐르는 소리가 들렸던 기억이 나면서 다시 한번 소름이 끼쳤다.

"그러고 보니, 미스 애덤스," 경위가 말했다. "저는 당신이 습격당한 상황을 설명하는 진술서를 받아야만 합니다. 기록을 위한 공식적인 절차에 불과합니다만⋯."

정확히 그 순간 엘라 트로터가 문을 두드리면서 평소에 하던 것처럼 성급하게 바로 문을 열고 들어왔다.

"아, 미안," 그녀는 방에 손님들이 있는 것을 보고는 급히 제자리에 멈춰 섰다. "애들레이드, 손님이 있는 줄은 몰랐어."

내가 있어도 된다고 말해 주기를 바랐던지, 그녀는 아쉬워했다. 엘라는 모든 일에 다 끼어드는 걸 좋아했다. 하지만, 나는 필요하다면 극단적으로 단호해질 수가 있다.

"그래, 손님이 있어." 내가 짤막하게 말했다. "나중에 봐, 엘라."

"너무 무리하지 말고, 기도해." 그녀는 거만하게 말했다. "나는 루가 특별히 널 생각해서 수선한 양말들을 갖다 주려고 왔을 뿐이야, 애들레이드."

"고마워." 나는 그 꾸러미를 받아 들면서 미안한 느낌이 들었지만 약해지지 말자고 마음을 다잡았다.

"그런 말 하지 마." 그녀는 이렇게 말하고 나가면서 문을 닫았다. 그러더니 문틈으로 다시 머리를 집어넣었다. "너한테 말한다는 걸 깜박했어, 애들레이드. 루가 수선하려고 갖고 간 네 뜨개 가방 안에 네 초록색 안경집이 있었대."

"내 초록색 안경집이?"

"그동안 안 찾았나 모르겠네." 그녀가 말했다.

나는 아무 말 없이 그녀를 보기만 했다. 그러자 마침내 그녀는 쾅 하고 문을 닫았다. 이번에는 정말 간 것이다.

"왜 그렇게 안절부절못하시는 건가요, 애들레이드?" 내가 침대 옆 탁상 서랍 속을 마구 뒤지기 시작하자 스티븐 랜싱이 느릿하게 물었다.

"쟤가 정신이 나갔어." 나는 오늘 아침에 탁상 서랍 속에 넣어 두었던 초록색 안경집을 꺼내면서 콧방귀를 꼈다.

"아닐지도 모르죠." 스티븐 랜싱이 부드럽게 말했다. "그… 뜨개 가방 안을 한번 보시죠, 애디."

엘라가 내게 주고 간 꾸러미를 열고 그 안을 뒤지는 내 손은 가볍게 떨리고 있었다.

루 트로터는 거의 천재였다. 뜨개 가방에서 바느질된 부분을 찾을 수 없을 정도였던 것이다. 하지만 바닥에는 내 초록색 안경집이 놓여 있었다. 아니면 내 것과 똑같은 안경집이었다. 두 개의 안경집이 똑같아 보였기 때문에 나는 두 개를 같이 놓고서야 비로소 제임스 리드가 살해당하기 바로 전에 엘라 트로터의 방문 앞에서 내게 건네주었던 것이 더 반짝이고 더 밝은 초록색의 새것이라는 것을 알게 되었다.

19

그 모든 일, 스티븐 랜싱과 나, 불쌍한 두 바보가 그토록 필사적으로 감추려고 했던 모든 것은 그렇게 다 드러나고 말았다. 두 번째 초록색 안경집의 깔개 밑에서 버니언 경위가 깨알 같은 글씨가 적힌 여러 장의 얇고 매끄러운 종이를 발견했던 것이다. 글씨는 제임스 리드가 쓴 것으로 리슐리외 호텔에서 지낸 7일 동안 그가 찾아낸 것들을 기록한 것이었는데, 호텔 투숙객들의 사생활에 관해 그가 캐내지 못한 것은 거의 없었다. 그는 그 내용을 만년 잉크로 정리해 놓았다.

그제야 우리는 살인범이 나의 예전 스위트룸과 511호실을 뒤지며 찾았으나 찾지 못했던 것이 무엇인지를 알았다. 범행이 있고 난 뒤 그 종이들은 리드가 죽던 날까지 보관해 두었던 511호의 카펫 밑에 숨겨져 있지 않았다. 또한 그가 죽은 스위트룸에서도 발견되지 않았다. 생명의 위험을 감지한 그는 그날 아침 로비에서 내 안경집을 돌려준 후에 그 종이들을 자신의 안경집 속에 숨겨 놓았다. 그 후 같은 날 오후 늦게 위험이 점점 다가오고 있는 것을 느낀 그는 자신의 안경집을 내 것인양 속여 넘겼던 것이다. 그의 생각으로는 그것이 안전한 보관 방법이었다.

다만, 그 뒤 5분도 채 지나지 않아서 내가 그 뜨개 가방을 그 속에 든 내용물과 함께 엘라 트로터의 올케에게 주었고, 그렇게 해서 그것은 호텔 밖으로 사라지게 된 것이다. 그러나 애석하게도, 영원히 사라지지는 못했다. 끔찍한 이야기가 그 얇은 종이 속에서 우리를 기다리고 있었다. 그중 하나에 스티븐과 나는 얼굴이 핼쑥해졌고 우리는 그날 밤 우리 인생에서 가장 끔찍한 밤을 보내게 되었다. 모든 것이 경위가 큰 소리로 읽을 수 있도록 거기 있었다. 죽음과 무덤을 아무도 피해 갈 수 없듯이 말이다.

내 추측은 한 가지 점에서 정확했다. 사설탐정을 고용한 사람은 메리 로슨이었다. 그녀의 피를 말리고 있던 협박범을 잡기 위해서였다. 제임스 리드의 기록에 의하면 메리는 내가 받은 것 같은 수십 통의 음란한 쪽지를 받았다. 고인이 된 그녀 남편의 명예를 훼손하는 내용이었다. 그 쪽지는 그가 교통사고로 죽던 날 밤 이 도시에서 악명 높은 어떤 여자와 함께 있었고, 그는 그 여자와 수개월 간 내연 관계였다고 주장했다. 심지어 그 여자가 벌거벗은 채 그의 품에 안겨 있는 사진도 동봉하면서 메리가 계속 돈을 주지 않으면 지역의 저질 신문에 그 사진을 팔겠다고 협박했다.

"'물론'," 제임스 리드는 그의 기록에 설명을 곁들였다. "'그 사진은 실제와는 다르게 변조된 것이다. 하지만 사진에 보이는 것을 그대로 믿는 보통 사람들에게 그 점을 증명하기는 어렵다. L 부인에게 그녀의 남편이 죄가 있다면 죽고 난 뒤 그 망할 놈의 여자 사진 위에 그의 사진이 겹쳐진 죄밖에 없다고 말하면 조금의 위안이 되기는 하겠지만.'"

"아, 정말 다행이야!" 나는 남편이 수치스러운 일을 저질렀다고 믿으며 메리가 겪었을 괴로움을 생각하며 나직이 말했다. 그녀는 온갖 희생을 감수하며 그의 과거를 지켜줄 만큼 여전히 그를 사랑하고 있었다.

"'일을 해결하는 유일한 방법은,'" 제임스 리드는 이어서 써 놓았다. "'그 사진을 입수하는 것이다. 단, 협박범을 먼저 잡아야 한다. 주의 ― 이 위험한 짓에는 브로드웨이파 냄새가 남. 조직에서 떨어져 나온 머리 좋은 협잡꾼 같은 놈이랄까.'

'협박범이 누구든 시골뜨기는 아니다. 물 주전자 건은 흔적도 남기지 않고 돈을 거두는 방법으로, 내가 접해 본 것 중에 제일 지능적이었다. 그 갈색 포장지도 물론 그렇다. 하지만 언제까지 똑똑하게 빠져나갈 수는 없다. 언젠가는 실수할 것이다. 조만간 덫을 놓고 걸리게 할 것이다.'"

나는 고개를 내저었다. 협박범은 제임스 리드의 덫에 걸리지 않았다. 물론 나나 스티븐의 덫에도 걸리지 않았다. 경위는 계속 읽어 내려갔다. 로티 모스비의 추한 일들이 낱낱이 적혀 있었다. 그러나 제임스 리드는 그녀가 협박범의 주도면밀한 계획에 의해 도박에 빠져든 것으로 믿고 있었다. "'그는 처음에 그녀가 이기도록 했다가 빠져나올 수 없을 만큼 깊이 빠져들자 매춘을 강요했고 남편에게 말하지 않는다는 조건으로 번 돈의 절반을 뺏어갔다.'"

그러나, 어디에도 그 정신 나간 여자가 협박 쪽지를 썼다는 내용과 제임스 리드가 살해당하기 몇 시간 전에 그 쪽지를 데스크에 있는 그의 우편함에 넣어두었다는 언급은 없었다.

"생각해보면," 경위가 분하다는 듯 중얼거렸다. "그 쪽지에는 수취인의 이름이 없었어요. 그녀는 더는 돈을 주지 못하겠다는 내용으로 쪽지를 시작했습니다. 제임스 리드에게 쓴 것이 아닐 수도 있어요."

"나도 당시에 그 점이 걸렸어요." 스티븐이 건조하게 지적했다.

"그녀가 제임스 리드에게 쪽지를 쓴 게 아니라면 협박범에게 쓴 거네요!" 내가 소리쳤다.

"정확히 맞습니다." 스티븐이 말했다.

"우리가 찢어진 그 쪽지를 발견한 건 제임스 리드의 휴지통 안입니다." 경위가 더듬거리며 말했다. "당연히 우리는 그렇게 추정 —"

"당신이 계속 말했잖아요, 경위." 스티븐이 아까 그가 했던 말을 그대로 되갚으며 그의 말을 잘랐다. "우리의 범인은 영리하고도 교묘한 놈이라고요."

"으으… 그렇죠." 경위가 인정했다.

제임스 리드는 다음으로 호워드 워런에 대해 써놓았다. "'거금을 다룰 수 있는 은행 직원. 협박범은 무슨 수를 써서라도 그를 낚으려고 할 것이다. 로슨 여자애의 일기장에서 비밀을 캐내서 이미 한번 시도한 적이 있다. 워런이 그 여자애에게 빠져 있으므로 그 여자애가 좋은 미끼로 보인 것이다. 하지만 그 여자애는 일부러 워런이 역겨워할 만한 행동을 해서 판을 뒤집었다. 일기장을 보면 그 여자애가 워런에게 미쳐 있는데도 하루아침에 미친년이 된 이유는 바로 그것이다.'"

나는 용감하고 담대한 어린 폴리에게 박수를 치고 싶어졌다. 그녀는 사랑하는 사람을 파멸시킬 남자의 꼭두각시가 되느니 자신의 가슴이 무너지는 쪽을 택한 것이다.

"'협박범은 이제 워런을 도박판으로 끌어들이는 작업을 시도하고 있다.'" 제임스 리드는 이렇게 써놓았다. "'어쨌든, 누군가 그에게 어제 오후 경마에 대한 정보를 주었고 그는 돈을 땄다. 몇 번 돈을 따고 나서 그는 돈을 다 날리게 될 것이고, 가능하다면, 그에게 맡겨진 거금의 은행 돈도 날리게 될 것이다. 협박범은 상당히 똑똑한 놈이다.'"

"더러운 개자식!" 스티븐이 숨죽이며 말했다.

경위는 고개를 끄덕이고는 계속해서 읽었다. "'이 호텔에서 도박에 건 돈은 절대로 이 도시를 빠져나가지 않는다는 것을 이제 확실히 알게 되었다. 협박이 그의 유일한 수입원이 아니었다. 내가 완전히 틀린 게 아니라면 그는 마권 업자와 협정을 맺고 있다. 대부분이 불량배인 그들로부터 정보를 얻고 그들이 우승마에 대한 돈을 지불하고 나면 나머지를 나눠 갖는 식이다. 여기도 브로드웨이파 냄새가 난다. 주의 — 도대체 이곳에서 불법 자금에 이토록 정통한 사람이 누굴까? 앤서니 부인일 수 있음. 자기 목숨을 거는 일이 아니라면 충분히 가능하다고 봄.'"

스티븐이 인상을 썼다. "나도 처음부터 그녀가 마음에 걸렸습니다. 그녀가 마음을 열 수 있게 하려고 해봤죠. 하지만 그녀는 너무 비밀스러운 사람이었어요. 도저히 무심결에 뭔가를 털어놓게 할 수가 없더군요."

"그리고 그녀가 털어놓으려고 하자 그자가 죽인 거예요!" 나는 통렬하게 외쳤다.

경위는 고개를 끄덕이면서 한숨을 쉬고 페이지를 넘겼다. "'뉴욕 경찰서에 보낸 전보에 답이 왔다. 앤서니 여인은 수감된 적이 없다. 협잡꾼을 고용한 자들과 혼동을 한 것 같다. 그녀는 법으로 할 수 없는 일을 도모하기에는 지나치게 몸을 사리는 사람이다. 일명 위자료라 불리는 합법적 돈을 뽑아내는 게 전문인 꽃뱀이다. 주의 — 중요한 소득원이 없는 이 시골 바닥에서 그녀는 무엇을 하고 있는 걸까?.'"

"바로 그 점이 나도 처음부터 신경이 쓰였어요." 나는 씁쓸하게 말했다.

경위는 아무런 대꾸도 하지 않고 계속 읽어 내려갔다. "'앤서니 여인의 은행에 전보를 쳤다. 그녀는 리슐리외에 온 이래 한 번에 많게는 1,000달러나 되는 돈을 예치했다. 그녀가 협박범임이 틀림없다.'"

"세상에나!" 나는 입속말로 중얼거렸다.

경위가 나에게 조용히 하라는 뜻으로 이맛살을 찌푸렸다. 그리고 계속 읽었다.

"'앤서니는 자기 몫은 확실히 챙긴다. 그러나 그녀가 협박범이라는 것은 믿을 수 없다. 사기꾼은 쓸데없는 일에 참견하지 않는 법이니까. 협박범과 전리품을 나눠 갖는 식으로 그 일에 개입하고 있을 가능성이 훨씬 높다. 이런 위험한 짓을 그녀가 생각해냈을 수도 있고, 아니면 브로드웨이파 친구들이 하던 짓에서 착안한 것일 수도 있지만 목숨을 담보로 자신이 직접 그런 위험한 일을 할 타입은 아니다. 그 여자는 아닌 것이다! 주의 — 그녀의 더러운 일을 하는 자는 누구인가?'"

그 '주의'라는 항목 뒤에 적힌 문장마다 진하게 밑줄이 그어져 있었다는 것을 말해 주어야 할 것 같다. 그 문장들은 그 사설탐정이 즉각 관심을 가지고 조사할 만큼 중요하게 생각한 사항들이 분명했다.

다음 항목은 앞의 내용과 같은 맥락이었다. "'그 앤서니 부인은 자기 몫을 챙기고 있다. 그것도 많이. 하지만 거친 일 같은 건 직접 하지 않는다. 내기해도 좋다. 그녀가 조종하는 남자가 누구인지 알 수가 없다. 그녀는 이곳에 있는 어떤 남자에게도 호감을 보이지 않는다. 내 생각에 그녀는 돈깨나 있다고 알려진 그 랜싱이라는 연방 경찰 놈의 돈을 노리는 것 같다. 그런데 어떤 이유에선지 그녀가 그를 피하기 시작했다. 주의 — 그가 여기 있는 이유는? G맨이 협박범 체포를 위한 수사를 한다는 얘기는 들어본 적이 없음.'"

스티븐은 우거지상이 되었다. "나한테 딱지를 붙였군."

"다른 사람들에게도 다 마찬가지지." 내가 탄식했다.

다음날 제임스 리드는 보고를 받았다. "'워싱턴의 존스에게 전보를 보냈다. 랜싱이 인신매매 매춘업을 조사하는 중이라는 소문이 있다고 답신이 왔다. 무슨 거지 같은 소리람! 나는 여기서 그런 종류의 일은 듣도 보도 못했는데 말이지. 모스비의 경우 약간 기미가 보이기는 하지만. 주의 — 그 여자가 협박범의 더러운 돈을 받고 있는 또 다른 인물일까? 이놈은 점점 책에서나 읽어 본 신출귀몰한 사기꾼 같은 생각이 듦. 이 작은 도시에서 이런 급의 작자를 만나다니 이상한 일임, 안 그런가?'"

"그는 자기가 대적하고 있는 사람이 누군지 의심하기 시작했군요." 경위가 중얼거렸다.

"맞아요." 스티븐이 진지하게 말했다. "그는 피라미를 잡으려고 낚싯대를 던졌는데 상어가 걸린 거죠."

제임스 리드는 힐다 앤서니와 관련하여 계속 골머리를 앓고 있었다. "'이 작자는 그녀에게 반한 남자는 아닐 것이다.'" 그는 썼다. "'그녀가 조종 가능한 누군가일 것이다. 주의 — 시릴 팬처가 이 외진 촌구석에서 나이 많은 여자와 결혼하고서 뭘 하고 있는지 찾아낼 것. 타임스퀘어를 누비고 다녔음 직한 작자임. 47번가 차일드 레스토랑에서 새벽에 놀고 다녔던 잘생긴 남자류임. 어쩌면 그와 앤서니 여인이 옛날에 같이 놀던 사이일 수도 있음. 그녀가 그를 따라 여기로 내려왔거나 그가 그녀를 불러들인 것일 수도. 그녀가 은행에 보낸 돈은 그가 칠칠치 못한 뚱보 아내에게서 슬쩍 손에 넣은 돈일지도 모름.'"

"점점 견디기가 힘들어." 나는 입속말을 했다. "이건 마치… 마치 심령 강령회 같아."

"죽은 자의 목소리죠." 스티븐이 말하고는 고개를 내저었다.

우리는 둘 다 다음 항목에서 제임스 리드가 급작스럽게 화제를 전환하리라고는 전혀 예상치 못했다. "'오늘 재미있는 일이 있었는데 그건 내가 찾고 있던 일도 아니었다. 어데어 부인은 좀도둑이다.'"

나는 숨도 고를 수가 없었고 스티븐은 손가락 마디가 하얘질 정도로 연필을 꽉 쥐었다.

경위는 우리 두 사람을 번갈아 쳐다보더니 부드럽게 휘파람을 불었다. 그러고는 메마른 목소리로 계속 글을 읽었다. "'오늘 도둑질하는 걸 봤다. 그 목에 힘주고 다니는 늙은 여자, 고양이 같은 애덤스의 가슴에서 빨간색 안경 고정핀을 훔쳤다.'"

나는 숨을 들이켰다. 그러고는 있는 힘을 다해 웃음을 지었다. "나한테 제대로 딱지를 붙였네." 나는 분하다는 듯이 더듬거리며 말했다.

스티븐은 눈을 들지 않았다. 하지만 경위는 다시 소리 내어 읽기 시작하기 전에 희미하게 미소를 지었다. "'그 늙은 여자는 보석이 없어진 줄도 모른다. 내가 알고 있다는 것을 그 어데어 딸이 알아차렸다. 그녀는 번개처럼 일을 무마시켰다. 예전부터 해 본 솜씨라고 생각된다. "미스 애덤스, 고정핀을 떨어뜨리셨어요." 그녀는 대단히 침착했지만 나를 죽일 듯이 노려봤다. 하지만 보는 걸로는 사람을 죽일 수가 없으니 천만다행이다. 주의 — 좀도둑과 그녀의 새끼는 여기 무슨 볼일이 있는 걸까? 어쨌든, 그 둘은 감시해야 함!'"

"아이고!" 나는 숨을 들이켰다.

스티븐은 아예 고개도 들지 않았다. 다행히도 제임스 리드의 다음 항목은 시릴에게로 되돌아갔다. "'그 앤서니 여인은 시릴의 약점을 쥐고 있는 게 분명하다. 어제 그 여자가 그에게 앉아서 재롱이나 부리는 게 나을 거라고, 안 그러면 자기가 스푸트 매디건에게 보내는 다음 편지에 그의 이름을 언급할 거라고 말하는 걸 들었다. 팬처는 얼굴이 백지장보다 더 하얗게 질렸다.

주의 — 뉴욕에 있는 빔에게 전보를 보내 스푸트가 누구고 뭘 하는 작자인지, 그리고 그가 무슨 이유로 팬처에게 극약인 건지 알아보라고 할 것.'"

나는 한숨을 내쉬었다. "그러니까 이 모든 일의 뒤에는 힐다 앤서니가 있었던 거로군요."

"그녀는 죽음을 자처한 겁니다." 스티븐이 작게 말했다.

경위는 읽기를 계속했다. "'매디건은 조직 폭력배 두목으로 살인 청부업자로 알려져 있다. 팬처의 본명은 로저 터틀임. 수년간 매디건파의 일원이었다. 그는 아무도 하지 않을 자잘한 뒤치다꺼리를 도맡아 했다. 조직 폭력배의 심부름꾼이랄까. 여러 차례 조직을 탈출하려는 시도를 했다. 매디건은 그를 다시 끌고 오는 걸 재미있게 여겼던 것 같다. 서너 번 그에게 총을 쏘기도 했고. 멍청한 팬처는 겁을 집어먹었고 신경이 너덜너덜해져서 경찰에게 매디건에 대한 정보를 주었다.

팬처는 이것만이 조직에서 나올 수 있는 길이었다고, 착하게 살려고 계속 노력했으나 매번 매디건 때문에 그럴 수가 없었다고 주장했다. 팬처의 증언으로 매디건은 12년 형을 선고받고 투옥되었다. 그는 출소하는 대로 밀고자를 죽이겠다고 맹세했는데 작년에 정치 세력을 등에 업고 가석방되었다. 팬처는 그길로 줄행랑쳤다. 매디건은 브로드웨이로 복귀했고 팬처를 잡기만 하면 죽여 버리겠다고 말했다. 매디건과 앤서니 여인은 오랜 친구다.'"

"그래서," 나는 쉰 목소리로 외쳤다. "그 여자가 시릴을 이 악마 같은 일에 끌어들인 거구나!"

"그는 일을 하고 그녀는 두뇌를 제공한 거죠." 경위가 말했다. "그리고 수입의 대부분은 그녀가 차지했고요."

"그런데 그녀가 그 불쌍한 놈을 내치려 하니까 그가 그녀를 죽였다, 이런 논리인가요, 경위?"

경위는 고개를 끄덕였다. "그러면 잘 맞아떨어지죠." 그가 말하고는 계속 읽어 내려갔다. "'어데어 부인은 오늘 로슨의 방에서 초록색 블라우스를 훔쳤다. 의자 위에 서서 채광창에 우산을 넣어 손잡이로 낚시하듯이 낚아 올렸다.'"

"아이고, 세상에!" 나는 입속말로 탄식했다.

"'협박범은 한 가지를 간과했다.'" 제임스 리드는 이어 썼다. "'어데어 모녀가 그런 짓을 하는 걸 모른다. 내가 아는 것을 그는 모르는 것이다. 그 늙은 노처녀 애덤스는 돈이 많고 어데어 딸은 그 여자 옛 애인의 딸이다. 오늘 밤에 어데어 부인이 말하는 걸 그들의 방문 밖에서 들어서 알게 되었다. 그들은 애덤스의 돈을 뜯어내려고 여기 온 것이었다. 주의 — 나도 좀 챙겨 먹을 수 있을 것 같음. 어데어 모녀는 그들이 애덤스를 상대로 벌이는 연극을 내가 망치지 않도록 하려면 가진 돈을 다 내놔야 할 것임.'"

"저런!" 내가 소리쳤다.

경위는 나를 날카롭게 쳐다보고는 이맛살을 찌푸렸다. 그런 다음 고개를 숙이고 있는 스티븐에게 눈길을 주었다.

스티븐은 계속 아래를 보면서 힘없이 중얼거렸다. "당신은 리드가 어설픈 협박범에 불과했다고 말했습니다, 경위."

경위는 대답하지 않았다. 그러나 그 기록을 계속 읽을수록 그의 표정은 어두워졌다. "'오늘 아침 어데어 딸에게 접근했다.'" 리드가 말했다. "'모든 걸 알고 있다고 했더니 그녀는 무너져서 일을 날려 버렸다. 엄마는 절도죄로 감옥에 있었다. 지금은 가석방 상태다. 가석방 조건을 어기고 애덤스에게 작업을 하려고 여기로 온 것이다. 경찰에 알리겠다고 위협했더니 그녀는 미친 여자처럼 내게 덤벼들었다. 자기 엄마가 감옥으로 다시 들어가는 걸 보기 전에 내가 먼저 죽을 거라고 했다.'"

"아이고, 맙소사." 나는 또다시 입 속으로 중얼거렸다. 스티븐의 손에서 연필이 두 동강 났다.

"'그녀가 너무 거세서 말이 안 나왔다. 강철 드릴처럼 손으로 나를 쳤다.'" 제임스 리드는 말했다. "'나는 그녀에게 뭐라도 제안해 보라고 했다. 그녀는 자신들은 돈이 하나도 없다고 했다. 어머니가 오래 살지 못한다고, 감옥으로 돌아가면 한 달도 넘기지 못할 거라고 하면서 내게 온정을 베풀어달라고 빌었다. 나는 그녀의 면전에 대고 웃어주었다.'"

"비열한 놈!" 내가 소리쳤다.

"후레자식!" 스티븐은 탄식했다.

경위가 목청을 가다듬었다. "우리는 이제 제임스 리드가 이 세상에 머물렀던 마지막 날에 다 왔습니다." 그는 무슨 발표라도 하듯 엄숙하게 말했다.

나는 소름이 끼쳤다. 그러자 스티븐이 화가 치미는 듯 투덜거렸다. "아, 제발, 어서 끝내죠."

제임스 리드는 마지막 항목을 시작하면서 아주 신이 나 있었다. "'드디어 쥐새끼가 미끼를 달라고 했다.'" 그는 이렇게 써 놓았다. "'내가 기다리던 것이 왔다. 메리 로슨이 또다시 쪽지를 받은 것이다. 내가 여기 온 후로는 처음이다. 그녀는 500달러를 물 주전자에 넣어 오늘 밤 7시 45분에 비상 탈출구 4층 계단참에 놓아두어야 한다. 자, 이제 됐다. 나는 협박범이 그걸 가지러 올 때 거기로 갈 것이다! 옆방인 애덤스의 스위트룸에서 보면 그 신사 양반을 잘 볼 수 있다. 필요한 건 그게 다이다. 얼굴을 한 번 보기만 하면 그는 나의 밥이다. L 부인이 그 늙은 노처녀를 밖에 나가 있게 할 예정이다. 하지만 그 방에 들어가려면 한 번 더 곁쇠를 써야 할 것이다.'"

"이럴 수가!" 나는 나직이 말했다.

그러나, 같은 날 정오쯤 쓴 다음 항목에서 그의 논조는 바뀌어 있었다. "'나이를 먹어서 이렇게 초조한 게 틀림없다.'" 리드는 이렇게 썼다. "'어데어 모녀 덕분에 내가 먹게 될 달콤한 멜론이 눈앞에 있으니 기분이 최고여야 한다. 반 토막도 안 되는 엄마를 달고 있는 작은 망아지가 날뛴다고 열 받으면 나답지 않다. 하지만 오늘 아침에 내가 초록색 안경집을 주려고 애덤스를 부르고 난 이후 나를 보는 그 애의 눈빛은 정상이 아니었다. 그건 그렇고 그 늙은 노처녀의 얼굴에 나타난 표정은 웃겼다. 그녀는 그게 어떻게 아래층으로 왔는지 파악하지 못하고 있다. 눈이 있다면 어데어 부인이 핸드백을 떨어뜨렸을 때 거기서 튀어나온 것을 보았을 텐데 말이다.

그게 그녀의 것인 걸 내가 어떻게 알게 되었는지 애덤스는 언젠가 깨닫게 될 것이다. 내가 망원경으로 다른 사람들 방과 그녀의 스위트룸을 훑고 있다는 걸 그녀가 모르는 것이 천만다행이다.'"

"뱀 같은 놈!" 나는 헉하고 숨을 들이켰다.

경위는 이어서 계속 읽었다. "'내가 쉽게 겁을 먹는 사람이라면 어데어 모녀에게서 손을 뗄 것이다. 그녀는 거의 필사적이다. 내가 자기 엄마를 감옥으로 보내기 전에 내가 죽는 꼴을 볼 거라고 한 그녀의 말은 진심이었을 거라고 본다. 웃기는 소리다. 한창때 거친 아랍인들을 다루었던 내가 건방진 계집애 하나를 못 당할 리 없지.'"

나는 숨을 가눌 수가 없었다. 스티븐과 마찬가지로 나는 눈을 들 수가 없었다. 하지만 제임스 리드의 추악한 역사가 담긴 마지막 항목으로 넘어가면서 목청을 가다듬는 경위에게서 엄정하게 우리를 살피는 기색을 느낄 수 있었다.

"'자, 오늘 오후에 드디어 일이 벌어졌다. 그냥 하는 말이 아니다. 그 어데어 딸이 내게 자기 방에서 보자고 하면서 자기 어머니를 내버려 두지 않으면 나를 가만두지 않겠다고 직설적으로 말했다. 그녀는 또 그 연방 경찰 놈을 나한테 보내기도 했다. 그가 나에게 전화해서 어데어 모녀를 뒷조사하는 것을 그만두라고 경고했다. 아니면 나를 흠씬 두들겨 패겠다고. 누가 봐도 그가 그녀에게 반했다는 것을 한눈에 알 수 있다.'"

경위가 오래도록 쳐다보고 있자 스티븐의 얼굴이 완전히 하얗게 변했다.

"그러니까," 버니언 경위가 부드럽게 말했다. "당신과 미스 애덤스 두 사람 다 내게 정정당당하지 않았던 이유가 바로 이거군요, 랜싱. 내가 어데어 양에 대한 단서를 파헤치지 못하게 하려고 힘닿는 대로 모든 걸 다 했던 이유가 당신들에겐 각각 있었던 거죠."

스티븐은 아무런 대답도 하지 않았다. 하지만 나는 침묵하고 있을 수가 없었다. "그 엄마는 도벽이 있어요, 경위. 그건 질병이에요. 그녀에게는 책임이 없어요."

"정신병이지요." 경위가 부드럽게 읊조렸다.

나는 입술을 깨물었다. "그녀는 사랑하는 딸을 위해 물건들을 가져가는 것뿐이에요. 예쁘고 색깔이 화려한 물건들이요. 그것들은 캐슬린이 어김없이 돌려놓는답니다."

"그런가요?" 경위는 딱히 신뢰하지 않는다는 말투였다.

"캐슬린이 갖고 싶을지 모르는 물건들을 다 가졌다면 그녀는 도둑질하지 않았을 거예요." 나는 간절하게 말했다. "그리고 지금부터 캐슬린은 다 갖게 될 거예요. 내가 그렇게 처리할 거예요. 어데어 모녀의 기구한 이야기를 당신한테 하는 건 아무 의미가 없어요. 제가 그들을 돌볼 거예요. 그 엄마가 물건을 훔치고 싶은 유혹을 느끼거나 그럴 기회가 생길 일이 없도록 할 거예요. 그녀는 오래 살지 못해요, 경위. 그녀를 교도소로 돌려보내는 건 필요 이상으로 잔인한 짓이에요." 내 목소리는 자신이 없어졌다. "그들이 살인과 관련되어 있었다면 스티븐과 나는 당연히 당신에게 모든 걸 말해야 한다고 느꼈을 거예요. 하지만 그들의 불행은 여기서 일어난 범죄와는 관계가 없어요."

"글쎄, 과연 그럴지." 경위가 너무 매끄러운 말투로 말해서 내 몸에 전율이 흘렀다.

"그 기록의 내용은 그게 전붑니까?" 스티븐이 쉰 목소리로 물었다.

"아니요, 랜싱 씨." 경위가 매우 단호한 표정으로 말했다. "더 많은 내용이 뒤에 나옵니다."

나는 그가 그 마지막 저주받을 문장을 읽기 시작했을 때 본능적으로 이를 악물었던 기억이 난다. "'나는 문제 없이 그녀를 저지했다.'" 리드는 말했다. "'내가 그녀에게 나는 모든 것을 다 명백히 적어 두었기 때문에 나를 죽여 봐야 좋을 일이 없다고 했다. 내가 그렇게 경고했을 때 그녀는 나를 죽일 수도 있을 것 같은 표정이었다. 나한테 무슨 일이 생긴다면 내 기록이 그녀를 교수대에 서게 할 것이다. 그러고 보니 이 기록을 숨겨 놓을 장소를 찾아야겠다. 일급 사기꾼과 거래하고 있을 때 카펫 밑은 그다지 확실한 장소가 아니다. 그리고 나사가 하나 빠진 듯한 그녀의 어머니는 사람들의 방에서 물건을 슬쩍 빼가는 데는 도가 텄다. 내 안경집 깔개 밑에 넣어두면 필요할 경우 아무 데나 코를 들이미는 고양이 애덤스의 것으로 언제든지 속여 넘길 수 있을 것이다. 그녀는 두 개를 같이 놓고 보지 않는 한 차이를 절대 알아채지 못할 것이다. 아무튼, 오늘 밤에 나는 그녀의 방에 한동안 있게 될 것이다. 내 등에 구멍이라도 낼 듯이 어떤 눈길이 나를 따라오고 있는 것 같은, 하지만 돌아보면 아무것도 없는, 이 빌어먹을 이상한 느낌이 없어지면 그때 이 기록을 찾아오면 된다.'"

"그렇다면 협박범이 그를 이미 꿰뚫어 보았던 거네!" 내가 소리쳤다. "시릴 팬처는 리드의 속셈을 알고 그때부터 그를 죽일 생각을 하고 있었던 거예요."

"그런 것 같지는 않습니다." 경위는 건조하게 말하고는 리드의 기록을 계속 읽었다.

"'만약 나였다면, 이 호텔에 있는 많고 많은 사람 중에 더러운 일을 실제로 맡을 자로 그를 택하지는 않았을 것이다. 앤서니 부인이 그런 비밀을 털어놓고 난 후에도 사실 믿기가 어렵다.'"

나는 숨을 들이켰고 스티븐도 그랬다. 하지만 경위는 무표정하게 제임스 리드가 자신의 끔찍한 배신을 고백하는 부분으로 넘어갔다.

"'앤서니 부인의 방은 어데어 모녀의 옆방이다. 그녀는 내가 그들과 얘기하는 소리를 듣고서 내가 나오기를 기다리고 있었다. "당신이 그렇게 멋진 협박에 취미가 있는 줄은 몰랐네요."
그녀가 말했다. "하지만 우리는 어쩌면 당신같이 현명한 친구
가 필요할 수도 있어요. 그러더니 그녀는 나를 자기 방으로 데
리고 가서 일을 털어놓았다. 맙소사, 무슨 여자가 이렇게 머리
가 좋단 말인가! 그렇게 형편없는 놈을 데리고도, 그녀는 대단
하다! 나 같은 별종과 그녀가 힘을 합치면 무슨 일을 할 수 있
을까! L 부인을 속이는 것은 비열한 짓이지만 각자 자기가 필
요한 걸 해야 하는 것이니 어쩌겠는가.

하지만 오늘 밤에는 원래 작전대로 행동해야 할 것 같다. 하
기로 한 일을 관두면 그녀의 의구심만 불러일으킬 것이다. 협
박범이 오는지 한눈팔지 않고 지켜봤지만 나타나지 않았다고
말하면 아무 문제도 없을 것이다. 다행히도 나는 그녀에게 내
가 상황을 거의 파악했다고 말하지 않았다. 바로 그 때문에 나
는 사건 보고서를 제출하기 전에 일주일간 일할 시간을 항상
요구하는 것이다. 무슨 일이 생길지 절대 알 수가 없으니까. 하
지만 이 문제에 관한 한, 그 사진이 우리 수중에 있는 한 어떤
의혹이 있어도 그녀는 감히 우리를 밀고하지 못한다. 그리고
그녀가 내게 준 500달러의 의뢰 비용은 그녀가 토해 낼 모든
돈의 절반이 내 몫이 된 지금 와서 보니 새 발의 피처럼 보인
다. 달콤한 멜론을 눈앞에 뒀다는 말을 내가 했던가? 빙고!'"

"이런!" 내가 소리쳤다. "파렴치한 악당 중의 악당 놈!"

스티븐이 도전적으로 경위를 바라보았다. "앤서니 여인은

리드와 팀을 이루려 하고 있었고, 그래서 협박범이 그를 살해했군요." 그가 말했다.

"그런 것 같지는 않군요." 경위는 아까와 똑같은 말을 하고는 계속해서 읽어 내려갔다.

"'협박범이 내가 합류하는 것을 어떻게 받아들일지 의구심이 있었다.'" 리드의 기록은 거의 끝에 와 있었다. "'하지만 앤서니 부인은 그가 배짱이 없어서 험한 일은 해 본 적이 없다고 했다. 그리고 그녀가 그와 내가 얘기할 자리를 마련해줬을 때 그는 나를 거의 끌어안기까지 했다. 불쌍한 녀석! 이제 나는 그 어데어 딸의 발톱만 잘라내면 된다. 그리고 준비는 끝났다!'"

나는 또다시 전율에 휩싸였다. 그리고 스티븐의 얼굴은 섬뜩해졌다.

"이제 그 죽은 자가 쓴 마지막 문구들입니다." 경위가 힘을 주어 말했다. "'안경집을 그 애덤스 암탉에게 슬쩍 집어넣었다. 좀 더 안전해진 느낌이다. 그 모스비 여자가 나를 본 것 같지만 그녀는 전혀 위험하지 않다. 어디를 가든 미친 눈길이 나를 따라오는 것 같은 그 느낌만 털어낼 수 있으면 좋겠다!'"

경위는 완전한 침묵이 흐르는 가운데서 그 얇은 여러 장의 종이를 천천히 다시 접었다. 조금 뒤 스티븐이 소리 질렀다. "협박범과 힐다 앤서니가 그를 속였어요! 그들은 자기들의 더러운 사업에 그를 끌어들이는 척했을 뿐입니다. 미스 애덤스의 방에 그가 들어오자마자 둘 중 한 사람이 그를 제거한 겁니다."

"그렇게 생각하시나요?" 경위가 느릿느릿 말했다.

"아마도 그들이 들어오도록 그가 문을 열어뒀겠죠." 내가 흥분해서 소리쳤다. "아니면 창문으로 그들을 들어오게 했든지. 자신이 위험하다는 걸 그가 눈치챘을 때는 이미 너무 늦었던 겁니다."

"그들은 안경집에 관해서는 모르고 있었어요." 경위가 지적했다.

"로티 모스비가 알았잖아요!" 내가 소리쳤다. "리드가 나한테 그걸 주고 난 직후에 그녀가 복도 아래쪽 방문에서 살짝 엿보는 걸 봤어요. 그녀라면 그들에게 얘기해 줄 수 있었을 거예요."

"그녀가 알았던 건 맞습니다." 경위가 말했다. "그녀가 살해당했을 때 당신의 스위트룸에서 찾고 있던 물건이 바로 그거였어요."

"그녀는 어떻게 그 방으로 들어갔죠?" 스티븐이 날카롭게 물었다.

"그건 거론되지 않았습니다만 그녀의 시신에서 곁쇠가 나왔습니다. 협박범이 그녀에게 준 것으로 추정됩니다. 그녀가 여러 남자의 방을 들락날락하기 편하게 하려는 것이었겠죠."

"저런!" 나는 구역질을 느끼며 소리쳤다.

경위는 우리 두 사람을 번갈아 바라보았다. "문제를 피해 봐야 소용이 없습니다. 고통스럽기는 하지만 직면해야 합니다."

마침내 그가 말했다.

"그게 무슨… 무슨 말이죠?" 나는 숨을 들이켰다.

"제가 전에 범죄자들도 우리와 마찬가지로 습관을 쉽게 바꾸지 않는다고 말씀드렸지요. 그건 여전히 사실입니다. 힐다 앤서니는 썩은 계란이었지만 살인범은 아니었습니다. 시릴 팬처도 마찬가지였고요. 이건 두 분 다 본능적으로 느끼셨을 겁니다. 그가 협박범 역할을 한 것은 앤서니 여인의 강요에 의한 것입니다. 그는 리드를 살해하지 않았어요. 과거 동부에서 살던 시절에 그를 괴롭혔던 매디건을 죽이려는 시도를 한 번도 하지 않았던 것만 봐도 그렇습니다."

나의 입술이 말할 수 없이 굳어졌다. "하지만 그는 오늘 오후에 지하실에서 나와 글로리를 습격했어요. 스티븐이 아니었다면 그는 나를 목 졸라 죽였을 거예요."

"제 생각으로는," 경위가 말했다. "팬처는 당신이 지하실로 들어가기도 전에, 아니면 들어간 직후에 이미 윌슨 부인을 데리고 사라졌습니다, 미스 애덤스. 목숨을 구하려고 트럭에 몸을 실은 거지요. 그렇지만, 퀘켄베리를 쓰러뜨린 사람이 그자라는 데는 저도 동의하는 바입니다. 그녀의 진술에 따르면 그녀는 자신을 폭행한 사람의 얼굴을 보지 못했다고 했지만 말입니다. 맞습니까, 랜싱 씨?"

스티븐이 죽을 것 같은 얼굴로 고개를 끄덕였다.

"팬처는 아마도 윌슨 부인을 트럭에 싣고 나서 퀘켄베리를 데리러 돌아올 생각이었을 겁니다. 하지만 당신의 비명을 듣고 혼비백산했겠지요, 미스 애덤스. 위험을 피해 도망치는 것이 그가 자신을 지키는 방식입니다. 살인이 아니고 말이죠. 그러므로 제임스 리드나 로티 모스비, 혹은 힐다 앤서니를 죽인 것은 그가 아니었어요. 그리고 오늘 당신의 목을 조른 사람도 그가 아니었고요."

나는 말을 할 수가 없었다. 스티븐도 그런 것 같았다. 그러자 마침내 경위가 부드럽게 다음 말로 넘어갔다. "어제 오후에 당신은 정말 바보 같은 짓을 했습니다, 미스 애덤스. 유언장을 바꾼 것 말입니다."

나는 몸이 떨렸다. "수많은 비극적인 사건이 있다 보니 나는… 나는 그렇게 하는 게 좋을 거라고 생각했어요."

"그럼에도 불구하고," 경위가 단호하게 말했다. "로티 모스비가 죽은 다음 당신이 변호사를 불러 당신이 죽으면 모든 재산을 캐슬린 어데어에게 남긴다는 새로운 유언장을 작성했을 때 당신은 자신의 사형 청구서에 서명한 셈이었습니다."

스티븐이 자리에서 일어섰다. 그의 얼굴은 분노로 얼룩져 있었다. "당신이 이 살인 사건들의 범인으로 지목할 수 있다고 생각하는 사람이…." 그는 목이 막혀 말을 잇지 못했다.

경위는 손에 든 초록색 안경집을 톡톡 두드렸다.

"제임스 리드는 캐슬린 어데어에게 자신의 기록이 그녀를 교수대로 보낼 것이라고 경고했습니다." 그가 말했다.

"이런," 나는 사납게 외쳤다. "그건 사실이 아니야!"

"그녀는 모스비가 그 기록을 손에 넣지 못하도록 그녀를 죽였습니다. 그렇지만 그 기록을 찾지는 못했어요. 이전에 제임스 리드가 묵고 있던 방과 그가 죽었던 방을 뒤졌을 때처럼 말입니다."

"사실이 아니야!" 나는 다시 울부짖었다.

"캐슬린 어데어의 어머니는 정신이 나갔어요. 하지만 그녀의 경우도 살인은 역시 특기가 아니지요. 그러나 병든 머리를 물려받은 그 딸은 자신들이 드러날 위협에 놓이자 살인을 향해 움직였어요."

"아니, 아니야!" 나는 고함을 질렀다. "그들은 가족도 아니에요. 내가 맹세해요! 어데어 부인은 캐슬린의 양엄마일 뿐이에요."

"그래도 역시, 그녀는 세 사람을 죽인 살인자입니다." 경위가 엄숙하게 말했다. "그녀와 그 엄마는 당신의 환심을 사서 재산을 차지하려고 이곳으로 온 겁니다, 미스 애덤스. 제임스 리드가 그들의 계획에 위협이 되자 캐슬린 어데어가 그를 죽인 겁니다."

"믿을 수 없어!" 나는 울부짖었다.

"앤서니 여인도 그녀가 죽였습니다. 어데어 딸이 리드를 협박하는 소리를 엿들은 앤서니 여인이 생명의 위험을 느껴 나에게 말을 하려 했기 때문이죠."

"사실이 아니야!"

"당신이 힐다 앤서니의 시신을 감고 있는 당신의 담요를 발견하기 10분쯤 전에 캐슬린 어데어가 그걸 들고 계단에 서 있는 걸 본 사람이 있습니다, 미스 애덤스."

"아! 아! 아!" 나는 소리를 지르면서 미친 듯이 울기 시작했다.

스티븐이 내 어깨에 손을 얹었다. "이건 다 정황 증거일 뿐입니다, 애들레이드. 아무 의미도 없는 거예요." 그는 경위를 노려보았다. "그리고, 맹세코, 내가 그걸 증명해 보일 겁니다!"

경위는 상쾌하게 미소를 지었다. 그는 연방 요원을 한 방 먹이고 온갖 힘겨운 여건 속에서 사건을 해결하는 영광을 자신이 차지하게 되어 또다시 의기양양한 모습이었다.

"우리가 한번 시험해 볼 수 있는 게 있습니다." 그는 부드럽게 말했다. "두 분이 저를 따라오시면 그 시험이 절대 실패가 아님을 부인하지 못하실 겁니다."

우리는 말없이 그를 따라 4층으로 내려갔다. 경위가 문을 두드리자 캐슬린이 직접 문을 열었다. 그녀는 우리를 바라보았지만 그 눈에는 우리가 보이지 않는 것만 같았다. 완전히 메말라 있는 그 눈빛이 가슴을 미어지게 했다.

"어머니가 돌아가셨어요." 캐슬린이 무덤덤하게 말했다. "몇 분 전에 돌아가셨어요. 의사가 말한 것처럼 잠이 드시는 듯 가셨어요. 제가 손을 잡아드렸더니 어머니는 제게 너무나 온화한 미소를 보내셨어요. 그러고는 손가락에 힘이 풀리고, 그리고… 그리고 가셨어요."

"불쌍한 우리 아가!" 나는 소리를 질렀다.

그녀를 안아주려 했지만 경위가 우리 사이로 끼어들었다.

"소매를 걷어보세요, 미스 어데어." 그가 갑자기 말했다.

캐슬린은 그를 멍하니 바라보았다. "제… 제 소매를요?"

그는 그녀의 팔목을 잡고 재빨리 프릴 달린 하얀 블라우스 소매를 밀어 올렸다. 내 뒤에서 스티븐이 헉하고 — 거의 울음에 가까운 소리였다 — 숨을 들이켰다. 그러나 나는 캐슬린의 가느다란 손목 바로 위 섬세한 팔에 난 반달 모양의 작고 붉은 상처를 그냥 바라보고 있을 수밖에 없었다.

"당신의 이가 살인자에게 낙인을 찍은 겁니다, 미스 애덤스." 경위가 말했다. "그리고 제임스 리드의 기록이 그녀를 교수대로 보낼 겁니다."

"아!" 캐슬린이 숨을 들이켰다. "저는… 저는…."

"당신을 살인 혐의로 체포합니다." 경위가 잘라 말했다.

20

스티븐의 불같은 항의와 나의 열렬한 간청에도 불구하고 경위는 캐슬린을 전격 체포한 지 15분 만에 경찰차에 태워 호텔에서 데리고 나갔다.

"하지만 그는 당신을 계속 감옥에 두지는 못할 겁니다!" 그들이 호텔을 떠날 때 스티븐이 캐슬린에게 말했다. "제가 최고의 변호사들을 고용할 겁니다. 저는… 저는…."

경위는 어깨를 으쓱했다. "자, 갑시다." 그가 끼어들어 그녀의 팔을 잡았다.

캐슬린은 스티븐에게 애처로운 눈길을 한 번 보낸 뒤 떠나갔다. 그녀는 한마디 말도 하지 않았고 뭔가에 홀린 듯 행동했다. 연속된 비극적인 사태가 감각을 마비시킨 것처럼 보였고 실제로 그랬을 것이라고 나는 의심치 않았다.

"견딜 수가 없어!" 나는 흐느껴 울었다.

스티븐이 나를 팔로 감싸 안았다. "어쨌든," 침대 위에 말없이 누워 있는 형상을 보며 그가 쉰 목소리로 말했다. "저 가엾은 영혼은 이 모든 것에서 벗어났군요."

나는 숨을 깊이 들이마시고는 고개를 끄덕였다. "캐슬린을 위해서 내가 마지막 가는 길을 아름답게 해줄 거예요."

그는 내게 애써 미소를 지었다. "당신은 최고의 늙은 친구예요, 애들레이드. 당신이 없다면 내가 뭘 할 수 있을지 모르겠군요."

"무슨 말을." 내가 소심하게 말했다. "자네가 없다면 나는 뭘 하겠나?"

나는 그의 팔에 기댄 채 그와 함께 엘리베이터로 걸어갔다. 나는 정신적으로 모든 면에서 그에게 의지하고 있었다. 스티븐은 경찰 본부로 갈 것이었다. 가서 캐슬린을 볼 것이었다. 그는 그녀가 석방될 수 있도록 가능한 모든 조처를 하려 하고 있었다.

"그녀는 죄가 없으니까 살인자일 수가 없어요, 애들레이드."

"당연히 그렇지." 나는 그렇게 말했지만 우리는 서로의 눈을 마주치지 않았다. 그리고 내가 아끼는 그녀의 팔에 끔찍하게 난 움푹 들어간 성난 빨간 자국으로 내가 그녀에게 카인의 낙인을 찍었음을 그와 나는 둘 다 알고 있었다.

7시가 지나 있었기에 엘리베이터에는 이미 클래런스가 야간 근무를 위해 와 있었다. 그는 캐슬린이 경찰의 삼엄한 경호를 받으며 호텔을 떠난 뒤 초원의 불길처럼 호텔을 휩쓸고 간 놀라운 소식에 흥분을 주체하지 못하는 모습이었다.

"경천동지할 일이에요." 그가 말했다. "그 착한 젊은 숙녀분이 살인범일 거라고는 저라면 꿈에도 생각지 못했을 거예요."

"그녀가 아닙니다." 스티븐이 잘라 말했다. "그리고 그녀에 대해서 떠들고 다니지 마세요."

"알겠습니다." 클래런스는 떨리는 목소리로 말했다. "다른 의도는 없었습니다."

"소문을 떠들어대는 건 자네 고질병이야." 나는 신랄하게 말하면서 엘리베이터 벽에 소매가 닿아서 묻은 녹슨 것 같이 어두운 자국에 눈살을 찌푸렸다. "부끄러운 줄 알아야지." 내가 따끔하게 계속 말했다. "이 낡아빠진 고물을 청소할 시간도 없으면서 자네하고 아무런 상관도 없는 일을 떠드느라 정신없이 바쁘니 말이야."

"알겠습니다, 미스 애들레이드." 클래런스가 더듬더듬 말했다.

클래런스는 자기가 할 많은 일들을 다른 사람에게 넘기는 경향이 있는 것으로 익히 알려져 있지만, 나는 대체로 그에게 관대한 태도를 취해 왔다. 하지만 이번 경우에는 누군가에게 따끔한 소리를 하지 않으면 속에서 타오르는 불길이 폭발할 것만 같은 느낌이었다.

"이 호텔의 투숙객들이 엘리베이터를 탈 때마다 옷을 버리는 것보다 더 수치스러운 게 어디 있겠어." 나는 소매에 묻은 거무튀튀한 자국을 문지르면서 계속 말을 했다. 그 자국은 녹과 기름, 그리고 때가 골고루 섞인 것같이 보였다.

나는 스티븐을 쳐다보며 인상을 찡그렸다. "이건 꼭, 꼭 —"

"피?" 그가 내 말을 대신 끝냈다. "그런 것 같군요."

나는 소름이 끼쳤다. "우리 모두에게 핏자국을 남긴, 돌이킬 수 없는 지난 3일간의 느낌을 우리는 영원히 털어버리지 못할 것 같네."

"그럴 것 같습니다." 그는 이렇게 중얼거렸지만 생각은 딴데 가 있는 것이 분명했다.

그는 나를 로비에 남겨두고 나갔다. "경찰과 얘기가 끝나는 대로 전화하겠습니다, 애들레이드." 그는 이렇게 약속하고는 "그동안 걱정하지 마세요. 모든 게 다 잘 될 겁니다."라고 말했다.

그는 나를 안심시키려는 듯 미소를 짓고 내 손을 꽉 쥐었다. 하지만 나는 자신이 한 말을 그가 믿을 것이라고는 생각지 않았다. 나도 마찬가지였다. 그날 밤 사람들은 우리를 병적인 호기심으로 쳐다보았다. 그들이 말을 나눌 때마다 좌절된 나의 옛사랑이 무덤에서 끌려 나와 도마에서 난도질당했다. 그렇지만 엘라 트로터마저 내게 그 얘기를 감히 꺼내지 못하는 것으로 보아 내 표정은 무척이나 험악했던 것이 분명했다.

나는 입맛이 없었다. 하지만 로비에 앉아서 나를 향한 호기심 어린 수많은 눈길들을 제압하고 싶은 마음도 역시 없었기에 나는 커피숍으로 들어갔다. 시간이 늦어서인지 커피숍에는 나밖에 없었다. 소피 스콧이 주방을 통해 살그머니 들어왔다. 통통한 볼이 초췌하게 축 늘어지고 붉어진 두 눈 아래는 멍이 든 것처럼 그늘이 져 있어서 소피의 유령이 나타난 줄 알았을 정도였다.

그녀는 내가 절대 말을 나누고 싶지 않은 사람이었음에도 내 자리 옆에 잠시 멈춰 섰다. "당신이 시릴을 정말 싫어했다는 건 알고 있어, 애들레이드." 그녀는 무겁게 말을 했다. "그리고 드러난 사실은 나도 인정하고 있어. 다른 모든 점에서는 당신이 옳았어. 한 가지, 그가 나를 사랑한다는 것만 빼고. 나는 늙고 뚱뚱하지만 그는 나를 사랑해. 그는 인생이 너무도 고달팠어, 그런데 내가 그에게 정을 느끼게 해 준 거야, 애들레이드. 그는 어쩌면 어머니를 대하듯 내게 존경의 마음이 더 큰지도 몰라. 하지만 그는… 그는 나쁜 사람이 아니야. 그가 사악한 일을 했다면 비난받을 사람은 그 여자야…. 그는 그녀를 증오했어. 그녀로부터 도망치려 애썼어. 그는 때때로 온몸을 떨고 밤에는 자면서 잠꼬대를 했어. 어떻게 해도 진정이 안 될 것 같은 그를 어린아이처럼 내 팔에 안고 있으면 가만히 잠들곤 했어."

나는 그때 소피가 항상 아기를 갖고 싶어 했던 것이 기억났다. 톰 스콧과 그녀가 아이를 가질 수 없었던 것이 그녀에게는 평생의 한이었다.

나는 손을 내밀어 어색하게 그녀의 팔을 토닥거려 주었다. "내가 몰랐어, 소피. 미안해." 나는 머뭇거리며 말했다.

그녀는 다시 흐느끼기 시작했다. 마치 울부짖을 힘조차 남아 있지 않다는 듯 낮고 약한 울음이었다. 그러더니 마침내 천천히 걸어서 주방으로 돌아갔다. 나는 입안 가득 음식을 먹을 수가 없어서 접시에 놓인 음식을 우울하게 자르고 있었다.

스티븐은 전화를 하겠다고 약속했지만, 나는 사람들이 있는 앞에서 그로부터 소식을 듣고 싶지 않았다. 비록 로비에 있는 모든 사람들의 의혹에 가득 찬 시선을 한 몸에 받으며 괴롭지만 당당하게 거기 앉아 있을 뱃심이 내게 있다 하더라도 그러기는 싫었다. 그래서 나는 고개를 높이 들고 8시 직후에 내 방으로 올라갔다. 방에 들어간 순간 나는 낙담한 내 마음을 맘껏 풀어낼 수 있었다. 스티븐이 전화한 것은 9시였다. 그는 경찰 본부에 있는 캐슬린을 아직 만나지 못하고 있었다.

"그녀와 경위 두 사람 다 면담을 못 한답니다." 그가 화가 나서 말했다. "이유는 모르겠어요. 하지만 워싱턴에서 허가를 받아야 한다면 그렇게 해서라도 저들의 철통 방어를 뚫을 겁니다."

그는 새로운 소식이 있으면 즉시 내게 다시 전화하겠다고 약속했다. 하지만 시간은 계속 흘러가서 11시 30분이 되었고 스티븐에게서는 소식이 없었다. 나는 몸도, 마음도 견딜 수 없이 피곤했다.

나는 힘없이 침실 슬리퍼에 발을 집어넣고 곱슬머리 가발을 벗었다. 그리고 세수를 했다. 드레스도 벗었다. 나는 좋은 소식이 없으면 스티븐이 전화를 하지 않고 내 방으로 올지도 모른다고 생각했다. 나는 그가 문을 두드리면 의치를 다시 낄 생각이었다. 내가 의치를 뺀 것은 지하실에서 그 소동이 벌어졌을 때 그 괴한이 턱 위쪽을 너무 강하게 누르는 바람에 의치에 눌린 잇몸 부분이 찢어졌기 때문이었다.

"그 애가 나를 습격했다고 생각하다니 기가 막혀!" 나는 씩씩거리며 마루를 왔다 갔다 하기 시작했다. 너무 신경이 곤두서서 잠자코 있을 수가 없었기 때문이었다.

머리 위에서 뭔가 두드리는 듯한 희미한 소리가 들렸을 때 나는 처음에는 아무런 생각도 하지 않았다. 리슐리외 호텔은 지은 지 오래된 건물이라 밤늦은 시간에 이상한 소리들이 들리는 일이 다반사이기 때문이었다. 이 특별한 소음을 내가 얼마나 오랫동안 무의식적으로 지각하고 있었는지, 혹은 그 소리가 낡은 마룻바닥이나 벽에서 나는 소리와는 다르다는 것을 내가 언제 알아차렸는지는 정확히 모르겠다.

'로비에 있는 전신국 출장소에서 들리던 귀에 익은 소리 같은데.' 내 머리의 작은 구석으로는 이런 생각을 하면서 나머지 머리로는 그날 저녁 내내 그랬던 것처럼 내 배로 낳은 딸은 아니지만 가슴으로 낳은 딸인 그녀가 처한 곤경을 미친 듯이 생각하고 있었던 것이 기억난다.

"꼭 전신기 키 두드리는 소리 같아." 나는 아무 생각 없이 투덜거리다가 갑자기 죽은 듯이 멈춰 섰다. 얼굴이 땀띠로 뒤덮인 것처럼 따가웠다.

조금 있다가 나는 비틀거리며 전화기 쪽으로 걸어가서 데스크에 전화를 했다. 내 목소리는 흥분해서 갈라졌고 의치는 까맣게 잊고 있었다. 의치를 끼지 않았기 때문에 혀짤배기소리가 나왔다. 하지만, 핑크니 닷지는 결국에는 내 말을 알아들었다.

"아니요." 그가 말했다. "랜싱 씨는 아직 오지 않으셨습니다, 미스 애들레이드. 그건 확실합니다. 저도 위로의 말을 해… 해 드리고 싶어서 오는지 지켜보고 있었으니까요."

그가 주저하며 말했다. "어데어 양은 정말 상냥한 젊은 숙녀분인걸요."

"핑크시." 내가 혀 짧은 소리로 더듬거렸다. "바로 랜싱 씨한테 뎌나해됴. 견탈 본부에서 그를 차드면 돼. 꾕장히 듕뇨한 일이야."

"네, 미스 애들레이드."

그러나 그는 몇 분 뒤에 내게 전화해서 스티븐 랜싱을 어디서도 찾을 수 없었다고 말했다. 수화기를 잡은 내 손은 덜덜 떨리고 있었다.

"오면 내가 득시 만나야 해, 핑크시. 잊지 않겠디?"

"그럼요, 미스 애들레이드."

"늦어도 당관업쩌."

"네, 미스 애들레이드."

"그리고… 그리고 핑크시." 나는 심하게 떨리는 목소리로 말했다. "나한테 모드 부호 표를 좀 갖다 듀겠나?"

"모스 부호 말입니까, 미스 애들레이드?" 핑키는 자기가 제대로 들었는지 확신하지 못하겠다는 듯 되물었다.

"그래, 핑크시. 바로 갖다 듀게. 죽고 사는 문제가 걸린 거야."

"네, 미스 애들레이드. 바로 갖고 가겠습니다." 핑크니가 힘없이 말했다.

극성맞은 손님들은 20년간 야간 직원으로 근무한 핑크니 닷지에게 도무지 불가능할 것 같은 것들을 포함해서 별의별 것들을 다 바로 갖다 달라고 요구했을 것이다.

그럼에도 불구하고 그가 요구한 물건들을 갖다 주지 못한 경우는 거의 없었다. 그래서 모스 부호를 갖고 오라고 하면서 나는 별로 걱정하지 않았다.

"핑크니가 어디서든 찾아내겠지." 나는 편안하게 혼잣말을 했다.

그것이 나의 마지막 편안한 시간이었다는 것을 알게 된 것은 얼마 지나지 않아서였다. 엘리베이터가 내 층에 멈추는 소리가 들렸다. 그리고 누군가 문을 발로 찼다.

"누구세요?" 나는 입에 의치를 끼며 크게 말했다.

"핑키예요, 미스 애들레이드."

나는 실내복 가운의 단추들을 채우느라 허둥거렸다. "잠깐만, 핑키." 나는 식식거렸다. "이 망할 걸 좀 채우게. 여자들 옷은 잠그기가 거지 같단 말이야." 나중에 나는 그날 밤 단추들이 유난히 말을 듣지 않았던 것에 감사해야만 했다!

"네, 미스 애들레이드."

나는 마지막까지 말을 듣지 않는 단추 하나와 씨름하느라 여전히 투덜거리면서 문 쪽으로 움직였다. 그 순간 비상 탈출구 위의 창문이 바로 내 눈앞에서 소리 없이 위로 올라갔다.

나는 그때까지 '그 자리에서 얼어붙었다'라는 표현이 문학적인 비유라고만 생각했었다. 내가 잘못 안 것이었다. 그 창문이 조용히 위로 올라갔을 때 나는 말 그대로 얼음이 되었다. 나는 한 걸음도 내디딜 수가 없었고 살려달라고 입도 벙긋할 수 없었다. 오직 한 가지 생각만이 가득했다. 비상 탈출구에 도대체 뭐가 도사리고 있는 걸까, 그리고 얼마나 빨리 튀어나올까?

"정신을 차리세요, 애들레이드." 스티븐 랜싱이 작은 소리로 말했다. "연기를 하세요. 전에 한 번도 해본 적이 없어도 해야 해요. 저는 여기 없는 겁니다, 아시겠죠?"

나는 그를 쳐다보았다. 내 눈을 믿을 수가 없었다. 그는 비상 탈출구 계단참에 엎드리듯 쭈그리고 있었다. 그의 손에는 짧고 굵은 검은색 권총이 있었다.

"기절하시면 안 돼요, 애디." 그가 다시 말했다.

"젊은 친구," 내가 쏘아붙였다. "난 기절 같은 건 안 해."

"아, 정말인가요?" 어디선가 중얼거리는 쉰 목소리가 들렸다.

나는 그때 처음으로 스티븐 밑에 있는 거대한 그림자가 스위니 경관이라는 것을 알아보았다. 나는 나도 모르는 사이에 그들의 목소리에 맞춰 소리를 죽이고 있었지만 스티븐이 몸짓으로 문을 가리킬 때까지 핑크니 닷지는 까맣게 잊고 있었다.

"그를 들어오게 해요." 그가 말했다. 그리고 음울한 목소리로 덧붙였다. "이제 모든 건 당신한테 달려 있습니다."

"무슨 말을 하는 건지 도무지 모르겠네." 나는 뿌루퉁하게 투덜거렸다.

"알게 될 겁니다." 스티븐은 이렇게 말하고는 다시 문 쪽을 가리켰다.

"기억하세요. 저는 여기 없습니다."

문을 열었을 때 내 무릎은 덜덜 떨리고 있었다. 나는 여전히 실내복 가운의 단추를 만지작거리고 있었다. 고맙게도 불빛이 내 뒤에 있었다. 핑키는 특유의 멍한 태도로 나를 보며 거기 서 있었다. 손에는 종이 한 장을 들고 있었다.

"그게 그 부호인가, 핑키? 나는 이렇게 물으며 손을 내밀었다.

핑크니는 아무 말 없이 계속 나를 바라보고 있었다. 그의 눈 빛이 뭔가 이상하다고 느낀 것은 그때였다. 전에는 한 번도 핑키의 눈을 똑바로 본 적이 없다는 생각이 스쳐 지나갔다. 그는 보통 눈꺼풀이 내려와 있었다. 하지만 지금은 눈을 크게 뜨고 있었고 눈동자는 해괴하리만치 확대되어 있었다.

"이건 당신이 자초한 일이에요." 그가 앞으로 한 발짝 내디디며 말했다. "나는 당신을 다치게 하고 싶지는 않았어요."

그의 손에 들린 칼이 내 갈비뼈를 누르고 있어서 숨을 쉬기가 어려웠다. 리슐리외 호텔 주방에서 쓰는 흔한 푸줏간 칼이었다.

"당신은 이 호텔에서 나를 인간으로 대해주던 유일한 사람이에요." 핑크니는 계속 말했다. 무미건조하고 생기 없는 목소리였지만 어딘지 무시무시한 느낌이 전해졌다.

나는 몸을 살짝 움직였다. 그러자 칼이 두꺼운 내 가운까지도 뚫고 들어왔다. "움직이지 말아요." 핑크니 닷지가 말했다. "저는 죽을 지경이에요. 일주일 동안 그랬어요."

경위는 물론 스티븐 랜싱까지도 리슐리외 호텔 살인 사건을 파헤치면 궤도를 이탈한 정신병자가 나올 것이라고 믿었다. 그들은 틀렸다. 쥐가 궁지에 몰리면 살기 위해 괴력을 발휘하며 상대를 죽일 수도 있듯이, 여기엔 목숨을 잃을까 봐 두려움에 떨며 살인에 나선, 절망에 빠진 불쌍한 핑크니 닷지가 있었을 뿐이었다.

그는 간절한 눈빛으로 나를 응시했다. "삶은 오래도록 저를 속이기만 했어요." 그가 말했다. "다른 사람들처럼 친구도, 즐거움도, 애인도 없었어요." 그의 얼굴에 경련이 일었다. "힐다 앤서니를 만나기 전까지는요."

앤서니라는 인간이 단물을 빼먹기 위해 이용한 사람은 결국 핑키였구나, 나는 여기에 생각이 미치자 오싹해졌다. 어머니를 돌보는 것에 핑크니의 인생이 전부 저당 잡혔다는 것을 기억하자 수긍이 될 것도 같았다. 어떤 여자도 그에게 눈길 한 번 주지 않았다. 게다가 힐다 앤서니는 아름다웠다. 그녀는 또한 머리가 좋았다. 레지던스 호텔의 직원, 특히 야간 직원은 협박이나 다른 추악한 돈벌이에 필요한 온갖 정보를 접할 기회가 있다는 것을 깨달을 정도로 머리가 좋았다.

"그녀는 나한테 조금도 관심이 없었어요." 핑크니는 내 생각을 읽은 것처럼 조용히 말했다. "나한테서 얻어낼 수 있는 것

외에는 전혀 관심이 없었어요. 하지만 나는 그녀를 원했어요. 이 세상 그 무엇도 그렇게 원한 적은 없었어요."

내 목소리는 떨렸다. "그럼 자네가… 자네가…."

그가 고개를 끄덕였다. "당신들 모두에게 나는 불쌍한 벌레, 핑크니 닷지였지. 아무도 쳐다보지 않는. 데스크에 앉아 당신들 시중을 들고 전화로 주문을 받는 말하는 로봇일 뿐이었어. 사람들이 다 있는 앞에서 내가 로비를 지나가도 당신들은 아무도 나를 보지 못하지."

그것은 사실이었다. 아무도 핑크니 닷지를 거들떠보지 않았다. 그는 엘리베이터 뒤쪽에 있는 음수대나 문 옆에 있는 외투걸이처럼 그저 리슐리외 호텔의 풍경을 이루는 한 부분일 뿐이었다.

"시릴은 어떻게 된 거지?" 나는 말을 더듬었다.

핑크니의 기다란 윗입술이 삐죽거렸다. "그녀는 먼저 팬처를 떠보았어. 그는 그녀의 구상에 겁을 잔뜩 먹었지. 하지만 그녀는 그를 놓아주지는 않았어. 그에게 나를 돕게 했어."

"그런데 자네는 그녀에게 걸려들다니!" 내가 격분한 목소리로 말했다. "어떻게 그럴 수가 있나?"

"내가 말했지." 그는 말했다. "그녀를 원했다고. 뭐든지 다 걸 수 있을 정도로 말이야! 내 인생에서 드디어 뭔가를 얻게 된다면 다른 건 아무래도 상관없었어."

나는 절망이라는 것에 형체가 있다면 정확히 핑크니 닷지처럼 생겼을 것이라고 말한 바 있다. 부도덕하고 저속한 여인의 먹이가 되어 버린 불쌍하고 나약한 바보.

"그런데," 핑키가 말했다. 그의 얼굴이 무시무시해졌다. "제임스 리드가 와서 우리 일을 낌새챘어. 그는 우리가 차지한 돈의 절반을 주지 않으면 우리를 폭로하려고 하고 있었어. 나는 어쩔 줄 몰랐지. 하지만 힐다는 누구와도 돈을 나눌 생각이 없었어. 나는 붙잡혀서는 안 되는 형편이야, 미스 애들레이드. 당신도 알잖아. 어머니가 계시니까. 나는 리드를 처리해야 했어. 그래야 했다고. 당신은 분명 이해할 거야."

그는 다시 한번 간절한 눈빛으로 나를 바라보았다. 누군가와 얘기를 하는 게, 그래서 그의 영혼을 짓누르는 그 끔찍한 무게감을 조금이라도 털어버리는 게 그에게는 고통을 덜어내는 길이었다고 나는 생각한다. 하지만 그의 손에 든 칼은 흔들리지 않았고 붉게 물든 그의 눈에 서린 분명한 목표도 마찬가지였다.

"그래서 그를 죽였어." 그가 말했다. 급히 숨을 들이키는 소리가 났다. "힐다는 그를 함정에 빠뜨렸고 내가 죽였어. 그의 목을 따고 그런 다음 샹들리에에 매달았지. 확실하게 해야 했거든. 그가 다시 살아오는 위험을 감수할 수는 없었어, 안 그래?"

나는 전율했다. 피해자들이 모두 두 번씩 죽임을 당했던 이유가 그것이었다. 그는 두려웠다. 정신이 나갈 정도로 무서웠던 것이다. 이 범죄의 뒤에 교묘한 두뇌 같은 것은 없었다. 공포에 사로잡혀 미쳐 날뛰면서 피해자들이 죽었는지 두 번 세 번 확인하기 위해 맹목적으로 공격을 가하는 공황 상태에 빠진 핑크니 닷지가 있었을 뿐이었다.

그는 입술이 몹시 마르는 듯 입술을 핥았다. "하지만 리드가 죽었어도 위험은 없어지지 않았어. 그는 기록을 남겨 놓았어. 그가 어데어 딸에게 그렇게 말하는 걸 힐다가 들었어. 하지만 그걸 찾을 수가 없었어. 나는 당신이 예전에 썼던 스위트룸과 그가 묵었던 방, 그리고 모든 곳을 다 찾았어. 끝내 찾지 못했지. 그런데 로티 모스비는 리드가 그 기록을 숨겨둔 곳을 알고 있었어. 경찰에게서 도망쳤을 때 그녀는 그걸 찾으러 갔던 거였어. 경찰에게 그 기록을 넘겨줘서 내가 형장의 이슬로 사라지게 하려는 게 그녀의 생각이었어. 그래서 그녀 역시 죽여야 했어."

그는 애처로운 표정으로 나를 보았다. "그러고 나자 내게는 모든 사람이 다 적이었어. 힐다까지도. 그녀는 내가 알지 못하게 경찰에 나를 넘길 수 있다고 생각했어. 하지만 나는 귀가 점점 먹어가고 있어서 이 직업을 계속 유지할 수가 없을 것 같아서 독순술을 배웠거든. 오늘 아침에 힐다가 당신한테 하는 모든 말을 읽었어. 내가 그토록 그녀를 사랑했는데 나를 두려워하다니 정말 웃기지. 그녀는 나를 배신했을 거야. 죽일 수밖에 없었지. 다른 방법이 없었어. 그렇지만 어데어 딸이 죄를 뒤집어쓰고 죽겠지."

"이 악마 같은 놈!" 나는 숨을 들이켰다.

"나는 내 목숨을 지켜야 해! 그래야 한다고!" 그가 히스테리를 일으키며 고함을 질렀다. "난 교수형으로 죽을 수는 없었어! 정말이지, 그럴 수는 없었어! 일주일 내내 내 머리 위로 검은 두건이 씌워지는 모습만 보였어."

그는 떨고 있었다. 윗입술에는 땀방울이 송골송골 맺혀 있었다. 그러나 그는 내게 비난하는 눈길을 보냈다. "당신을 죽이고 싶지는 않았어, 미스 애들레이드. 당신과 아무 상관도 없는 문제에 당신이 끼어들려고 한 거지. 오늘 오후에 처음 그랬고 지금도 그래. 나는 당신이 스티븐 랜싱에게 모스 부호에 대해 지껄이게 놔둘 수는 없어."

"그 웨이트리스 애니," 나는 떨리는 소리로 말했다. "그녀가 내 위 어딘가에 있는 거야?"

"다락에." 그가 말했다.

나는 리슐리외 호텔에 다락이 있다는 것, 천장이 보통 아이의 머리가 닿을 정도로 낮고 공사를 다 끝내지 않은 다락이 있다는 것은 알았지만 잊고 있었다. 더 현대화된 건물들과 달리 이 호텔에는 펜트하우스가 없다. 엘리베이터는 지붕에서 돌아 내려온다. 엘리베이터가 고장 나면 수리공은 두 가지 방법밖에는 쓸 수가 없다. 지하실에 있는 축 뒤의 빈 공간을 통해 엘리베이터에 접근하거나 위쪽 다락에서 작업을 해야 하는 것이다. 더 중요하게는, 다락으로 가는 유일한 입구가 5층에 있는 작은 방의 통풍 문이라는 것이 생각났다. 핑크니 닷지가 그 방에서 몇 년간 살고 있는 것이다. 통풍 문은 잠겨 있었지만 핑크니를 막을 길은 없었다. 호텔의 모든 자물쇠에 맞는 마스터키가 그에게 있었던 것이다. 리슐리외 호텔에서 빗장을 거는 게 아무 의미가 없었던 것이 당연했다.

"애니가 다락에 있구나!" 나는 숨을 들이켰다.

"오늘 밤 트럭으로 그녀를 뉴올리언스로 보내기로 되어 있어." 그가 말했다. "시릴의 시신도 함께."

"그의 시신이라고!" 내 목소리는 떨렸다.

그는 고개를 끄덕였다. "시릴은 오늘 오후에 이성을 잃고 나를 공격했어. 그는 내가 소피를 죽일 작정이라고 믿었지. 그의 목을 잘라야 했어. 당신이 막 지하실에 있는 내 쪽으로 걸어왔을 때 나는 그가 흘린 핏자국을 씻어내고 있었던 거야."

불쌍한 소피, 나는 생각했다. 그러나 시릴 팬처에 관해서는 그녀가 옳고 내가 틀렸다. 그는 그녀를 사랑했다. 자신의 목숨을 바칠 정도로 그녀를 사랑했던 것이다.

"그는 지금 어디 있지?" 내가 흔들리는 목소리로 물었다.

"엘리베이터 위에 묶여 있어."

그제야 나는 그날 밤 내 소매에 묻었던 녹 비슷한 게 무엇인지를 알았다. 녹이 아니었다. 시릴의 피였던 것이다. 하지만 더 나중까지도 나는 그로 인해 스티븐 랜싱이 핑크니를 처음 추적하게 되고 캐슬린의 무죄를 굳게 믿게 되었다는 것을 몰랐다. 그는 경찰에 이 모든 일의 뒤에는 핑크니 닷지가 있다고 경고했지만 그들은 그것이 황당한 생각이라며 그의 면전에서 그를 비웃었다. 나로서는 다행히도, 스티븐은 그게 황당하다고 생각하지 않았다.

그와 스위니 경관은 내가 모스 코드를 갖다 달라고 전화했을 때 어두운 커피숍에서 핑크니를 지켜보고 있었다. 핑크니는 클래런스를 보내 찾아오겠다고 했지만 그는 클래런스를 시내로 심부름 보냈다. 그리고 그 부호표를 직접 가져올 준비를 했다. 방심한 그의 얼굴을 한 번 본 것만으로도 스티븐은 충분히 알 수가 있었다. 그는 스위니와 함께 한걸음에 비상 탈출구로 내달렸다. 스위니는 그가 정신이 나갔다고 생각했다고 한다. 그러나 스티븐의 정신은 말짱했다. 지금까지도 나는 스티븐이 내 창문 밖으로 오지 못한 채 내가 핑크니 닷지에게 문을 열어 주었다면 어떤 일이 벌어졌을지를 생각하면 모골이 송연해진다.

"그의 목을 자르고 그를 엘리베이터 위에서 죽게 했다니!" 나는 핑크니를 죽일 듯이 노려보며 소리 질렀다. "하지만 어떻게 지하실에서 그를 데리고 나왔지?"

핑크니는 희미하게 미소를 지었다. 끔찍한 미소였다. "지하실에서는 엘리베이터 지붕으로 갈 수 있잖아. 그 위에 타는 것도 가능해. 수리공들이 그렇게 하는 걸 여러 번 봤거든. 하지만 오늘 오후에 경찰이 나를 둘러싸기 전까지는 그런 생각은 꿈에도 하지 못했어."

그는 나를 쳐다보았다. 나는 그의 무서운 눈길을 피해 옆으로 움직이기 시작했다. 그러나 그는 손을 옆으로 구부린 채 가까이 다가왔다. 나는 심장이 쿵쾅거려서 숨을 제대로 쉴 수가 없었다. 조금씩 조금씩 나는 뒤로 밀려났다. 그는 계속 다가섰다. 그리고 어느 순간 나는 더 이상 물러날 수가 없었다. 어깨가 창문틀에 닿았다. 목에 찬 바람이 닿는 것이 느껴졌다.

"당신은 창문 밖으로 떨어질 거야." 그가 말했다. "그들은 캐슬린 어데어가 유죄를 선고받는 걸 당신이 살아서 볼 수 없었던 거라고 생각하겠지. 당신이 자살했다고 사람들이 믿어야 해. 캐슬린 어데어가 나 대신 교수형을 당하는 마당에 또다시 살인이 일어나면 내가 감당할 수가 없어."

나는 무릎에 힘이 풀렸다. 내가 창문턱에 넘어지자 칼에서 피가 떨어졌다.

스티븐이 소리친 것은 그때였다. "뛰어내려요, 애들레이드! 제발, 몸을 던져 뛰어내려요! 스위니가 당신을 받아줄 거예요."

오늘까지도 나는 내가 창문 밖으로 몸을 던진 것이 그의 말을 따른 것인지, 아니면 핑크니 닷지가 나를 창문 너머로 밀친 것인지 잘 모르겠다. 하지만 핑크니가 어떻게 행동했는지에 대해서는 한 점의 의혹도 없었다. 그는 교수형 당하는 것을 견딜수 없다고 말했었다. 그리고 검은 두건에 대한 공포가 있었다. 그래서 스위니와 내가 비상 탈출구 4층 계단참에서 서로 얼굴을 맞대고 대자로 뻗어 있을 때 핑크니는 단말마의 비명을 지르더니 우리를 지나쳐 밑을 향해 거꾸러졌고 온몸을 뒤틀며 저 멀리 아스팔트 바닥에 쿵 하고 무섭게 떨어졌다.

21

내가 몸집이 상당한 여자라는 건 부인할 수 없는 사실이고, 그래서 그날 꼭대기 층에서 떨어질 때 육중한 비행선이 전속력으로 낙하한 것과 비슷했으리라는 사실도 의심하지 않는다. 그럼에도 불구하고 나는 엘라 트로터가 주장한 것처럼 스위니 경관의 목에 걸터앉거나 그에게 올라타서 그를 계단참 바닥에 쓰러지게 하지는 않았다. 또 허둥지둥 일어나면서 둔탁한 군화 밑창 같은 뒷굽으로 그의 얼굴을 가격하거나 밟지도 않았다.

하지만 다음날 스위니의 눈이 시커메지고 이곳저곳 멍과 근육통이 생긴 것은 사실이다. 스티븐은 웃으면서 그건 애들레이드의 악몽이라 해야 맞겠다고 했다. 지금 이 순간까지도 스위니는 강한 반감을 갖고 나를 보고 있으며 가능하면 내가 그의 가까이에 오지 못하도록 하고 있다.

나는 다음날 정오까지 침대에 누워 있었다. 의사는 피로가 쌓인 거라고, 그리고 관절이 좋지 않은 여성으로서 너무 무리한 동작을 한 거라고 하면서 그 외에는 아무 이상이 없다고 했다. 그 말이 무색하지 않으려면, 나는 의사 보란 듯이 자리에서 벌떡 일어났어야 했다. 다만 그날 아침까지도 내가 리슐리외라는 무대의 중앙에 계속 자리 잡고 있었던 상황이었기에 그게 여의치가 않았다. 사실상 그 사건과 관계된 모든 사람들이 전날 밤의 대소동에서 내게 아무 탈이 없었다는 것을 확인하기 위해 나를 보러 왔다. 오랜 세월 동안 나 스스로 사람들이 싫어하고 고깝게 여기는 늙은 여자라고 생각해왔기에 자리에 누워 있으면서 그토록 많은 사람들이 정말로 나를 걱정하는 모습을 보니 그것은 기분 좋은 충격이었다.

제일 먼저 나를 보러 온 사람은 경위였다. 그는 여태 본 중에 제일 말끔한 모습이었고 기분이 아주 좋아 보였다. 그가 그런 데는 충분한 이유가 있었다. 스티븐은 비밀 요원이었기 때문에 사건 해결에 그가 기여한 것은 일반 대중에게는 철저히 감추어야 하는 일이었다. 따라서 결국 버니언 경위가 리슐리외 사건의 모든 영광을 차지했던 것이다.

"물론," 그가 비난을 면하고자 하는 목소리로 이렇게 시인했다. "모든 공은 랜싱 씨의 것이기는 합니다. 아시다시피 저야 뭐 어데어 양의 유죄를 확신했으니까요."

"그런 사람들도 있는 거지." 나는 킁킁거리며 한마디 했다.

경위는 내 촌평은 무시하는 쪽을 택했다.

"지금 와서 보면 제가 왜 그렇게 계속 잘못 판단했는지 쉽게 이해가 됩니다." 그가 말했다. "핑크니 닷지는 처음부터 호텔 사람들에 대한 제 주요 정보원이었어요. 당연히 그는 자기가 주목받지 않도록 제 주의를 한 명씩 다른 사람에게로 돌렸죠."

"가엾은 캐슬린처럼 말이지." 나는 한숨을 내쉬었다.

경위는 고개를 끄덕였다. "어젯밤 제가 그녀를 경찰 본부로 데려갔을 때 그녀는 힐다 앤서니 살해 현장에서 발견된 담요를 어떻게 갖고 있게 된 건지 설명하려고 했어요. 어데어 부인이 로비에서 슬쩍 한 거였답니다, 미스 애덤스. 그러니까, 바로 당신 눈앞에서요."

"정말?" 나는 중얼거리듯 말했다. 뺨이 화끈했다.

"어데어 양은 그걸 당신에게 돌려주려고 계단으로 내려가다가 2층에서 핑크니 닷지를 만났답니다. 그가 그걸 당신에게 건네주겠다고 했다더군요. 하지만 나중에 제가 그에게 물었더니 태연하게 그런 일 없었다고 했습니다."

"그를 믿다니 당신은 정말 바보 같았군요." 내가 건조하게 말했다.

"그렇죠." 경위는 회한의 미소를 띠며 내 말을 받아들였다. "캐슬린이 팔찌에 관해 거짓말하고 있다고 그가 말한 것도 마찬가지로 믿었습니다."

"팔찌?"

"그녀가 항상 하고 다니는 그 무거운 팔찌 아시죠? 아버지의 선물이라더군요. 저는 그렇게 들었습니다." 나는 몸을 움찔하고는 고개를 끄덕였다. "보셨는지 모르겠지만," 버니언 경위가 말했다. "그 팔찌 맨 윗부분의 커다란 초승달 장식에는 반짝거리는 알갱이들이 촘촘히 박혀 있어 좀 걸리적거리게 되어 있습니다."

내가 다시 고개를 끄덕였다.

"그것 때문에," 경위가 설명했다. "캐슬린 어데어의 팔목에 붉게 팬 자국이 생겼던 겁니다. 핑크니 닷지는 지하실에서 그 난리를 겪은 직후에 어데어 양 방이 있는 층의 복도에서 그녀 옆을 지나갔어요. 그는 넘어지는 척하면서 그녀의 손목을 잡았습니다. 그가 그 작은 원석 알갱이들을 팔목에 세게 눌러서 피부가 벗겨진 것이었습니다."

나는 몸을 떨었다. 그러자 경위는 미안한 듯 나를 보았다.

"제가 닷지를 조사했을 때 그는 당연히 그런 일 자체를 부인했어요. 다행히도 스티븐 랜싱은 어데어 양의 진술을 순전한 거짓말로 생각하지 않았습니다. 그녀가 성실하게 진실을 말한다고 생각한 그는 핑크니 닷지가 범인이라는 불가피한 결론에 도달했습니다. 그 생각을 비웃은 것을 저는 후회합니다."

"그래야겠지." 나는 신랄하게 말했다.

"하지만, 저는 랜싱 씨가 닷지를 미행하도록 사람을 보내주겠다고는 했습니다. 그래서 다행히도, 어쨌든 스위니가 비상 탈출구에 제때 가게 되어 당신이 추락하는 걸 막을 수 있었으니 당신은 운이 좋았지요."

"당신은 이 사건으로 교훈을 얻었겠죠, 경위." 나는 좀 못되게 꼬집어 말했다.

"교훈이 되지 않았다고는 생각지 않습니다." 그가 정직하게 말했다. "랜싱 씨가 왜 당신에게 핑크니와 그런 장면을 연출하도록 했는지 당신은 물론 아실 겁니다. 당신 생명이 위험할 수도 있었는데 말입니다."

"아니." 내가 짧게 말했다. "내가 목이 부러질 수도 있는 상황이었는데 대체 왜 그랬는지 이해가 안 됐어요."

"닷지가 범인이라는 걸 확신했지만 랜싱 씨는 증거가 없었어요. 하나도 없었죠. 그건… 아… 경찰도 받아들일 수 있습니다. 그는 당신이 결정적인 순간에 살인범에게 자백을 짜내기를 기대했던 겁니다." 그의 얼굴에 희미한 미소가 떠올랐다. "그는 당신의 그 유명한, 사람을 들들 볶는 성격에 모든 걸 걸었다고 합니다."

"그가 진짜 그랬어요?" 나는 약이 오른 목소리로 물었다.

경위는 감탄 어린 눈길로 나를 보았다. "당신은 대단한 여성입니다, 미스 애덤스." 그가 소심하게 이렇게 말했기 때문에 나는 얼굴이 빨개졌다.

"아, 정말인가요?" 나는 스위니 경관이 제일 잘 하는 대꾸를 빌려 물었다. 그렇지만 기분 좋고 감동적이기는 했다.

"고맙게도 당신의 이 자국이 고함소리보다 더 끔찍하더군요." 경위는 이렇게 말하면서 엄숙하게 한 마디 더했다. "우리가 닷지의 팔뚝에서 그 이 자국을 찾은 건 아셨나요?"

나는 고개를 흔들었다. 내 얼굴이 하얗게 변했던지 경위는 피곤하게 해서 미안하다고 사과한 후 서둘러 방에서 나갔다.

콘래드 윌슨과 애니가 거의 그때 나를 보러 들어왔다. 그녀는 서른여섯 시간 가까이 좁고 답답한 다락에 손발이 묶인 채 갇혀 있었기 때문에 안색이 창백해 보였고 몸도 떨리는 것 같았다. 핑키는 그녀에게 재갈도 물렸던 것이다.

그러나 구두 뒷굽으로 마룻바닥을 두드려서 SOS 신호를 보냈던 그녀의 기지는 칭찬해 마땅하다. 그리고 내가 결국 그 소리의 중요성을 알아챘으니 감사할 일이다.

"저희를 위해 해주신 일에 감사드리고 싶습니다." 그들은 한 목소리로 말했다.

"나는 아무 일도 안 했는걸." 나는 무뚝뚝하게 대꾸했다.

"애니를 구해 주시려고 두 번이나 죽을 뻔하신 것밖에는 없으시죠." 전신국 선로 인부가 나를 보고 환히 웃으며 말했다.

나는 그들에게 억지로 수표를 떠넘겨서 결국 나가게 하는 데 성공했다.

"하지만, 미스 애덤스," 애니가 더듬거리며 말했다. "저희는 이 돈을 받을 수 없어요!"

"집 대출을 갚아." 내가 말했다. "그래야 내가 너희들한테 더는 신경을 안 쓰지."

나는 그들이 계속 있어서 지겹다는 듯 행동하려 했지만 그들이 속았을 것 같지는 않다. 사실 나는 속으로 약간 울고 있었다. 그들이 까칠한 내 겉을 뚫고 들어오는 데 성공했기 때문이었다. 그때 메리 로슨이 들어왔고 그 뒤로 폴리 로슨과 호위드 워런이 따라 들어왔다. 우리가 가슴으로 진정 원하는 게 무엇인지를 잊은 채 살아가는 이 혼탁한 세상에서 그들의 환한 얼굴을 보니 적어도 그들에게는 분명 모든 것이 아름다워 보이는 것 같았다.

"이 끔찍한 악몽 속에서 당신은 진정한 친구였어요, 애들레이드." 메리가 나의 손을 꼭 붙잡고 말했다. "제가 어떤 느낌인지 말 안 해도 아실 거예요."

하지만 폴리는 그쯤에서 멈추지 않았다. "당신은 멋진 할머니예요, 미스 애들레이드!" 그녀는 그렇게 탄성을 질렀다.

"할머니는 아니지!" 호워드가 강하게 말했다.

나는 그들에게 보일 듯 말 듯 미소를 지었다. "일부러 자기의 평판을 망쳐서라도 사랑하는 남자를 구하려 하는 여자가 훨씬 더 멋지지." 내가 말했다.

"정말 대단하죠!" 호워드가 떨리는 목소리로 말하더니 우리가 보는 앞에서 폴리에게 키스했다. 폴리의 얼굴이 장밋빛으로 물들고 거의 숨을 못 쉴 때까지 말이다.

메리는 그들이 나간 후에도 조금 더 머물러 있었다.

"미안해요, 애들레이드." 그녀가 흔들리는 목소리로 말했다. "제가 당신 방을 사용해서 당신을 이 무섭고 추악한 일에 빠지게 만들었어요."

"경찰이 너를 체포했을 때 왜 핑크니 닷지 얘기를 하지 않았어, 메리?" 나는 궁금해서 물었다.

그녀는 몸을 떨었다. "그들이 저한테 쪽지를 남겼어요. 그 지독하고 끈덕진 쪽지 말이에요. 내가 한 가지라도 경찰에게 불면 폴리를 다시는 못 볼 거라고 말이에요."

나는 그녀의 손을 꼭 쥐었다. "이제 알게 됐잖아. 네가 믿은 것처럼 존은 너한테 진실했다는 걸 말이야."

그녀는 고개를 끄덕이며 괴로운 듯 설명하기 시작했다. "스티븐 랜싱이 오늘 아침 저를 감옥에서 나오게 해주면서 제임스 리드의 기록을 보여줬어요. 그는 자신의 개인적 재량으로 다락에 있는 핑키의 은닉 장소를 뒤져서 그 끔찍한 사진을 찾아냈고, 그 사진을 제 손으로 직접 태우게 해줬어요. 그래서 사건 기록에 증거로 쓰이지는 않을 거예요."

"고마운 스티븐." 나는 입속말로 속삭였다.

"정말 좋은 사람이에요." 그녀가 떨리는 소리로 크게 말했다. "다락에서 그 봉도 찾았어요, 애들레이드. 핑키가 비상 탈출구에서 물 주전자를 낚아채는 데 썼던 봉 말이에요. 경첩이 여러 개 연결돼 있어서 마음대로 줄이거나 늘릴 수 있고, 또 쓰지 않을 때는 완전히 분리해 놓을 수 있는 거였어요."

"핑크니는 정말 백해무익한 인간이었어." 나는 한숨을 내쉬었다.

"그 못된 여자가," 메리가 말했다. "그를 완벽하게 손아귀에 넣기 전까지는 그렇지 않았어요. 그들의 온갖 범죄 행위를 세세하게 계획하고 실행한 게 그 여자라는 건 의심의 여지가 없어요."

"그러니까 제 무덤 제가 판 거지." 나는 기분 나쁘게 읊조렸다.

"맞아요." 메리가 쓰디쓰게 말했다. "힐다 앤서니만 아니었다면 이 모든 일은 일어나지 않았을 거예요."

스티븐이 문을 열고 그 잘생긴 얼굴을 빼꼼 내민 것은 딱 정오였다. "굉장히 특별한 분을 보시고 싶으시죠?" 그는 즐겁게 물으면서 캐슬린을 데리고 들어왔다.

내가 팔을 내밀자 그녀가 내 품속으로 들어왔다. 스티븐은 우리 두 사람을 남겨두고 창문 쪽으로 돌아섰다. 캐슬린의 아버지를 내 마음에서 떠나보낸 그 아득한 6월 이후 처음으로 가슴에 맺힌 한이 풀리는 듯했다.

조금 있다가 스티븐이 돌아와서 우리 옆의 침대 가장자리에 앉았다. "기분은 괜찮으세요, 애들레이드, 사랑하는 내 친구?" 그는 장난기 가득한 소리로 물었지만 장난보다는 정이 더 느껴졌다.

"젊은 친구," 내가 쌩하게 말했다. 내 딴에는 예전의 신랄함을 구현해 보려 했지만, 그 말속에 보이는 것은 엘라 트로터가 요즘 나를 보고 말하듯 정 많은 늙은 바보뿐이었다. "산전수전 다 겪고 나서 내가 어떨 것 같나?"

스티븐이 활짝 웃었다. "무슨 말씀을요!" 그가 소리쳤다. "늙은 깡패 양반, 무릎으로 창문에 매달리고 공중그네 타는 서

커스단 단원처럼 처마를 훌쩍 뛰어넘어 공중으로 낙하하는 인생 최고의 시간을 보내셨잖아요!"

"틀린 말은 아니군그래." 나는 양처럼 순하게 자백했다.

"그럼요!" 스티븐 랜싱이 소리치며 한쪽 팔로 캐슬린을 감싸고 다른 팔로는 나를 안았다. "제 말이 맞죠. 저는 항상 맞는 말만 하는걸요. 가뭄 끝에 내리는 단비같이 말이죠!"

캐슬린이 그의 눈을 쳐다보고 있었다. 그들의 얼굴이 어찌나 반짝거리는지 나는 기뻐서 깡충깡충 뛰었다. 침대에 반듯하게 누워서 어찌 그럴 수 있을까 싶지만 엘라 트로터가 항상 말하듯이 나는 앉아서도 뽐내며 걸을 수 있는 유일한 사람이다. 그리고 내가 그렇게 기뻐하는 것이 너무도 당연하다는 사실에는 변함이 없다. 결론적으로, 나는 오랜 세월 캐슬린 같은 딸만이 아니라 꼭 스티븐처럼 나를 괴롭히고 놀리고 또 아껴주는 장난꾸러기 아들도 원했던 것이다. 기특한 녀석!

옮긴이 최호정

서울대학교 미학과와 한국외국어대학교 통번역대학원 한노과를 졸업하고 뉴욕주립대학교 빙엄턴에서 번역학 박사과정을 수료했다. 옮긴 책으로는 『반투 스티브 비코』, 『도스또예프스키와 함께 한 나날들』, 『무엇을 할 것인가』, 『외국어 완전 정복』, 『킬러스 와이프』 등이 있다.

리 슐리외 호텔 살인
ⓒ 2022 키멜리움

초판 펴낸 날 2022년 2월 28일

지은이 아니타 블랙몬 Anita Blackmon
옮긴이 최호정
디자인 형태와내용사이
편집 이경희
펴낸이 김찬휘
펴낸곳 키멜리움
주소 04025 서울 마포구 월드컵로3길 39 합정빌딩 3층
전화 02) 544-9294
팩스 070) 7614-2454
전자우편 cimeliumbooks@gmail.com
등록 2021년 4월 23일 (제2019-000016호)
ISBN 979-11-975509-1-1 03840